KLAAS KROON

Mord im Wendland

SPURENSUCHE Zwei Männer sind im nächtlichen Wald bei Gartow auf illegaler Wolfsjagd, als sie auf einem entlegenen Bauernhof zwei Leichen entdecken. Dorfpolizistin Sabine Langkafel greift die geschockten Wilderer auf der Landstraße auf und ruft die Kripo Lüneburg zu Hilfe. Gemeinsam mit Kriminalkommissarin Melanie Gierke stößt sie im Keller des Bauernhofes auf drei weitere Opfer. Die Identität der Toten ist zunächst nicht festzustellen. Bei der Befragung geben die beiden Männer an, im Wald ein Kind gesehen zu haben. Auch im Haus deutet einiges darauf hin, dass dort ein Kind gelebt hat, doch finden können es die Beamten, trotz großangelegter Suchaktion, nicht. Bei den Ermittlungen stoßen Sabine Langkafel und Melanie Gierke auf die unheimliche Geschichte einer Gruppe Menschen, die in den 1980er Jahren in der Anti-Atomkraft-Bewegung aktiv waren. Offenbar hatten sie in den letzten vier Jahrzehnten in totaler Isolation auf dem Bauernhof gelebt. Kommissarin Gierke glaubt immer mehr an die Theorie des erweiterten Selbstmordes verirrter Sektenjünger, doch ist das wirklich die Lösung des Falls?

© privat

Klaas Kroon ist das Pseudonym eines 1960 in Düsseldorf geborenen Journalisten und Marketingmanagers. Seit einigen Jahren schreibt er Krimis, die in seiner Wahlheimat, Norddeutschland, spielen. Er leitet eine Agentur für Unternehmenskommunikation in Kassel und lebt in Hamburg. Das Wendland und die Lüneburger Heide bereist er seit Jahren intensiv mit Rennrad und Motorrad.

KLAAS KROON

Mord im Wendland

Kriminalroman

GMEINER

Immer informiert

Spannung pur – mit unserem Newsletter informieren wir Sie regelmäßig über Wissenswertes aus unserer Bücherwelt.

Gefällt mir!

Facebook: @Gmeiner.Verlag
Instagram: @gmeinerverlag
Twitter: @GmeinerVerlag

FSC www.fsc.org
MIX
Papier aus verantwortungsvollen Quellen
FSC® C083411

Besuchen Sie uns im Internet:
www.gmeiner-verlag.de

Im Ehnried 5, 88605 Meßkirch
Telefon 07575/2095-0
info@gmeiner-verlag.de

1. Auflage 2021

Lektorat: Katja Ernst
Herstellung: Julia Franze
Umschlaggestaltung: U.O.R.G. Lutz Eberle, Stuttgart
unter Verwendung eines Fotos von: © fietzfotos / Pixabay.com
Druck: CPI books GmbH, Leck
Printed in Germany
ISBN 978-3-8392-0055-1

Personen und Handlung sind frei erfunden.
Ähnlichkeiten mit lebenden oder toten Personen
sind rein zufällig und nicht beabsichtigt.

KAPITEL 1

Jetzt war es ganz still. Im Haus rührte sich nichts mehr. Irgendwo im Erdgeschoss brannte noch Licht. Vermutlich in der Küche. Die Tür zur Küche stand offen und die zur Stube auch, und so konnte Sahas den Lichtschein durch ein Fenster von draußen sehen. Es war verboten, Licht brennen zu lassen, wenn niemand im Raum war. Sahas war weggerannt, so schnell wie es in den zu großen Hausschuhen möglich war, und hatte sich in einiger Entfernung hinter einem Baum versteckt. Er trug nur eine Schlafanzughose und ein T-Shirt. Das weiße, mit SpongeBob drauf. Sahas zitterte. Dabei war es gar nicht kalt. Den Tag über war es sogar sehr heiß gewesen und Sahas hatte sich am Mittag in das kleine Planschbecken im Garten gesetzt. Aber das Wasser war schmutzig und warm gewesen und hatte keine Abkühlung gebracht.

Sahas versuchte, sich zu erinnern, was passiert war. Wer hatte was gemacht? Und wann? Er wusste es nicht. Die Ereignisse der letzten Stunden waren aus seinem Kopf verschwunden.

Sollte Sahas wieder hineingehen? Das war keine gute Idee. Dort drinnen war etwas Schreckliches passiert. Er hatte nur keine Ahnung mehr, was.

Aber wo sollte er sonst hin? In die Welt? Hinter dem Wald begann die Welt, und wenn er eines gelernt hatte, dann das: In der Welt war er verloren. Nie wäre es ihm früher in den Sinn gekommen, alleine in die Welt zu gehen. Und er war auch jetzt nicht bereit dafür.

Wohin sollte er also nun laufen? Um ihn herum war der Wald und irgendwo weit dahinten lag ein Feld, das er mal durch die Bäume hindurch gesehen hatte. Das Feld gehörte schon zur Welt und dort wäre er im Mondlicht gut sichtbar. Also in die andere Richtung, tiefer in den Wald. Der Wald war Sahas nicht so fremd wie das Feld. Im Wald war er mit Udgam häufiger gewesen, im Schutz der Bäume hatte er nicht ganz so viel Angst.

Langsam setzte er einen Fuß vor den anderen. Der Wald war sehr dicht, abgestorbene Bäume, Wurzeln und Büsche bedeckten den Boden. Sahas ging tiefer hinein, bis kaum noch Licht zu ihm durchdrang und ihn die Dunkelheit umfing wie eine schützende Decke. Er war an Dunkelheit gewöhnt. Es gab nicht immer Licht, dort, wo er lebte. Dunkelheit war Stille, und solange es dunkel war, konnte nicht wirklich etwas Schlimmes passieren.

Der Boden unter seinen Füßen war weich und trocken. Er trat auf Äste, Steine, kleine Grasbüschel. Es gab keinen Weg, er musste vorsichtig gehen, um nicht umzuknicken. Bei jedem Schritt knirschte und knackte es leise. Mehrfach musste er sich durch Haufen abgestorbener Zweige zwängen oder darüberklettern. Es roch nach Sonne, obwohl die schon lange untergegangen war. Sahas ging einfach immer geradeaus. Er stieg über Baumwurzeln. Schließlich setzte er sich auf einen Baumstumpf und lauschte in den Wald. Wenn man selbst ganz ruhig war, konnte die Stille richtig laut werden. Der Wind, der leicht durch die Bäume rauschte. Ein Vogel, der in die Nacht rief. Und es gab viele Geräusche, die Sahas nicht kannte und von denen er nicht wusste, woher sie kamen. Aber er hatte keine Angst vor dem Wald. Er hatte Angst vor der Welt und nun auch vor dem Haus. Er würde im Wald bleiben.

Nach einer Weile fühlte es sich am Hintern feucht und kalt an. Sahas stand auf und sah, dass an dem Baumstumpf, auf dem er gesessen hatte, etwas Merkwürdiges wuchs. Es war groß und weiß und bestand aus vielen Blasen. Einige davon waren zerbröselt und auf den Boden gefallen. Er nahm die Brösel auf und roch daran. Ein sehr schwacher, modriger Geruch ging von ihnen aus. Er zog die Schlafanzughose runter und pinkelte auf die Blasen. Das weiße Zeug veränderte sich nicht. Direkt vor seinen Füßen raschelte es. Da, eine Bewegung. Schnell. Eine Maus, die sich davonmachte und im trockenen Laub verschwand. Mäuse kannte Sahas, die machten ihm keine Angst.

Sein Herz schlug nicht mehr so stark wie am Anfang. Nun wurde Sahas müde. Er hatte ja schon geschlafen, als es plötzlich laut geworden war im Haus und alle in den Schutzraum sollten. Er hatte sich in seinem Geheimversteck verkrochen und von dort die Sachen gesehen, an die er sich nicht mehr erinnern konnte, sosehr er es auch versuchte. Und dann war er weggerannt.

Die Müdigkeit kehrte zurück. Ein Stück neben dem Baumstumpf legte er sich auf den Rücken. Es war weich und warm dort, fast wie in seinem Bett. Er blickte nach oben. Das Ende der Bäume war kaum zu erkennen, und an ihren Spitzen stießen sie so zusammen, dass er nur ahnen konnte, wo der Himmel war. Waren da Sterne? Sahas liebte Sterne und sah sie sich gerne durch das Fenster seines Zimmers an. Er stellte sich dabei vor, wie er durchs Universum schwebte von Stern zu Stern, wie dieser kleine Prinz, von dem Kamini ihm vorgelesen hatte. Er schlief ein.

Es war immer noch dunkel, als er wieder wach wurde. Lange konnte er nicht geschlafen haben. Was hatte ihn geweckt? Ein Geräusch? Durch die Spitzen der Bäume drang schwaches Licht. Der Mond stand nun höher am Himmel. Sahas sah sich im Wald um und konnte etwas mehr erkennen. Baumstämme, Baumstümpfe, dort noch mehr von diesen weißen Blasen.

Er hörte ein Geräusch, vermutlich das gleiche, durch das er zuvor aufgewacht war. Ein Hecheln? Atmete da jemand? Er drehte sich langsam um und entdeckte nicht weit weg, neben dem nächsten Baum: einen Hund. Der Hund war recht groß, weiß und grau, und er war dünn. Er sah Sahas an. Seine Augen leuchteten in der Dunkelheit.

Auf dem Hof hatten sie bis vor einiger Zeit auch Hunde gehabt. Zwei. Die hatte Sahas gut gekannt, aber sie waren weggelaufen. Sie haben sich in die Welt gewagt, hatte Kamini ihm erklärt, und dort seien sie verschlungen worden. Sie schien gar nicht so traurig darüber zu sein wie er. Die Hunde auf dem Hof waren freundlich gewesen, und auch dieser Hund da neben dem Baum wirkte freundlich. So einen Hund hatte er noch nie gesehen. Das Tier nickte mit dem Kopf und schob zögerlich eine Pfote vor, als wolle es auf Sahas zugehen, traue sich aber nicht. »Komm«, rief Sahas leise und lächelte den Hund an. Der rührte sich nicht.

Eine ganze Weile blickten sich Sahas und der Hund an. Niemand bewegte sich auf den anderen zu. Dann hob der Hund ruckartig den Kopf, spitzte die Ohren. Jetzt hörte Sahas es auch: Stimmen, von Männern. Sie näherten sich, langsam, flüsternd. Der Hund warf einen Blick in die Richtung, aus der die Geräusche zu ihnen drangen, und plötzlich zerriss ein schrecklich lauter Knall die Stille. Der Hund lief weg, langsam, lautlos und an den Boden gedrückt. Sahas folgte ihm, ebenfalls leise und gebückt. Der Hund wurde schneller und schneller. Sahas hatte Mühe, hinter ihm zu bleiben.

KAPITEL 2

Olaf hatte lange genug auf den Marschbefehl gewartet. Es war schon einige Wochen her, dass der Bauer vom Leineweberhof und noch ein paar andere Kerle auf ihn zugekommen waren und ihm das verlockende Angebot gemacht hatten. Genau im richtigen Moment, denn die Zeiten waren hart. Seit fast zwei Jahren war Olaf nun arbeitslos und bald würde er Hartz IV beantragen müssen. Er würde auch in den kommenden Wochen keinen Job finden. Als Busfahrer ohne Führerschein war das nicht so einfach. Lagerarbeiter ging nicht wegen seines Rückens, Landarbeiter auch nicht. Einräumer im Supermarkt stand noch auf der Liste, doch die hatten ihn nicht genommen, weil er beim Vorstellungsgespräch zu viel intus gehabt hatte. Egal, er war nicht scharf auf so einen Scheißjob, und wenn sich ihm ab und zu Gelegenheiten wie diese bieten würden, war das Leben ja erträglich. 5.000 Euro hatte der Bauer geboten. Da Olaf den Job aber nicht alleine machen konnte, musste er jemanden finden, der ihm half.

Karsten, genannt Kiste, war der Auserwählte. Der hatte gerade mal wieder einen Job, allerdings nur Teilzeit in einem Getränkecenter zum Mindestlohn. Kiste war für solche Sachen zu haben. Und Kiste hatte ein Auto – oder genauer gesagt sein Bruder, der momentan in Lüneburg eine kurze Haftstrafe wegen Kreditkartenbetrugs absaß und den Wagen nicht brauchte. Das Auto war für den Abtransport bestimmt. Die Auftraggeber bestanden nämlich darauf, zu sehen, dass der Job erledigt war. Das war der gefährlichste Teil der Sache.

Egal. Am Nachmittag war der Anruf gekommen und es konnte losgehen. Die Warterei bis zum Einbruch der Dunkelheit hatte Olaf fast irre gemacht. Er hätte zu gerne seine Aufregung mit einem Kümmel oder zwei heruntergeregelt, doch das verbot sich von selbst. Er musste eine ruhige Hand und ein ungetrübtes Auge haben. Das mit der ruhigen Hand war schwierig. Viele Jahre der Sauferei ließen sich nicht wegdrücken. Er hatte auch lange nicht mehr geschossen. Eigentlich wollte er vor dem Einsatz üben, aber wo hätte er das tun sollen? Im Schützenverein war er seit Langem nicht mehr und für ein ruhiges Plätzchen im Wald hätte er gehen müssen. Mit dem Gewehr über der Schulter. Auf dem Weg von seiner kleinen Bude am Stadtrand von Dannenberg bis in den nächsten Wald war es fast eine Stunde zu Fuß. Unterwegs wäre ihm bestimmt jemand begegnet und hätte doofe Fragen gestellt.

Die alte doppelläufige Schrotflinte seines Vaters lag nun geölt und geladen vor ihm auf dem Wohnzimmertisch. Sie würde ihren Zweck erfüllen.

Die Sonne ging unter. Es klingelte. Olaf öffnete die Tür. Kiste lehnte betont lässig am Türrahmen und sog an einer Zigarette. Er war etwas jünger als Olaf, 48 oder so, aber das sah man ihm nicht an. Die grauen Haare hingen dünn und strähnig auf die Schultern. Rasiert hatte er sich sicher seit zwei Wochen nicht mehr. Kiste trug ein grünes T-Shirt und eine abgeschnittene Jeans, dazu ausgelatschte Sneakers. Wenigstens hatte er sich an Olafs Anweisung gehalten und keine grellen Farben angezogen wie sonst.

»Im Wald wird nicht geraucht«, sagte Olaf streng und Kiste nickte nur.

»Warte hier«, sagte Olaf, der nicht wollte, dass Kiste einen Fuß in seine unordentliche Bude setzte, obwohl es bei ihm zu Hause sicher nicht besser aussah. Er schob das Gewehr in das dunkelgrüne Futteral und zog sich die hellgrüne Weste an, in deren Taschen er ein paar Patronen verstaut hatte. Dann verließen sie das Haus.

Zum Auto mussten sie ein Stück gehen, weil man nicht direkt bis zu Olafs Hütte fahren konnte, die in einer Art Schrebergartensiedlung lag. Sie kamen an der Bushaltestelle vorbei, an der immer die kleinen Jungs aus den Hochhäusern herumlungerten und kifften. Sie musterten Olaf und Kiste interessiert.

»Ey, Almans«, rief der Kleinste von ihnen, »was habt ihr denn vor? Einen umlegen?«

»Halt die Fresse, du Schwuchtel, sonst bist du der eine«, rief Kiste und Olaf boxte ihn in die Rippen.

»Spinnst du? Ich will jetzt keinen Ärger mit den Kanaken.«

»Halt du die Fresse, Alman«, rief ein anderer aus der Gruppe, »sonst komm ich mal rüber.« Sie lachten.

Olaf und Karsten gingen etwas schneller. Bevor die Situation eskalieren konnte, waren sie schon an Karstens Wagen. Kiste schloss den alten Golf auf und Olaf legte das Gewehr auf die Rückbank.

»Hey, nicht dahin«, zischte Kiste, »in den Kofferraum, da sieht das Ding keiner.«

Karsten setzte sich hinters Steuer und zündete sich noch eine Zigarette an.

»Oh, muss das sein?«, maulte Olaf, dem es bei allen schlechten Angewohnheiten wenigstens gelungen war, mit dem Rauchen aufzuhören. Vor Jahren schon.

»Sind wir hier im Wald, oder was?«, sagte Kiste und lachte. Sie fuhren los. Es war verdammt heiß in dem alten Wagen, eine Klimaanlage gab es natürlich nicht, und das

Fenster auf Olafs Seite ließ sich nicht öffnen. Die Kurbel fehlte. Am Rückspiegel baumelte ein grüner Duftbaum, der sicher längst den Gestank der vielen Zigaretten angenommen hatte, die hier geraucht wurden. Der Fußraum auf der Beifahrerseite war vollgemüllt mit McDonald's-Verpackungen, leeren Zigarettenschachteln und Coladosen. Olaf versuchte, das Radio einzuschalten, doch Kiste sagte nur: »Kaputt.«

Olaf beobachtete Kiste. Der Kerl schien kein bisschen nervös zu sein. Schnallte er nicht, dass sie auf dem Weg waren, eine schwere Straftat zu begehen, auf die viele Jahre Knast stand?

Die beiden Männer kannten sich erst knapp zwei Jahre. Sie hatten sich bei einem Bewerbungstraining des Arbeitsamtes kennengelernt und waren nach dieser komplett sinnlosen Maßnahme in Olafs Stammkneipe versackt. Dort liefen sie sich seitdem immer wieder über den Weg, denn Kiste hatte die Sport-Klause auch zu seiner Stammkneipe erkoren. Waren sie Freunde? Olaf stellte sich diese Frage nicht. Mit Kiste konnte er trinken, lachen und quatschen, den ganzen Mist für ein paar Stunden vergessen. Und er konnte mit ihm so ein Ding drehen und sich einigermaßen darauf verlassen, dass Kiste ihn nicht verpfeifen würde.

»Bist du sicher, dass wir das mit ner Schrotflinte hinkriegen?«, fragte Kiste, als sie auf der Dannenberger Straße Richtung Südosten den Ort verließen.

»Ich denke schon. Hast du was Besseres?«

»Nee. Ich mein ja nur.«

»Du sollst nicht meinen, Kiste, du sollst tun, was ich dir sage. Dafür bekommst du nen Tausender.«

»Und die Arschlöcher tun wirklich bloß 2.000 raus? Ich finde, das ist echt wenig.«

»Ja, ist halt so. Hättest ja nein sagen können, dann hätte ich jemand anders gefragt. Verhandeln ist mit denen nicht.«

»Ja, ja, ist schon gut.«

Olaf hatte kein schlechtes Gewissen, Karsten hinsichtlich des Geldes zu belügen. Er hatte den Job aufgetrieben, er besaß das Gewehr und er würde am Ende schießen. Da war es nur gerecht, dass sein Anteil größer ausfiel. Das hätte Kiste aber nie eingesehen, und deshalb war es besser, die Wahrheit etwas zu bearbeiten.

»Wie ist dieser Bauer überhaupt auf dich gekommen, Olaf?«, fragte Kiste. »Kennste den? Ist doch gar nicht unsere Gegend.«

»Nee. Ich kenne einen von seinen Arbeitern – oder besser Sklaven. Siggi heißt der. Mit dem war ich im Schützenverein. Der ist aber auch ziemlich parterre inzwischen. Der hat mich wohl empfohlen.«

»Und warum macht der Siggi den Job nicht selbst, wenn er so parterre ist?«

»Was weiß ich, Kiste. Weil er zu alt und zu blind dafür ist, weil er Schiss hat. Mir egal.«

Kiste konnte nie lange die Klappe halten. Schon stellte er die nächste blöde Frage. »Und woher weißt du, wo wir suchen müssen? Ich mein, der schlägt ja nicht irgendwo ein Zelt auf und wartet auf uns«, sagte er, während er zu schnell durch eine langgestreckte Kurve auf der Dannenberger Straße Richtung Gorleben fuhr. Der alte Wagen schlingerte beunruhigend. Es war nun fast dunkel.

»Der Bauer hat ihn da gestern Abend rumschleichen sehen, und wenn er heute ein paar Schafe auf seine Weide stellt, dann taucht der Mistkerl wieder auf. Garantiert.«

Karsten schwieg einen Moment und starrte auf die Straße. Er schien nachzudenken. Olaf war sicher, dass er selbst der Intelligentere von ihnen beiden war, doch er vermied es, Kiste das spüren zu lassen.

»Sind ja eigentlich ganz tolle Tiere, oder?«, sagte Kiste versonnen.

»Hä? Alles klar bei dir? Jetzt werd bloß nicht gefühlsduselig. Wir machen das Monster platt. Wir sind nicht im Auftrag von Greenpeace unterwegs.«

»Ja, ja. Keine Sorge. Aber wieso ist der überhaupt alleine? Sind die nicht sonst im Rudel unterwegs?«

»Das ist so ein Einzelgänger. Ein alter Hund. Der macht besonders viel kaputt, wenn er die Gelegenheit dazu hat.«

»Aha, hast du ne Doku gesehen, oder was?«, fragte Kiste und grinste.

»Nee. Hat der Bauer mir erzählt.«

»Und was ist, wenn das Monster auf uns losgeht? Ich mein, wenn der so ein Lonesome Cowboy ist …«

»Mensch, Kiste, kriegste Schiss, oder was?«

»Nee, Quatsch. Wenn der böse Wolf kommt, dann machst du ihn doch mit einem Schuss aus deinem Henrystutzen sofort platt, oder, Old Shatterhand?«, Kiste lachte sich kaputt über seinen eigenen blöden Witz. Fast hätte er den Abzweig verpasst, den Olaf mit einem Fingerzeig angekündigt hatte.

Nun fuhren sie langsam über eine schmale, asphaltierte Straße tiefer in den Wald hinein. Olaf suchte auf seinem Smartphone nach der Stelle, die der Bauer ihm genannt hatte. Bis auf das unrunde Motorgeräusch des Golfs war es totenstill. Keine Menschen, keine Autos, das Ende der Welt.

»Hier halten wir, Kiste. Fahr da rechts in den kleinen Waldweg rein«, kommandierte Olaf und Kiste gehorchte. Er stellte den Motor ab und sie stiegen aus. Olaf nahm das

Gewehr aus dem Kofferraum und zog es aus dem Futteral. Er ließ die Hülle im Auto liegen und knickte den Doppellauf der Flinte ab, um sich zu vergewissern, ob wirklich zwei Schrotpatronen in den Läufen steckten.

Kiste musterte den geparkten Wagen. »Der kann doch so nicht stehen bleiben. Wenn den jemand sieht und sich das Nummernschild notiert, dann …«

»Was willste denn machen? Ne Tiefgarage ist hier nicht, Kiste.«

»Ich versteck den da hinter dem Stapel«, sagte Kiste und sprang ins Fahrzeug. Umständlich kurvte er hinter den verwitterten Holzstapel, den sein Besitzer sicher längst vergessen hatte, und bohrte den Golf regelrecht in das Gebüsch. Die paar Kratzer mehr würden neben den vielen anderen nicht auffallen.

Kiste ging einige Schritte und betrachtete aus der Entfernung sein Versteck. »Genial ist das, Olaf, wie weggezaubert, die Karre.«

»Ja, Kiste, bist Siegfried und Roy in einer Person.«

»Und jetzt?«, fragte Kiste voller Tatendrang.

»Jetzt gehen wir in diese Richtung in den Wald rein. Auf der anderen Seite, ungefähr 800 Meter von hier, ist die Weide von dem Bauern, wo er hoffentlich seine stinkenden Heidschnucken platziert hat. So wie der Wind im Moment steht, wird der Wolf die Schafe wittern, aber nicht uns, weil wir aus der anderen Richtung kommen. Verstehste?«

»800 Meter?«, bellte Kiste. »Wird das ne verfickte Nachtwanderung, oder was?« Kiste wollte sich schon wieder eine Zigarette anzünden, doch ein kritischer Blick von Olaf reichte, um ihn zu stoppen.

»Wir gehen jetzt da rein«, sagte Olaf ernst und deutete auf die dunkelgrüne Wand aus Fichten, die sich vor ihnen aufbaute. »Und wir halten die Fresse, kein Wort. Wir sind auf der Jagd, kapiert?«

Kiste nickte.

Leicht gebückt schlichen sie in den Wald. Olaf hatte das Gewehr so über der Schulter hängen, dass er es sofort in Anschlag bringen konnte.

Es war stockfinster. Kein Mond, keine Sterne. Zwischen den dichten Bäumen hätte Licht auch kaum eine Chance gehabt. Natürlich hatten sie Taschenlampen dabei, aber da hätten sie ja gleich laut herumbrüllen können. Olaf hatte einen Kompass mit Leuchtzeigern in der Hand und folgte stur der eingeschlagenen Richtung. Immer wieder stolperten sie über Wurzeln, traten in tiefe Furchen. Sie mussten um Haufen abgestorbener Äste herumgehen. Äste bohrten sich in ihre Beine. Sie kamen recht langsam voran. Das trockene Laub und die kleinen Zweige unter ihren Füßen machten einen Höllenlärm in dieser totenstillen Umgebung. Olaf hoffte, dass der leichte Wind, der zwischen den Bäumen hindurchstreifte, ihre Geräusche von den empfindlichen Ohren des Wolfes fernhielt.

Der Wald war sehr dicht. Unordentlich standen die gut 20 Meter hohen Fichten nebeneinander. Es gab keine Lichtungen, keine Flächen für die Holzarbeiter oder Picknickplätze für Wanderer. Unvermittelt legte Olaf Karsten die Hand auf die Schulter und bedeutete ihm, sich hinzusetzen. Auch er selbst ließ sich auf den Waldboden sinken. Sie drehten sich in die Richtung, in der Olaf die Weide in ungefähr 200 Metern Entfernung vermutete, und starrten in die Dunkelheit. Olaf bildete sich ein, einen leichten Schafsgeruch wahrzunehmen. Es war offensichtlich, dass sich Kiste zusammenreißen musste, um nicht irgendeinen Quatsch zu reden. Nach einer halben Stunde, in der sich

Karsten alle 30 Sekunden anders hingesetzt hatte, hielt er es nicht mehr länger aus.

»Wie lange sollen wir jetzt hier rumhocken?«, flüsterte Kiste.

»Bis er kommt.«

»Der Wolf?«

»Ja, der. Und der Mond.«

Kaum, dass Olaf das gesagt hatte, wurde es über ihren Köpfen hell. Nicht wirklich hell, aber in dieser Dunkelheit wirkte jedes Glühwürmchen wie eine Flutlichtanlage. Nun konnten sie mehr von ihrer Umgebung erkennen. Die Weide, die Heidschnucken oder gar den Wolf sahen sie jedoch nicht.

Eine Viertelstunde später stand Olaf auf und ging langsam in Richtung Weide. Kiste folgte. Irgendwann zeigte er mit dem Finger nach rechts auf etwas zwischen den Bäumen. Zunächst erkannte Olaf nichts, doch dann bemerkte auch er ein schwaches Licht, das zwischen den Stämmen hindurchschimmerte. Irgendwo da hinten musste ein Haus sein. Würde der Wolf hier überhaupt auftauchen, wenn so nah Menschen lebten? Aber der Bauer hatte ihn in der Nähe gesehen, also würde er kommen.

Langsam gingen sie weiter. Kiste platzte fast vor Mitteilungsdrang.

»Hat die ganze Aktion überhaupt noch Sinn?«, maulte er in einer Lautstärke, die nicht mehr als Flüstern durchging.

»Halt den Rand«, zischte Olaf ihn an, »sonst können wir wirklich gleich abhauen.«

Und plötzlich, an einer Stelle, an der die Bäume etwas unregelmäßiger verteilt wuchsen und sich ein kleiner Hügel erhob, stand auf diesem Hügel: der Wolf. Sie sahen ihn von der Seite und er blickte in die Richtung, in der sie kurz zuvor das Licht entdeckt hatten. Olaf brach augenblicklich der Schweiß aus. Nie zuvor war er einem Wolf in freier Wildbahn begegnet. Klar, im Wildpark Schwarze Berge, da gab es auch Wölfe, aber hier im Wald, keine 50 Meter entfernt, das war schon verdammt krass.

Olaf hatte in der Zeitung gelesen, dass es inzwischen wieder viele Wölfe in der Gegend gab. Man sprach von zehn Wolfsrudeln allein im östlichen Niedersachsen. Sie wurden zu einer echten Plage für die Schaf- und Rinderzüchter und erschießen durfte man sie nicht. Bis zu fünf Jahre Gefängnis und 50.000 Euro Strafe drohten beim Abschuss eines Wolfes. Olaf konnte verstehen, dass die Bauern das nicht einsahen. Warum sollte man ihnen verbieten, ihr Eigentum zu schützen? Aber so war das heute. Da haben die Ökos aus der Stadt mehr zu sagen als die Leute, die jeden Tag mit harter Arbeit auf dem Land ihr Geld verdienen müssen. Zum Kotzen.

Olaf hob langsam die Büchse und legte an. Er zitterte. Seit fast 24 Stunden hatte er keinen Tropfen getrunken. Das war er nicht gewohnt. Und aufgeregt war er. Nur einen guten Schuss entfernt von 4.000 Euro Cash. Es musste klappen.

Er spannte den Hahn. Das Klicken dröhnte in seinem rechten Ohr wie eine Bombenexplosion. Nun drehte der Wolf seinen Kopf, schaute in Olafs Richtung und spitzte die Ohren – für den Bruchteil einer Sekunde. Dann sprang er von dem Hügel und verschwand zwischen den Bäumen.

Scheiße, weg. Keine Chance mehr, ihn zu erwischen. Mit diesem Gedanken zog Olaf den Abzug. Ein fürchterlicher Knall und im grellen Feuerschein der Büchse bemerkte Olaf noch etwas. Etwas Kleines, Helles huschte hinter dem Wolf her. Ein Junges? Ein Welpe? Nein, dafür war es zu groß. War es ein Mensch, ein kleiner Mensch? Oder irrte er sich? Er pinkelte sich fast ein vor Aufregung.

»Kiste, hast du das gesehen?«, zischte er dem Komplizen zu, der zehn Meter entfernt hinter einem Baum kauerte.

»Ja, habe ich. Du hast danebengeschossen, Old Shatterhand.« Er kicherte leise.

»Ach Quatsch, ich meine das Kind. Da war doch ein Kind, oder ein kleiner Erwachsener, irgendwas.« Olaf bemühte sich nicht länger, leise zu sein. Der Wolf war weg.

»Nee, da war nix. Nur der Wolf. Bis er nicht mehr da war.«

»Du bist ja total blind«, schimpfte Olaf und ging vorsichtig zu der Stelle, an der vorher der Wolf gestanden hatte. Er hatte Angst. Wenn da nun wirklich ein Mensch gewesen war und er ihn getroffen hatte? Nicht auszudenken. Dann wäre er geliefert. Er suchte den Waldboden ab. Schließlich auch mit der Taschenlampe, die er in seiner Weste bei sich trug. Er leuchtete in Büsche, in Farne.

»Was machst du?«, fragte Kiste, der ihm gefolgt war. »So verjagst du das Vieh auf jeden Fall.«

Olaf antwortete nicht. Langsam machte er ein paar Schritte in die Richtung, in die der Wolf und die andere Gestalt gelaufen waren, und leuchtete auf den Boden vor seinen Füßen. Er war darauf vorbereitet, jeden Moment auf etwas Schockierendes zu stoßen. Blut. Oder vielleicht sogar einen Menschen. Verletzt. Tot. Warum rennt da mitten in der Nacht einer im Wald rum? Verdammter Mist.

Doch er entdeckte nichts Schockierendes. Olaf und Kiste irrten planlos durch den Wald, dem schmalen Lichtschein von Olafs Taschenlampe folgend. Sie hatten sich verlaufen. Irgendwann standen sie vor dem Haus, dessen Licht sie vermutlich schon zu Beginn ihrer Jagd von Weitem gesehen hatten.

Es war ein einfaches Bauernhaus, wie es sie viele in der Gegend gab. Eineinhalb Stockwerke, ein Dach, das früher sicher mal mit Reet gedeckt war, nun aber mit vermoosten Ziegeln. Es war in schlechtem Zustand, auch das Fachwerk und die Ziegel der Wände des Hauses schienen nicht gepflegt. Von den hölzernen Fensterrahmen blätterte der weiße Lack. Das Haus war mittelgroß, kein fetter Gutshof, aber auch keine Kate. Olaf schätzte sechs Räume im Erdgeschoss und ebenso viele im Dachgeschoss, vielleicht ein Keller.

»Wo willst du hin?«, fragte Kiste, als Olaf langsam an dem Haus vorbei auf den Hof schlich. »Meinst du, der Wolf hat sich da verschanzt und nimmt erst mal ne warme Dusche, oder was?«

Olaf schüttelte genervt den Kopf und ging weiter. Erst jetzt bemerkte er, dass er die ganze Zeit die Büchse fast schussbereit unter dem Arm trug. Eine Patrone steckte noch im Lauf. Der Wolf würde sich sicher nicht auf diesen Hof flüchten. Aber vielleicht der Mensch, den Olaf glaubte, gesehen zu haben.

Mitten auf dem Hof blieb er stehen. Neben dem Hauptgebäude gab es einen kleinen Schuppen, dessen Tor offenstand, es befand sich kein Fahrzeug darin. Gegenüber dem Haupthaus und ein wenig abseits entdeckte er eine etwas größere Scheune. Der Vollmond stand nun so, dass er alles gut erkennen konnte. Die Scheune war in noch schlechterem Zustand als das Haupthaus. In dem zweiflügeligen Holztor fehlten einige Latten. Das Tor hing schief in seinen Angeln. Im Dach klafften große Löcher. Was auch immer in dieser Scheune gelagert wurde, es konnte nicht mehr viel taugen.

Der Hof war bewohnt. Davon zeugten Gartengeräte und verblichene Liegestühle, die an der Hauswand lehnten, eine überquellende Mülltonne und eine leere, eingestaubte Colakiste, die neben der dreistufigen Treppe zum Haupteingang stand. Rechts neben dem Haus meinte Olaf einen Garten zu erkennen, mit Bohnenstangen und Tomatenstauden. Die Haustür war einen Spaltbreit geöffnet. Olaf ging darauf zu. Kiste trippelte hinter ihm her.

»Was hast du vor, Alter?«, raunte er. »Lass uns abhauen. Hier ist der Scheißwolf nicht. Wir kriegen nur Ärger.«

Olaf blieb stehen.

»Irgendwas stimmt da nicht«, sagte er und blickte Kiste an.

»Was meinst du? Du machst mir Angst, Mann.« Er kicherte verlegen.

»Die Tür steht offen, mitten in der Nacht. Und drinnen brennt Licht, aber es ist niemand zu sehen«, sagte Olaf.

»Ja. Weil alle schlafen. Die Tür haben sie vergessen. Ist ja auch egal«, sagte Kiste hastig, »hierher verirrt sich sowieso kein Schwein. Ist ja der Arsch der Welt. Guck mal dahinten.« Kiste deutete auf die Zufahrt zum Hof. »Soll das ne Straße sein? Das ist ein verdammter Dschungel. Wer in dieser Bruchbude wohnt, will keinen Besuch. Lass uns abhauen.«

Karsten drehte sich, um in der Richtung zu verschwinden, aus der sie gekommen waren. Doch Olaf ging auf das Haus zu. Er fühlte sich wie magisch angezogen von der offenen Tür. Er sah auf sein Handy. Mitternacht.

Karsten folgte Olaf ganz dicht. »Was willst du da?«, jammerte er.

Olaf stieg die drei Stufen zum Wohnhaus hoch. Es war sicher noch dieselbe Tür wie vor mindestens hundert Jahren, als es gebaut worden war. Der grüne Lack blätterte ab, darunter kam blauer Lack zum Vorschein. Das Schloss war nicht so alt. Es war mit einem vertikalen Sperrriegel im Innern verbunden. Ein guter Einbruchschutz, soweit Olaf das beurteilen konnte. Wieso war die Tür dann nicht abgeschlossen?

Langsam schob er sie auf. Das Gewehr hatte er immer noch unter dem Arm und die ausgeschaltete Taschenlampe in der linken Hand.

Direkt hinter der ausgetretenen hölzernen Türschwelle begann ein schwarz-weiß-karierter Fliesenboden. Einige Fliesen waren zerbrochen. Olaf spähte in den dunklen Hausflur. An der Wand zog sich bis auf Brusthöhe eine schäbige Holzverkleidung hoch, die sich über den gesamten Flur zu erstrecken schien. Schemenhaft erkannte Olaf Möbel, einen Leuchter mit Wachskerzen anstelle von Glühbirnen unter der Decke, ein kleines Tischchen, darauf eine merkwürdige Skulptur mit einem bunten Elefantenkopf und ein Kerzenleuchter mit drei Kerzen. Im hinteren Bereich lag etwas auf dem Boden, von dem Olaf nicht wusste, was es war. Er schaltete die Taschenlampe ein. Dann stockte ihm der Atem.

»Scheiße, Kiste«, sagte Olaf, als er wieder Luft bekam. »Siehst du das? Da liegt einer. Und dahinter noch einer. Und Blut, überall Blut. Oh, Mann.«

Doch Kiste war längst weg. In großen Schritten war der sonst so behäbige Kerl über den Hof getürmt und steuerte den Zufahrtsweg an, den er vorher noch so geringschätzig bewertet hatte.

Olaf konnte seinen Blick nicht von den beiden Menschen wenden, die regungslos im Halbdunkel lagen. Sie waren offensichtlich tot. Fliegen schwirrten umher. Der vordere Tote war ein Mann mit hellem Vollbart und mittellangen blonden Haaren, die an Stroh erinnerten. Er war jünger als Olaf. 40 vielleicht. Er trug nur eine verwaschene Unterhose und ein rotes T-Shirt. Seine weit geöffneten Augen starrten zur Decke, von seinem Hinterkopf hatte sich eine große, inzwischen angetrocknete Blutlache über die Fliesen ergossen. Die Person dahinter lag auf der Seite und von Olaf abgewandt. Er konnte weder erkennen, wie alt sie war, noch ob Mann oder Frau. Intensiv nahm er den metallischen Geruch von Blut wahr. Kurz war Olaf versucht, zu den Körpern zu gehen, sie sich genauer anzusehen.

Doch Kiste rief über den Hof: »Olaf, komm, wir müssen weg hier. Die Bullen rufen. Schnell!«

Olaf zögerte noch einen Moment, lief dann aber hinter Kiste her in den Zufahrtsweg. Er sah auf sein Handy. »Scheiße, kein Empfang, wir können die Bullen nicht rufen«, stöhnte er, während sie den zugewachsenen Weg hinunterrannten, wobei sie sich durch dichte Mückenschwärme kämpften. Das Gewehr baumelte am Trageriemen um Olafs rechte Schulter und schlug ihm schmerzhaft gegen das Knie.

»Ich habe doch gesagt, dass da was nicht stimmt«, sagte Olaf, als sie auf einen schmalen, nicht asphaltierten Waldweg einbogen. Nun rannten sie nicht mehr. Nach Luft schnappend gingen sie, so schnell sie konnten. Der Mond war hinter Wolken verschwunden. Es war wieder stockdunkel. Beide schwitzten aufgrund der körperlichen Anstrengung, aber auch, weil es in dieser Sommernacht sicher noch 24 Grad hatte. Handyempfang hatten sie nach wie vor keinen.

»Bist du sicher, dass wir hier richtig sind?«, fragte Kiste. »Ich meine, unser Wagen steht irgendwo da hinten.« Er deutete unbestimmt in den Wald.

»Ja, glaub schon, das ist die richtige Richtung. Aber man kommt ja völlig durcheinander hier. Nur Bäume.« Olaf zog den Kompass aus der Tasche und sah ratlos darauf. Natürlich sagte ihm das Gerät nicht, wo sie den Golf geparkt hatten.

»Hast du den Standort des Autos nicht in deinem Handy markiert, auf Google Maps?«, fragte Kiste, der seine Panik nicht verbergen konnte.

»Nein, du Klugscheißer«, rief Olaf, »das wäre doch dein Job als Fahrer, oder?«

Kiste zuckte mit den Schultern. Eine Zeitlang gingen sie schweigend den dunklen Weg entlang durch den Wald. Kiste rauchte seine letzte Zigarette. Ein Handynetz hatten sie immer noch nicht.

»Ey, Olaf, meinst du, der Kerl, der das gemacht hat, ist hier noch irgendwo?«, fragte Kiste.

»Glaube ich nicht«, sagte Olaf. »Der ist weg. Das ist schon ein paar Stunden her.«

»Ach echt? Bist du jetzt ein verfickter Rechtsmediziner, oder was?«, sagte Kiste.

»Mal was anderes, Kiste«, sagte Olaf und bemühte sich, beim Sprechen die wirren Gedanken in seinem Kopf zu ordnen. »Wenn wir die Bullen rufen, was erzählen wir denen denn, warum wir mitten in der Nacht auf diesem Hof waren? Mit einem Gewehr.«

»Äh, ja, wir waren auf der Jagd. Schwarzwild. Das hat Saison, glaube ich.«

Olaf blieb stehen und sah Kiste verwundert an: »Ach, bist du jetzt hier der Oberförster? Dann vergiss aber nicht, dass wir beide weder einen Jagdschein noch eine Besitzkarte für die Wumme haben.«

Sie gingen weiter die Straße entlang. Beide dachten nach. Es schien nun wichtiger, die richtige Geschichte zu finden als das Auto.

»Das Gewehr verstecken wir irgendwo«, sagte Kiste schließlich. »Und wir sagen einfach, dass wir spazieren waren. Schöne lauschige Sommernacht. Weißt schon.«

»Als schwules Pärchen, oder was? Du spinnst doch, Kiste.«

»Nein, wir haben uns verlaufen. Beim Wandern, als es dunkel wurde.«

»Vergiss es. Das glaubt uns niemand. Am besten, wir sehen zu, dass wir den nächsten Ort erreichen und rufen dort von einer Telefonzelle aus anonym die Polizei an.«

In einiger Entfernung kreuzte eine Landstraße. Das erkannten sie daran, dass schon zwei Autos mit hoher Geschwindigkeit vorbeigefahren waren. Es war sicher nicht die Straße, an der ihr Golf stand. Aber vielleicht konnten sie von dort ein Stück trampen.

An der Landstraße angekommen, waren sie erneut ratlos. Links oder rechts? Sie entschieden sich für rechts, denn Olaf war sicher, dass es dort nach Gartow ging, einem Kaff, dessen Namen er auf dem Hinweg auf einem Schild gelesen hatte.

»Eine Telefonzelle«, murmelte Kiste vor sich hin, »wo gibt es denn im verfickten Handyzeitalter noch eine Telefonzelle?«

In diesem Moment näherte sich von hinten ein Fahrzeug. Ohne lange nachzudenken, streckte Olaf den Daumen raus. Als das Auto näher kam, erkannte er, dass es die Polizei war. Zu spät. Der Streifenwagen hielt an.

KAPITEL 3

Sabine Langkafel war hundemüde. Stunden nach Feierabend war ein Notruf eingegangen, und weil sie die Einzige war, die in der Nähe der Polizeistation Gartow wohnte, musste sie raus. Genau genommen lebte auch ihr Vorgesetzter Jakob Metzger im Ort, sogar in der kleinen Wohnung über der Wache in dem hübschen Rotklinker-Fachwerkhaus, aber Metzger war an einem Freitagabend nach 24 Uhr nicht mehr fahrtüchtig. Eigentlich an keinem Abend der Woche.

Also hatte Sabine sich entgegen den Gepflogenheiten alleine aufgemacht. Ein richtiger Notruf war es sowieso nicht. In Trebel lief offenbar eine Gartenparty aus dem Ruder, und mehrere Nachbarn hatten die 110 gewählt und die Beamten beschimpft, die darauf hingewiesen hatten, dass das für solchen Kleinkram die falsche Nummer sei.

Die zehn Kilometer über die schnurgerade B493 durch den Wald bis Trebel legte Sabine mit dem Streifenwagen um diese Nachtzeit in weniger als zehn Minuten zurück. Als sie in die Straße einbog, die als Herd der Unruhe gemeldet worden war, drang der Partylärm durch das offene Fenster zu ihr. Überall am Straßenrand waren Autos geparkt. Kennzeichen aus der Gegend, aber auch aus Hamburg und Celle.

Vor einem großen, modernen Einfamilienhaus hielt sie an. Eine Handvoll junger Leute stand und saß im Vorgarten, Flaschen und Gläser in den Händen, einige tanzten. Durch die geöffnete Eingangstür und die beleuchteten Fenster sah Sabine noch mehr Menschen. Das Haus war regelrecht vollgestopft mit Partygästen. Und sie vermutete, dass es dahinter im Garten weiterging. Technomusik dröhnte zu ihr herüber, begleitet vom Lachen und Kreischen der Feiernden.

Sabine stieg aus dem Streifenwagen, verschloss ihn, setzte die Dienstmütze auf und ging auf das Gebäude zu. Es war immer noch sehr warm, deshalb trug sie nur Uniformhemd und -hose, keine Jacke. Zwei junge Kerle, 20 vielleicht, bemerkten sie und musterten sie von oben bis unten.

»Du hast dich aber originell verkleidet, Süße«, sagte einer von ihnen. Er war offensichtlich völlig betrunken. »Bist du die Stripperin, die Emil uns versprochen hat?«

»Ganz vorsichtig«, entgegnete Sabine und sah den Burschen böse an. »Sonst können Sie gleich im Wagen Platz nehmen.«

»Ist ja schon gut«, sagte er verschreckt.

»Wo finde ich denn den Veranstalter dieses exklusiven Events?«, fragte sie die beiden.

»Der Emil? Der ist sicher im Garten. Am Pool. Oder so.«

»Emil weiter?«

»Emil Möller«, sagte nun der andere Junge, der nicht ganz so betrunken schien wie sein Freund.

Sabine ging ums Haus und gelangte in einen großen Garten, der von einem offenen Swimmingpool beherrscht wurde. Neben dem Pool standen auf Stativen riesige Boxen. Bunte Scheinwerfer tauchten das Geschehen in eine discoartige Beleuchtung. In einer Feuerschale brannten dicke Holzscheite. Sabine schätzte, dass sich ungefähr 40 Leute im Garten aufhielten. Viele im Pool. Manche in voller Bekleidung, andere in Badesachen, ein Junge und ein Mädchen ganz nackt. Auf der Wiese lagen engumschlungene Paare, auf der Terrasse wurde getanzt. Niemand hier war über 25. Auf den zahlreichen Gartenmöbeln saßen die Menschen, lachten, tranken, rauchten und schliefen. Ein leichter Hauch von Marihuana wehte zu Sabine herüber.

Die meisten der Feiernden nahmen keine Notiz von der Polizistin, die da mitten unter ihnen stand und ganz offensichtlich keine Stripperin war, sondern echt und bewaffnet.

»Suchen Sie mich?«, fragte eine Stimme hinter ihr plötzlich. Sabine drehte sich um. Ein junger Mann lächelte sie herausfordernd an. Er war blond, groß, schlank, gutaussehend. Er trug eine kurze helle Leinenhose, sonst nichts. Sein trainierter Oberkörper war braungebrannt. Falls er so betrunken war wie seine Gäste, konnte er das gut verbergen.

»Wenn Sie Emil Möller sind, dann ja.«

»Haben sich meine Dorfdeppennachbarn wieder beschwert?«, fragte er und nahm einen Schluck aus der Bierflasche, die er lässig in der Hand hielt. Eine junge Frau kam aus dem Dunkel des Gartens. Sie rückte sich ihren kurzen Rock und das knappe Top zurecht und stellte sich dicht neben Emil.

»Man darf doch einmal im Jahr laut sein, oder, Emil?«, lallte sie und hielt sich an seiner Schulter fest. Sie sah Sabine aus glasigen Augen an.

»Nein, meine Liebe«, sagte Sabine betont kräftig. Man hatte ihr in der Ausbildung gesagt, dass sie dazu neige, mit Kleinmädchenstimme zu sprechen, besonders bei Leuten, die ihr sympathisch wären. Das schränke die Autorität ein, hatte es geheißen.

»Das ist ein Gerücht. Sie dürfen Ihre Mitmenschen nicht belästigen. Nie.« Und an Emil gewandt sagte sie: »Ich nehme an, das ist das Haus Ihrer Eltern.«

Emil nickte.

»Und sind die da oder kommen die demnächst?«

»Nee«, sagte Emil und grinste wieder frech, »die sind in Thailand.«

Sabine war einigermaßen verwundert darüber, dass die Party trotz eines Streifenwagens vor der Tür und einer Polizistin im Garten mit unverminderter Heftigkeit weiterging. Hatten diese Rich Kids keinerlei Respekt vor der Polizei? Es lag ihr nicht, den harten Bullen rauszukehren, aber sie durfte sich auch nicht auf der Nase herumtanzen lassen. Wie würde es ablaufen, wenn ihr Chef Metzger hier erschiene? Er war fast doppelt so alt wie sie, dick, hatte eine brutale Visage, wenn er wollte, obwohl er eigentlich ein eher weicher Kerl war. Würden diese kleinen Angeber vor Jakob strammstehen?

Hatte Sabines Vater recht, der mal gesagt hatte, dass sie für eine Polizistin viel zu attraktiv sei, da die bösen Buben eine schöne Frau nicht ernst nahmen? Und zu jung für einen solchen Einsatz war sie vermutlich ebenfalls. Sie war ja nur wenige Jahre älter als die Feiernden.

Egal. Sie hatte das Recht auf ihrer Seite, und das musste durchgesetzt werden.

»Okay«, sagte sie und sah Emil, wie sie hoffte, entschlossen an, »wir können das nun auf zwei Arten machen. Entweder Sie schalten sofort die Musik aus und verziehen sich mit Ihren Gästen ins Haus, oder ich rufe ein paar Kollegen hinzu, wir stellen Ihnen den Strom ab und schauen mal, was wir hier sonst noch so finden. Vielleicht reicht es ja für mehr Ärger als nur wegen Ruhestörung.«

»Ups«, rutschte der jungen Frau raus und auch Emil schaute überrascht.

»Okay, okay«, sagte er und wedelte beschwichtigend mit den Händen. »Wir sind jetzt leise, versprochen.«

Er nahm sein Handy aus der Hosentasche, rief eine App auf und berührte ein Symbol. Augenblicklich wurde es still. Einige Partygäste jammerten, maulten herum. Doch Emil gelang es, sie alle ins Haus zu scheuchen.

»Übrigens«, sagte Sabine, als sie sich von Emil begleitet auf den Weg zu ihrem Streifenwagen machte, »wenn Ihre besonders gut gelaunten Gäste heute noch Auto fahren wollen, sollten sie wissen, dass wir an der nächsten Ecke auf sie warten.«

»Ja, ist klar«, sagte Emil, »ich passe auf. Und Frau …«, er fixierte das Namensschild auf Sabines Uniformhemd, »Langkafel, ich würde mich freuen, wenn Sie zu meiner nächsten Party ganz privat kämen.« Er sah sie mit einem Hundeblick an, mit dem er bei Mädchen seines Alters sicher erfolgreich war.

»Übernimm dich nicht, Kleiner«, sagte Sabine und stieg in den Wagen.

Sie war mit sich zufrieden. Emil hatte verstanden und würde es für diese Nacht gut sein lassen. Die Bürgerkinder waren eben doch nur in gewissen Grenzen rebellisch. Sicher studierte der Junge in Hamburg oder Berlin irgendetwas Bedeutsames und würde es selbst mal zu einem hübschen Häuschen bringen. Bis dahin nutzte er die sturmfreie Bude, um etwas über die Stränge zu schlagen. Das war kein Kapitalverbrechen. Und für ein paar Gramm Gras würde Sabine kein SEK aus Lüneburg anfordern. Das Zeug hatten die doch längst im Klo runtergespült.

Ein halbes Jahr war Sabine nun auf ihrem Posten im Polizeirevier der Samtgemeinde Gartow, hinter dem großen Wald, am östlichen Rand des Landkreises Lüchow-Dannenberg. Sie hatte bei der Polizeidirektion in Lüneburg um die Versetzung in das 4.000-Seelen-Dorf im Wendland gebeten. »Du wirst dich zu Tode langweilen«, hatten die Kollegen sie gewarnt, und ihr Vorgesetzter hatte nach zwei Gläsern Sekt bei ihrer Abschiedsfeier auf sie eingeredet, dass sie ein großes kriminalistisches Talent sei, das er am Arsch der Welt nicht fördern könne.

Aber ihre Entscheidung war gut abgewogen und unumstößlich gewesen. Sie wollte bei ihrem Vater sein, dem einzigen Menschen auf der Welt, den sie nach dem zu frühen Tod ihrer Mutter vor drei Jahren noch hatte. Johannes Langkafel war im letzten Jahr 80 geworden. Sabine war seit frühester Kindheit daran gewöhnt, dass fremde Leute ihn für ihren Großvater hielten. Papa war auch Polizist gewesen. Er hatte in Sabine die Leidenschaft für diesen Beruf geweckt, Sabine wollte nie etwas anderes sein. Schon in der Grundschule, wo sie von zukünftigen Prinzessinnen und Filmstars umgeben war, beharrte sie auf dieser Wahl.

In der ersten Zeit nach Mamas Tod war Sabine alle paar Tage von Lüneburg aus zu Papa gefahren. Je nach Verkehr dauerte die Fahrt eineinhalb Stunden. Aber mit der Zeit wurde Papa immer tüdeliger. Weniger im Kopf, da war er nach wie vor ziemlich fit, eher in seinen Bewegungen. Mehrmals war er gefallen, einmal hatte er danach zwei Stunden im Haus gelegen, bis ihn jemand gefunden hatte. Das wollte Sabine nicht noch mal zulassen. Ein Umzug kam für Vater, der das kleine Häuschen in Gartow zusammen mit Kollegen fast vollständig selbst gebaut hatte, nicht infrage. Mein Vater wird nicht ewig leben, hatte sie zu ihrem Chef in Lüneburg gesagt. Karriere kann ich auch mit 35 oder 40 noch machen.

Sabine steuerte den blau-weißen Polizei-Passat aus Trebel hinaus auf die Bundesstraße Richtung Gartow. Sie war gut drauf. Zu Hause noch ein Bier mit Papa, der war um diese Zeit meistens noch wach. Morgen war Samstag, da hatte sie frei.

Es war nichts los auf der Bundesstraße, allerdings musste man um diese Jahreszeit immer mit Wild rechnen. Wildschweine, Rehe, der Wald war voller Gefahren für den Straßenverkehr. Im Radio lief ein Song von Billie Eilish, Sabine drehte lauter.

Plötzlich wurde sie aus ihren Gedanken gerissen. Da vorne, am Straßenrand, da war etwas. Sabine verringerte das Tempo und stellte das Radio aus. Es konnte passieren, dass eine Rotte Wildschweine erst unentschlossen im Graben kauerte, um genau in dem Moment loszurennen, wenn das Auto kam. Warum auch immer sie das taten, aber es waren eben nur Schweine.

Die beiden dunklen Gestalten, die da im Lichtkegel über den breiten Radweg tippelten, waren jedoch keine Wildschweine. Es waren zwei Männer. Sie trugen T-Shirts und kurze Hosen, der eine außerdem eine Weste mit Taschen. Nun winkte er. Sabine hielt den Wagen an.

Zwei Männer, mitten in der Nacht, weit weg vom nächsten Dorf, bewaffnet. Das hatte in diesem friedlichen Winkel der Welt nicht unbedingt Gefahr zu bedeuten, Vorsicht war trotzdem geboten. Mit einem Griff an den Gürtel versicherte sich Sabine, dass sie ihre Dienstwaffe dabeihatte. Dann fuhr sie das Beifahrerfenster ein Stück herunter.

»'n Abend die Herren«, sagte sie freundlich, »warum so spät in der Wildnis unterwegs? Gibt's ein Problem?«

Einer der Männer beugte sich zu ihr herunter und sah durchs Fenster. Er war Anfang 50, fast kahlköpfig und glattrasiert. Sie hatte ihn noch nie gesehen, obwohl sie in Gartow und Umgebung fast jeden kannte. Sie war hier aufgewachsen und mit 14 aufs Internat nach Schleswig-Holstein gekommen. Der Fremde lächelte und entblößte ein lückenhaftes Gebiss. »Ja, danke, dass Sie anhalten. Wir haben uns verlaufen.«

»Verlaufen? Hier?«, sie lachte. »Das ist nicht leicht. Waren Sie auf der Jagd? Schwarzwild?«

»Ja, genau«, sagte der Mann, und Sabine wusste, wenn sie ihn nach einer Jagderlaubnis fragen würde, wäre er geliefert. Oder sie, denn noch hatte er die Waffe an der Schulter baumeln.

»Und was kann ich für Sie tun?«, fragte Sabine.

»Vielleicht können Sie uns in den nächsten Ort mitnehmen, das wäre wirklich nett.« Der andere Mann stand dicht hinter seinem Kollegen und trat unruhig von einem Bein aufs andere. Er schien ungewöhnlich nervös.

»Ist die Flinte geladen?«, fragte Sabine.

»Ja, äh«, stammelte der Kerl.

»Dann entladen Sie sie bitte«, sagte Sabine und legte zu ihrer eigenen Beruhigung die Hand auf ihre Pistole. Der Mann knickte den Lauf ab und nahm zwei Schrotpatronen aus den Läufen.

»Eine haben Sie abgefeuert, wie ich sehe«, sagte Sabine. »Und? Getroffen?«

»Nee, war zu schnell, die Sau«, sagte der Typ hinter dem Glatzkopf und kicherte gekünstelt.

»Haben Sie sonst noch Waffen dabei?«, fragte Sabine, ihr Misstrauen wuchs.

»Nein«, sagte der Glatzkopf. »Nur das Gewehr.«

»Kein Messer? Sie gehen ohne Jagdmesser auf Schwarzwild? Das ist nicht besonders waidmännisch.«

Der Mann begann wieder zu stammeln, er überlegte sich offensichtlich eine Lüge.

»Gut«, unterbrach ihn Sabine, und diesmal war sie sich sicher, dass es energisch klang. »Sie nehmen nun das Gewehr von der Schulter und legen es auf den Boden. Dann gehen Sie beide langsam vor mein Auto in den Lichtschein. Ich steige aus und Sie machen besser keine hektischen Bewegungen. Verstanden?«

Der Mann, der immer noch durchs Fenster glotzte, nickte. Er wirkte ängstlich. Der Glatzkopf folgte ihren Anweisungen und stolperte ohne Waffe vor den Streifenwagen. Sein Kollege folgte ihm auf Tuchfühlung. Nun sah Sabine die zwei Gestalten in voller Schönheit. Alte, verschossene Kleidung, blasse, kranke Gesichter. Wilderer, keine Frage. Aber keine Profis. Nicht von der Sorte, die die Beute unter der Hand an Restaurants verscheuerte, sondern arme Idioten, die sich einen Braten schießen wollten. Eher ungefährlich. Trotzdem blieb Wilderei eine Straftat. Sabine musste die beiden mitnehmen. Und zwar sie alleine. Es würde mindestens eine Stunde dauern, bis Kollegen aus der Umgebung hier wären. So lange wollte sie nicht warten.

Sabine stieg langsam aus und zog die Dienstwaffe, richtete sie jedoch nicht auf die Männer. Es reichte, wenn sie sie wahrnahmen.

»Ich werde Sie mitnehmen«, sagte sie, »und das funktioniert so: Ich lege Ihnen Handschellen an, oder besser, Sie legen sich gegenseitig Handschellen an. Dann steigen Sie hinten in den Streifenwagen und ich bringe Sie zur Wache. Dort klären wir, ob Sie Wilderer sind oder Jäger oder was auch immer. Klar so weit?«

Die Gestalten nickten, und Sabine reichte dem Glatzkopf das erste Paar Handschellen. Er legte sie seinem Kumpel an, wobei er sich ziemlich dämlich anstellte. Der Kumpel schien etwas jünger als der Glatzkopf zu sein, wirkte aber nicht weniger versoffen. Wenn diese Ganovengesichter in Gartow leben würden, wären sie Sabine sicher aufgefallen.

Nun gab sie dem Typen mit den langen grauen Haaren Handschellen. Der war damit weitaus geschickter, schien Erfahrung zu haben. Blitzschnell überprüfte Sabine den Sitz beider Handschellen und tastete die Verdächtigen nach weiteren Waffen ab. Die Kerle rochen muffig, ungeduscht, der eine nach Tabak. Sabine fand nur zwei Handys, einen Kompass und eine Taschenlampe.

»Haben Sie irgendwelche Papiere dabei?«, fragte Sabine, während die Männer auf der Rückbank Platz nahmen. Sie kannte die Antwort bereits.

»Nein, vergessen«, sagte der eine, der andere sagte nichts.

Damit war klar, dass sie die beiden über Nacht in ihrer kleinen Arrestzelle behalten würde, bis sie am nächsten Morgen mit Metzger die erkennungsdienstliche Erfassung und die Vernehmung durchführen würde. Tschüss, freier Samstag. Natürlich könnten die Kerle anschließend gehen, sie hatten offenbar nicht mal etwas geschossen. Erbärmlich, wie sie da nun auf der Rückbank saßen. Jede kriminelle Energie war verpufft.

»Dann sagen Sie mir wenigstens, wie Sie heißen.«

»Olaf Hohmann«, sagte der Glatzkopf.

»Karsten Koslowski«, sagte der Langhaarige.

»Woher?«

»Dannenberg.« Sabine war sicher, dass sie die Wahrheit sagten.

Sie startete den Wagen und fuhr langsam an. Im Rückspiegel beobachtete sie die Festgenommenen. Die Männer flüsterten. Der Langhaarige schien fast zu platzen vor Aufregung. Der Glatzkopf rang offenbar mit irgendeiner Entscheidung.

»Frau Wachtmeisterin«, stammelte er schließlich, »wir müssen da eine Aussage machen. Wir haben ein schreckliches Verbrechen entdeckt.«

Sabine schüttelte den Kopf. Das durfte doch nicht wahr sein.

»Wirklich«, begann nun der Langhaarige, »da hinten, im Wald, da ist so ein entlegener Hof. Da haben wir zwei Leichen gefunden.«

Sabine fuhr rechts ran auf den Grasstreifen und stellte den Motor ab. Sie drehte sich zu den Gestalten um.

»Nur, dass wir uns richtig verstehen: Ich lass mich mitten in der Nacht nicht von zwei Schmalspurganoven wie euch verarschen. Was bezweckt ihr mit einer solchen Geschichte? Wollt ihr Zeit schinden? Wozu? Ich stecke euch in unser komfortables Doppelzimmer, und morgen könnt ihr gehen, wenn wir alles aufgeschrieben haben. Wenn ich gute Laune habe, bekommt ihr sogar noch ein Frühstück. Also?«

»Es stimmt«, sagte der Glatzkopf, er schien der Hellere der beiden zu sein, wenn ihn das auch nicht zu einem Hochbegabten machte. »Wir waren im Wald, wollten was schießen. Okay, das geben wir zu. Und dann haben wir da zufällig diesen Hof entdeckt. Da haben wir reingesehen.«

»Wieso?«, fragte Sabine, sie war gelangweilt von dem Quatsch.

»Es war irgendwie komisch«, sagte Karsten Koslowski,

der Langhaarige, »die Tür stand offen, irgendwo brannte Licht.«

»Und was war daran komisch? Sie können doch nicht einfach in ein fremdes Haus gehen«, sagte Sabine.

»Ach, das ist doch jetzt egal«, sagte dieser Olaf ungeduldig, »wir sind auch gar nicht reingegangen. Wir haben nur reingeguckt, und da haben wir im Flur auf dem Boden diese zwei Leichen entdeckt – und ganz viel Blut.«

»Zwei Leichen?«, wiederholte Sabine ungläubig.

»Und ganz viel Blut«, ergänzte Koslowski.

Sabine startete den Wagen und drehte schwungvoll auf der Landstraße. Sie gab Gas. »Okay, Männer. Wir fahren da hin, und ich sehe mir das an. Wenn ihr mich verarscht, bringe ich euch wegen Wilderei und Behinderung von Vollstreckungsorganen für eine lange Zeit hinter Gitter, verlasst euch drauf.«

Natürlich war diese Drohung Bullshit, aber diese beiden verängstigten Vollpfosten glaubten im Moment sicher alles.

Koslowski und Hohmann dirigierten Sabine kurz hinter der Stelle, an der sie sie aufgegabelt hatte, links in den Wald hinein. Sie folgten eine Weile lang einem schmalen, unasphaltierten Weg, dann bogen sie noch mal ab. Vorher stritten sich die Männer noch, ob es schon dort war oder erst ein Stück weiter.

Sie waren richtig. Über eine unebene, überwucherte Zufahrt gelangten sie nach gut 500 Metern auf einen Hof. Sabine fuhr fast täglich in der Gegend herum zwischen Gartow, Prezelle, Trebel und wie die Käffer alle hießen. Dass sich in dieser Ecke ein Hof befand, hatte sie nicht auf dem Schirm gehabt. Der Hof war eher klein.

Wer lebte denn mitten im Wald? Papa würde das jetzt

wissen. Aber der saß zu Hause vor dem Fernseher und trank sein Gute-Nacht-Bier alleine.

Sabine stellte den Motor ab und zog den Zündschlüssel. Sie stieg aus und sagte Richtung Rückbank: »Sie bleiben im Auto, und kommen Sie nicht auf dumme Ideen. Ich könnte sauer werden.« Der letzte Satz gefiel ihr, und er schien Eindruck zu machen. Olaf und Karsten kauerten stumm nebeneinander.

Mit gezogener Waffe in der einen Hand und der Taschenlampe in der anderen ging Sabine auf das Haus zu. Sie erwartete nicht wirklich, Leichen zu finden, und dachte darüber nach, wie sie es den beiden Vögeln in ihrem Streifenwagen heimzahlen würde. Sie wollte aber auch nicht die Dumme sein, wenn sich hinter dieser verwitterten Tür, die sie nun langsam aufschob, doch ein Verbrechen abgespielt hatte.

Was sie wenige Sekunden später sah, ließ sie erschaudern. Die Wilderer hatten nicht gelogen. Dort lagen zwei Menschen inmitten von Blut, viel Blut. Sie drehte um und rannte zum Auto.

»Na, wir haben recht gehabt, oder?«, fragte einer der Männer, doch Sabine antwortete nicht. Über Funk machte sie in der Leitstelle Meldung über ihren Fund. Dann näherte sie sich mit vorsichtigen Schritten wieder dem Haus, die Waffe im Anschlag.

KAPITEL 4

Sahas war so schnell gelaufen, wie er konnte, nachdem er den fürchterlichen Knall gehört hatte. Das war sicher ein Schuss gewesen. Von einem Gewehr. Udgam hatte auch ein Gewehr, mit dem er manchmal Tiere im Wald schoss. Sahas durfte nicht mit, wenn er das tat. Zu Hause kochte Kala die Tiere dann. Sahas mochte dieses Essen nicht besonders gerne, aber er musste es essen, sonst wurde Udgam böse und sperrte Sahas ein.

Sahas war immer hinter dem Hund hergelaufen. Der Hund war schnell und der Junge konnte ihm in seinen Hausschuhen kaum folgen. Irgendwann hielt der Hund an und legte sich auf den Boden. Sahas tat es ihm nach. Es war nun kälter geworden und Sahas fror. Wie gerne wäre er jetzt in seinem Bett. Der Wald machte Geräusche, ganz leise, ungewohnte Geräusche. Manchmal huschte etwas über das trockene Laub. Irgendein Tier lief einen Baumstamm hoch. Es war alles fremd für Sahas, aber er hatte keine Angst. Sein Name bedeutete Mut, hatte Kamini ihm erklärt. Und darum war er besonders mutig.

Doch Sahas kannte auch Angst. Im dunklen Keller, wenn er mal wieder allein oder mit den anderen eingesperrt war. Er hatte Angst vor Udgams Wut und vor seinen Schlägen. Natürlich fürchtete er sich vor Om, der aber auch ihr aller Beschützer war. Und Sahas hatte Angst vor Fremden. Nie, nie im Leben würde er mit einem Fremden sprechen oder gar mit einem mitgehen, das hatten Kamini und Garima ihm eingeschärft. Er hatte auch Angst vor der Welt hinter dem Wald. Aber hier im Wald hatte er keine Angst.

Der Hund sah ihn an. Und plötzlich kam Sahas der Gedanke, dass dieses graue Tier dort gar kein Hund war. Es war ein Wolf. Kamini hatte ihm Geschichten mit Wölfen vorgelesen und ihm erklärt, dass Wölfe nicht wie Hunde bei Menschen leben, sondern alleine oder mit anderen Wölfen zusammen im Wald. Die Wölfe auf den Bildern zu den Geschichten waren schwarz und groß, und in den Geschichten waren sie böse. Sie fraßen Menschen. In einer Geschichte hatte ein Wolf eine ganze Frau verschluckt, ohne zu kauen. Hinterher, als der Wolf aufgeschnitten wurde, lebte die Frau noch. Sahas hielt das für Blödsinn und Kamini sagte, dass das ja nur eine Geschichte sei und da müsse nicht alles stimmen.

Aber vielleicht stimmte es ja, dass Wölfe Menschen fressen. Jetzt bekam Sahas doch schreckliche Angst. Würde dieser Wolf ihn fressen? Oder waren graue Wölfe nicht so gefährlich wie schwarze?

»Hey, Wolf«, rief er leise, »bist du mein Freund?« Der Wolf spitzte die Ohren und sah Sahas neugierig an. Er stand auf und es machte den Eindruck, als wolle er näher kommen, aber dann legte er sich wieder hin.

»Hab keine Angst, Wolf. Ich bin Sahas, ich bin dein Freund.« Doch der Wolf schien ihn nicht zu verstehen. Er legte seinen Kopf auf die Vorderpfoten und schloss die Augen. Der Wolf ist müde, dachte Sahas, genau wie ich. Der Boden war weich, bald schlief der Junge ein, wobei er noch ein paarmal zuckte. Später, im Schlaf, vielleicht nur im Traum, spürte Sahas etwas Warmes, Weiches neben sich. Und in seiner Hand warme, feuchte Luft.

Sahas erwachte von schrecklichem Lärm. Sirenen, wie er sie aus den Filmen kannte, die Om ihm manchmal mitbrachte, tönten in der Ferne. War das ein Traum? Er hob den Kopf. Nein. Die Geräusche waren echt. Und auch der Wolf, der dicht neben ihm lag, war echt. Der Wolf hatte verstanden, dass Sahas sein Freund war. Auch der Wolf hatte den Kopf angehoben. Nun hörten sie direkt über sich einen fürchterlichen Lärm. Irgendetwas dröhnte am Himmel über den Bäumen. Lichtstreifen, wie von einer riesigen Taschenlampe, leuchteten von oben durch die Bäume auf den Boden. Der Lärm entfernte sich, die Lichtstreifen mit ihm.

Der Wolf sprang auf und lief los. Sahas folgte ihm.

KAPITEL 5

Sabine hatte in der Leitstelle in Lüneburg richtig Druck gemacht und die Kollegen hatten verstanden, dass es nicht um Viehdiebstahl ging. Sie würden sich beeilen, aber sicher eine Dreiviertelstunde brauchen. Da Sabine in dieser Einöde keinen Handyempfang hatte, bat sie die Kollegen in der Leitstelle, zu versuchen, Jakob Metzger zu erreichen und auch den Anwärter Attila Yilmaz, der ein paar

Wochen in Gartow Dienst schob und für diese Zeit in Gorleben bei einer Bekannten Metzgers ein Zimmer bewohnte. Sabine versprach sich allerdings nicht viel von diesem Hilferuf, denn Metzger lag sicher wie üblich im Koma und würde sein Telefon nicht hören und Attila hatte kein Auto.

Natürlich wäre es vernünftiger gewesen, im Streifenwagen auf das Einsatzkommando zu warten, aber Vernunft gehörte nicht unbedingt zu Sabines Kernkompetenzen. Musste sie damit rechnen, dass der Mörder, so es sich überhaupt um Mord handelte, noch im Haus war? Ziemlich unwahrscheinlich. Sollte er da gewesen sein, als die beiden Deppen hier vor einer Stunde herumliefen, so war er inzwischen sicher über alle Berge. Sie hatte Fragen an Koslowski und Hohmann. Hatte ein Fahrzeug auf dem Hof gestanden, das jetzt nicht mehr da war? Hatte sich in der Zwischenzeit sonst etwas verändert? War ein Schuppen geschlossen, der vorher offen war? Solche Sachen. Auch hätte sie fragen können, ob die Haustür vielleicht weiter oder weniger weit geöffnet gewesen war, als die beiden sich aus dem Staub gemacht hatten. Aber dafür hätte sie zurück zum Auto gemusst. Nun stand sie schon in dem dunklen Hausflur und bewegte sich langsam vorwärts.

Der Flur sah aus wie die meisten Flure in diesen Häusern. Lang, dunkel. Holzvertäfelung. Alte Möbel, alte Fliesen. Was fehlte, waren die üblichen Jagdtrophäen, Landschaftsbilder und frommen, gestickten Sprüche. Stattdessen hingen hier bunte Bilder mit indischen Motiven. Ein großes, gerahmtes Bild von einem alten Mann mit weißem Rauschebart. War das nicht dieser Guru, über den Sabine neulich mal eine Doku gesehen hatte?

Direkt neben den Leichen blieb Sabine stehen. Es waren nicht die ersten Toten, die sie sah, was nicht bedeutete, dass sie nicht schockiert war. Ein bärtiger Mann um die 40. Er hatte den Mund halb geöffnet. Sabine leuchtete ihm ins Gesicht. Der Mundraum war völlig zerstört, blutig. Ihr fiel eine Pistole in seiner rechten Hand auf, die halb von seinem Körper verdeckt wurde. Der hat sich selbst in den Mund geschossen, dachte Sabine. Und die Frau neben ihm, nur mit einem Schlafanzug bekleidet, hatte er vermutlich vorher getötet. In ihrem Hinterkopf klaffte ein blutverklebtes Einschussloch. Sie lag merkwürdig verrenkt auf dem Bauch, sodass Sabine ihr Gesicht nicht sehen und ihr Alter nicht schätzen konnte. Natürlich durfte sie die Leiche nicht umdrehen. Die Mordkommission aus Lüneburg würde sie sonst lynchen. Die Frau hatte brünette Haare, von grauen Strähnen durchzogen.

Erweiterter Selbstmord. Das würden die Ermittlungen der Scharen von Spezialisten, die hier jeden Moment eintreffen mussten, sicher schnell bestätigen. Dann musste nur noch die Identität der Toten festgestellt werden und die Sache wäre erledigt.

Sabine hätte gerne Papa angerufen, um ihn zu fragen, wer auf diesem Hof lebte. Aber es war inzwischen 1 Uhr. Da schlief der alte Mann längst. Außerdem hatte sie in dieser Gegend ja keinen Handyempfang. Es gab sicher Dokumente im Haus, mit denen sich die Identität der Toten klären ließe, doch danach durfte sie ohne Erlaubnis nicht suchen.

Direkt hinter den Toten führte eine alte, steile Holztreppe ins Obergeschoss. War die Frau von oben gekommen und dann von dem Mann erschossen worden? Nein. Er hatte sie von hinten erschossen. Also wollte sie die Treppe hinaufgehen. Vermutlich hatte sie zuvor schon im Bett gelegen oder war auf dem Weg dorthin gewesen, dafür sprach der Schlafanzug. Wann war das? Die Blutlache war fast vollständig getrocknet. Das dauerte bei der Hitze sicher nicht so lange, Sabine hatte damit keine Erfahrung. Der Mann, in Unterhose und T-Shirt, wollte auch ins Bett. Oder kam er von dort?

Die Schlafzimmer befinden sich sicher im Obergeschoss. Wer schlafen geht, zieht sich doch im Schlafzimmer um, geht ins Bad und dann ins Bett. Aber nicht mehr nach unten. Oder lag das Bad im Erdgeschoss? Sabine suchte mit der Taschenlampe die Türen ab. Die Küchentür war leicht zu erkennen, sie hatte ein Fenster. Im Raum dahinter brannte ein schwaches Licht. Eine Kerze? Eine andere Tür führte vermutlich ins Wohnzimmer, in die gute Stube. Weiter hinten, hinter der Treppe, erkannte Sabine noch zwei Türen. Möglich, dass sich dort ein Badezimmer befand.

Rechts neben der Treppe war eine Garderobe. Mäntel und Jacken hingen daran. Alte Sachen, nichts besonders Wertvolles oder Schönes. Eine Wetterjacke von Jack Wolfskin, ein dicker Filzmantel, wie Jäger ihn früher trugen. Unter der Garderobe standen Schuhe. Wanderschuhe, alt und abgelaufen. Größe 45, schätzte Sabine. Sie konnten dem toten Mann gehört haben. Außerdem ein Paar hässliche, grobe Wandersandalen, eher einer Frau zuzuordnen. Größe 38 etwa. In ähnlicher Größe Gummistiefel und daneben, Sabine richtete die Taschenlampe darauf, noch zwei weitere Gummistiefel. Bunt, in Regenbogenfarben und schätzungsweise Größe 32. Wie alt war ein Kind, das diese Größe trug? Sabine hatte keine Ahnung. Die Stiefel waren schmutzig und abgenutzt. Entweder das Kind trug sie jeden Tag oder die Schuhe wurden durch die Familie gereicht, wie das so üblich ist. Regenbogenstiefel: Sind die nur was für Mädchen oder tragen die auch Jungen? Sabine hatte auch davon keine Ahnung. Sie kannte genug Leute mit Kindern, achtete aber nicht auf solche Details. Viel drängender war die Frage: War das Kind noch im Haus? Das Kind der beiden Toten?

Sabine stieg vorsichtig über die Leichen. Kein Blut auf der Treppe. Sie sind also nicht nach den Schüssen aus dem ersten Stock hinuntergefallen. Die Stufen knarzten. Stickige Wärme, vom Blutgeruch geschwängert, stieg nach oben. Mit dem schmalen Strahl der Taschenlampe tastete Sabine den oberen Flur ab. Viele Türen, sechs oder acht. Bis auf eine waren alle geschlossen. Auf dem Boden lagen zerschlissene Webteppiche. An den Wänden hingen alte kitschige Poster mit offenbar indischen Göttern und wieder ein Bild von diesem Guru.

Sabine ging langsam zu der offen stehenden Tür und blickte in den Raum. Ein Kinderzimmer. Ein Kinderbett, ein kleiner Schreibtisch, ein Regal mit wenigen abgenutzten Spielsachen. In einem Pappkarton lag ein Haufen Wäsche. Kinderkleidung. Hosen, T-Shirts, Unterwäsche. Die Sachen waren verschlissen, hatten teilweise Löcher, waren aber offenbar gewaschen. An eine Wand hatte das Kind etwas geschrieben. Schriftzeichen, die an Buchstaben erinnerten, aber keine waren. Jedenfalls keine, die Sabine irgendwie bekannt vorkamen. Im Regal standen ein paar Bücher. Ein Bilderbuch mit Grimms Märchen. Ein Buch über einen Bauernhof. Eine vergilbte Ausgabe von »Der kleine Prinz«, eine Kinderbibel. Sabine hatte bei ihren Bekannten Kinderzimmer gesehen, die Spielwarengeschäften ähnelten, da hatten Achtjährige schon Laptops. Das Kind in diesem Haus besaß kaum das Nötigste. Aber wo war es? Sabine gab sich einen Ruck. Sie musste sich beeilen. Wenn dieses Kind sich irgendwo versteckt hatte, dann zählte jede Minute.

Sie öffnete die nächsten Türen, blickte in unordentliche, muffige Schlafzimmer. Wie viele Menschen lebten in diesem Haus? Mehr als die zwei im Flur waren es sicher. Mit etwas Zeit und System würde man deren Anzahl anhand der vielen Dinge hier sicher herausfinden.

In mehreren Räumen versuchte Sabine, das Licht einzuschalten, doch es blieb dunkel. Es gab keinen Strom. In den Zimmern, die sie hektisch durchkämmte, waren viele Betten. Kleidung lag auf dem Boden oder war unordentlich in offene Regale gestopft.

Wo waren die Bewohner des Hauses? So staubig, wie es in dessen Innern war, konnten sie auch schon länger weg sein. Sabine zählte mindestens acht Schlafplätze.

Sie öffnete Schränke, schaute unter Betten, hinter einen schimmligen Duschvorhang vor einer freistehenden Badewanne in einem heruntergekommenen Badezimmer. Ein Raum schien als eine Art Arbeitszimmer zu dienen. Auf einem einfachen Schreibtisch standen eine Tastatur und ein Flachbildschirm, der sicher bereits einige Jahre auf dem Buckel hatte. Der dazugehörige Computer oder ein Laptop waren nicht zu entdecken. Es gab auch keine Ordner mit Dokumenten, wie man sie sonst an solchen Plätzen hat. Auf einem kleinen Regal befand sich ein Fernsehgerät, sicher über 20 Jahre alt, daneben ein Videorekorder. Im Fach darunter stapelten sich vielleicht 50 CDs oder DVDs. Sogar ein paar Videokassetten im VHS-Format, wie Sabine sie aus ihrer Kindheit kannte, lagen im Regal. Sabine hätte sich diese Dinge gerne genauer angesehen, doch zuerst musste sie suchen. Was auch immer. Vielleicht ein Kind.

Der Keller. Dieses Haus hatte doch sicher einen Keller, vermutlich als Kühlkammer genutzt. Sabine stürmte die Treppe hinunter. Sie war wie besessen von dem Gedanken, hier noch eine lebende Seele zu finden. Am Ende des Flures im Erdgeschoss entdeckte sie, was sie suchte. Eine in den Boden eingelassene Klappe aus massivem Holz. Sie versuchte, die Klappe anzuheben, doch sie war mit einem Stahlbeschlag und einem Vorhängeschloss an der Wand versperrt. Sabine zögerte nicht lange, setzte die Pistole an und schoss. Es gab einen infernalischen Knall und das Schloss war gesprengt. Brocken von Putz und Holzsplitter verteilten sich auf dem Flurboden.

Die Klappe war schwer, und Sabine hatte Mühe, sie zu öffnen. Kalte, feuchte Luft wehte ihr entgegen. Es roch faulig, der typische Geruch alter Keller. Vorsichtig stieg Sabine die steile Treppe, eigentlich eher eine Leiter, hinunter. Wie erwartet erschien der Keller kleiner als das gesamte Haus. Der Gang endete nach wenigen Metern. Drei Türen befanden sich hier und eine frei zugängliche Öffnung. Darin war eine alte Ölheizungsanlage mit einem Tank untergebracht. Sie wirkte trocken und verstaubt. Es roch auch nicht nach Öl. Vermutlich war die Zentralheizung seit Langem kaputt. Das erklärte auch den Stapel mit Brennholz an der Wand. Hinter zwei der Türen fand Sabine Vorräte. Eingekochtes Obst und Gemüse, eine Kartoffelkiste mit wenigen ausgekeimten Kartoffeln, verstaubte Weinflaschen. In einem Regal waren Konservendosen aufgereiht. Sie waren nicht so verstaubt. Tomaten, Sauerkraut, rote Bohnen, grüne Bohnen und vieles mehr. Sechs Flaschen mit Speiseöl. Im Regal daneben stapelten sich gut 20 Papppackungen mit verschiedenen Nudeln. Außerdem große Plastikbeutel mit Reis. Mindestens zehn Stück mit je fünf Kilo Inhalt. Ein Sack mit getrockneten Kichererbsen, einer mit Linsen. Verhungern würde auf diesem Hof so schnell niemand, dachte Sabine.

Die letzte der Türen war aus Stahl und sicher lange nach der Errichtung des Bauernhauses eingebaut worden. Sie war mit einem dicken Riegel verschlossen, der ebenfalls mit einem Vorhängeschloss versperrt war. Wenn sich ein Kind, oder wer auch immer, in diesem Haus versteckte, dann sicher nicht dahinter. Es sei denn, der Mensch ist eingesperrt worden.

Sabine wollte dieses Geheimnis lüften, bevor die Kollegen eintrafen. Was war es, was sie da trieb? Der Minderwertigkeitskomplex einer Dorfpolizistin? Wollte sie mit am großen Rad drehen, obwohl das in ihrem Dienstplan nicht vorgesehen war? Ja. Vermutlich. Die Kollegen von der Polizeidirektion Lüneburg würden meckern, mehr aber auch nicht.

Hier im Keller war der Schuss noch lauter, und es klingelte Sabine in den Ohren. So hörte sie die Geräusche vor dem Haus erst spät. Motoren, Stimmen, Schritte. Der Lärm eines Hubschraubers, der über den Hof flog. Jemand polterte die Treppe hinunter.

Sabine blickte in die Mündung einer Maschinenpistole, die ein vermummter und behelmter Beamter ihr entgegenstreckte. Zwei weitere Männer im gleichen Outfit drängten sich hinter ihm. Als der SEK-Mann realisiert hatte, dass er es mit einer uniformierten Kollegin zu tun hatte, senkte er die Waffe.

»Was zum Teufel machen Sie hier?«, rief der Beamte wütend. Seine Stimme klang dumpf durch die Maske. »Ich hätte beinahe geschossen.«

»Haben Sie aber nicht, weil Sie ein erfahrener und besonnener Beamter sind. Danke dafür«, sagte Sabine und lächelte. »Ich bin Polizeiobermeisterin Sabine Langkafel von der Polizeistation in Gartow. Ich habe die beiden gefunden.«

»Welche beiden meinen Sie?«, fragte der Mann, der seine Sturmhaube nun so weit heruntergezogen hatte, dass Sabine sein junges, freundliches Gesicht erkennen konnte. »Die oben im Flur oder die in Ihrem Streifenwagen?«

»Genau genommen alle vier. Ist ne lange Geschichte. Ich sehe mich hier gerade um und in diesem Raum war ich noch nicht.«

»Was glauben Sie denn, dort zu finden?«, rief eine Frauenstimme von der Kellertreppe. Eine Frau um die 40 in Zivil stieg die Stufen hinunter und zwängte sich an den SEK-Beamten vorbei. Es war Melanie Gierke von der bei Verbrechen dieser Größenordnung zuständigen Polizeidirektion in Lüneburg. Eine legendäre Polizistin. Jeder kannte sie. Sabine hatte in ihrer Lüneburger Zeit nie mit Morden zu tun gehabt, deshalb war sie ihr nur einmal eher zufällig begegnet. Die Gierke erinnerte sich bestimmt nicht an Sabine. EmGe, wie sie hinter vorgehaltener Hand genannt wurde, eilte der Ruf voraus, genial, effizient und verdammt unfreundlich zu sein.

»Äh, guten Abend, Frau Gierke«, stammelte Sabine, die sich augenblicklich fühlte wie eine Schülerin, die unerlaubt den Pausenhof verlassen hatte. »Es deutet einiges darauf hin, dass ein Kind in diesem Haus lebt. Vielleicht versteckt es sich irgendwo.«

»Hinter Türen, die man aufschießen muss?«, fragte EmGe und lachte höhnisch. Sie war so groß wie Sabine, etwas fülliger und hatte sehr kurze wasserstoffblonde

Haare. Sie war ungeschminkt. Bekleidet war die Gierke mit einem blaukarierten Flanellhemd, das nur am Bauch in der Hose steckte, und einer hellblauen Jeans. »Na, dann lassen Sie uns mal gucken, ob das Kind da drin ist«, sagte Melanie Gierke.

Sabine entfernte das zerschossene Schloss und schob den schweren Eisenriegel nach oben. Die Stahltür ging nach außen auf, sodass alle ein paar Schritte zurücktreten mussten. Dann leuchtete Sabine in den Raum.

»Ach du Scheiße«, entfuhr es Sabine und EmGe nach einigen Sekunden gleichzeitig.

KAPITEL 6

»Ey, Kiste, das war doch schon wieder ein Schuss, haste das gehört?«

Olaf war fast eingeschlafen, als ihn der Knall erschreckt hatte. Es war warm und stickig im Streifenwagen, das Beifahrerfenster stand nur einen schmalen Spalt offen. Da kam nicht viel Luft herein.

»Ja, klar habe ich das gehört. Was ballert die da rum? Meinste, die braucht Hilfe?« Karsten versuchte, die Autotür aufzumachen, doch die war natürlich verriegelt.

»Du willst der Polizei helfen? Da muss ich aber lachen, Kiste, echt jetzt.«

»Wieso schießt die da rum? Da war doch keiner mehr. Jedenfalls keiner, auf den man noch schießen muss.« Nach einer kurzen Pause rief er: »Scheiße, ich brauch ne Kippe.«

Der Kerl ging Olaf auf die Nerven. Sie saßen schon zu lange zusammengepfercht in diesem Streifenwagen. Das war heute entschieden zu viel Kiste für Olafs Geschmack. Vor allem, wenn es nichts zu saufen gab. Kistes Gelaber war auf Dauer nur mit Alkohol zu ertragen. Ebenso genervt war Olaf von dieser durch und durch misslungenen Aktion. Sie hatten keinen Wolf geschossen und saßen trotzdem in einem Polizeiwagen. Die 5.000 Euro waren zum Teufel. Eine zweite Chance würde der Bauer ihnen nicht geben. Außerdem würden ihm die Bullen sicher die Flinte abnehmen. Eine satte Geldstrafe stand ihm auch bevor. So ein Mist. Er war total pleite.

In diesem Moment wurde es laut. Eine Menge Fahrzeuge mit Blaulicht kamen auf den Hof gerast, über ihnen ratterte ein Hubschrauber. Der würde hier nicht landen können, dachte Olaf.

Eine Gruppe bewaffneter und mit schusssicheren Westen, Helmen und Helmlampen ausgestatteter Männer, wie sie Olaf nur aus dem Fernsehen kannte, rannte auf das Haus zu. Einige der Männer glotzten im Vorbeilaufen in den Streifenwagen.

»Wir müssen ihnen das von dem Kind erzählen«, sagte Olaf schließlich. Er war so durcheinander gewesen, dass er der Polizistin seine Beobachtung verschwiegen hatte.

»Was für ein Kind?«, fragte Karsten.

»Na, diese Gestalt, die da war, als ich auf den Wolf geschossen habe. Haste doch auch gesehen.«

»Nee, Olaf, habe ich nicht. Da war nix. Du säufst zu viel, das ist alles. Da sieht man schon mal kleine grüne Männchen.« Er lachte.

»Da war was, echt, glaub mir«, sagte Olaf.

»Ach ja, und wie willst du der Süßen das erzählen?«, Kiste verstellte die Stimme, um möglichst lächerlich zu klingen. »Hey, Frau Kommissarin, als wir da vorhin einen Wolf abknallen wollten, da lief da noch so ein Hobbit rum ...«

»Von dem Wolf muss ich ja nichts sagen. Ich kann ja einfach von dem Kind erzählen.«

»Die glaubt dir doch kein Wort. Vergiss es. Wir halten schön die Klappe. Dann sind wir ganz schnell raus aus der Nummer, glaub mir.«

Olaf war nicht einverstanden mit Kistes Sicht der Dinge. Kiste war einfach zu blöd. Das war das Problem. Olaf würde eine Gelegenheit finden, der Polizistin einen Tipp zu geben.

Sein Blick fiel auf eine Frau mit kurzen blonden Haaren, die schnell auf das Haus zuging. Sie hatte ein Funkgerät oder so was am Ohr. Sie sah recht scharf aus, hatte einen geilen fetten Arsch. Olaf sah ihr nach. Kiste bemerkte das und sagte nur: »Total lesbisch, glaub mir.« Kiste war einfach zu blöd.

KAPITEL 7

Melanie Gierke fand als Erste die Sprache wieder. »Na, das ist ja eine schöne Bescherung«, sagte sie und betrat vorsichtig den Raum. Sabine folgte ihr. Zwei SEK-Beamte tauchten die Umgebung mit ihren Helmlampen in ein gespenstisches Licht.

Vier Stockbetten standen mit ihren Breitseiten an den Wänden, wie in einer großen Gefängniszelle. Auf den dünnen Matratzen ohne Laken lagen schmuddelige, zerknüllte Decken. Auf drei der Betten entdeckten sie Körper: Drei Frauen, eine um die 30, die anderen beiden deutlich älter, lagen auf dem Rücken und hatten die Augen nach oben gerichtet. Jede von ihnen hatte ein Einschussloch in der Stirn. Die Frauen trugen einfache, alte Schlafanzüge und hatten selbstgestrickte Wollsocken an den Füßen.

Der Kellerraum war nicht besonders hoch, kaum mehr als zwei Meter, und etwa 25 Quadratmeter groß, schätzte Sabine. Er hatte kein Fenster, sondern nur ein paar Lüftungsschlitze an einer Seite unter der Decke. Die Wände waren vor langer Zeit mal weiß gestrichen worden, doch die Farbe war von Feuchtigkeit und Schimmel durchsetzt. Es roch muffig.

Der Lichtstrahl einer Helmlampe fiel auf einen Tisch in einer Ecke mit vier Stühlen. Auf dem Tisch standen benutzte Plastikschälchen mit Löffeln. Es gab ein schmutziges Waschbecken und daneben ein Campingklo, von dem ein leichter, chemischer Geruch ausging. An einer Wand befand sich ein Regal mit Keks- und Cornflakes-

Packungen, daneben sicher ein Dutzend Tetrapacks mit H-Milch. Auch in diesem Raum konnte man einige Zeit überleben, dachte Sabine.

Schweigend gingen Sabine und die Gierke von Leiche zu Leiche. Die SEK-Männer standen als reglose Lichtmasten mitten im Raum.

»Im Schlaf erschossen«, murmelte die Gierke schließlich, ohne Sabine anzusehen, »darum liegen sie so friedlich da.«

»So scheint es«, sagte Sabine und war sich nicht sicher, ob ihre Meinung überhaupt gefragt war. »Eine Frau kann der Täter vielleicht noch im Schlaf erschießen, spätestens dann werden die anderen aber wach und bleiben sicher nicht brav im Bett liegen.«

»Genau, Kollegin«, sagte Melanie Gierke und deutete auf den Tisch in der Ecke, »und darum werden wir in diesen Schüsseln dort Reste des Mittels finden, das die Damen in Tiefschlaf versetzt hat.«

Mit Hinweis auf die Spurensicherung scheuchte die Kommissarin alle aus dem Raum und schloss die Tür. Zusammen gingen sie ins Erdgeschoss, wo eine Rechtsmedizinerin mit einem Assistenten bei den Leichen hockte.

»Im Keller könnt ihr dann weitermachen«, sagte Frau Gierke im Vorbeigehen. »Da sind noch drei.« Die beiden Beamten sahen der Kommissarin erstaunt nach.

Die Polizisten mussten sich vorsichtig im Flur bewegen, der nun von einer Lichtanlage grell ausgeleuchtet war. Die Spurensicherung hatte Schilder mit Zahlen aufgestellt. Ein Projektil lag auf den Fliesen, das mit einem Kreidekringel markiert war. Sicher meins, dachte Sabine.

Sie trat mit Melanie Gierke hinaus auf den Hof. Es war immer noch stockdunkel. Die Sonne würde erst in zwei oder drei Stunden aufgehen. Eine Menge Fahrzeuge standen herum. Streifenwagen, ein Zivil-PKW, ein Rüstwagen der Feuerwehr, ein Mannschaftswagen des SEK. An einigen Fahrzeugen hingen abgerissene Zweige, die sie bestimmt in der engen Zufahrt erwischt hatten. Ein Rettungswagen verließ gerade den Hof, hier gab es nichts mehr zu retten. Gleich würden Leichenwagen kommen, um die Opfer in die Rechtsmedizin nach Hannover zu bringen. Sabine blickte auf ihren Streifenwagen. Hohmann und Koslowski saßen zusammengesunken auf der Rückbank. Sie waren eingeschlafen. Ihr Jagdausflug war anstrengender verlaufen als erwartet.

Die Gierke unterhielt sich lange mit einem Mann in Sabines Alter, der wie sie in Zivil war und vermutlich zu ihrem Ermittlerteam gehörte. Dann wandte sie sich Sabine zu. »So, Frau …«, sagte Melanie Gierke.

»Sabine Langkafel.«

»Ja, Frau Langkafel, wie Sie sich heute verhalten haben, war in hohem Maße unprofessionell. Es steht Ihnen nicht zu, alleine über einen Tatort zu trampeln. Ihre Unvorsichtigkeit kann die Ermittlungen erheblich behindern. Ich bin fast geneigt, gegen Sie …«

Sabine unterbrach die Kollegin. Sie wollte sich nicht rundmachen lassen. Sie nahm allen Mut zusammen. »Ich weiß, Frau Gierke, wie man sich an einem Tatort zu verhalten hat. Aber es schien mir in diesem Fall geboten, keine Zeit zu verlieren. Es war ja nicht ausgeschlossen, dass das Kind noch im Haus ist und irgendwo in einem Versteck hockt oder eingesperrt ist.«

»Und? Haben Sie ein Kind gefunden? Nein. Das Kind kann lange weg sein, die paar Klamotten sagen gar nichts. In dem Haus sind, das Gefängnis im Keller mitgerechnet, 15 oder 16 Betten. Sollen wir jetzt nach zehn weiteren Menschen suchen? Einige der Zimmer da oben, sagte mir der Kollege gerade, sind vermutlich seit Jahren nicht mehr betreten worden. Da liegt der Staub zentimeterdick. Also machen Sie nicht alle verrückt wegen eines Kindes, das hier schon ewig nicht mehr wohnt.«

Sabine überzeugte diese Erklärung nicht, aber sie sah auch keine Chance, nachzuhaken. Ein Beamter kam vorbei und gab beiden Frauen unaufgefordert kleine Wasserflaschen. War dieser Fall für sie nun zu Ende?

Frau Gierke ließ sich von Sabine in Kürze erzählen, wie sie überhaupt auf diesen Tatort gestoßen war. Die Kommissarin blickte grinsend zum Streifenwagen. Als Sabine geendet hatte, blickte die Gierke sie streng an.

»Frau Langkafel, ich sage Ihnen jetzt, wie das hier weitergeht: Sie nehmen Ihre Wilddiebe dort und schaffen sie vom Hof. Stellen Sie die beiden bis morgen Vormittag unter Arrest, halten Sie die Personalien fest, das komplette Programm, Sie wissen schon. Wenn Sie mit Ihrer Einschätzung richtigliegen, dass es sich bei den Männern nicht um die Täter handelt, dann können sie gehen.«

»Meinen Sie nicht auch, dass wir es mit einem erweiterten Suizid zu tun haben?«, fragte Sabine. Sie wollte nicht ganz unbeteiligt an den Ermittlungen bleiben. »Schließlich hat eines der Opfer eine Waffe in der Hand, mit der es sich offensichtlich in den Mund geschossen …«

»Ja, offensichtlich. Überlassen Sie mir das Spekulieren. Da wird sich auch noch das LKA einmischen, das reicht mir dann an geballter Kompetenz. Halten Sie sich zur Verfügung. Das ist alles, was Sie tun können. Und bitte: Kein Wort über diese Sache. Zu niemandem. Okay?«

»Okay«, sagte Sabine und ging auf ihren Streifenwagen zu.

»Moment«, rief die Gierke und lief hinter ihr her. »Sie sind doch aus der Gegend. Kennen Sie die Opfer? Wissen Sie, wer in dem Haus wohnt?«

»Nein«, sagte Sabine, »die sind mir alle unbekannt. Und das wundert mich. Man kennt sich hier eigentlich. Ich wusste gar nicht, dass so tief im Wald überhaupt ein Hof liegt.«

In diesem Moment kam ein PKW durch die Zufahrt gefahren. Es war ein rostiger brauner Mercedes mit Dannenberger Kennzeichen. Jakob Metzgers Privatwagen. Aber am Steuer saß nicht der Polizeihauptmeister selbst, sondern Anwärter Attila Yilmaz. Er parkte hinter Sabines Streifenwagen. Metzger öffnete die Tür und brauchte einige Zeit, bis er sich vom Beifahrersitz aus in die Senkrechte hochgearbeitet hatte. Er trug keine Uniform, sondern ein zu enges grünes Poloshirt, eine dreiviertellange beige Hose und Flipflops, als käme er gerade von einer Grillparty. Attila blieb hinter dem Steuer sitzen. Metzger hatte das sicher so angeordnet. Der alte Polizist bewegte sich auf die beiden Frauen zu.

»Wer ist das denn?«, raunte die Gierke Sabine zu.

»PHM Metzger, mein Vorgesetzter«, murmelte Sabine und verdrehte die Augen.

»Sabine, was machst du hier?«, dröhnte Metzger. »Da lässt man dich mal einen Moment allein und schon gibt's zwei Leichen.«

Er reichte den Frauen die Hand. Seine Alkoholfahne blieb sicher auch der Gierke nicht verborgen.

»Fünf Leichen, Herr Metzger«, sagte Sabine und sah ihn ernst an, »wir haben im Keller noch drei gefunden.«

»Ach du Scheiße«, stöhnte Metzger und wischte sich mit einem Taschentuch den Schweiß von der Glatze.

»Wissen Sie, wer auf dem Hof wohnt?«, fragte Frau Gierke den Alten.

Metzger schüttelte langsam den Kopf. Er dachte nach.

»Nee. Ich bin ja nicht der Briefträger. Ich komme nur zu den Leuten, wenn was passiert ist. Hier ist offenbar die letzten Jahre nichts passiert. Vielleicht fällt mir was ein, wenn ich die Namen höre. Aber ich bin nie auf diesem Hof gewesen.«

»Gut, Herr Metzger«, sagte die Gierke, und es war offensichtlich, dass sie ihn loswerden wollte. »Dann danke ich für Ihren Besuch. Wir müssen weitermachen. Sie hören von uns.«

Metzger wollte protestieren, doch Sabine nahm ihren Chef beiseite und schob ihn zu seinem Auto. Er fluchte vor sich hin, stieg aber in den Wagen.

»Attila«, sagte Sabine zu dem jungen Kollegen, »wenn du den Chef sowieso nach Hause fährst, kannst du mir dann mit meinem Fang ja noch etwas zu Hand gehen, oder?« Die Festgenommenen schliefen auf dem Rücksitz wie Babys. Das war auch besser so.

»Klar, Sabine, mach ich«, sagte Yilmaz und startete den Mercedes.

Als sie mit beiden Fahrzeugen die Bundesstraße erreicht hatten, kamen ihnen drei Leichenwagen entgegen. Erst jetzt wurde Sabine die ganze Dimension des Grauens bewusst, das sich dort in diesem Haus abgespielt haben muss.

KAPITEL 8

Es war nun schön warm und über den Bäumen sah man den blauen Himmel. Der Wolf hatte sich in ein Gebüsch verkrochen und Sahas saß in seiner Nähe. Eine ganze Zeit hatte der Wolf geschlafen, während Sahas vor sich hin döste. Ihm war langweilig und er hatte Hunger. Im Haus gab es viel zu essen, aber da konnte er nicht hin, oder?

In der Ferne hörte Sahas Geräusche. Autos. Die hörte man im Wald sonst nie. Das laute Ding über den Baumspitzen war nicht mehr aufgetaucht. Sahas war es gewohnt, dass Garima und Udgam, vor allem jedoch Kamini, ihm sagten, was er tun soll. Aber die waren nicht da. Er musste sich das nun selbst sagen. Er wühlte mit der Hand auf dem Waldboden herum. Ob es hier etwas gab, das man essen konnte? Im Garten hinter dem Haus wuchsen ja auch Büsche mit leckeren Sachen dran. Himbeeren, Brombeeren und ein Baum mit Kirschen, aber die waren noch nicht reif. Im Boden steckten Möhren, es gab Bohnen und Kohl, auch Kartoffeln. Das alles hatte er hier im Wald nirgendwo gesehen.

Plötzlich sprang der Wolf auf, er machte einen Satz nach vorne, tiefer ins Gebüsch und war halb verschwunden. Dann kam er wieder hervor und ging langsam auf Sahas zu. Er hatte etwas im Maul, das er nun vor Sahas ablegte. Eine Maus. Sie bewegte sich nicht. Der Wolf sah Sahas an. Sahas sah die Maus an. Sie war tot. Sollte er sie etwa essen? Hatte der Wolf sie für ihn gefangen? Sahas fasste die Maus mit spitzen Fingern am Schwanz, hielt sie sich vors Gesicht und schnupperte daran. Sie roch nach gar nichts. Sahas hatte schon viele Mäuse gesehen, tote und lebendige. Die hier war wie alle anderen. Der Wolf hatte sie mit seinen großen Zähnen kaum verletzt. Wenn sie im Haus Tiere aßen, zogen ihnen Udgam oder Om vorher das Fell ab. Sahas war schon mal dabei gewesen. Eine Maus einfach so zu essen, wie es Katzen taten und Wölfe vermutlich auch, das schaffte Sahas nicht. Kamini schimpfte immer, wenn Om und Udgam tote Tiere mitbrachten. Sie sagte dann, dass es Sünde sei, Fleisch zu essen und es die Menschen krank mache. Doch die Männer lachten nur. Sahas legte die Maus zurück auf den Waldboden.

»Nimm du sie, Wolf«, sagte er. »Du hast doch auch Hunger.« Der Wolf stieß mit der Nase gegen die Maus und schob sie zu Sahas. Der musste lachen. »Nein, du. Nicht ich.« Sahas nahm die Maus an der Schwanzspitze und hielt sie dem Wolf vor die Nase. Der schnupperte daran, sah Sahas an, dann wieder die Maus und plötzlich schnappte er zu. Mit einem Happs hatte er die Maus im Maul und würgte sie runter. »Siehst du«, sagte Sahas, der beim Zuschnappen des Wolfsmauls mit den großen weißen Zähnen sehr erschrocken war, »das hat dir doch bestimmt gut geschmeckt.« Er hätte den Wolf jetzt gerne gestreichelt, aber das traute er sich nicht.

Sahas hatte lange in der Wärme geschlafen. Der Wolf auch. Aber dann war er erneut vom Hunger geweckt worden.

»Hey, Wolf«, flüsterte er und der Wolf hob den Kopf. »Ich gehe in unser Haus und hole uns was zu essen. Okay?«

Natürlich verstand ihn der Wolf wieder nicht. Sahas zeigt mit dem Finger auf den Boden und sagte: »Warte hier, Wolf. Ich komme gleich wieder.«

Er stand auf und ging in die Richtung, in der er sein Haus vermutete. Genau wusste er es nicht. Die Flucht vor den Männern mit dem Gewehr durch den dunklen Wald hatte ihn verwirrt. Sahas presste sich an einen Baumstamm, dann lief er schnell zum nächsten, um sich dort zu verstecken. So konnte man ihn höchstens nur sehr kurz sehen. Immer wieder ließ er den Blick durch den Wald schweifen, ob irgendwo ein Mensch auftauchte. Schließlich bemerkte er, dass der Wolf ihm folgte. Er war ein großes Stück entfernt, drückte sich dicht an den Boden, aber wenn Sahas ein Stück weiterlief, tat der Wolf das auch. Irgendwie fand Sahas es beruhigend, dass der Wolf in seiner Nähe war.

Er war ziemlich lange von Baum zu Baum gelaufen, jedenfalls erschien es ihm so. War er so weit gekommen in der Nacht? Woher sollte er das wissen? Er war in seinem ganzen Leben noch nicht so weit vom Haus entfernt gewesen. Das war ein echtes Abenteuer, wie das von dem kleinen schwarzen Jungen, der mit einer Lokomotive um die Welt fuhr. Er hatte den Film auf Udgams Computer angeschaut.

Was war passiert? Warum war er plötzlich ganz allein? Sahas weinte. Nur ein bisschen und leise. Durch den Tränenschleier konnte er gar nicht mehr richtig sehen. Als er sich dann die Augen rieb, entdeckte er weit hinten zwischen den Bäumen etwas Dunkelrotes. Sein Haus.

Nun musste er sehr vorsichtig sein. Noch geduckter und noch schneller huschte er von Baum zu Baum. Der Wolf folgte ihm. Sahas kroch in ein Gebüsch, von dem er einen guten Blick auf sein Haus hatte. Was er beobachtete, machte ihm schreckliche Angst. Da waren Menschen, viele fremde Menschen. So viele Fremde kannte er nur aus Filmen, und Fremde waren gefährlich, das wusste er.

Es standen Autos auf dem Hof. Große Autos und die Menschen trugen Sachen aus dem Haus. Was taten sie da? Gehörten sie zu den Fremden, die gekommen waren, als Sahas noch im Haus war? Fremde kamen selten auf den Hof. Und Sahas hatte nie welche kennenlernen dürfen. Das wäre zu gefährlich, hatten ihm Kamini und Kala mal erklärt. Niemand außer Kamini und Om durfte mit Fremden sprechen. Auch Udgam und Garima nicht. Alle mussten in den Keller, wenn Fremde auftauchten, damit ihnen nichts passierte. Wenn sie dann dort unten waren, konnte man nie vorher wissen, wie lange sie dort bleiben mussten.

Die letzten Fremden hatten Unheil gebracht, an mehr erinnerte er sich nicht. Und er konnte sich auch nicht erklären, was plötzlich die ganzen Fremden in seinem Haus wollten. Er würde warten müssen, bis sie verschwunden waren. Und so lange hatte er eben Hunger. Das würde er schon aushalten. Der Wolf hielt es ja auch aus. Von der kleinen Maus war er bestimmt nicht satt geworden.

KAPITEL 9

Sabine war abweichend von ihrem Dienstplan am Samstagmorgen um halb acht mit belegten Brötchen und hartgekochten Eiern in der Polizeistation erschienen. Frühstück für die Verdächtigen eins und zwei, Karsten Koslowski und Olaf Hohmann. Das hatte sie versprochen. Die beiden mutmaßlichen Wilderer saßen etwas zerknittert auf ihren Pritschen. Hohmann wirkte mutlos, Koslowski schaute sie herausfordernd an. Er ergriff auch sofort das Wort.

»Dürfen Sie uns eigentlich hier festhalten, so ohne Haftbefehl? Wir kennen unsere Rechte.«

»Mal cool bleiben«, sagte Sabine und stellte zwei Pappteller mit dem Essen und zwei Pappbecher mit Kaffee auf den kleinen Tisch in der Arrestzelle. Hohmann stürzte sich sofort auf das karge Buffet.

»Jetzt frühstücken Sie erst mal und dann sehen wir weiter. Und um Ihre Frage zu beantworten: Ja, wir dürfen Sie festhalten. Wir haben da draußen ein paar Tote, sie wurden vermutlich ermordet. Sie beide waren vor Ort. Bewaffnet. Sonst noch Fragen?«

»Ein paar?«, bellte Hohmann und verschluckte sich fast am heißen Kaffee. »Da waren doch nur zwei.«

Sabine schwieg.

»Aber Sie glauben doch nicht«, Hohmann wischte sich die mit Kaffee bekleckerte Hand an der Hose ab, »dass wir was damit zu tun haben? Wieso sollten wir …?«

Sabine unterbrach ihn. »Was ich glaube, spielt überhaupt keine Rolle mehr. Das wird alles von meiner superschlauen Kollegin aus Lüneburg ermittelt. Und die wird sicher schon bald von den noch viel schlaueren Kollegen vom LKA in Hannover an die Wand gedrückt.«

»Echt, Sabine, so siehst du das?« Die Stimme hinter ihr gehörte eindeutig Jakob Metzger. Das war seine geheime Superkraft: sich unbemerkt anschleichen und einmischen. »Ich hätte von dir etwas mehr Verständnis für unsere ausgeklügelten Dienstwege erwartet.« Er trat in die Arrestzelle. Er sah besser aus als in der Nacht. Frisch geduscht, rasiert, in Uniform mit gebügeltem Hemd und vermutlich halbwegs nüchtern. Vom ersten Tag an duzte der alte Mann Sabine. Sie sprach ihn nur mit »Herr Metzger« an. Vermutlich hätte es ihm nichts ausgemacht, wenn sie ihn geduzt hätte. Hier auf dem Land war man nicht so förmlich. Aber sie schätzte ein wenig mehr Distanz zu ihren Vorgesetzten.

Metzger war erst zehn oder fünfzehn Jahre in Gartow. Darum hatte er Sabines Vater Johannes nicht mehr als Vorgesetzten gehabt. Zu dessen Kollegen hatte Sabine als Kind und als Jugendliche immer ein gutes Verhältnis gehabt. Das konnte ganz nützlich sein, wenn man am Wochenende in jugendlichem Irrsinn mit ein paar Freunden vom Scheunenfest im Nachbardorf kommend in eine Alkoholkontrolle geriet. Der Kumpel, der in einer solchen Situation gerade hinter dem Steuer saß, war Sabine auf ewig dankbar, wenn der Beamte im Auto die hübsche Tochter des Gartower Polizeichefs Langkafel erblickte und nur sagte: »Hallo, Sabine, dein Freund lässt den Wagen jetzt genau hier stehen und ihr geht zu Fuß weiter. Ich verlasse mich auf dich.« – »Ist klar, Dirk, danke.« Sie waren eine Familie.

Jakob Metzger gehörte nicht zu dieser Familie. Er war

von einem größeren Revier aus Uelzen oder Celle hierher versetzt worden. Vermutlich wegen seiner Sauferei und ein paar unschönen Vorfällen. Seine Ehe hatte das wohl nicht überlebt. Sabines Papa hatte da mal so was angedeutet. Die Details behielt er für sich, denn er war kein Klatschmaul. Nun wohnte Metzger also seit Jahren in der kleinen Zweizimmerwohnung über der Wache und soff sich der Rente entgegen. Sabine mochte den alten Sturkopf irgendwie, ein enges Verhältnis wollte sie allerdings nicht zu ihm haben. »In zwei, drei Jahren«, hatte ihr Papa gesagt, als Sabine in Gartow anfing, »geht Metzger in Pension, wenn er sich nicht vorher totgesoffen hat, und dann übernimmst du den Laden, Mädchen.« Was für den Polizeiobermeister a. D. Langkafel vielleicht wie eine Karriereverheißung klang, war für Sabine ein Horrorszenario. Bis zur Rente in Gartow? Auf gar keinen Fall.

Metzger sah den beiden Männern beim Frühstück zu und grinste. »Dafür könnt ihr unserer Sabine danken. Bei mir hätte es keine Vollpension gegeben.«

»Nicht, dass wir uns da falsch verstehen, Herr Metzger«, sagte Sabine, »ich hab den Beleg vom Bäcker. Die 5,60 nehme ich mir gleich aus der Kasse.«

Sabine hatte sich gerade mit Hohmann an den Tisch in dem kleinen Raum gesetzt, den sie als Vernehmungszimmer nutzten, als das Chaos über die beschauliche Polizeistation Gartow hereinbrach. Mehrere Fahrzeuge fuhren vor: zwei Streifenwagen, ein Zivil-PKW und ein Transporter. Eine Menge Menschen stiegen aus, drei von ihnen stürmten die Wache. Allen voran Melanie Gierke. Sabine sah ihr an, dass sie seit ihrer letzten Begegnung in der Nacht am Tatort noch keinen Schlaf gefunden hatte – und auch keine Gelegenheit, die Kleidung zu wechseln.

»So«, sagte die Kommissarin und baute sich vor Metzger auf, der sich ihr in den Weg gestellt hatte, »da wären wir.«

»Das sehe ich«, sagte Metzger und rührte sich nicht vom Fleck. »Und was heißt das jetzt?«

»Wir müssen hier unser Hauptquartier aufschlagen. Die Ermittlungen werden sicher einige Zeit in Anspruch nehmen. Das machen wir nicht von Lüneburg aus. Im Laufe des Tages kommen auch noch Kollegen vom LKA, vermute ich.« Sie blickte sich in dem Raum um, dessen Einrichtung aus drei Schreibtischen und einem Tresen bestand. Außerdem gab es den Vernehmungsraum, die Arrestzelle mit zwei Pritschen und eine Kaffeeküche mit Kühlschrank. »Also, wo können wir uns ausbreiten?«

Metzger lachte. »Ausbreiten? Ich hör wohl nicht richtig. Sie sehen ja selbst, es ist gerade mal Platz für drei Leute. Und wie viele sind Sie?«

»Acht«, sagte Gierke, »vielleicht auch mal mehr. Da muss sich doch eine Lösung finden lassen.« Metzger schüttelte den Kopf. Sabine hätte gerne die Tür zum Vernehmungsraum geschlossen, um Ruhe zu haben, aber es gab keine.

»Die Garage«, sagte Attila, der die ganze Zeit von der Kaffeeküche aus die Ereignisse verfolgt hatte. Alle Anwesenden sahen ihn verblüfft an. »Na, da stehen zwei Streifenwagen drin, die können auch auf der Straße parken. Einer ist sowieso kaputt. Wir leihen uns irgendwo Tische und Stühle. Fertig.« Der Junge grinste siegesgewiss. Metzger nickte zustimmend.

»Prima Idee«, sagte nun auch die Gierke. »Ist echt nett von Ihnen, wenn Sie uns für ein paar Tage das Feld überlassen. Danke.«

»Was?«, rief Metzger laut aus und klatschte lachend in die Hände, die Gierke zuckte kaum merklich zusammen. »Das haben Sie falsch verstanden, liebe Kollegin. Sie und Ihre Supertruppe gehen in die Garage. Wir bleiben, wo wir sind. Wenn die Ermittlungen sowieso nur ein paar Tage dauern, wird das ja kein Problem sein, und die meiste Zeit werden Sie ja am Tatort verbringen, nehme ich an.«

»Ja und Telefon, Internet? Das brauchen wir ja auch.«

»Kann ich Ihnen mit Kabeln in die Garage legen«, beeilte sich Attila zu sagen. »Kein Ding.«

Man sah Melanie Gierke an, dass sie keine Kraft hatte, gegen den alten Mann und den engagierten Nachwuchs gleichzeitig zu kämpfen. Die Nacht steckte ihr in den Knochen. Sie gab auf. »Gut. Vielleicht finden wir woanders eine Möglichkeit. Gibt's ein Hotel?«

»Nur das Hotel am See«, sagte nun Sabine, die sich dazugestellt hatte, weil Frau Gierke ihr irgendwie leidtat. Sabine wollte die Kollegin nicht ungeschützt den Machospielchen ihres Chefs überlassen. »Außerdem haben wir hier viele Ferienwohnungen. Möglich, dass fast alles ausgebucht ist. Superwetter, das Wochenende steht vor der Tür, bald beginnen die Sommerferien. Unser See ist beliebt.« Sie drehte sich zu Attila um, der sich vermutlich schon überlegte, wie er die muffige Garage in Windeseile in eine Kommandozentrale umfunktionieren könnte.

»Attila, du kannst doch mal ein bisschen herumtelefonieren und freie Zimmer für die Kollegen auftreiben, oder?«

Attila schien nicht begeistert, murmelte aber ein: »Klar, mach ich, Sabine«. In den wenigen Wochen, die er nun hier auf der Wache war, hatte Sabine ihn komplett um den Finger gewickelt, ohne dass sie das wirklich gewollt hatte. Er war Wachs in ihren Händen. War es ein Kompliment, wenn ein junger Mann von Anfang 20 sich in eine fast 30-Jährige verknallte?

Sabine stand natürlich nicht auf Attila. Er sah gut aus und war nett und sicher auch ganz clever, aber viel zu jung. Und an Männern war Sabine im Moment sowieso nicht interessiert. Ihre letzte Beziehung mit Harald, einem Gymnasiallehrer aus Lüneburg, war letztendlich an ihrem Umzug nach Gartow zerbrochen. Harald wollte sie nicht nur am Wochenende sehen, hatte allerdings auch keine Lust, unter der Woche nach Gartow zu kommen. Dann hätte er nämlich am nächsten Morgen um 6 Uhr aufstehen müssen. Doch das war alles nur vorgeschoben. Von ihm und genauso von Sabine. Sie hatte nicht um ihn gekämpft. Das Jahr mit ihm war schön gewesen – mehr nicht. Nun war ihr Vater der wichtigste Mann in ihrem Leben und der stellte weitaus weniger Ansprüche.

Metzger brachte Melanie Gierke in seine Wohnung, damit sie duschen und sich frisch machen konnte. Sabine hoffte, dass der alte Single es da oben einigermaßen sauber und ordentlich hatte.

Sie selbst konnte sich nun ihrem Herrn Hohmann widmen. Er saß etwas verloren an dem Tisch im Vernehmungszimmer. Ohne Handschellen. Sabine setzte sich ihm gegenüber.

»Also, Herr Hohmann, fangen wir von vorne an. Name, Geburtsdatum, Meldeadresse. Ich höre.«

Hohmann gab bereitwillig Auskunft, und Sabine tippte seine Angaben in den Polizeicomputer, wo sie sie gleich überprüfte. Alles stimmte. Hohmann hatte keine Vorstrafen. Sein Führerschein war vor zwei Jahren eingezogen worden.

»Zwei Jahre?«, sagte Sabine verwundert, »da müssen Sie ja ordentlich blau gewesen sein. Was ist passiert?«

»Ich habe das Wartehäuschen einer Bushaltestelle umgefahren.«

»Mehr nicht?«

»Mit dem Bus. Ich war der Fahrer. Es wurde niemand verletzt.«

»Verstehe – und nun erzählen Sie von der letzten Nacht. Ich weise Sie darauf hin, dass Sie als Zeuge vernommen werden, nicht als Beschuldigter. Sie dürfen die Aussage verweigern, wenn Gefahr besteht, dass Sie sich selbst belasten. Das könnte zum Beispiel der Fall sein, wenn wir über Wilderei oder illegalen Waffenbesitz sprechen. Verstehen Sie?«

Hohmann nickte. »Brauche ich einen Anwalt?« Sabine zuckte mit den Schultern. »Dauert halt alles noch länger.«

»Okay«, sagte Hohmann entschlossen, »bringen wir es hinter uns.«

Und dann erzählte er die in weiten Teilen langweilige Geschichte von einer nächtlichen Tour mit dem Kumpel Koslowski in den Wald, bei der sie eher zufällig die alte Schrotflinte von Hohmanns lange verstorbenem Vater dabeihatten.

»Und warum sind Sie dafür hierhergefahren?«, fragte Sabine. »Sie wohnen in Dannenberg. Da gibt es Wälder, die näher liegen.«

»Ach, der Wald hier gilt als besonders schön.«

»Wofür? Zum Jagen?«

Hohmann schwieg.

»Okay. Lassen wir das. Sie haben sich also in Ihr Auto gesetzt … Moment, wo ist Ihr Auto überhaupt? Und Sie haben doch gar keinen Führerschein.«

»Äh, ja«, druckste Hohmann herum, auf seiner Glatze bildeten sich Schweißperlen, das in der Nacht noch glattrasierte Kinn wies erste Stoppeln auf. »Ich habe kein Auto und Koslowski auch nicht. Er hat sich das von seinem Bruder geliehen. Einen alten Golf. Rot.«

»Und wo ist der?«

»Den haben wir nicht mehr wiedergefunden. Wir haben ihn gesucht, als wir Sie getroffen haben.«

»Das Fahrzeug steht da also irgendwo in der Nähe?«

Hohmann nickte.

»Ein einsames Auto am Waldesrand?« Sabine musste lachen. »Dann gehen Sie mal davon aus, dass meine Kollegen den Wagen inzwischen gefunden und als Beweismittel gesichert haben. Das wird einige Tage dauern. Und wahrscheinlich stehen Beamte gerade bei Koslowskis Bruder vor der Haustür, um ihn zu fragen, was sein Auto denn in der Nähe eines Tatorts macht. Na, der wird dumm gucken.«

Hohmann schaute betreten auf den Tisch.

»Was waren das denn für Leute, die da ermordet wurden?«, fragte er schließlich. Er wirkte echt betroffen.

»Das ist hier keine nette Plauderei, Herr Hohmann. Ich stelle die Fragen. Warum sind Sie zu dem Haus gegangen? Da gab es bestimmt keine Wildschweine.«

»Aus Neugier. Das lag da so geheimnisvoll, wie so ein Hexenhaus, wissen Sie?«

»Ist Ihnen irgendetwas aufgefallen? Stand ein Auto auf dem Hof?«

»Nein.«

»Ein Motorrad, ein Fahrrad, war da ein Hund? Mensch, wir brauchen jedes Detail. Brannte Licht?«

»Keine Fahrzeuge. Und, ja, es brannte Licht. Irgendwo

im Innern. Nicht viel.« In der Küche, dachte Sabine, das hatte sie auch bemerkt. Es musste ein Gaslicht oder eine Kerze gewesen sein. Strom gab es ja nicht.

»Und dann«, Hohmann wollte offensichtlich etwas sagen und traute sich nicht. »Dann …«

»Was, und dann?«

»Dann war da noch dieses Kind.« Er sagte es mit gesenktem Blick, fast eher für sich, als würde er selbst nicht daran glauben.

»Ein Kind?«, Sabine wurde lauter, als sie wollte. »Was für ein Kind? Was reden Sie da? Waren Sie betrunken?«

»Nein. Ich hatte den ganzen Tag nichts getrunken. Ich war nüchtern. Im Wald war da dieses Kind. Kiste wird Ihnen sagen, dass ich …«

»Kiste?«, Sabine stand unter Strom. Etwas hatte dieser schräge Vogel gesehen, aber es würde nicht einfach sein, Irrsinn und Wirklichkeit in seinen Erzählungen zu unterscheiden.

»Kiste, so nennen wir Koslowski, weil …«

»Hohmann, es ist mir scheißegal, warum Sie den so nennen, was für ein Kind?«

»Na, das Kind, das mit dem Wolf weggelaufen ist.«

Dieser Satz ließ Sabines Adrenalinpegel schlagartig sinken. Was redete der Typ da für einen Blödsinn?

»Was denn für ein Wolf?«, fragte sie genervt. »War der mit Rotkäppchen unterwegs, oder was? Hohmann, verarschen Sie mich nicht.«

In diesem Moment steckte Melanie Gierke die frisch gewaschenen blonden Stoppeln durch die nicht vorhandene Tür. »Kann ich helfen?«

Die hatte gerade noch gefehlt. »Nein, danke, Frau Gierke, ich komme klar.«

»Gut. Ich mache ich mich jetzt mit Ihrem jungen Kollegen auf zur Turnhalle der Grundschule, die könnte als Einsatzzentrale passen«, sagte die Gierke und ging.

»Ja, gut. Tun Sie das.«

»Ich verarsche Sie nicht, ehrlich«, jammerte Hohmann. Wenn solche Typen »ehrlich« sagten, war alles zu spät. »Ich sage jetzt die ganze Wahrheit, und wenn ich dafür in den Knast muss.«

»Die ganze Wahrheit? Da freue ich mich wirklich, Herr Hohmann. Haben Sie den Korb mit Kuchen und Wein für die Großmutter gefunden?« Sabine ärgerte sich über ihren Sarkasmus, aber sie hatte keine Lust auf diesen Mist. Sie musste mit Koslowski, Kiste, ja noch so ein Gespräch führen.

»Wir waren nicht auf der Wildschweinjagd.« Hohmann schluckte, dieses Geständnis kostete ihn sichtlich Kraft. »Wir waren dort, um einen Wolf zu schießen. Jemand wollte uns dafür bezahlen.«

Ein Wolf in Zusammenhang mit Geld? Schlagartig kam Sabine Hohmanns Geschichte nicht mehr so abwegig vor. Sie wusste um die Wölfe in dieser Gegend, die von einigen als Problem wahrgenommen wurden.

»Ein Schäfer, nehme ich an. Wer?«, sagte Sabine.

Hohmann schwieg.

»Okay. Sie haben den Wolf also tatsächlich gestellt.«

»Ja. Nicht weit von diesem Haus. Auf der anderen Seite des Waldes war eine Schafweide mit ein paar Schafen, davon wurde der Wolf angelockt. Das war so geplant. Ich hatte ihn vor der Flinte, dann hat er uns wohl bemerkt und ist abgehauen. Ich habe noch geschossen, aber nicht getroffen.«

»Und das Kind?«

»Im Mündungsfeuer habe ich eine Gestalt gesehen. Ein Mensch, ganz sicher. Er war nicht groß. Eher so.« Er hielt seine Hand ungefähr 120 Zentimeter über den Boden.

»Und dieser Mensch ist mit dem Wolf weggerannt?«

»Ja, so wirkte es.«

»Können Sie sich vorstellen, was ein Wolf mit einem kleinen Kind macht? Die laufen doch nicht Hand in Hand zusammen weg«, sagte Sabine. Hohmann zuckte mit den Schultern. Sie wusste es selbst nicht. Sie hatte gelesen und im Fernsehen gesehen, dass Wölfe, entgegen der üblichen Vorurteile, keine brutalen Menschenfresser waren. Aber ob ein hungriger Wolf einen Unterschied zwischen einem Kind und einem Schaf machte?

Sabine atmete tief durch. Das Gespräch war anstrengender als erwartet, womöglich auch ergiebiger. Sie war sich da noch nicht sicher. »Herr Hohmann, ich glaube Ihnen. Ich glaube Ihnen, dass Sie einen Wolf gesehen haben, und ich glaube Ihnen auch, dass Sie ein Kind gesehen haben. Ich kann mir nur nicht vorstellen, dass Sie beide zusammen gesehen haben. Spielt Ihnen Ihre Erinnerung da einen Streich?«

»Nein, sicher nicht«, sagte Hohmann und fragte nach einer kurzen Pause: »Und wie geht es jetzt weiter?«

»Folgendermaßen«, sagte Sabine. »Sie geben Fingerabdrücke und DNA-Probe ab und unterschreiben Ihre Aussage. Dann spreche ich mit Kiste«, sie lächelte, »und anschließend können Sie abhauen. Das Gewehr behalten wir hier. Das wird Folgen haben, wegen der fehlenden Besitzkarte. Den gejagten Wolf will ich Ihnen nicht anhängen. Seien Sie froh, dass Sie ihn nicht getroffen haben. Auf das Auto müssen Sie sicher noch eine Zeit warten.«

Hohmann sagte: »Danke.« Er war sichtlich erleichtert. Das Kind ging Sabine nicht aus dem Kopf. Dieser Kiste, Karsten Koslowski, bestritt in der anschließenden Vernehmung energisch, dass da ein Kind gewesen sei, und meinte, dass sein Freund sich das nur einbilde.

Am Mittag fuhr Sabine mit dem Fahrrad nach Hause. Das dauerte keine fünf Minuten. Wenn ihr Papa gut drauf war, kochte er mittags gerne eine Kleinigkeit. Andernfalls hatte Sabine immer etwas in der Tiefkühltruhe, was sie in der Mikrowelle für ihren Vater und sich auftauen konnte.

Als sie in das kleine Haus trat, das sie so liebte und an dem so viele Erinnerungen hingen, duftete es nach Essen. Bratwurst, Sauerkraut und Kartoffelpüree standen fertig auf dem Herd. Was hatte sie für ein Glück, einen der wenigen Männer seiner Generation zum Vater zu haben, die kochen konnten. Als sie am Morgen das Haus verlassen hatte, schlief Papa noch, sodass sie ihn nicht über die spektakulären Ereignisse der Nacht hatte informieren können. Im Radio waren aber offenbar bereits einige rudimentäre Meldungen gesendet worden.

»Schön, dass du da bist«, rief er ihr aus der Küche entgegen, »du bekommst nur was zu essen, wenn du mir alles ganz genau und haarklein erzählst.«

Sie gab ihm einen Kuss und half ihm, Teller und Töpfe auf die Terrasse zu tragen.

»Für alle Details habe ich keine Zeit, aber einen groben Überblick kann ich dir geben.«

An ihre Schweigepflicht als Polizeibeamtin fühlte sich Sabine bei ihrem Vater nicht gebunden. Er war selbst Polizist gewesen, er wusste, wie das lief, er würde nie etwas ausplaudern.

Sabine kam kaum dazu, das gute Essen zu genießen, so löcherte sie der alte Mann mit Fragen. Er war der ewige Polizist. Einer seiner zahlreichen Freunde hatte mal gesagt, der Hannes würde noch auf dem Sterbebett einen Verbrecher überführen.

Der Fall, den Sabine ihrem Vater in knappen Worten schilderte, berührte ihn sehr. Ein solches Verbrechen mit fünf Toten hatte er in 40 Dienstjahren in seinem Zuständigkeitsbereich nicht erlebt.

»Fünf Menschen, Sabine, das ist ja grauenhaft. Wer tut so was?«

»Wir vermuten im Moment, dass es einer der Bewohner war. Erweiterter Suizid. Aber sicher ist es nicht.«

»Erweiterter Suizid«, sagte der Alte verächtlich, »das ist eine blöde Formulierung. Das klingt so harmlos. In Wirklichkeit ist es ein vierfacher Mord und ein Selbstmord. Nennt es auch so.«

»Ja, Papa. – Was waren das für Leute, wer hat auf diesem Hof gelebt? Ich kenne keinen von denen.«

Der Alte senkte den dichten schneeweißen Haarschopf und legte die Hand an die Stirn. Das tat er seit ein paar Jahren, wenn er nachdachte, vor allem, wenn er versuchte, sich an etwas zu erinnern. Sein Gehirn sei stark wie immer, sagte Sabine gerne, wenn er sich Sorgen um seine geistige Gesundheit machte, es sei halt nicht mehr ganz so schnell.

»Das war der Hof vom Bauer Kurze, Heinrich Kurze«, sagte der Alte schließlich. »Der hatte nur noch eine kleine Landwirtschaft. Das meiste verpachtet. Irgendwann, ich glaube, das war Ende der 70er, gab es dann diesen schrecklichen Unfall.«

»Was für einen Unfall, Papa?«

»Er ist mit seinem PKW nachts in einen Traktor gerast, der unbeleuchtet vom Feld kam. Ich war vor Ort. Ein schrecklicher Anblick. Heinrich und seine Frau Greta waren sofort tot. Heinrich hatte natürlich ordentlich getankt. Das war damals noch völlig normal.«

»Und was geschah danach mit dem Hof?«

»Heinrich hatte einen Sohn. Ich weiß nicht mehr, wie der hieß. Muss so um die 20 gewesen sein. Der hat den Hof bestimmt geerbt. Aber, Kind, das ist alles so lange her. Ich weiß nicht, was der mit dem Hof gemacht hat. Viel wert war er sicher nicht. Ich glaube, da haben eine Zeitlang Hippies gehaust. Hat manchmal Ärger gegeben.«

»Hat dieser Sohn lange auf dem Hof gelebt oder lebte er da vielleicht bis heute?«

»Ich sag doch, ich weiß es nicht genau. Ich muss mal in meine Akten gucken, vielleicht finde ich da was. Ich meine, der war später auch bei diesen Anti-Atomkraft-Leuten dabei gewesen. Republik Freies Wendland. Aber welcher junge Mensch war das nicht zu der Zeit.«

Sabine räumte den Tisch ab, und Papa versuchte sie daran zu hindern. Das war fast ein Ritual.

Papa hatte während seiner Dienstjahrzehnte alle interessanten Vorgänge aufgehoben. Akten, die auf der Dienststelle niemanden mehr interessierten, hatte er nach Hause geschleppt und archiviert. Der Keller des kleinen Hauses war voll mit Papas Schätzen, die tatsächlich gut sortiert waren. Häufiger hatten jüngere Leute aus dem Dorf dem Sheriff von Gartow, wie er in seiner Stammkneipe respektvoll genannt wurde, angeboten, den Kram zu digitalisieren, Datenbanken und Verzeichnisse anzulegen. Aber das war nicht Papas Ding. Sabine war froh, dass er inzwischen wenigstens ein Smartphone benutzte. Das wichtigste Werkzeug ist das, sagte er immer und tippte sich an die Stirn.

Als Sabine wieder in der Polizeistation eintraf, wurde sie von Melanie Gierke ungeduldig erwartet. Metzger war nicht da. Mittagsschlaf. Daran konnten ihn auch fünf Tote und die halbe Kripo Niedersachsens nicht hindern.

»Schöne Mittagspause gehabt?«, fragte die Gierke schnippisch.

»Ja, danke. Mein Vater ist ein guter Koch. Wenn Sie noch länger in der Gegend bleiben, nehme ich Sie gerne mittags mal mit.«

Die Gierke reagierte nicht auf diese Einladung, die Sabine durchaus ernst meinte, und kam gleich zur Sache.

»Hat die Vernehmung Ihrer Wilderer irgendwelche neuen Erkenntnisse gebracht?« Sie saß gegenüber von Sabines Schreibtisch, hatte die Beine übereinandergeschlagen und wippte mit einem Fuß, der von einer schönen Ledersandale bekleidet war.

»Nur so viel, dass sie nicht Wilderer im engeren Sinne sind.«

»Wie meinen Sie das?«

Sabine erzählte die Wolfgeschichte. Melanie Gierke schien mäßig beeindruckt.

»Und was noch?«, fragte sie und schien zu spüren, dass das nicht alles war.

»Die Männer haben im Wald ein Kind gesehen, jedenfalls behauptet das einer von ihnen.«

»Ein Kind«, sagte die Gierke, und es klang weder wie eine Frage noch verwundert. Sie machte eine kurze Pause. »Das Kind, nach dem Sie in dem Haus gesucht haben.«

Sabine nickte.

»Scheiße«, rief die Gierke und sprang auf. »Soll das heißen, dass da draußen im Wald tatsächlich ein Kind herumirrt und vielleicht sogar ein Wolf?«

»Na ja, das sagt halt einer der beiden. Und besonders glaubwürdig ist der nicht. Das sind Alkoholiker, Frau Gierke.« Sabine hatte schlagartig ein schlechtes Gewissen, dass sie so viel Zeit hatte verstreichen lassen, ohne etwas zu unternehmen.

Melanie Gierke drehte sich wortlos weg, nahm ihr Handy, tippte auf einen Kontakt und feuerte eine Salve an Anweisungen durch die Leitung. Es kamen Worte wie »Hundertschaft«, »Hundestaffel« und »Hubschrauber« darin vor. Wenigstens musste die Gierke nun insgeheim eingestehen, dass Sabines Suche nach einem Kind in der Nacht kein Unfug gewesen war. Als die Gierke ihre Einsatzbefehle abgespult hatte, wandte sie sich wieder an Sabine.

»Ihr überaus engagierter junger Kollege Attila hat nicht nur die Turnhalle der Grundschule für unser Hauptquartier beschlagnahmt und Gästezimmer buchen können, sondern auch den Besitzer des Hofes ermittelt.«

»Und?«, fragte Sabine.

Die Gierke las etwas von ihrem Handy ab. »Heinrich und Greta Kurze sind als Eigentümer eingetragen. Keine Grundschuld.«

Sabine musste grinsen. War es wichtig, dass die Bruchbude abbezahlt war? Sie konnte es sich nicht verkneifen, den Informationsvorsprung, den Papa ihr verschafft hatte, genüsslich zu inszenieren. »Wie schön, dass Heinrich und Greta für den Fall ihrer Wiedergeburt eine irdische Bleibe haben. Die beiden sind nämlich seit 40 Jahren tot.«

»Ups«, machte Melanie Gierke und sie wirkte nicht beleidigt, »dann hat der gute Attila die Recherche wohl mittendrin abgebrochen.«

»Er lernt ja noch«, sagte Sabine und grinste zu Attila hinüber, der an seinem Schreibtisch saß und dem Gespräch der beiden Frauen aufmerksam folgte. Er schaute verlegen.

»Sabine, echt, das steht so im Grundbuch, ich habe mir den Auszug aus Dannenberg faxen lassen.« Attila hielt ein Blatt hoch.

»Ihr faxt noch?«, fragte die Gierke überheblich.

»Wir nicht«, entgegnete Sabine, »Dannenberg faxt.«

»Ohne Quatsch jetzt, Frau Langkafel, wem gehört der Hof, wenn nicht dem toten Heinrich und der toten Greta, und wieso stehen die bis heute im Grundbuch?«

»Die Erklärung ist vermutlich einfacher, als Sie denken«, ertönte Metzgers Stimme, der frisch und ausgeruht in der Tür stand. »Der Erbe muss mit dem Erbschein zum Amtsgericht gehen und das Grundstück umtragen lassen. Tut er das nicht, passiert gar nichts.«

»Also wohnt der Sohn da?«, fragte Sabine.

»Nein«, antwortete Metzger, »muss ja nicht. Er hat das Grundbuch nicht ändern lassen. Also hat er die Immobilie nie verkauft. Das ist alles. Es sagt uns nichts darüber, wer dort wohnt. Das sagt uns höchstens das Melderegister.«

»Nee«, schaltete sich Attila ein, »laut Melderegister wohnt da niemand.«

KAPITEL 10

Der Wolf hatte nicht lange in dem Gebüsch gelegen. Der Anblick von Fremden machte ihm bestimmt genauso große Angst wie Sahas. Schon bald war er davongeschlichen und Sahas gebückt hinterher. War es schon Abend? Nein. Der Himmel über den Bäumen war noch hell. Wo wollte der Wolf hin? Er lief so schnell. Bald würde Sahas ihm nicht mehr folgen können.

Jetzt blieb der Wolf stehen und drehte sich um. »Wartest du auf mich, Wolf?« Als Sahas näher kam, setzte der Wolf sich in Bewegung. Der Wald war endlos. Irgendwo hinter dem Wald musste doch die Welt beginnen. So hatten es ihm die anderen erzählt. Die Welt, die so böse und so gefährlich war und vor der ihn alle beschützten.

Der Wolf kroch in ein niedriges Gebüsch hinein. Er war nicht mehr zu sehen. Nach kurzer Zeit kam er wieder heraus und blickte Sahas an. Der Junge bemerkte, dass die Schnauze des Wolfes nass war und Wasser von seiner Nase tropfte. Er hatte getrunken. Nun robbte Sahas in das Gebüsch und stieß auf einen kleinen Tümpel. Er war nicht mal halb so groß wie Sahas Bett, aber es war Wasser. Schwarzes, leicht modrig riechendes Wasser. Sahas kniete sich hin und schöpfte mit der Hand Wasser, das er gierig schlürfte. Es schmeckte nicht so modrig, wie es roch. Wenn der Wolf dieses Wasser trinken konnte, dann war es auch gut für Sahas. Als er keinen Durst mehr hatte, kehrte er zum Wolf zurück.

Das Tier stand nun in einiger Entfernung zum Gebüsch und lauschte. Sahas hörte nichts. Plötzlich lief der Wolf geduckt ein Stück weiter und Sahas folgte ihm. Er war inzwischen geschickter, stolperte nicht mehr so viel. Lernte er von dem Wolf, wie man sich im Wald am besten bewegte? Und war es einfacher, mit vier Beinen zu gehen als mit zwei, oder schwerer?

Sie erreichten einen umgefallenen Baum. Dessen dicker Stamm, er war viel höher als Sahas, lag zwischen den anderen Bäumen wie tot. Am Ende des Baums hing ein riesiger Dreckklumpen, der von dünnen Ästen durchzogen war. Das musste die Wurzel sein. Sahas hatte Wurzeln im Garten bei viel kleineren Bäumen gesehen. Diese Wurzel war hier bestimmt so hoch wie der Schuppen, in dem Oms Auto stand. Der Wolf huschte unter die Wurzel. Er lief immer hin und her, den Blick auf Sahas gerichtet. Was wollte er?

Jetzt hörte Sahas, was der Wolf vermutlich schon lange wahrgenommen hatte: Hundegebell und Stimmen. Da näherten sich Fremde, viele Fremde, so laut, wie es war. Wollte der Wolf, dass sich Sahas hier versteckte? Er ging zu der Wurzel. Darunter hatte sich ein großes, klaffendes Loch gebildet. Ein tolles Versteck. Sahas hatte im Haus mehrere Verstecke, ein ganz besonders gutes. Es war lustig, wenn die anderen ihn suchten und nicht fanden. Aber dieses Versteck hier war nicht lustig. Es war dunkel und dreckig. Sahas kroch trotzdem hinein. Das Loch war nicht so gefährlich wie die Fremden, die sich da mit Hunden näherten.

Es war kühl und ein wenig feucht in dem Loch unter der Wurzel, aber der Sand war schön weich. Sahas dachte, der Wolf würde sich auch dort verstecken, doch er drehte sich um und trat mit den Hinterbeinen Sand in das Loch. Ganz schnell schaufelte er sehr viel hinein. Sahas musste den Kopf wegdrehen und die Augen schließen, um nicht die kleinen Körner ins Gesicht zu bekommen.

Nun war es fast dunkel in der Höhle. Nur durch ein winziges Loch drang etwas Sonnenlicht. Sahas wagte kaum, sich zu bewegen. Der Sandwall, den der Wolf aufgeschüttet hatte, würde sonst abrutschen. Sahas atmete flach und lauschte. Das Hundegebell kam näher. Er hörte viele Schritte auf dem trockenen Waldboden, Stimmen. Aber er verstand nicht, was die Fremden sagten.

Plötzlich wurde das Loch im Sandwall dunkel. Stand da jemand vor der Wurzel? Es klang, als würde ein Hund schnüffeln. Sahas' Herz schlug schnell. Ob der Hund das auch hörte? Sahas kroch so tief unter die Wurzel, wie es nur ging. Er wusste, wie man sich versteckte, und er wusste auch, wie man leise war. Aber wie konnte man verhindern, dass man roch? Sahas schnupperte an seinen Fingern und an seinem Schlafanzugoberteil. Der Geruch war nur sehr schwach, aber Hunde hatten viel bessere Nasen, das hatte Kamini ihm erklärt. Sie wusste so viel, sie war eine weise Frau. Alles, was Sahas wusste, hatte er von ihr gelernt. Sogar Lesen brachte sie ihm bei. Er konnte es schon ganz gut. Bald würde er die Sachen lesen können, die Kamini abends in ein Heft schrieb. Und Sahas würde bald schreiben lernen, wenn Kamini noch bei ihm war. War sie noch bei ihm? Sahas hatte vergessen, was mit Kamini passiert war.

Das Loch im Sandwall ließ wieder mehr Licht durch. Er hörte, wie die Fremden und die Hunde weiterzogen.

Er würde diese kalte Höhle noch lange nicht verlassen. Das war zu gefährlich. Die Fremden konnten wiederkommen. Durch das Loch drang immer weniger Licht. Es wurde dunkel. Die Nacht brach an. Sollte er besser bis zum nächsten Morgen in dieser Höhle bleiben? Das war zu kalt, und er hatte jetzt schrecklichen Hunger. Unter seinen Händen spürte er das Kribbeln der kleinen Tiere, die unter der Wurzel wohnten.

Wo war der Wolf? Hatte er seinen Freund hier im Versteck vergessen? Oder hatten die Fremden den Wolf entdeckt? Dann hätte Sahas einen Schuss gehört. Er durfte sich keine Sorgen machen, dem Wolf ging es gut. Ganz bestimmt.

KAPITEL 11

Die halbe Nacht hatte eine Hundertschaft und eine Hundestaffel den Wald rund um den Tatort durchkämmt und weder einen Wolf noch ein Kind gefunden. Schließlich brachen sie ab. Der Hubschrauber wurde schon zu Beginn der Suche zurückgeschickt. Durch den dichten Wald konnte man aus der Luft sowieso nichts erkennen. Selbst Wärmebildkameras halfen in diesem Fall nicht weiter. Melanie Gierke machte keinen Hehl daraus, dass sie nun nicht mehr an die Geschichte von »Peter und dem Wolf« glaubte, wie sie es nannte, doch Sabine war da noch nicht so sicher. Sie hätte die Suche bei Sonnenaufgang gerne wieder aufgenommen, die Gierke versagte ihre Zustimmung dazu.

Die Kommissarin aus Lüneburg hatte in diesem Fall immer noch die Leitung. Das LKA in Hannover ließ sich zwar fast im Stundentakt über den Stand der Ermittlungen informieren, schickte aber keine Leute. Die Theorie vom erweiterten Selbstmord verfestigte sich, ein flüchtiger Mörder galt als unwahrscheinlich, und so sah man keine Notwendigkeit, von höherer Stelle in die Ermittlungen einzugreifen.

Der Plan war nun, möglichst schnell die Identität der Toten festzustellen. Bisher wusste man nicht mal genau, wem der Hof überhaupt gehörte. Wenigstens hatten die Ermittlungen inzwischen ergeben, dass der Sohn des im Grundbuch eingetragenen und vor fast 40 Jahren verstorbenen Heinrich Kurze mit Vornamen Rainer hieß. Wo er sich aufhielt, war jedoch unbekannt. Im Landkreis Lüchow-Dannenberg und in den angrenzenden Landkreisen Uelzen und Lüneburg war er jedenfalls nicht gemeldet und irgendwelche Verwandten der Kurzes hatten sie nicht auftreiben können.

Sabine hatte sich am Vormittag noch mal im Haus umgesehen und festgestellt, dass es auch kein fließend Wasser gab. Es waren zwar Leitungen vorhanden, aber die waren tot. Das Licht, das sie in der Nacht im Haus gesehen hatte, stammte von einer Gaslaterne. Deren Kartusche war inzwischen leer. Kühlschrank und Herd in der spartanisch ausgestatteten und ziemlich verdreckten Küche wurden mit Gas aus großen Flaschen betrieben.

Hinter dem Haus entdeckte Sabine eine altertümliche Handpumpe. Sie betätigte den Schwengel ein paarmal und schon floss klares, kühles Wasser aus dem Rohr. Es konnte nicht lange in der Leitung gestanden haben.

In einem Bretterverschlag, der von außen ans Haus gezimmert war, befand sich ein Dieselgenerator, der laut Typenschild 20 Jahre auf dem Buckel hatte. Einige Kanister mit Diesel standen daneben und legten die Vermutung nahe, dass mit diesem Aggregat gelegentlich Strom erzeugt wurde.

Der kleine Bauernhof lag mitten in einem dichten Waldstück, von allen Seiten vor Blicken geschützt. Das Grundstück maß vielleicht 100 mal 100 Meter, also einen Hektar. Hinter dem Haus erstreckte sich eine vertrocknete Rasenfläche, auf der ein schwach aufgepumptes Kinderplanschbecken mit schmutzigem Wasser stand. Ein Mann von der Spurensicherung fotografierte das Planschbecken, maß die Wassertemperatur und entnahm eine Wasserprobe. Sabine beobachtete ihn.

»Können Sie feststellen, ob da vor Kurzem einer drin geplantscht hat?«, fragte sie den Kollegen. Der zuckte mit den Schultern.

»Wenn es ein Kind war«, sagte er und lächelte sie freundlich an, »dann hat es bestimmt reingepinkelt. Das lässt sich herausfinden, aber wann das war, ist nicht genau zu bestimmen.« Er sah abschätzend auf das Planschbecken. »Lange kann das Wasser nicht drin sein. Das Becken ist fast voll und bei der Hitze wäre nach ein paar Tagen die Hälfte verdunstet. Und Regenwasser kann es ja auch nicht sein. Es hat schließlich seit vier Wochen nicht geregnet.«

»Danke«, sagte Sabine und lief durch den großen Nutzgarten, der hinter der Rasenfläche begann. Ein typischer Selbstversorgergarten, wie ihn auch Papa bis vor wenigen

Jahren hinter seinem Haus bewirtschaftet hatte. Wer sich gut darum kümmerte, könnte seine Familie mit diesem Garten zu einem großen Teil aus eigenem Anbau ernähren. Die meisten Pflanzen – Tomaten, Bohnen, Erdbeeren – sahen jedoch recht armselig aus. Überreife Tomaten lagen verschrumpelt auf dem Boden, die Bohnen ließen die Blätter hängen, die Erdbeerstauden waren gelb. Die Trockenheit der letzten Wochen war gnadenlos, und es hatte sich wohl niemand der Bewohner die Mühe gemacht, die Pflanzen ausreichend zu wässern. Ein Schlauch und ein Anschluss für die Wasserpumpe waren vorhanden.

Sabine ging langsam durch den Garten. Am Rand standen alte Obstbäume: Kirschen, ein prächtiger Apfelbaum, ein Pflaumenbaum. Am Ende der Nutzfläche war eine Reihe von Bohnenstangen aufgestellt, wie eine Wand, die etwas Dahinterliegendes schützen soll. Die Bohnenranken hatten nur wenige Blätter, sodass sie als Sichtschutz nicht taugten. Und hinter den Bohnen erstreckte sich, rechteckig eingerahmt von bewachsenen Bohnenstangen auf allen Seiten, ein Feld mit einer Nutzpflanze, die nicht zur Ernährung gedacht war: Cannabis.

Sabine zwängte sich durch die Bohnen auf die Fläche. Der Kollege, der gerade am Planschbecken gearbeitet hatte, stand nun hinter ihr.

»Da hat der Bauer vor Kurzem geerntet. Hier steht nur noch der schäbige Rest vom Schützenfest«, sagte er.

»Muss man das Zeug nach der Ernte nicht trocknen?«, fragte Sabine.

»Ja. Und auf der anderen Seite vom Haus ist ein kleines Gewächshaus, in dem ein paar Pflanzen hängen. Aber es sind nur sehr wenige. Die Menge, die hier geerntet wurde, haben wir nirgendwo gefunden.«

»Also haben die Bewohner das alles schnell weggekifft?«, hakte Sabine nach und musste über ihre dumme Frage lachen.

»Eher nicht. Es ist zu viel für den Eigenbedarf, das ist eine kommerzielle Produktion, würde ich mal vermuten.«

»Na ja«, sagte Sabine, »von irgendwas mussten die Bewohner hier ja leben. Felder haben sie wohl keine. Aber wenn die ihr Zeug in der Gegend im großen Stil vertickt hätten, hätten wir was davon mitbekommen, da bin ich sicher.«

Sabine unterstützte in der folgenden Stunde die Kollegen beim Abtransport von zahlreichen Beweisstücken aus dem Haus. Dazu gehörte es, die Räume zu fotografieren, bevor die Sachen in Kisten gepackt und in Transporter verladen wurden. Kleidung, eine große Anzahl Bücher und andere Gegenstände, die das Potenzial hatten, mehr über die Bewohner zu erzählen, sollten intensiv untersucht werden. Das ging an einem neutralen Ort besser als in diesem recht chaotischen Haus, in dem die Luft mehr Staub als Sauerstoff enthielt. Die Leichen waren längst abgeholt worden und wurden in der Rechtsmedizin in Hannover untersucht. Von dort gab es 36 Stunden nach dem Auffinden noch keine Erkenntnisse.

In der Turnhalle der Grundschule in Gartow, wo Melanie Gierke mit ihrem Team ihr Hauptquartier bezogen hatte, waren Tische aufgebaut, auf denen die Plastikkisten aus dem Haus gestapelt und ausgepackt wurden.

Als Sabine in der Turnhalle ankam, sprach die Gierke gerade mit einem sehr großen, dünnen Mann. Es war der Schulleiter Klaus-Dieter Mannstein, den Sabine gut kannte. Es war gleich zu erkennen, dass die beiden stritten. Sabine ging vorsichtig auf sie zu. Melanie Gierke gab ihr ein Zeichen, dass sie kurz warten solle.

»Zwei bis drei Wochen, sagen Sie«, maulte Mannstein die Kommissarin gerade an. »Das geht doch nicht, die Kinder müssen Sport machen, die drehen mir sonst durch. Ach, hätte ich mich bloß nicht breitschlagen lassen.«

»In einer Woche sind sowieso Ferien, und bis dahin können sie auf den Sportplatz gehen, das Wetter ist schön«, verteidigte die Gierke ihr Hauptquartier, und Sabine sah ihr an, dass sie überhaupt keine Lust auf diese Auseinandersetzung hatte.

»Schön?«, empörte sich Mannstein. »Es sind 30 Grad. Da schicke ich niemanden auf den Sportplatz. Und wenn Sie mit Ihrer Truppe in den Ferien immer noch hier sind, muss ich dem Hausmeister den Urlaub streichen.«

»Es tut mir leid«, sagte die Gierke genervt. »Es geht nicht anders. Sie wissen ja, was passiert ist, und Sie werden verstehen, dass wir hier jede Minute und jede Energie brauchen.«

»Klaus«, mischte sich nun Sabine ein, der Mann grüßte sie wortlos, »geht doch mit den Kindern schwimmen. Das ist auch Sport, und der See liegt vor der Haustür.«

»Ach, Sabine, wenn das alles so einfach wäre, ihr habt ja keine Ahnung«, sagte der Schulleiter und zog grummelnd ab.

»Danke«, sagte die Gierke zu Sabine und es klang sarkastisch, »ohne Sie müsste ich jetzt bestimmt nachsitzen. – Was führt Sie zu mir?«

»Ich führe etwas zu Ihnen«, sagte Sabine und zeigte auf weitere Kisten, die die Beamten gerade in einer Ecke der Turnhalle stapelten, weil auf den Tischen kein Platz mehr war. »Das sind Sachen aus dem Haus, die uns vielleicht weiterbringen.«

»Uns?«, fragte die Kommissarin mit hochgezogenen Augenbrauen und ging gefolgt von Sabine auf die verschlossenen und gestapelten Plastikboxen zu. Melanie Gierke betrachtete die Sachen skeptisch. Sie dachte nach. Dann hatte sie offenbar einen Plan. »Okay, wir machen es so: Alles, was uns Hoffnung auf DNA-Spuren gibt, schicken Sie direkt nach Lüneburg ins Labor …«

Sabine unterbrach sie. »Das ist alles getrennt. Ungewaschene Kleidung, Zahnbürsten, Handtücher, Bettlaken, Abfälle, benutztes Geschirr aus der Küche und diesem Bunker im Keller, herumliegender Müll und solche Sachen sind hier schon gar nicht mehr dabei. Sie sind bereits auf dem Weg nach Lüneburg.«

Die Gierke nickte anerkennend und Sabine konnte sich gegen ein Gefühl des Stolzes nicht wehren.

»Gut, haben Sie Zeit?«, fragte die Gierke.

»Ich habe zufällig gerade keine weiteren Mordfälle auf meinem Schreibtisch. Ist ein ruhiger Tag.«

Die Gierke lächelte. »Dann schauen Sie sich das ganze Zeug doch mal an. Vielleicht finden Sie etwas, das uns weiterbringt. Ich komme später dazu. Jetzt habe ich erst mal eine Videokonferenz mit der Rechtsmedizin in Hannover.«

Sabine machte sich umgehend an die Arbeit. Es gefiel ihr, nun Teil des Teams zu sein. Sie sah sich Innenaufnahmen des Hauses an, die ausgedruckt an einer Stellwand hingen. In jedem Raum hatten Bilder von indischen Gottheiten und Tempeln an den Wänden gehangen. Es gab auch kleine Figuren aus Gips oder Ton, die sicher ebenfalls irgendwelche Gottheiten darstellten. In fast jedem

Zimmer hatten sie außerdem ein Foto von diesem bärtigen Guru gefunden.

Was auffiel: Die Bilder, Poster und Figuren waren alle alt, die Farben verblichen. An manchen Skulpturen waren Teile abgebrochen. Viele der Poster waren an den Ecken eingerissen und offenbar mit zahllosen Klebestreifen immer wieder fixiert worden. In mehreren Zimmern waren die Bilder von der Wand gefallen und lagen eingestaubt auf dem Boden. Die Spiritualität schien in diesem Haus keine so große Rolle mehr gespielt zu haben.

In der ersten Kiste, die Sabine sich vornahm, waren Dinge aus dem Kinderzimmer. Wie es aussah, gab es kein weiteres Kinderzimmer im Haus. Es waren noch mehr Bücher in der Kiste. Schulbücher. Eine Fibel, Rechenbücher für verschiedene Klassen, ein Lesebuch und noch zahlreiche andere. Sie waren alle für die Grundschule und, das war besonders bemerkenswert, sehr alt. Sabine suchte in einigen nach den Jahreszahlen ihres Erscheinens. 1977, 1981, das neueste Buch war von 1983. Es hatte einen Stempel der Kreisbibliothek Dannenberg sowie eine Ausleihkarte darin und hätte am 22. September 1986 zurückgegeben werden müssen.

Vielleicht lag Melanie Gierke mit ihrer Annahme nicht falsch, dass das Kind vor langer Zeit ausgezogen war. Vielleicht war es aber auch unter den Opfern. Wer in den 80ern in der Grundschule war, musste heute um die 40 sein. Könnte passen. Das erklärte allerdings immer noch nicht die Gummistiefel. Die würde niemand über 30 Jahre lang ungenutzt an der Garderobe stehen lassen.

Eine weitere Kiste enthielt die CDs und VHS-Kassetten, die Sabine im Arbeitszimmer aufgefallen waren. Ein paar Familienfilme aus den 80ern, viele Naturdokus. Dieses Material würde sie später genauer durchgehen. Doch jetzt zog ein alter Aktenkoffer ihre Aufmerksamkeit auf sich. Die durchsuchenden Beamten hatten ihn eher zufällig hinter einem Kleiderschrank in einem der Schlafzimmer gefunden. Er war schwarz, hatte eine Metalleinfassung und war mit einem Zahlenschloss gesichert. Auch der Aktenkoffer schien aus einer anderen Zeit zu stammen. Sabine hatte so ein Ding bisher nur in alten Agentenfilmen gesehen, wo diese Koffer gerne mit Handschellen an ihren Boten gekettet waren. Sie spielte an dem Schloss herum, aber um eine vierstellige Kombination durch Probieren herauszufinden, würde sie ewig brauchen. Sie winkte den beiden Beamten zu, die gerade schwitzend die letzten Kisten in die Turnhalle trugen, und hielt ihnen den Koffer hin. »Hey, bekommt ihr das Teil auf? Ich habe die Nummer vergessen.«

Die Männer, ungefähr in Sabines Alter, setzten sofort die Kisten ab und liefen zu ihr.

»Klar, kein Ding«, sagte einer von ihnen großspurig, nahm ein Universalwerkzeug vom Gürtel und machte sich an den Verschlüssen des Koffers zu schaffen. Er rutschte ständig ab, verkratzte den Koffer ordentlich, kam aber nicht weiter. Dann übernahm der Kollege. Er holte aus einer Werkzeugkiste einen großen Schraubenzieher, mit dem er ähnlich wenig ausrichten konnte. Sabine beobachtete sie grinsend. Es war ihnen offensichtlich peinlich, dass sie unter ihren Augen an der einfachen Aufgabe scheiterten.

»Wartet mal«, sagte einer von ihnen schließlich. »Ich habe eine Idee.« Er verließ die Halle und kam kurze Zeit später mit einem Winkelschleifer wieder. Nachdem er eine Steckdose gefunden hatte, machte er sich mit dem

Gerät an den Schlössern zu schaffen. Funken schossen in Strahlen durch die Halle, es roch nach verbranntem Plastik.

Als Sabine den Koffer auf einen der Tische gelegt hatte und den Deckel aufklappen wollte, verbrannte sie sich die Finger. Das Metall hatte sich noch nicht merklich abgekühlt.

Der Koffer war prall gefüllt mit Heften. Einige in DIN A4, die meisten in DIN A5. Schwer zu schätzen, wie viele es waren. Ein paar waren vom Einschuss etwas verkohlt. Sabine nahm einen Stapel in die Hand. Jede der Kladden war mit einer Jahreszahl beschriftet. 1990, 1987, 1982, 1985a. Sabine öffnete eine davon. 1992b. Die Seiten waren in kleiner Handschrift dicht beschrieben, zwischendurch Zeichnungen. Es waren mit viel Talent und noch mehr Fantasie Fabelwesen angefertigt worden, indische Wesen waren darunter, außerdem geometrische Figuren, Mandalas. Sabine blätterte mehrere Hefte durch. Die Schrift war überall dieselbe. Mal war sie gleichmäßiger, mal unsauberer, meistens ausgeblichen und schlecht lesbar. Sie hatte sich über die Jahre kaum verändert. Es würde einige Zeit dauern, das alles zu entziffern. Sabine war recht zuversichtlich, dass sich damit ein paar der Rätsel lösen ließen, die ihnen das Haus und seine toten Bewohner aufgaben. Sie sortierte die Kladden nach Jahreszahlen von 1981 bis 1994. Zu manchen Jahren existierte kein Heft, bei anderen nur ein ganz dünnes, und es gab Jahre, für die sogar zwei Kladden gefüllt worden waren.

»Kaminis Tagebuch – 1981«, stand auf der ersten Seite des ersten Heftes. Auch in den anderen Heften, die Sabine stichprobenhaft durchsah, fand sich dieser Name: Kamini.

Sabine legte alles in den zerstörten Aktenkoffer zurück, klemmte ihn sich so unter den Arm, dass er nicht aufklappte, und verließ die Turnhalle. Melanie Gierke war am anderen Ende der Halle in ihre Videokonferenz vertieft und bemerkte Sabine gar nicht. Kamini sollte ihre Geheimnisse erst mal nur mit Sabine teilen, bevor die Gierke dieses Material in die Hände bekommen und als bedeutungslos beiseiteschieben würde. Die anderen Sachen aus den vielen Kisten würde sie sich später ansehen.

Am Abend rief Melanie Gierke alle ermittelnden Beamten zusammen, um von den ersten Erkenntnissen der forensischen Untersuchungen der Toten zu berichten. Sabine war schon seit zwei Stunden zurück in der Turnhalle, um Kiste für Kiste zu durchsuchen. Sie hatte sich zunächst auf Dinge fokussiert, die Aufschluss über die Identität der Bewohner geben konnten. Dokumente, Briefe, Namensschilder, Ausweise, Kreditkarten. Es gab nichts davon. Ein Mensch besitzt heute doch so viele Dinge, auf denen sein Name steht. Aber nicht in diesem Haus. Auch keine Handys, Tablets oder Laptops. Es drängte sich der Verdacht auf, dass das kein Zufall war.

Melanie Gierke stand an einem Beamer, der Bilder auf eine der weißen Stirnwände der Turnhalle projizierte. Ungefähr ein Dutzend Beamte sahen auf die Projektionswand.

Das erste Bild zeigte alle fünf Leichen nebeneinander, jede auf einem Edelstahltisch. Sie waren so bekleidet, wie sie aufgefunden worden waren. Nun, in der sterilen Umgebung der Rechtsmedizin wirkten die Toten mit ihren blassen Gesichtern und der fast farblosen Kleidung noch unheimlicher.

Dann war der Kopf einer Frau zu sehen. Es war die Tote, die zusammen mit dem Mann im Hausflur gelegen hatte.

»Weibliche Person«, berichtete die Gierke sachlich, »Alter Mitte 50, etwas untergewichtig, keine körperlichen Auffälligkeiten. Todesursache: Schuss aus nächster Nähe in den Hinterkopf.«

Das nächste Gesicht erschien. Es war der Mann aus dem Flur. Er wirkte friedlich, fast so, als würde er schlafen. Sein Gesicht war gebräunt. Hatte er viel im Garten gearbeitet? War er der Marihuana-Gärtner?

»Männliche Person«, fuhr Melanie Gierke fort. »Alter um die 40 Jahre. Todesursache: Schuss in den Mund. Das Projektil ist am Hinterkopf ausgetreten. Schmauchspuren an der rechten Hand und Fingerabdrücke auf der Waffe lassen vermuten, dass er sich selbst getötet hat. Das Projektil im Kopf der Frau stammt aus derselben Waffe. Möglich, dass er erst sie erschossen hat und dann sich selbst. Ich warne aber vor voreiligen Schlüssen. In einem Punkt sind sich die Kollegen in Hannover allerdings sicher …« Sie machte eine Pause und wartete, bis die Spannung auf dem Höhepunkt war und sie die ungeteilte Aufmerksamkeit hatte. »Die DNA-Untersuchung hat zweifelsfrei ergeben, dass die Opfer Mutter und Sohn sind.«

Gemurmel unter den Beamten. Einer sagte: »Wow«, ein anderer pfiff leise.

Sabine stellte fest: »Wenn die Frau Mitte 50 war und der Mann, ihr Sohn, um die 40, dann muss sie sehr jung Mutter geworden sein.«

»Davon müssen wir ausgehen«, sagte die Gierke, »auch wenn sich im Moment noch niemand auf das genaue Alter der Toten festlegen will, so liegen höchstens, allerhöchstens 20 Jahre zwischen den beiden. Eher 15.«

Es folgten Bilder der drei Frauen, die im Keller in den Betten gelegen hatten. Zwei der Frauen waren zwischen 50 und 60 Jahre alt, die dritte Mitte 30. Alle Toten hatten schlecht bis sehr schlecht versorgte Gebisse. Sie waren selten oder nie beim Zahnarzt gewesen.

»Diese Opfer im Keller«, trug Melanie Gierke vor, »waren mit einem Hypnotikum sediert worden. Vermutlich Flurazepam. Das Mittel wurde wahrscheinlich über die im Keller sichergestellte Milch verabreicht.«

»Diese junge Frau«, rief die Gierke in die Runde, denn sie hatte offenbar wieder eine kleine Sensation mitzuteilen, »ist verwandt mit dem Mann aus dem Flur. Sie ist seine Halbschwester. Und eine der Frauen aus dem Keller ist ihre Mutter.«

Sie trat an ein Whiteboard, das nicht weit von ihr entfernt stand, nahm einen dicken Stift und malte drei Symbole für das weibliche Geschlecht. »Das sind unsere Frauen aus dem Keller«, sagte sie und zeichnete darunter ein Symbol für das männliche und eins für das weibliche Geschlecht. »Und das sind die Toten aus dem Flur.« Nun zog sie eine Linie von A nach C und eine von D nach E. »Und das sind jeweils die Mütter der beiden.«

Einen Moment herrschte Stille in der Turnhalle, in die durch matte Scheiben die Abendsonne schien und ein fast unheimliches oranges Licht auf Menschen und Gegenstände warf.

»Ein Familiendrama«, sagte schließlich einer und ein anderer fragte: »Wer ist der Vater?«

Melanie Gierke malte ein weiteres Symbol für einen Mann auf die Tafel, versah es mit einem Fragezeichen und zeichnete Verbindungen zu den jüngeren Opfern. Nun sah die Skizze aus wie der Stammbaum einer Patchworkfamilie.

»Das, liebe Kollegen, ist sicher einer der wichtigen Punkte, denen wir nachgehen müssen, gefolgt von der Frage, *wo* ist der Vater? Und lebt er noch?«

Wieder Gemurmel.

»Und es gibt noch etwas«, sagte die Gierke und lächelte erwartungsvoll in die Menge. Es schien nun die echte Sensation zu kommen. Was für eine Show, dachte Sabine, während ihre Begeisterung für die legendäre Kollegin weiter abkühlte. »Wir müssen uns fragen, wo das Kind ist.« Gemurmel. Die Gierke zeichnete einen weiteren Kreis mit einem Fragezeichen auf die Tafel und verband ihn mit dem Kreis, der für die junge Frau aus dem Keller stand.

»Diese Frau hat mindestens einmal entbunden, dafür spricht eine Narbe von einem Dammriss. Schlecht versorgt übrigens. Oder eher gar nicht.«

»Wann?«, wollte Sabine wissen.

»Schwer zu sagen«, sagte die Gierke, »da wollen sich die Experten nicht festlegen. Nicht letztes Jahr, jedoch auch nicht vor 20 Jahren. Irgendwo dazwischen.« Bevor Sabine nachhaken konnte, gab Melanie Gierke schon die Antwort darauf: »Ja, Frau Langkafel, wir müssen die Möglichkeit einbeziehen, dass ein Kind in diesem Haus gelebt hat. Aber es hält sich sicher nicht seit zwei Tagen im Wald auf. Sonst hätten wir es gefunden. Wir werden die Suche dort nicht fortsetzen. Es ist nicht auszuschließen, dass der Vater der beiden Toten und das Kind der Frau lange vor der Tat das Haus verlassen haben.«

»Warum suchen wir nicht weiter?«, rief Sabine und konnte eine gewisse Aufsässigkeit in ihrem Tonfall nicht vermeiden. »Wenn im Haus ein Kind war, kann es nicht weit sein. Warum schicken wir nicht noch mal Leute und

Hunde in den Wald? Müssen wir sparen? Ich meine, es geht um ein Kind.«

Die Gierke antwortete nicht und projizierte das nächste Bild an die Wand. Es zeigte eine abgegriffene anthrazitfarbene Pistole. »Das hier«, sagte die Gierke, »ist die Tatwaffe. Eine russische Makarow. Sie war auch in der DDR bei der NVA im Einsatz. Nach der Wende wurden viele Waffen von ehemaligen Soldaten unter der Hand verkauft. Die Pistole hat ein Magazin mit acht Schuss. Zwei sind noch im Magazin, fünf stecken in unseren Leichen – fragt sich, wo die achte Patrone ist.«

»Vorausgesetzt, das Magazin war voll«, warf ein Beamter ein. Die Gierke nickte nur und zeigte ein weiteres Foto. Ein Gewehr. »Diese alte Jagdwaffe, 60er-Jahre, haben wir unter dem Dach gefunden. Sie ist auf Heinrich Kurze registriert, der 1979 verstarb. Es fand sich Schrotmunition aus dem Jahr 2001 bei der Waffe, sie wurde aber lange nicht abgefeuert und hat allem Anschein nach mit unserem Fall nichts zu tun.«

»Und was lässt sich zum Todeszeitpunkt sagen?«, fragte eine Beamtin, die Sabine bisher nicht aufgefallen war, obwohl sie neben ihr und der Gierke die einzige Frau in der Runde war.

»Alle Personen waren zum Zeitpunkt ihres Auffindens erst wenige Stunden tot«, sagte Melanie Gierke. »Genauer wissen wir es bislang nicht. In der Küche war eine Camping-Gaslampe, die an war, als die Zeugen Hohmann und Koslowski den Tatort betraten, und die auch noch leuchtete, als Kollegin Langkafel vor Ort war. Als wir dort ankamen, war die Gaskartusche leer. Wenn sie voll ist, hält so eine Kartusche maximal fünf Stunden, sie kann also frühestens gegen 19 Uhr angezündet worden sein.«

»Da war es noch taghell«, sagte einer der Beamten.

»Ich sagte frühestens, Herr Kollege. Sie kann auch fast leer gewesen sein, als sie viel später angezündet wurde. Außerdem ist es in der Küche am frühen Abend schon recht dunkel. Der Hof liegt mitten im Wald.«

Die Gierke schaltete den Beamer aus und rief: »Wir sind hier fertig, Kolleginnen und Kollegen. Im Haus haben wir alle Spuren gesichert und können dort nun abziehen. Frau Langkafel, würden Sie bitte dafür sorgen, dass rund um die Uhr eine Streife vor Ort ist? Nur für den Fall, dass ein Bewohner, den wir bisher nicht kennen, aus dem Urlaub heimkehrt.« Sie lächelte.

Sabine nickte. Was blieb ihr anderes übrig. Aber sie war nicht sicher, ob das die richtige Maßnahme war. Hatten sie wirklich alles Relevante im Haus gefunden? Sollten die Kistenstapel in der Turnhalle ausreichen, um die Identität der Toten festzustellen? Sicher war sich Melanie Gierke da bestimmt auch nicht. Aber die Lüneburger Kommissarin hatte kein Team, das sie tagelang über den Hof und durch die Dörfer jagen konnte. Und beim LKA in Hannover hatte man längst entschieden, dass man es mit einem erweiterten Suizid zu tun hatte, der von der Polizeidirektion in Lüneburg aufgeklärt werden konnte. Das eilte nicht.

Sabine hatte natürlich ebenfalls kein Team, das sie als Wachtposten auf den Hof stellen konnte. Da würden Attila und sie sich abwechseln müssen. Metzger war garantiert nicht bereit dazu.

Angesäuert ging Sabine wieder zu den Sachen aus dem Haus, die so gar nichts erzählen wollten. Und während sie eher lust- und planlos in der Kiste kramte, kam ihr ein Gedanke. Der Vater der jungen Frau ist ja logischerweise der Großvater des Kindes. Es gibt also den Hauch einer Chance, dass die beiden zusammen auf der Flucht sind und irgendwo auftauchen. Oder aber, dass das Kind tatsächlich durch den Wald irrt und der Großvater irgendwann zurückkehrt, um es zu suchen. Ein Gedanke, den Sabine erst mal für sich behalten wollte, genauso wie die Tagebücher von Kamini. Es konnte natürlich auch sein, dass dieser ominöse Großvater seit Jahren über alle Berge war oder schon lange tot.

Sabine rief Attila an und teilte ihm mit, dass er ab sofort bis zum nächsten Morgen den Hof zu bewachen habe.

»Und wie soll ich da hinkommen?«, fragte er genervt.

»Mit dem Streifenwagen, womit sonst?«

»Brauchst du den nicht?«

»Nein. Ich nehme Metzgers Auto, wenn ich dich morgen früh ablöse.«

»Und worauf soll ich achten?«, lautete die nächste genervte Frage des Anwärters.

»Darauf, dass du nicht einschläfst und dass keiner das Haus verlässt.«

»Hä, da ist doch gar keiner drin.«

»Ja. Richtig. Also pass einfach auf. Du machst das schon.«

KAPITEL 12

Die ganze Nacht hatte Sahas fast regungslos unter der Baumwurzel gehockt, zu der der Wolf ihn gebracht hatte. Zu groß war die Angst, dass die Fremden wiederkommen würden. Das Alleinsein machte ihm nichts aus. Er war oft allein. In seinem Zimmer. Da war es dann auch dunkel, weil er keine Kerze anmachen durfte, wenn niemand dabei war. Die anderen vergaßen ihn oft. Sie waren unter sich, machten Erwachsenensachen. Er hörte sie unten singen und lachen oder streiten. In letzter Zeit wurde viel gestritten. Udgam hatte Om sogar einmal angebrüllt. Das hatte Sahas bis rauf in sein Zimmer gehört. Om anbrüllen? Das traute sich sonst niemand, nicht mal Kamini. In der Nacht, als Sahas weggelaufen war, hatte es wieder viel Geschrei geben und dann war da dieser Fremde gewesen. Oder waren es zwei? Sahas hatte sich versteckt, dort, wo ihn niemand fand, und sie hatten ihn vergessen. Er konnte sich nicht erinnern. Er wollte sich nicht erinnern. Er wollte, dass das alles nicht geschehen war.

Unter der Wurzel war er immer wieder eingeschlafen und wenig später hochgeschreckt. Ein Geräusch, ein Luftzug, ein Krabbeln auf seinem Gesicht. Es war viel los in der Erde. Einmal war etwas Größeres über seine Hand gehuscht. Es ging so schnell, dass er kaum genug Zeit hatte, um sich zu erschrecken. War es eine Maus? Oder ein Frosch? Im Garten hatte er öfter Frösche beobachtet. Kamini hatte ihm mal ein paar Froschbabys gegeben. Die schwammen in einem Glas mit Wasser und sahen gar nicht aus wie Frösche. Die hießen auch ganz anders. Irgendwas mit Quap. Ein paar Tage später waren sie alle tot und Sahas hatte sie heimlich weit hinten im Garten vergraben, damit Kamini nicht schimpfte.

Als die Sonne endlich wieder durch das kleine Loch in dem Sandwall vor der Wurzel schien, hielt Sahas es nicht mehr aus. Er war völlig durchgefroren, sein Schlafanzug feucht und der Hunger unerträglich. Er musste zum Haus. Irgendwie. Vielleicht waren die Fremden ja endlich weg, die dort am vergangenen Tag herumgelaufen waren.

Vorsichtig grub er sich durch den Sand. Sofort spürte er die Sonne auf seinem Gesicht. Das tat gut. Er stand auf und sah sich um. Der Wald war still. Das Gezwitscher der Vögel nahm Sahas nicht mehr als Geräusch wahr, sondern als Teil der Stille. Niemand weit und breit. Auch den Wolf entdeckte er nirgendwo. Sahas klopfte sich den Sand vom Schlafanzug und richtete sich an einer Stelle auf, wo ganz viel Sonne durch die Bäume hindurchschien. Schnell wurde ihm wärmer.

Nun musste er sein Haus finden. Aus welcher Richtung war er gekommen? Er war ja einfach nur dem Wolf hinterhergelaufen, der kannte sich viel besser aus im Wald. Sahas erinnerte sich, wie der umgestürzte Baum am Abend gelegen hatte. An ihm konnte er sich orientieren, er musste einfach nur in die Gegenrichtung gehen. Immer geradeaus, dann würde er sein Haus finden. Er machte sich auf den Weg.

Mehrmals drückte er sich an Baumstämme und sah sich im Wald um. Die Sonnenstrahlen blitzen zwischen den Bäumen hindurch und malten merkwürdige Schatten auf den Boden. Blätter blinkten im leichten Wind, der durch die Baumkronen wehte. Ein Eichhörnchen huschte einen

Stamm hinauf. Sahas zuckte bei jedem Geräusch zusammen. Er war nun wirklich allein. Der Wolf war nicht mehr bei ihm. Wo war er? Hatten die Fremden auf den Wolf geschossen? Hatten sie ihn gefangen oder sogar getötet? Der Gedanke machte Sahas so traurig, dass er sich hinsetzen wollte, um zu weinen, aber er zwang sich, weiterzugehen. Er musste zum Haus. Er musste essen. Und trinken. Der Durst war wieder da. Das Wasserloch, das der Wolf Sahas gezeigt hatte, würde er alleine sicher nicht wiederfinden.

Er hatte nie in seinem Leben so gehungert. Er kannte Hunger. Es war vorgekommen, dass Om sie in den Schutzraum brachte, weil unerwartet Fremde aufgetaucht waren oder Om plötzlich in die Welt musste. Wenn dann nicht genug Essen im Schutzraum war, weil sie vergessen hatten, die Vorräte aufzufüllen, waren sie schon mal eine Nacht und einen Tag ohne Essen gewesen. Kohldampf schieben, nannte Kamini das, aber Sahas verstand nicht, was das bedeutete. Das war nie so schlimm. Und er war ja im Keller auch nicht alleine. Kamini erzählte ihm Geschichten, oder Garima sang ihm merkwürdige Lieder vor. Oft übten sie bei Kerzenschein Lesen in dem alten Buch. So konnte man den Hunger vergessen.

Sahas wusste nicht, wie lange er inzwischen durch den Wald gegangen war. Er konnte die Uhr nicht gut lesen und er hatte ja auch gar keine bei sich. Er wusste, dass eine Stunde im Schutzraum ewig dauern konnte und eine Stunde mit einem Tierfilm über Eisbären oder Haie vor Oms Computer nach zwei Atemzügen vorbei war. Er konnte es nie glauben, wenn Kamini sagte, dass er nun ausschalten müsse, weil die Stunde um sei. Das seien nur ein paar Minuten gewesen, jammerte er jedes Mal, aber Kamini lächelte sanft und schaltete den Computer aus. Er wusste ja, dass sie recht hatte. Kamini würde ihn nie belügen.

Als er wieder stocksteif dicht an einem dicken Baum stand, sich umsah und lauschte, hörte er ein Rascheln. Und er nahm eine Bewegung wahr. Ein Schatten. War es ein Vogel? Nein. Größer. Er ging in die Hocke, machte sich ganz klein, unsichtbar. Dann bemerkte er, was da geraschelt hatte. Ein Stück weit hinter ihm, unter einem Gebüsch, lag der Wolf. Er hatte sich dicht an den Boden gedrückt und unter dem Busch verkrochen. Wer ihn nicht kannte, würde ihn jetzt nicht wahrnehmen. Aber Sahas erkannte seinen Freund sofort. Der Wolf sah ihn an. Er war bei ihm. Er beschützte ihn.

Sahas ging nun schneller weiter. Er drehte sich nicht nach dem Wolf um. Er wusste, dass er ihm folgte. Und endlich sah er zwischen den Bäumen das dunkelrote Dach seines Hauses durchschimmern. Er hatte es geschafft. Ganz vorsichtig musste er sich nähern, um keinem Fremden in die Arme zu laufen. Er schlich sich in das Gebüsch hinter dem Haus und legte sich ins trockene Laub. Er lauschte. Wenn noch Fremde am Haus wären, würde er sie auf jeden Fall hören, vermutlich auch sehen. Es waren viele Fremde dort gewesen und viele Autos. Waren die wirklich alle weg? Er würde warten, bis es dunkel war.

Sahas musste eingeschlafen sein. Als er wieder nach oben schaute, war der Himmel über ihm dunkelblau. Nicht lange, und er würde schwarz sein mit kleinen weißen Sternenpunkten.

Sahas kroch auf dem Bauch zum Haus. Immer wenn er anhielt, raschelte es kurz weit hinter ihm und wurde dann still. Der Wolf war noch bei ihm.

Der Maschendrahtzaun, der das Grundstück zum Wald hin begrenzte, war alt und kaputt. Sahas hob das Drahtgeflecht an einer Stelle hoch und kroch unter dem Zaun durch. Er war nicht hoch, er hätte ihn auch herunterdrücken und darüberklettern können. Aber es erschien ihm unauffälliger, dicht am Boden zu bleiben. Das hatte Sahas vom Wolf gelernt.

Er robbte durch den Gemüsegarten. Im Dunkeln konnte er nicht sehen, was unter ihm wuchs, vermutlich Kartoffeln. Kamini und Udgam hatten ihm alle Gewächse im Garten erklärt und er hatte immer mitgeholfen, wenn angebaut und geerntet wurde. Trotzdem hatte er sich das nicht alles merken können. Die Pflanzen unter seinen Händen und Knien fühlten sich trocken an. Er würde sie mit dem Schlauch wässern müssen, dachte Sahas, und sogleich fiel ihm ein, wie schwer es war, die Pumpe zu betätigen. Da war er nach wenigen Versuchen ganz kaputt und Udgam oder einer der anderen musste übernehmen. Nun würde er alleine pumpen müssen, wenn er Wasser haben wollte.

Er war an der Rückwand des Hauses angekommen. Es war totenstill. Kein Licht, keine Stimmen. Was vor dem Haus, auf dem Hof, vor sich ging, konnte Sahas nicht sehen. Er hätte um das Haus herumrobben müssen, um völlig sicherzugehen, dass niemand mehr dort war. Das erschien ihm zu anstrengend.

Er stand auf und stellte sich an die Hintertür, die zur Küche führte. Er spähte durch das Fenster der Tür. Im Haus war es still und dunkel, soweit er das sehen konnte. An der alten Tür waren eine rostige Klinke und ein Schloss, für das es keinen Schlüssel gab. Sie wurde deshalb nie abgeschlossen. Die Tür vorne am Haus auch nicht, obwohl da ein dicker Riegel angebracht war. Wenn es gefährlich wurde, gingen sie sowieso in den Schutzraum, und den schloss Om dann von außen ab – oder Kamini, wenn sie nicht mit hinein kam.

Zwischen Schloss und Rahmen der Küchentür klebte ein weißer Aufkleber mit einem schwarzen Zeichen darauf, das Sahas an einen großen Vogel erinnerte. Daneben standen Buchstaben, aber die konnte er nicht lesen. Das mussten die Fremden dorthin geklebt haben.

Sahas drückte die Türklinke hinunter und öffnete vorsichtig die Tür. Sie quietschte leise und der Aufkleber zerriss. Bevor er ins Haus ging, drehte Sahas sich um. Ob der Wolf noch dort im Wald war? Er sah ihn nicht. Der Wolf würde sicher nicht zum Haus kommen.

Sahas wollte sich um Essen und Trinken kümmern, doch zunächst musste er sich sicher sein, dass er alleine war. Er schlich aus der Küche in den Flur und lauschte. Es war nichts zu hören. Keine Stimmen, keine Autos. Etwas Mondlicht fiel durch die Fenster neben dem Eingang in den Flur. Gerade genug, um nirgendwo gegenzulaufen. Aber Sahas kannte sich hier aus. Er hätte sich auch ohne Licht zurechtgefunden. Es lag immer noch dieser merkwürdige Geruch in der Luft. Nun war er sogar schlimmer als in der Nacht, in der Sahas das Haus verlassen hatte. Er wusste nicht, woher der Geruch kam, und er wollte es auch nicht herausfinden.

Langsam schlich er an der Wand des Flurs entlang zur Haustür und blickte aus dem Fenster. Der Hof lag ruhig da. Keine Fremden. Keine Autos. Oder doch? Stand da etwas auf dem Weg, durch den Om immer in die Welt fuhr? Etwas Helles, Blitzendes? Vermutlich täuschte er sich, trotzdem würde er nach Sonnenaufgang genauer nachschauen. Nun musste er essen und trinken.

Sahas ging zurück in die Küche. Der Mond schien durch die Küchenfenster, sodass er das Nötigste erkennen konnte. Er öffnete den kleinen Vorratsschrank. Dort standen mehrere große Flaschen von Kaminis Apfelsaft. Er nahm eine davon heraus. Sie war schwer und wäre ihm fast aus der Hand gerutscht. Sahas öffnete den Bügelverschluss und trank gierig. Der Saft war warm und etwas sauer, aber er schmeckte köstlich. Sahas schluckte und schluckte. Wahrscheinlich hatte er nie zuvor so viel auf einmal getrunken. Er stellte die Flasche auf den großen Küchentisch und suchte im Vorratsschrank nach Essen.

Im Brotkasten war noch ein Rest von Kalas Brot, aber er war hart, er konnte kaum abbeißen. Im Keller lagerten sie Nudeln. Er hätte so gerne welche gegessen, und er wusste auch, wie man Nudeln kochte. Doch er wollte nicht den Herd anmachen. Dazu hätte er ein Streichholz anzünden müssen. Das durfte er nicht, dachte er und musste über seine Dummheit lachen. Niemand war da, der ihm das verbieten konnte, und wenn er etwas Warmes essen wollte, musste er kochen. Das Feuer am Herd wäre aber zu hell. Erst musste er sicher sein, dass kein Fremder in der Nähe war. Morgen würde er kochen. Jetzt musste er etwas anderes essen.

Er öffnete den Kühlschrank und warme, muffige Luft kam ihm entgegen. Das Gerät war aus. Das hatte er schon öfter erlebt. Die rote Gasflasche, die irgendwie dafür sorgte, dass es im Kühlschrank kalt wurde, war sicher wieder leer. Om würde eine neue holen müssen. Das tat er aber erst, wenn die Gasflasche für den Herd auch leer war. Das dauerte manchmal Tage oder noch länger. Es gab dann oft Streit zwischen Om und Kamini. Om war der Einzige, der in die Welt fuhr, um Sachen zu holen. Er war der Einzige von ihnen, der klug und mutig genug war, um in der Welt zu überleben. Und nur er wusste, wie man ein Auto bewegte. Aber auch er fuhr nur so selten wie möglich los. Wenn er zurückkehrte, war er immer wie verwandelt. Dann war er noch schweigsamer als sonst und musste von Kamini und Garima lange getröstet und gepflegt werden. In solchen Momenten war es besser, dass Sahas sich unsichtbar machte. Er erinnerte sich gut daran, wie er einmal ins Zimmer gekommen war, als Kala und Garima Om getröstet hatten. Das Bild hatte Sahas aus seinem Kopf gelöscht, er wusste nicht mehr, was er an diesem Tag gesehen hatte. Aber er erinnerte sich, wie Om auf ihn zugerannt war, ihn angebrüllt und geschlagen hatte. Mit der Hand ins Gesicht. Das hatte sehr wehgetan. Kamini sagte später, dass Om ihn hatte strafen müssen und dass nur er, der Gebieter, das dürfe. Dabei schlug Udgam ihn auch manchmal.

Sahas hatte immer Angst um Om, wenn er in der Welt war. Es geschahen dort merkwürdige Dinge mit ihm. Doch die Frauen sagten, dass Sahas sich keine Sorgen machen müsse. Om sei der Erleuchtete und ihm könne nichts passieren. Wenn er allerdings nicht zurückkäme, wären sie alle verloren.

Im Kühlschrank waren nicht viele Sachen. Eine Tüte Milch, die säuerlich stank. Vertrocknete Salatblätter, eine verschrumpelte Gurke, ein Stück Käse mit grünen Flecken. Außerdem eine Flasche mit Öl, Gläser mit Erdbeermarmelade. Ja, die wäre jetzt lecker. Aber ohne Brot?

Sahas nahm ein Glas mit Haferflocken aus dem Vorratsschrank und schüttete eine gute Portion in eine Schüssel. Dann goss er Apfelsaft darüber. Damit es nicht zu sauer war, löffelte er etwas Erdbeermarmelade dazu. Hastig aß er die Schüssel leer. Es schmeckte nicht besonders toll. Längst nicht so, wie wenn Kamini kochte. Nudeln mit Tomaten oder Kartoffeln mit Ei. Eier hatte er schon länger keine mehr gegessen. Seit die letzten Hühner gestorben waren, gab es nur noch Eier, wenn Om welche aus der Welt mitbrachte. Das tat er selten, auch weil Kala immer schimpfte, dass Eier ein böses Essen seien, weil man sie den Hühnern klauen würde. Fleisch und Käse waren für Kala ebenfalls böses Essen, und Garima stimmte ihr da zu.

Nachdem Sahas gegessen hatte, setzte er sich auf die Küchenbank und dachte nach. Nun war er in seinem Haus. Er konnte raufgehen und in seinem Bett schlafen. Aber er war gar nicht müde. Er war ganz aufgeregt und verwirrt. Vom Nachdenken tat ihm der Kopf weh. Und jetzt kamen Bauchschmerzen dazu. Schreckliche Bauchschmerzen. Er legte sich auf die Küchenbank und versuchte, ruhig zu atmen. Dann würden die Bauchschmerzen schon weggehen.

KAPITEL 13

Am Morgen hätte Sabine fast vergessen, den Anwärter Attila Yilmaz auf seinem Posten am Tatort abzulösen. Sie konnte es umgehen, selbst dort Stellung zu beziehen, indem sie die Kollegen in der Wache in Lüchow überredete, jemanden zu schicken. So hatte sie Zeit für wichtigere Dinge.

Die Information über den Aufenthaltsort von Rainer Kurze, dem mutmaßlichen Besitzer des Tatorts im Wald, bekam Sabine schließlich von der Sparkasse Wendland. Dort hatte Kurze ein Konto, wie Sabine unter großzügiger Auslegung des Bankgeheimnisses in der Filiale in Gartow erfuhr. Gesine Küpper, die Mutter einer früheren Klassenkameradin von Sabine, rückte nach einem kurzen Blick in ihren Computer mit dieser Tatsache heraus. Auch sein Geburtstag schien kein Geheimnis zu sein. Kurze war am 16. März 1955 geboren, also 64 Jahre alt. Womit sich die Filialleiterin schwertat, war, die Adresse des Kontoinhabers zu nennen. Bankgeheimnis. Da hörte die Großzügigkeit auf. »Ich will nicht wissen, wie viel Geld er hat, Gesine, sondern nur, wo er wohnt«, beschwor Sabine die Frau, doch es nützte nichts. Erst ein paar offizielle Anrufe und ein Fax der Staatsanwaltschaft an die Hauptstelle in Uelzen brachten die gewünschte Adresse. Rainer Kurze wohnte seit vielen Jahren in Marbella, Spanien. Man hatte eine Postadresse und eine Festnetztelefonnummer. Wann er zum letzten Mal persönlich in einer der Filialen aufgetaucht war, war nicht herauszufinden. Das Konto wies ein Guthaben von rund 4.000 Euro aus. Die letzte Kontobewegung lag fast ein Jahr zurück. Es war eine Abbuchung des Finanzamtes in Lüchow über 163,22 Euro. Die Grundsteuer. Seinen steuerlichen Verpflichtungen für das Grundstück kam der Besitzer also nach. Weitere Vorgänge gab es auf dem Konto nicht.

Unter der Telefonnummer, die Sabine von der Bank erhalten hatte, war niemand zu erreichen, und die spanischen Kollegen, die ziemlich schnell und unbürokratisch bereit waren, mal bei der Adresse vorbeizuschauen, hatten ebenfalls keinen Erfolg. Rainer Kurze war nicht zu Hause, und die Nachbarn hatten keine Ahnung, wo er sich aufhielt. Aber sie wussten, wo seine Ex-Frau in Marbella wohnte, und so hatte Sabine Stunden später eine spanische Telefonnummer, unter der sie Carmen Kurze erreichen konnte. Melanie Gierke war so großzügig, Sabine diesen Anruf tätigen zu lassen.

»Carmen, buen día«, sagte eine raue, unfreundliche Stimme nach wenigen Klingelzeichen.

»Sabine Langkafel, Polizei Gartow, sprechen Sie Deutsch?«

»Ja. Wer ist da bitte? Polizei?«, die Frau hatte einen harten spanischen Akzent.

»Ja. Aus Gartow in Deutschland.« Die Frau schwieg. »Wir sind auf der Suche nach Rainer Kurze. Das ist doch Ihr Ex-Mann, richtig?«

»Ja, richtig. Ist er. Warum suchen Sie den denn?«

Jetzt, wo die Frau mehr gesprochen hatte, fiel Sabine ihre etwas schwere Zunge auf. 13 Uhr. War in Marbella schon Happy Hour?

»Wissen Sie, wo er sein könnte, Frau Kurze?«, fragte Sabine, ohne auf die Frage der Frau einzugehen.

»Nee. Weiß ich nicht. Er ist ja mein Ex-Mann. Wir sind geschieden seit«, sie machte eine Pause und Sabine stellte sich vor, wie sie an den Fingern die Jahre abzählte, »fünf Jahren. Ja, fünf Jahre sind das jetzt. – Dios mio.«

»Und Sie haben gar keinen Kontakt mehr zu ihm?«

Die Frau lachte kehlig. »Nur, wenn es unbedingt sein muss. – Ich glaube, er ist mal wieder in Deutschland. Er hatte so was gesagt, vor zwei Wochen oder drei? Ich muss dann ab und zu nach seinem Haus sehen, weil seine Haushälterin so unzuverlässig ist.«

»Sie sind sicher, dass er nach Deutschland gereist ist?«

»Ja«, sagte die Frau, und nun war ihre Zunge wirklich außer Kontrolle, »nach Deutschland oder vielleicht auch nach Amerika. Er ist viel unterwegs, der Guapo.«

»Wann genau ist er gereist? Können Sie sich erinnern?«

»Na, wie ich sage, vor zwei oder drei Wochen. Genau weiß ich es nicht. Ich habe ihn nicht zum Flughafen gebracht.«

»Wer könnte ihn denn zum Flughafen gebracht haben? Wer weiß mehr über ihn? Hat er eine neue Partnerin?«

»Partnerin würde ich das nicht nennen. Das wechselt bei Rainer. Er legt sich ungern fest. Und zum Flughafen fährt er mit dem Taxi, schätze ich.«

»Verstehe«, sagte Sabine, frustriert darüber, dass aus der Frau nicht mehr herauszubekommen war. »Wissen Sie, wo er sich aufhält, wenn er in Deutschland ist?«

»Nein. Früher ist er meistens nach Hamburg geflogen. Aber mehr weiß ich nicht. Ich bin, als wir noch verheiratet waren, nie mitgeflogen. Ich hasse Deutschland. Das

Wetter, die Leute. Rainer hatte da sicher ein paar Bekannte, wenn Sie wissen, was ich meine.«

»Gut, Frau Kurze. Können Sie mir seine Handynummer geben?«

»Ja, Moment, da muss ich mal nachsehen.« Rauschen und Knacken in der Leitung, dann war die Frau wieder am Apparat und gab eine Nummer durch. »Das ist sein deutsches Handy«, erklärte sie, »das hat er immer an, wenn er in Deutschland ist, damit es nicht so teuer wird. Er muss ja sparen, der Arme.« Wie sie »der Arme« sagte, war klar, dass sie das ironisch meinte.

»Haben Sie vielleicht ein Foto von Rainer Kurze?«, fragte Sabine noch gerade rechtzeitig, bevor Carmen Kurze auflegen konnte.

Die Frau schwieg einen Moment. »Ja, schon möglich, irgendwo auf meinem Handy. Aber kein neues, das ist bestimmt mehrere Jahre alt.«

Das ist mehr, als ich bislang habe, dachte Sabine und diktierte ihre Handynummer. Sabine bedankte sich und kündigte an, sich noch mal mit weiteren Fragen zu melden.

Am Abend, als Sabine mit ihrem Vater bei einem Feierabendbier die Tagesschau sah, hielt sie ihm das Foto von Rainer Kurze, das seine Ex-Frau ihr inzwischen aufs Handy geschickt hatte, vor die Nase. Es zeigte einen braungebrannten, gutaussehenden Mann um die 60. Mittellange silbergraue Haare, kurzgeschnittener Bart, Sonnenbrille und strahlend weiße Zähne. Ein Sugardaddy, wie er im Buche steht. Das Bild war offensichtlich auf einer Segeljacht aufgenommen. Wie ein Sieger lachte Kurze in die Kamera.

»Erkennst du ihn, Papa?«, fragte Sabine.

»Wer soll das sein?«

»Rainer Kurze, der Sohn von diesem Bauer Heinrich.«

Der alte Langkafel nahm Sabine das Handy aus der Hand und betrachtete das Bild lange.

»Das ist der Bursche? Natürlich erkenne ich den nicht. Wenn ich ihm überhaupt mal begegnet bin, dann als er 20 war oder so. Sieht gut aus, der Kerl, dem scheint es ja blendend zu gehen. – Moment, ich habe was über ihn gefunden. In meinen Akten«, sagte er und nahm einen kräftigen Schluck aus der Bierflasche.

»Was, Papa?« Sabine war alarmiert. Jedes Detail über diesen ominösen Mann schien ihr wichtig. »Was hast du denn gefunden?«

»Wir sind da mal auf dem Hof gewesen, der Schorsch und ich, weil eine Anzeige vorlag.« Schorsch war früher Papas liebster Kollege. Er war zehn Jahre älter als er gewesen und schon lange tot. Eine halbe Ewigkeit hatten die beiden in Gartow und Umgebung für Recht und Ordnung gesorgt. Für Sabine war Schorsch eine Art Onkel gewesen. Der alte Langkafel stand auf und ging zu einem Sideboard, auf dem eine dünne Aktenmappe lag. Er reichte sie Sabine. »Hier, da steht alles drin.«

Sabine überflog die verblassten Dokumente. Es waren nur zwei Blätter. »Stromdiebstahl? 1985?« Sie sah ihren Vater verwundert an.

»Ja, ich erinnere mich nur dunkel daran. War Kleinkram und es ist mir nur im Gedächtnis geblieben, weil das nicht so oft vorkam.« Der alte Mann hatte sich wieder in seinen Sessel gesetzt und den Fernseher stumm geschaltet. »Der Nachbar, Bauer Jörgens, hat uns gerufen, weil die Leute seine Stromleitung angezapft hatten.

Sein Anschluss lag auf einem Acker in der Nähe von dem Wendland-Hof.«

»Wendland-Hof?«

»Ja, so nannte der alte Kurze seinen Besitz.« Papa lachte. »Aber sonst kaum jemand.«

Sabine überflog das Protokoll. »Na«, sagte sie, »so ganz in der Nähe von dem Hof kann das nicht gewesen sein. Hier steht, dass sie tausend Meter Kabel gezogen haben, um den Strom zu ihrem Haus zu bringen. So viel Kabel muss man ja erst mal haben.«

»Ja«, der alte Langkafel lachte, »wenn das da steht, war es auch so. Jörgens war stocksauer. Es hatte wohl einige Zeit gedauert, bis er es überhaupt gemerkt hat. War wohl ein Zufall, weil er über das Kabel gestolpert ist.«

»Und Schorsch und du, ihr seid dann da hin?«

»Ja. Das war eine Kommune. Da wohnten so Hippies. Keine linken Spinner«, er lachte, »sondern so Sekten-Leute. Die haben da gehaust, wohl als Selbstversorger. Ich weiß nicht, ob einer von denen was Richtiges gearbeitet hat.«

»Rainer Kurze habt ihr dort aber nicht getroffen?«

»Nee, den nicht. Lies doch, was da steht. Den hatte der Jörgens angezeigt, weil er dachte, dass der da wohnt. Aber er war nicht zu Hause, sondern so ein anderer Kerl.«

»Joachim Wohlleben«, las Sabine.

»Ja, kann sein. Wir haben die Personalien festgestellt und ihm gesagt, er soll sein Kabel wieder einrollen. Außerdem haben wir ihn vorgewarnt, dass Jörgens ihn angezeigt hat und Schadensersatz verlangen wird. Der Kerl hat nur gelacht.«

»Was war das für ein Typ?«, fragte Sabine.

»Ach, Mädchen, das ist so lange her. So ein Hippie halt. Also nicht mit langen Haaren und Bart. Der hatte ganz kurze Haare und nur hinten so einen langen Pferdeschwanz. Sah verboten aus.«

»Wie alt war er?«

»Steht das da nicht?«

Sabine sah in die Akten. »Geboren 1958. Also war er 27 und müsste heute 61 sein. – Dieser Wohlleben war da gemeldet, steht hier.« Langkafel zuckte mit den Schultern. »Waren dort sonst andere Leute, Papa?«

»Wir haben nur vor dem Haus mit dem gesprochen, glaube ich. Da gab's ja nicht viel zu ermitteln. Er hat nicht einmal versucht, den Stromklau zu leugnen. Kann sein, dass da noch eine Frau aus dem Fenster geguckt hat.«

»Kinder?«

»Och nee, bitte. Fast 35 Jahre. Eine Ewigkeit.«

»Und wie ist die Sache ausgegangen? Ist dieser Wohlleben verknackt worden?«

»Das weiß ich nicht. Das musst du den Jörgens fragen.«

»Lebt der noch?«

»Ja. So halbwegs. Seinen Hof gibt's nicht mehr. Er wohnt jetzt, glaube ich, bei seinem Sohn. Der hat ein Haus direkt am See gebaut. Manchmal kommt der alte Jörgens noch in den Krug, wenn sein Sohn ihn bringt. Er sitzt im Rollstuhl.«

Jeder Versuch, mehr über Rainer Kurze, Joachim Wohlleben und die Hippie-Kommune auf dem Hof aus Sabines Vater herauszubekommen, scheiterte. Der alte Mann konnte sich an keine weiteren Ereignisse erinnern und hatte auch in seinem Aktenkeller nichts weiter gefunden. Bis auf diesen einen Vorfall mit dem Stromklau war der ominöse Hippie-Hof nie aktenkundig geworden. Dieser Joachim Wohlleben konnte jedenfalls nicht unter den

Opfern sein. Der einzige Mann unter den fünf Toten war um die 40.

Am nächsten Morgen stand Sabine um halb neun vor einem schmucken Einfamilienhaus am Gartower See, dem touristischen Mittelpunkt der Samtgemeinde Gartow.

»Hier wohnen Hartmut, Silke, Pia und Frederik Jörgens und Opa Wilhelm«, stand auf einem vermutlich aus Salzteig von Kinderhand gefertigten farbenfrohen Schild. Sabine drückte auf die Klingel. Es dauerte nicht lange, bis eine Frau Ende 30 öffnete. Sie war lässig, aber nicht nachlässig in Jeans und T-Shirt gekleidet, hatte ein hübsches, sympathisches Gesicht. Sabine kam sie nicht bekannt vor. In der Gemeinde lebten 4.000 Menschen. Man konnte nur fast jeden kennen.

»Sie sind die Dame von der Polizei?«, begrüßte Frau Jörgens Sabine freundlich und bat sie hinein. Sie führte sie durch ein ordentliches, spießig eingerichtetes Haus auf die Terrasse. Von hier hatte man einen herrlichen Blick auf den See. Dorthin reichte eine Rasenfläche, auf der ein Mähroboter leise seine Runde zog. Unter alten Bäumen am Ende des Rasens graste ein Shetlandpony. Zwei Kanus lehnten am Zaun, der das Grundstück zum Wasser hin abgrenzte. Im Schatten der Markise, die die Terrasse überspannte, war es noch frisch, aber der blaue Himmel ließ einen weiteren heißen Tag erwarten.

»Papa, das ist Frau Langkafel von der Polizei«, sagte Frau Jörgens.

»Hannes, du?«, rief der Mann aus, ohne aufzublicken. Er saß etwas gekrümmt in einem Rollstuhl am Terrassentisch. Vor ihm stand ein Becher mit dampfendem Tee. »Bist du nicht bald mal in Rente?« Er kicherte leise.

»Johannes ist schon lange in Rente, Herr Jörgens, ich bin Sabine, seine Tochter. Ich bin auch bei der Polizei.«

Der Mann nickte und sah sie immer noch nicht an. Vorsichtig führte er die leicht zitternde Hand zu der Teetasse und fasste sie, ohne hinzuschauen. Jetzt begriff Sabine: Der Mann war blind. Der schöne Sommertag brachte dem alten Bauern Wärme, aber von dem Licht und dem schönen See hatte er nichts.

»Mein Schwiegervater ist 89, wissen Sie«, sagte Frau Jörgens, als müsse sie das Verhalten des alten Mannes entschuldigen.

»Darf ich mich kurz zu Ihnen setzen, Herr Jörgens?«, wandte sich Sabine an den Alten. »Ich habe ein paar Fragen.« Er gab ihr mit einem Wink die Erlaubnis. Frau Jörgens zeigte wortlos auf die Teetasse des Mannes und Sabine nickte. Die Frau ging ins Haus.

Sabine rückte nah an Herrn Jörgens heran. Er war sehr dünn, hatte eingefallene Wangen. Auf dem Kopf lagen wie hingeworfen ein paar weiße Strähnen. Er war glattrasiert. Sicher einer der vielen täglichen Pflegejobs seiner Schwiegertochter. Der alte Mann trug ein gebügeltes hellblaues Hemd, auf dem Schoß lag eine dunkelrote Wolldecke.

»Herr Jörgens, Sie hatten einen Hof?«, fragte Sabine und war selbst erschrocken über diesen blöden Einstieg in ein Gespräch mit einem Menschen, der nicht mehr ganz im Hier und Jetzt zu leben schien.

Der alte Mann zeigte eine gefühlte Ewigkeit keine Reaktion. Gerade, als Sabine weitersprechen wollte, sagte er: »Und was ist deine Frage, min Deern?«

In diesem Moment betrat Frau Jörgens wieder die Terrasse und stellte Sabine einen Becher mit Tee hin. »Papa, sei mal nicht so unhöflich …«, sagte sie, doch Sabine winkte ab.

»Herr Jörgens, erinnern Sie sich an Ihren Nachbarn, Herrn Kurze?« Wieder brauchte der Mann Zeit, bis er antwortete. Es war, als würde Sabines Frage über eine endlos lange Telegrafenleitung den Weg zu ihm finden.

»Jo, das warn feiner Kerl, der Heinrich. Dem gehört der Wendland-Hof.« Der Mann kicherte. »Wendland-Hof, fand ich immer ganz schön protzig, den kleinen Hof so zu nennen. Wie geht's Heinrich denn?«

»Heinrich Kurze ist schon lange tot«, sagte Sabine.

»Ja, stimmt«, sagte Jörgens nachdenklich. »Der Unfall. Schrecklich.«

»Aber Sie kannten sicher auch seinen Sohn, den Rainer«, bohrte Sabine weiter.

Nun drehte der Mann zum ersten Mal seinen Kopf zu Sabine. Sie sah in seine trüben Augen, die sie nicht erblickten.

»Das warn übler Bengel, der Rainer. Nichts als Unfug im Sinn. Mit den Mädchen rummachen und Drogen nehmen. So einer war das.«

»Auf dem Hof haben nach dem Tod von Heinrich Kurze und seiner Frau andere Leute gewohnt, erinnern Sie sich an die? Sie haben doch mal die Polizei gerufen.«

»Ja, klar.« Der Mann erhob sich leicht in seinem Rollstuhl und wurde etwas lauter. »Das waren Sektenleute, so eine Kommune. Immer nur Drogen, und jeder hat mit jedem gefickt.«

»Papa«, sagte Frau Jörgens vorwurfsvoll, aber der Mann hatte sich in Rage geredet und war nicht zu bremsen.

»Das waren verlauste Strauchdiebe, waren das. Und wenn man zu denen rüber ist, um sich zu beschweren, dann haben sie nur gelacht und die Mädchen haben ihre Brüste gezeigt. Huren waren das.«

»Es ist verrückt«, sagte Frau Jörgens leise zu Sabine, »oft weiß er am Abend nicht mehr, was er zu Mittag gegessen hat, doch an die alten Kamellen erinnert er sich.«

»Ich höre, was du sagst, Sybille, ich höre alles.«

»Ja, Papa, aber ich heiße Silke.«

»Haben Sie auch einen Joachim Wohlleben kennengelernt? Der muss auf dem Hof gelebt haben, als Rainer schon nicht mehr da wohnte.«

»Ach, was weiß ich, wer da alles gehaust hat. Ich bin da später nie mehr hingegangen. Sollen sie doch da verrecken, die Hasch-Kommunisten.«

»Sie haben gegen Joachim Wohlleben Anzeige erstattet, Herr Jörgens. Erinnern Sie sich?«

Der Alte brummelte Unverständliches.

»Das war 1985. Da waren die Bauern seit sechs Jahren tot. Die Leute auf dem Hof hatten ihren Strom abgezapft.«

Jörgens nickte, sagte aber nichts.

»Joachim Wohlleben«, wiederholte Sabine und bemerkte, dass sie nun zu heftig auf den Greis einredete. Er quittierte die Attacke mit Schweigen.

»Wohlleben?«, mischte sich nach kurzer Stille schließlich Frau Jörgens ein. »Mit einem Wohlleben war ich in der Grundschule, glaube ich.«

»Hmmm«, sagte Sabine. »Joachim Wohlleben ist jetzt 61, wenn er überhaupt noch lebt. Wie alt sind Sie?«

»Ich bin 38. Das könnte doch sein Sohn gewesen sein. Wir waren damals kleine Klassen. Zwölf Kinder oder so.«

»Moment«, rechnete Sabine nach, »dann sind Sie 1987 eingeschult worden, richtig?«

»Ja, glaube schon.«

Sabine sah in diesem Hinweis kaum mehr als einen Zufall. Sollte sie dem nachgehen? Sie hatte Fotos der Opfer auf dem Handy. Sie suchte das des toten Mannes raus, das in der Rechtsmedizin aufgenommen worden war.

»Bitte erschrecken Sie nicht, Frau Jörgens, ich zeige Ihnen das Bild eines der Toten. Vielleicht erkennen Sie Ihren Mitschüler ja wieder.«

»Nein«, sagte Frau Jörgens und näherte sich zögerlich Sabines Handy, das sie ihr hinhielt. Sie zuckte nicht zurück. Der Tote sah auch eher harmlos aus. Der Mund war geschlossen. Die Zerstörungen, die der Schuss in der Mundhöhle, im Schädel und am Hinterkopf verursacht hatte, waren nicht zu erkennen. Frau Jörgens blickte Sabine kopfschüttelnd an. »Keine Ahnung, echt nicht.«

»Erinnern Sie sich an seinen Vornamen?«

Frau Jörgens dachte nach. »Leider nicht. Ich hatte mit dem nicht viel zu tun, wenn ich mich recht erinnere. Ich glaube, der war irgendwie merkwürdig.«

»Können Sie das etwas genauer beschreiben?«

Frau Jörgens lachte verlegen. »Können Sie sich im Detail an Ihre Mitschüler aus der Grundschule erinnern? Ich muss passen. Tut mir leid.«

Keine halbe Stunde später wühlte Sabine mit Schulleiter Klaus-Dieter Mannstein im Keller der kleinen Grundschule von Gartow in Stapeln von Klassenbüchern.

»Ich bin gar nicht sicher, ob wir so alte Jahrgänge überhaupt noch haben«, sagte Mannstein, während er verstaubte Kartons aus Regalen zog. Ein paar Kisten mit Jahreszahlen von 1995 bis 2005 standen schon in den engen Gängen des Archivs. In diesem Keller hatte sicher seit

Jahren niemand mehr etwas gesucht. Die Hinterlassenschaften vergangener Schülergenerationen waren selten von Interesse.

»Die Schule war immer schon einzügig, also eine Klasse pro Jahrgang. Du warst doch auch hier.«

»Ja, aber ich bin 1995 eingeschult worden, da war der 87er-Jahrgang schon lange weg.«

»Ja«, sagte Mannstein, während er weiter im Regal kramte, »und ich habe erst 99 angefangen. – Da!«, rief er plötzlich und zog einen Karton über das Regalbrett, »1987.« Er ließ den Karton auf den Boden fallen. Es gab einen dumpfen Knall und eine Staubwolke. »Bitte schön, Sabine, werd glücklich damit.«

Sabine hockte sich vor den Karton und öffnete ihn vorsichtig. Er war sicher seit vielen Jahren nicht mehr angefasst worden. Mannstein stand schweigend neben ihr und beobachtete sie. Der Karton enthielt vier Klassenbücher. Jedes von ihnen war mit der Klasse und dem Jahr beschriftet. Von 1. Klasse 1987/1988 bis 4. Klasse 1990/1991. Sabine legte sie beiseite. Nun war nur noch ein Stapel von unordentlich abgelegten Dokumenten im Karton. Zeugniskopien, wie sich zeigte. Sabine überschlug, wie viele es sein mussten, wenn zwölf Kinder jedes Jahr zwei Zeugnisse bekamen: Knapp 100. 100 Nachweise über Schlaue und Dumme, Fleißige und Faule. Anlässe für Belohnungen und Tränen. Sabine hatte Zeugnisse gehasst, obwohl ihre eigentlich immer ganz gut ausgefallen waren und ihre Eltern nicht besonders viel Druck auf sie ausgeübt hatten.

»Was genau erhoffst du dir hier zu finden?«, fragte Mannstein in Sabines abschweifende Gedanken hinein.

»Irgendetwas über einen Wohlleben mit unbekanntem Vornamen, dessen Vater vermutlich Joachim hieß und der in den 80ern auf dem Hof wohnte, der aktuell im Mittelpunkt unseres Interesses steht«, sagte Sabine, während sie das Klassenbuch der ersten Klasse aufschlug. Als Klassenlehrerin war eine Marianne Heinlein eingetragen. 14 Schülernamen zählte Sabine. Ihr fiel auf, dass die acht Mädchen und sechs Jungen ausschließlich deutsche Namen trugen. Migranten oder deren Nachfahren, das hatte Polizeischüler Attila Yilmaz vor Kurzem angemerkt, waren bis heute noch selten in Gartow. Hinter den Namen standen die Geburtsdaten. 80er- und 81er-Jahrgänge.

Und da war er: Martin Wohlleben, geboren am 22. August 1981. Und Silke Schneider, die dort ebenfalls aufgelistet war, hieß dann heute also Jörgens.

»Und?«, fragte Mannstein. »Hast du ihn?«

»Sieht so aus.«

Sabine blätterte nun die anderen Klassenbücher auf. Wohlleben war auch in der zweiten Klasse dabei, doch in der dritten und vierten fehlte sein Name.

»Vielleicht ist er weggezogen«, mutmaßte Sabine.

»Ja«, sagte Mannstein, »dass wir darüber ein Dokument haben, möchte ich allerdings ausschließen.«

Sie gingen in Mannsteins Büro. Dabei mussten sie durch die Schulflure, wo gerade eine hektische Schülerschar in die Pause strömte. »Denen muss ich heute bestimmt wieder hitzefrei geben«, murmelte Mannstein. »Bin ich froh, dass bald Ferien sind.«

Vom Büro des Schulleiters aus rief Sabine bei der Gemeindeverwaltung an und fragte nach, ob dort ein Martin Wohlleben gemeldet sei. Es dauerte nicht lange und die Beamtin am Telefon verneinte. Ob sie denn sehen könne, ob früher mal jemand dieses Namens in der Gemeinde gemeldet gewesen sei, wollte Sabine wissen, in den 80ern.

Das ginge sicher, war die Antwort, aber sie wisse nicht, wie, da das Computersystem noch nicht so alt sei und die Daten aus dem vergangenen Jahrtausend irgendwo anders gespeichert waren.

So kam Sabine nicht weiter. Joachim und Martin Wohlleben, wenn sie denn überhaupt Vater und Sohn waren, konnten die Gemeinde einfach verlassen haben. Vielleicht waren sie nach Australien ausgewandert und jede Suche nach ihnen zwecklos. Doch es war der einzige Strohhalm, den Sabine hatte auf ihrer Suche nach der Identität der Opfer.

»Was passiert denn«, begann Sabine laut zu denken, »wenn ein Kind von heute auf morgen nicht mehr zur Schule kommt? Geht ihr dem nach?«

»Klar. Erst nehmen wir Kontakt mit den Eltern auf. Wenn das nichts bringt, schalten wir das Jugendamt ein.«

»Okay. Wenn die Eltern aber nun mitteilen, dass sie umziehen, von mir aus in einen anderen Kreis oder ein anderes Bundesland, verfolgt ihr dann, ob das wirklich stimmt und ob das Kind dort tatsächlich eingeschult wird? Wer hält das nach?«

»Wir als Schule bestimmt nicht. Wir kümmern uns nur um die Kinder, die bei uns angemeldet sind. Und ob das Jugendamt oder die Meldebehörde das tun? Ich weiß es nicht. Worauf willst du hinaus?«

»Das weiß ich selbst nicht so genau. – Diese Klassenlehrerin«, Sabine sah in das Klassenbuch, »Marianne Heinlein, gibt es die noch?«

»Oh ja«, rief Mannstein aus und lachte, »die müsstest du eigentlich kennen. Die war zu deiner Zeit auch hier. Sie ist erst vor zwei Jahren oder so in Rente gegangen.«

»Ich erinnere mich nicht an sie«, sagte Sabine.

»Kannst du auch nicht, weil sie geheiratet hat. Als du bei uns zur Schule gingst, hieß sie bereits Albrecht mit Nachnamen. Ich weiß das nur, weil meine Sekretärin es mir mal gesagt hat.«

»Frau Albrecht«, rief Sabine, »na klar, die hatten wir in Musik und manchmal als Vertretung. Sie war sehr nett, wenn ich mich recht erinnere.«

»Ja, das ist sie bis heute, und sie ist auch noch ziemlich aktiv rund um die Schule. Sie leitet den Schulverein, hilft aus, wenn wir einen zu hohen Krankenstand haben, Marianne ist ein Goldstück.«

»Gut, dann sag mir mal, wo ich dieses Goldstück finde.«

KAPITEL 14

März 1981

Liebes Tagebuch,

jetzt sind wir endlich angekommen in unserem kleinen Paradies. Wir konnten nach dem Schock im letzten Sommer etwas durchatmen. Dann hatten wir einen harten Winter, in dem wir oft gefroren haben. Aber wir haben zusammengehalten und uns Körper und Herzen gegenseitig gewärmt. Jetzt beginnt der Frühling, und ich habe endlich die innere Ruhe, um die Ereignisse der letzten Monate aufzuschreiben. Als dieser Bagger unseren wunderschönen Ashram, den wir so mühevoll gebaut hatten, niederwalzte, haben wir alle sehr geweint. Einige von uns wollten kämpfen, haben sich dem Bagger in den Weg geworfen und die Arbeiter beschimpft, aber das hatte natürlich keinen Sinn. Das Gebäude war eines der größten und schönsten im ganzen Dorf, und es kamen viele Menschen zu uns, meditierten mit uns und brachten ihre Liebe und ihre Spiritualität mit. Das Haus, in dem wir vier Wochen lang gelebt, gesungen und geliebt haben, wurde in wenigen Minuten zerstört. So wie die vielen anderen Hütten und Zelte, die dort entstanden waren. Wie eine Armee von Außerirdischen war die Polizei über uns hergefallen. Viele von uns wurden geschlagen, bluteten, obwohl sie nichts getan hatten. Niemand hat die Polizisten angegriffen, und doch haben sie sich so schrecklich benommen. Wir haben darüber meditiert, immer und immer wieder mit ihren Seelen gesprochen. Ich bin sicher, dass inzwischen bei vielen dieser Männer angekommen ist, dass sie sich gegen die Schöpfung versündigt haben und gegen Menschen, die nur das Gute in die Welt bringen wollen. Sie haben dann sofort angefangen, noch mehr Bäume zu fällen, dem Wald noch mehr hässliche Wunden zu schlagen. Und sie haben begonnen, Löcher in die Erde zu bohren, damit sie dieses tödliche Endlager bauen können, in dem der strahlende Müll vergraben werden soll. Sie zerstören die Schöpfung immer weiter und gewissenloser, und wir können nichts dagegen tun.

Wir waren völlig verzweifelt, und natürlich waren wir obdachlos. Jeder von uns konnte nur die nötigsten Sachen aus unserem kleinen Ashram retten. Kleidung, Decken, Bilder des Meisters, Kerzenleuchter, ein paar Lebensmittel.

Eine Nacht haben wir im Wald geschlafen. Es hat geregnet, und wir waren am nächsten Morgen vollkommen fertig. Aber dann brachte uns Om die Rettung. Er hatte seinen Freund Rainer überredet, dass wir zu ihm auf seinen Hof ziehen durften. Rainer war ein paarmal bei uns im Ashram gewesen. Ein netter Kerl, spirituell jedoch noch ganz am Anfang. Er hielt sich im Dorf lieber bei den politischen Leuten auf. Den Hof hatte Rainer von seinen Eltern geerbt, die im Jahr zuvor bei einem Verkehrsunfall gestorben waren. Aber er lebt kaum dort, weil er eine Wohnung in Hamburg hat, wo er studiert. Om sah es als ein Zeichen, dass Rainers Eltern starben, um uns Platz zu machen, und wir sangen für ihre Seelen.

Der Hof ist wunderbar. Er liegt in einem dichten Wald, nicht weit von unserem niedergerissenen Dorf. Das Haus war unordentlich und verdreckt, vieles kaputt. So auch die Heizung, die wir immer noch nicht reparieren konnten. Den ganzen Winter über haben wir mit alten Holzöfen geheizt, die in manchen Zimmern standen. Der große Garten rund ums Haus war verwildert, und wir machten uns sofort daran, Gemüse und Dope anzubauen. Es war Sommer, und alles wuchs wie von selbst.

Wir waren acht Leute, die den Hof bezogen, aber dann sprach es sich herum, dass nicht weit vom Dorf ein neuer Platz für ein freies Leben war, und viele kamen zu uns. Bald standen Zelte und sogar zwei alte Wohnwagen und ein Bauwagen auf dem Grundstück. An manchen Tagen waren 30 Leute und mehr in unserem kleinen Paradies versammelt. Es war eine wunderbare Zeit, in der wir viel gesungen, meditiert, geliebt und gefeiert haben. Es schien, als sei der Geist des Dorfes, das ja nur vier Wochen existiert hatte, für alle Ewigkeit auf unser neues Zuhause übergegangen. Wir hatten genug von allem. Essen, Trinken, Kleidung. Jeder brachte etwas mit und es wurde geteilt.

Doch schließlich wurde es Winter. Es regnete wochenlang und wurde kälter. Im Dezember fiel Schnee. Seit dieser Zeit sind wir nur sieben Menschen auf dem Hof. Alle anderen sind wieder in die Städte gezogen. Die meisten zu ihren Familien, zu ihren Eltern. Wir anderen haben keine Familien mehr, wir brauchen sie nicht mehr. Und wir brauchen die Namen nicht mehr, die wir von ihnen erhalten haben. Om hat uns neue Namen gegeben, und nun leben hier: Aarti, Samit, Hansa, Damini, Ikram, Om und ich: Kamini. Das heißt Schönheit. So, wie Om mich angesehen hat, als er mir den Namen gab, ist mir klar, dass ich etwas ganz Besonderes für ihn bin.

Wir sind unsere Familie. Und Om ist unser Familienoberhaupt, dem wir vertrauen und das uns inspiriert. Meine Eltern suchen mich sicher, um mich zurückzubringen, in ihre kranke Welt der Gier und des Überflusses. Sie haben bestimmt die Polizei eingeschaltet. Aber wo sollen sie schon suchen? Die letzte Postkarte, die sie vor über einem Jahr von mir erhalten haben, wurde in Griechenland abgeschickt. Hier tief im Wald in Deutschland an der Grenze zur Ostzone, wie sie es nennen, werden sie mich nie finden. In einem Jahr werde ich 18, dann haben sie kein Recht mehr, mich zu verfolgen. Nach langer Suche bin ich angekommen. Ich bin glücklich.

Fange an, diesen Moment zu leben, und du wirst sehen – je mehr du lebst, desto weniger Probleme wird es geben, sagt Bhagwan.

KAPITEL 15

Marianne Albrecht, die pensionierte Lehrerin, die Schulleiter Mannstein so überschwänglich als Goldstück bezeichnet hatte, wohnte in einem kleinen Bungalow am Rand von Gartow. Sabine erkannte die schlanke, großgewachsene Frau sofort als die Lehrerin wieder, die sie als Kind zum Blockflötespielen gezwungen hatte. Das fröhliche Gesicht, die schönen weißen Zähne. Nur das Kastanienbraun der lockigen Haare der 64-Jährigen war einem hellen Silber gewichen. Sie trug ein geblümtes Kleid aus dünner Baumwolle und war barfuß.

»Sabine«, sagte sie strahlend, »wie schön, Sie zu sehen. Ich darf Sie doch Sabine nennen?«

Sabine nickte und trat ein. Mannstein hatte ihr das nicht unwesentliche Detail mit auf den Weg gegeben, dass Herr Albrecht vor ein paar Jahren an Leukämie verstorben war. So blieb Sabine eine unangenehme Frage erspart.

Marianne Albrecht bat Sabine ins Wohnzimmer und bot Wasser an. Der Raum war vollgestopft mit Möbeln aus hellem Holz mit lindgrünen Polstern. Salzlampen standen auf der Fensterbank. Auf einem Schreibtisch stapelten sich Zeitungen, der Screensaver auf dem Laptop zeigte eine merkwürdige Animation eines wachsenden Baumes. Einen Fernseher, in den meisten Wohnzimmern der Mittelpunkt der Einrichtung, entdeckte Sabine nicht.

»Wie geht es Ihnen, Sabine?«, stieg Frau Albrecht ein. »Ich habe gehört, dass Sie die Nachfolge Ihres Vaters antreten. Das ist doch wunderbar.«

»Na ja, Frau Albrecht, das ist nicht ganz richtig. Aber ich bin auch nicht zum Plaudern gekommen. Wie Sie wissen, ermitteln wir in einem Mordfall und ich darf keine Zeit verlieren.«

»Ja«, die Albrecht senkte den Blick, »das ist eine schreckliche Geschichte. Wie kann ich da weiterhelfen?«

»Sie waren Klassenlehrerin einer ersten Klasse 1987.«

»Das kann sein. Ich war die Klassenlehrerin von vielen ersten Klassen.«

»Martin Wohlleben?«, fragte Sabine und sah die Lehrerin an, die den Blick an die Decke richtete und nachdachte. Dann stand sie auf und ging an ein Regal. Sie setzte eine schmale Lesebrille auf, die ihr an einer Kette um den Hals hing, und suchte die Fächer ab. Schließlich zog sie eine dünne Kladde heraus. »Ich habe über meine Klassen immer eine Art Tagebuch geführt. Da habe ich nur Bemerkenswertes reingeschrieben.« Sie sagte das, als müsse sie sich dafür rechtfertigen. »Das macht es einfacher bei Elterngesprächen oder wenn nach vier Jahren Grundschule eine Schulempfehlung ansteht, wissen Sie?«

Sie setzte sich mit dem Heft in den Sessel und blätterte darin herum. »Martin Wohlleben, sagen Sie? – Hier habe ich einen Martin.« Sie blätterte die Seiten schnell durch. »Über ihn habe ich nicht viel aufgeschrieben.«

»Was bedeutet das? War er nicht sonderlich auffällig?«

»Ja, möglich. Die besonders Begabten und die größten Nervensägen bekommen mehr Raum.« Sie lachte. »Ach, da steht was. Seine Mutter war mal bei mir. Offensichtlich nach mehrmaliger Einladung. Es ging um ein Übernachtungswochenende in der Schule. Die Kinder freuten sich riesig auf solche Sachen. Aber sie wollte nicht, dass Martin da mitmachte.«

»Warum?«

»Habe ich nicht notiert. Die Familie gehörte, glaube ich, irgendeiner indischen Bewegung an.«

»Einer Sekte?«

»Den Begriff mag ich eigentlich nicht sonderlich. Das ist so ein von den dominierenden Religionen geprägter Ausdruck, der alles ausschließen soll, was ihnen nicht in den Kram passt. Es waren sicher ganz spirituelle Leute, auf ihre Art. Ich hatte mich da nicht einzumischen.«

»Ist Ihnen an Martins Mutter irgendetwas aufgefallen? Irgendeine Besonderheit?«

»Wenn ich sie nicht mit einer der tausend anderen Mütter verwechsle, dann war sie glaube ich ausgesprochen jung. Anfang 20 vielleicht.«

»Also war sie eine Teenage Mum, wie man heute so sagt.«

»Ja, möglich. Wie gesagt, da kann mich meine Erinnerung auch täuschen.«

Frau Albrecht blätterte weiter in der Kladde. Bei manchen Einträgen lächelte sie sanft, bei anderen schüttelte sie den Kopf. Da wurden offensichtlich Erinnerungen wach, die mit Sabines Fall nichts zu tun hatten.

»Da«, rief sie plötzlich. »Martins Vater hat ihn kurz vor Ende der zweiten Klasse abgemeldet. Sehr plötzlich. Begründung: Umzug.«

»War der Vater damals bei Ihnen?«

»Ja, so steht es hier. Achim hieß er. Ich kannte ihn flüchtig.«

»Woher? War er aus dem Dorf?«

»Nein«, sie lachte wieder. »Nicht aus diesem Dorf. Aus der Republik Freies Wendland. Sie wissen doch, 1980 …«

»Ja, ich weiß. Waren Sie da auch?«

»Natürlich. Ich war damals 25. Wir waren alle da. Die Verhinderung des Endlagers war höchste Pflicht für uns alle.«

»Und Wohlleben?«

»Er war ein junger Kerl, 20 vielleicht. Stammte, glaube ich, aus Hamburg, sah blendend aus. Er hatte da mit ein paar Leuten eine Art Tempel gebaut. Ziemlich beeindruckend. Das war ein Anziehungspunkt für viele. Manche von ihnen waren wohl vorher in Poona, bei diesem Bhagwan.«

»Achim auch?«

»Das weiß ich nicht. Ich habe mich dort ferngehalten. Das war nicht mein Ding. Da ging es wohl mehr um Haschisch und Sex als um den Kampf gegen die Kernenergie.«

»Verstehe. War Martins Mutter auch in diesem Tempel?«

»Daran erinnere ich mich nicht. Möglich. Dort waren viele junge Frauen.«

»Und als Martin Ihr Schüler war? Wussten Sie nicht, wo er wohnte? Haben Sie mit seinem Vater nicht darüber gesprochen, wie sein Leben seit der Gorleben-Zeit weitergegangen war?«

»Nein. Wir waren ja nicht befreundet. Ich kannte ihn vom Sehen. Er war im Hüttendorf damals ein bunter Hund, so eine Art Promi, wie man heute sagen würde. An mich hätte er sich sicher nicht erinnert.«

»Das Dorf existierte doch nur vier Wochen, oder?«, fragte Sabine, die von den Ereignissen, die sich neun Jahre vor ihrer Geburt in Gorleben abgespielt hatten, nur Oberflächliches wusste. Es war gegen ein Atommülllager demonstriert worden, vier Wochen hatten die Anti-Atomkraft-Aktivisten den Platz, an dem eine Probebohrung durchgeführt werden sollte, besetzt. Schließlich wurde das Dorf geräumt. Die Polizei, das gab auch Sabines Vater zu, hatte sich damals mit ihrem unangemessen harten Vorgehen gegen die friedlichen Demonstranten nicht mit Ruhm bekleckert.

»Ja«, sagte Frau Albrecht. »Nach vier Wochen war Schluss. Ich habe da nicht gewohnt. Ich bin immer nur hingegangen, habe mit den anderen Lieder gesungen, Essen gekocht, das war eine schöne Zeit. Geschlafen habe ich bei meinen Eltern in Dannenberg.« Sie lachte. »Ich war eine Komfort-Aktivistin.«

»Haben Sie diesen Achim hinterher noch mal gesehen? Was hat der gemacht?«

»Das weiß ich nicht. Wie gesagt, er war einer von vielen Paradiesvögeln in dieser Zeit. Ich habe dann in Lüneburg mein Studium beendet und bin erst mal fast ein Jahr durch die Welt gereist. Türkei, Griechenland, Marokko, was man damals so machte. Und danach habe ich an einer Schule in Lüneburg mein Referendariat gemacht.«

»Und seit wann sind Sie hier in Gartow?«

»Seit 1985 erst. Und weil Sie das jetzt fragen werden: Nein, ich habe die Leute von damals nicht gesucht. Das war für mich Geschichte. Und überhaupt: Die meisten, die dort in dem Hüttendorf gelebt hatten, kamen ja gar nicht aus der Gegend. Die waren aus halb Europa angereist. Nach der Räumung haben sie sich in alle Winde zerstreut.«

»Aber der Kampf gegen das Zwischenlager ging doch weiter.«

»Ja. Der ist ja heute noch nicht beendet. Da haben sich viele Initiativen gebildet. Außerdem die ganzen Proteste gegen die Castortransporte. Aber ich hatte nie was damit zu tun. ich habe mich für andere Sachen interessiert.«

»Was für Sachen? Woran arbeiten Sie?«, fragte Sabine und deutete auf den Schreibtisch.

»Ach«, sagte Marianne Albrecht und winkte ab, »nur so ein Hobby. Ich schreibe eine Geschichte der Anthroposophie in Norddeutschland. Steiner, Waldorf-Bewegung, Sie wissen schon. Ich bin Mitglied der ›Freunde der Erziehungskunst Rudolf Steiners‹.«

»Interessant«, sagte Sabine und hoffte, dass ihre alte Lehrerin nicht bemerkte, dass es eine Lüge war. »Für diese Kunst fanden Sie in der Grundschule in Gartow sicher wenig Anhänger.«

»Ja, das stimmt«, sie lächelte milde. »Dort lehrt man sehr konventionell.«

Sabine bat Marianne Albrecht, sich zu melden, wenn ihr noch etwas einfiele, und verabschiedete sich. Ein kleines Stück war sie weitergekommen. Ein Achim Wohlleben, Vater von Martin Wohlleben, war im Hüttendorf in Gorleben 1980 eine Art Guru gewesen, und es war anzunehmen, dass er nach der Räumung des Dorfes seinen Tempel ein paar Kilometer weiter südlich in dem alten Kurze-Hof neu aufgebaut hatte. Warum war er 1988 dort weggezogen mit seinem Sohn Martin? Und wohin? Und wie ging es danach mit dem Hof weiter?

Vor dem Gartower Rathaus, das neben der Polizeiwache in einer Sackgasse lag, hatte sich eine kleine Menschentraube gebildet, als Sabine mit dem Fahrrad vorfuhr. Metzger und Attila standen mit zwei Lüneburger Polizisten und Leuten aus der Nachbarschaft um einen Gegenstand herum und starrten. Als Sabine näherkam, sah sie, was die Aufmerksamkeit erregte. Ein großes blutiges Bündel aus dunklem Fell. Zwei Hörner wiesen eindeutig auf eine Heidschnucke hin. Der Bauch des Tieres war aufgerissen, Eingeweide quollen heraus, rötlicher Schleim verschmutzte die Straße rund um den Kadaver, der von Fliegen umschwirrt wurde. Es lag ein fauliger Geruch nach Blut und Exkrementen über der Szene.

»Habt ihr Mittagessen liefern lassen?«, fragte Sabine, doch niemand lachte. »Seit wann liegt das da?«, fragte sie schließlich sachlicher.

»Muss vorhin jemand aus einem Auto geworfen haben. Es hat aber keiner gesehen, wer das war«, sagte Attila.

»An der Marke kann man doch erkennen, wem das Schaf gehört«, sagte Sabine.

»Nee, Mädchen«, knarzte Metzger, »das Ohr ist ab.«

Jetzt bemerkte auch Sabine, dass das rechte Ohr des Schafes, an dem üblicherweise die Marke mit der Identifikationsnummer befestigt ist, direkt am Schädel mit einem sauberen Schnitt abgetrennt war.

»Attila«, sagte Metzger und dreht sich zum Gehen, »mach den Dreck da weg.«

KAPITEL 16

Die Gaststätte Gartower Krug war brechend voll, als Sabine um kurz nach sieben mit ihrem Vater dort eintraf. Der Veranstaltungssaal war eng mit Stühlen und Tischen möbliert. Alle Plätze waren besetzt, viele Menschen standen. Auch im Gastraum herrschte Enge. Dort hatte der Wirt extra Lautsprecher platziert, damit alle das Geschehen im Saal verfolgen konnten, ebenso im Gastgarten. Die Bürgerversammlung, zu der die Gemeinde kurzfristig eingeladen hatte, sollte sich mit zwei Themen beschäftigen: den Ereignissen im Totenhof, wie der Tatort im Volksmund inzwischen genannt wurde, und dem Wolfproblem.

Es gab nicht oft solche Versammlungen in der Samtgemeinde Gartow und wenn, dann gab es normalerweise deutlich weniger Andrang. Aber wenn es das kleine Gartow schon mal in die landesweiten Nachrichten schaffte, wollten auch alle alles mitbekommen. Sabine schätzte die Zahl der Anwesenden auf 300 bis 400. Also zehn Prozent der Einwohner. Für viele der Schaulustigen war es sicher eine Enttäuschung, dass der NDR nicht mit Übertragungswagen und allem Aufwand vor Ort vertreten war, sondern nur durch einen freien Mitarbeiter des Hörfunks, der eher lustlos am Rande des Geschehens Bürger interviewte.

Kellnerinnen drängten sich mit überladenen Tabletts durch die Reihen. Die Verantwortlichen wussten, dass sie erst anfangen konnten, wenn jeder ein Getränk vor sich stehen hatte.

An einem langen Tisch, der quer zum Publikum stand, saßen Gemeindebürgermeisterin Lucille von Grote, Forstamtsleiter Thomas Werner und Polizeichef Metzger, dem Melanie Gierke, die Sabine im Publikum entdeckte, die Bühne für diesen Auftritt überlassen hatte. Er, so die Gierke, habe den besseren Kontakt zu den »Eingeborenen«. Außerdem auf dem Podium: Gemeinderat Lothar Hansen, der seit Ewigkeiten als das grüne Gewissen der Gemeinde galt.

Die Bürgermeisterin moderierte die Versammlung wie gewohnt wie eine Fernsehshow. Die 33-jährige Juristin stammte aus Berlin. Vor ein paar Jahren hatte sie sich über die Eheschließung mit dem wohlhabenden Ökobauern Ludwig von Grote einen Platz in der Gemeinde und einen Adelstitel gesichert. Da war es dann nur konsequent, dass sie sich mit Intelligenz, Charme und dem konservativen Netzwerk ihres Mannes an die Spitze der Gemeinde wählen ließ.

Sogar Sabines Vater Johannes, der der CDU in allen ihren Erscheinungsformen und Persönlichkeiten seit jeher misstrauisch begegnete, hatte sich schon mehrfach positiv über die junge Städterin geäußert. Auch wenn er einräumte, dass sie in kaum zwei Jahren Amtszeit noch nicht viel Zeit gehabt hatte, Fehler zu machen. Lucille fiel durch ihren scharfen Verstand und ihre noch schärfere Zunge auf. Mit ihren üppigen Formen und einer eher ans Bayerische erinnernden Kleiderwahl fiel sie überall sofort ins Auge. Das kam bei ihrer konservativen Wählerschaft an. Was die Älteren im Dorf allerdings zunehmend irritierte, war, dass die Bürgermeisterin im achten Schwangerschaftsmonat ungebremst ihren Amtsgeschäften nachging und keinen Zweifel daran ließ, dass sie selbst vom

Kreißsaal aus ihren Job machen würde. Die Frage nach einer Babypause hatte sie schon häufig verneint. Und so stand sie nun auch bei der Eröffnung der Versammlung schwungvoll auf, wobei der Babybauch beängstigend wippte, und sprach zu ihren Untertanen.

Lothar Hansen war in vielerlei Hinsicht das Gegenteil von Lucille von Grote. Der 59-jährige Studienabbrecher, kahler Schädel, dicker Bauch, hatte Anfang der 80er-Jahre die Grünen in der Region gegründet und in fast 40 Jahren zu einem ernst zu nehmenden Machtfaktor entwickelt. Sein Geld hatte er früher als Journalist und Buchautor verdient, später betrieb er erst eine Versicherungsagentur, danach eine Energieberatung. Sein Vater, eigentlich Arzt, hatte in den 90ern an der Börse stattliche Gewinne eingefahren und war dann gestorben. Das Erbe reichte Hansen und seiner fast 90-jährigen Mutter für ein gutes Leben. Lothar war immer zur Stelle, wenn es darum ging, Flora und Fauna rund um Gartow zu retten. Die Atomlobby fürchtete ihn, die konventionellen Landwirte hassten ihn, die Ökobauern liebten ihn und der Tourismusbeauftragte Klaus Reimann, der nun ebenfalls am Tisch Platz genommen hatte, pflegte ein ambivalentes Verhältnis zu Hansen. Um Touristen anzulocken, brauchte er unberührte Natur, um sie unterzubringen, musste er aber Unterkünfte und Freizeitangebote bauen. Für das eine war Hansen gut, bei dem anderen stand er im Weg.

Nach der Begrüßung der Bürger durch die Bürgermeisterin gab Jakob Metzger einen kurzen Überblick über den Stand der Ermittlungen. Sabine bemerkte positiv, dass ihr Chef einer der wenigen im Saal war, der kein Bier vor der Nase hatte, sondern eine Wasserflasche. Sein

Bericht war zurückhaltend und gab wieder, was Melanie Gierke und Sabine ihm über Opfer, Tat und Tatort eingeflüstert hatten.

Es könne kein Zufall sein, merkte Metzger an, dass keine Hinweise auf die Namen der Opfer gefunden wurden, da hat jemand ganz bewusst Identitäten verschleiert. Und dann wurde Metzger eindringlich.

»Leute, echt, das kann doch nicht sein«, wandte er sich in väterlich mahnendem Ton an die Anwesenden, »da wohnt eine Familie, oder was immer das war, mehr oder weniger mitten unter uns und keiner bekommt etwas von ihnen mit? Kennt wirklich niemand von euch diese fünf Menschen? Was ich gelernt habe, als ich vor 13 Jahren hier anfing, ist, dass hier im Wendland ein besonderer Geist weht. Solidarität und so. Gemeinschaft. Da seid ihr doch alle stolz drauf. Galt das für die Leute da auf dem Hof nicht? Hat keiner von euch was mit ihnen zu tun gehabt?«

Gemurmel im Publikum. Mehr brachte Metzgers Appell nicht.

Nun projizierte Attila, der hinten im Saal einen Beamer bediente, Bilder mit den Gesichtern der Opfer an die Wand. Die Leichen waren von der Rechtsmedizin so präpariert, dass sie nicht grausam, eher künstlich wirkten. Im Saal wurde es augenblicklich still. Eine Kellnerin, die ein Dutzend große Biergläser auf einem Tablett balancierte, blieb stehen und glotzte entsetzt die Fotos an. Metzger verschwieg das Verwandtschaftsverhältnis von dreien der Opfer und hielt sich auch sonst, in Absprache mit Melanie Gierke, mit Details zurück.

»Was ist, Leute?«, fragte Metzger in die Stille. »Springt keiner auf und sagt, die kenne ich? Mal als Anhalter mitgenommen? Im Laden bedient? In der Arztpraxis behandelt? Das kann doch nicht sein.«

Ein Stimmengewirr war zu hören. Alle bestätigten sich gegenseitig, dass die leblosen Gesichter ihnen völlig fremd seien.

»Wann zieht die Polizei denn wieder ab, Herr Metzger?«, fragte einer, dessen Namen Sabine nicht kannte, von dem sie aber wusste, dass er mehrere Häuschen in der Ferienhaussiedlung besaß. »Das ist ja keine gute Werbung für unseren Ort, und bald sind Ferien. Wenn es so war, wie Sie sagen, dann haben Sie den Täter doch.«

Bevor Metzger reagieren konnte, stand die Gierke auf und ergriff das Wort: »Melanie Gierke mein Name, von der Kripo Lüneburg. Wir ermitteln gemeinsam mit Herrn Metzger und seinem Team. Und ich kann nur sagen, dass wir noch nicht fertig sind. Solange wir nicht wissen, wer die Toten sind und was sich auf dem Hof abgespielt hat, solange müssen wir hierbleiben. Ich denke, Sie verstehen das.« Gemurmel. »Wir werden uns so unsichtbar wie möglich machen und sicher auch bald unsere Einsatzzentrale in der Schule räumen können.«

»Klaus«, richtete eine Bürgerin das Wort an den Tourismusbeauftragten Reimann, »kannst du schon was dazu sagen, ob wir Buchungseinbrüche wegen dieser Sache haben?«

Der gewaltvolle Tod von fünf Menschen war also nur noch eine Sache, dachte Sabine. Entsetzen und Mitgefühl waren schnell der Sorge um den Umsatz gewichen.

»Das ist im Moment schwer zu sagen«, antwortete der Angesprochene, »wir wissen jedenfalls nichts von Stornierungen. Bisher. Und die kurzfristigen Buchungen für die Sommerferien können noch anziehen. Das ist jedes Jahr so. Was ich feststelle, ist ein enorm gestiegener Traffic auf unserer Website. Der hat sich fast verdreifacht.« Er lachte. »Das sind natürlich alles Neugierige. Ob die dann tatsächlich buchen, werden wir sehen.«

»Können Sie ausschließen«, fragte nun ein junger Kerl, vermutlich ein Journalist aus Lüneburg oder Hamburg, »dass hier kein irrer Mörder herumläuft?«

Metzger und Gierke sahen sich unsicher an. Dann antwortete die Gierke: »Ja, davon gehen wir aus. Für den sehr unwahrscheinlichen Fall, dass jemand anders als das männliche Opfer die Frauen getötet hat, dürfen wir annehmen, dass der Täter die Gegend längst verlassen hat.«

»Das ist ne steile These«, flüsterte Johannes Langkafel seiner Tochter zu. »Woher weiß sie das?«

»Sie will den Menschen hier nicht das Geschäft versauen«, sagte Sabine. »Und sie ist sich da ziemlich sicher. Sie würde lieber heute als morgen den Fall zu den Akten legen.«

»Du nicht?«, fragte Papa.

»Ich weiß nicht. Ist alles zu einfach. Solange wir nicht wissen, wer die Toten sind, wissen wir gar nichts.«

Es gab nicht mehr viele Fragen zum Mordfall. Man wollte mit aller Gewalt zum nächsten Tagesordnungspunkt übergehen und zu Problemen, die leichter zu lösen waren.

»Kommen wir zum zweiten Punkt unserer Tagesordnung«, sagte Frau von Grote fast feierlich, »die zunehmende Zahl von Wolfsangriffen auf Nutzvieh.«

Bevor sie einen weiteren Satz sagen konnte, ergriff Metzger das Wort. »Nur, dass das klar ist: Der Nächste, der uns ein totes Schaf vor die Wache legt, muss mit empfindlichen Strafen rechnen. Ihr haltet euch vielleicht für besonders clever, wenn ihr das Ohr mit der Marke abschneidet, aber wir haben noch andere Methoden, den Besitzer ausfindig zu machen. Und dann wird es teuer.«

»Wie macht ihr das denn, Jakob«, rief einer dazwischen, »mit DNA-Tests?« Gelächter.

»Glaub mir, Hinnerk«, sagte Metzger und funkelte den Zwischenrufer böse an, »wir kriegen dich, wenn wir wollen. Im Moment haben wir allerdings Wichtigeres zu tun.«

»Aber wie lange wollt ihr denn warten?«, rief ein junger Mann rein, den Sabine als den Sohn eines großen Schafzüchters aus Prezelle erkannte, der ein paar Monate zuvor zehn Tiere bei einem Wolfsangriff verloren hatte. »Wartet ihr, bis die Wölfe alle unsere Zuchtböcke gerissen haben, oder muss erst das Kind eines Touristen angegriffen werden?«

Nun rührte sich Lothar Hansen. »Hey, Kalle, lass uns sachlich bleiben. Der Schaden ist doch noch überschaubar …«

Dieser Satz rief Geraune und Zwischenrufe hervor: »Für dich vielleicht überschaubar, Lothar«, rief einer. »Für uns geht es um die Existenz.«

»Jedes Schaf«, setzte Hansen erneut an, »das nachweislich von einem Wolf gerissen wurde, wird euch ersetzt. Das wisst ihr.«

»Ja, toll«, meldete sich nun der Bauer vom Leineweberhof, »wir züchten die Tiere nicht als Wolfsfutter. Wir haben da andere Sachen mit vor. Lasst uns einfach unseren Besitz selbst verteidigen. Dann werden sich die Wölfe wieder verziehen, und alle sind zufrieden.«

»Nein«, kreischte eine alte Frau, die nicht weit von Sabine saß.

Der alte Langkafel sah zu ihr hinüber und verdrehte die Augen. »Jetzt kommt Käthe, rette sich, wer kann«, flüsterte er Sabine zu.

»Nein«, kreischte sie erneut. »Wir sind nicht zufrieden, wenn ihr die Wölfe ermordet. Sie gehören hierher, genau wie eure Schafe. Sie sind unsere Freunde.« Verhaltenes Gelächter.

»Freunde bringen aber nicht unsere Tiere um«, antwortete einer.

»Ruhig bleiben, Leute«, griff Hansen ein. »Ich gebe Käthe recht, dass wir Wölfe grundsätzlich schützen müssen. Seien wir froh, dass sie hier wieder heimisch werden, und Kinder fallen sie ganz sicher nicht an. Wir haben es aktuell auch nicht mit einem Rudel zu tun, sondern mit einem Einzelgänger, genauer einer Einzelgängerin, die, zugegeben, ziemlich blutrünstig ist, oder, Thomas?« Er sah Forstamtsleiter Werner auffordernd an.

Schüchtern begann der zu sprechen, gleich forderte einer: »Lauter!«

»Ja, eine einzelne Wölfin. Kein Rudel. Vermutlich ein altes Tier. Wir haben Losung und Haare gefunden, die darauf schließen lassen. Es erscheint uns geboten, diese Wölfin zu entnehmen …«

»Entnehmen?«, kreischte nun wieder Käthe. »Was für ein verlogenes Wort. Es muss ermorden heißen.« Eine Gruppe Jüngerer, die am Rand stand, nickte zustimmend.

»Freunde«, sagte Hansen, »ihr kennt mich, ihr wisst, dass ich der Letzte bin, der leichtfertig gegen die Natur handelt, aber dieser Wolf ist eine Plage. Das Rudel, das vor acht Wochen in der Gegend war, hat nicht annähernd so viel Schaden angerichtet wie diese einsame Wölfin.

Das ist eine Tatsache. Ich habe deshalb beim Ministerium in Hannover Antrag auf Erlaubnis zum Abschuss gestellt.«

Erneut Rufe im Saal. »Endlich!«, »Mörder!«, »Und du willst ein Grüner sein?«

Hansen blieb unbeeindruckt. »Wir rechnen in den nächsten Tagen mit der Genehmigung. Dann wird Thomas ein Team zusammenstellen und den Wolf finden. Glaubt mir, es fällt mir nicht leicht.«

Einige dumme Fragen und harmlose Beschimpfungen später war der offizielle Teil beendet und der inoffizielle begann. Das war eigentlich der Grund, warum Johannes Langkafel und viele andere überhaupt an einer solchen Versammlung teilnahmen: der gesellige Teil. Bier, Diskussionen, Dorfgeplänkel. Sabine hielt sich in der Regel fern von diesen Ereignissen, die nicht selten in Besäufnissen endeten, die wiederum zu Streitereien führten.

Doch an diesem Abend war es anders. Nicht nur, dass deutlich mehr Teilnehmer bei der Versammlung waren als sonst, es waren auch Menschen dort, denen man sonst kaum begegnete. Sabine hatte es vor allem auf die abgesehen, die 60 Jahre und älter waren. Es mussten doch welche darunter sein, die Achim Wohlleben, seine namenlose Frau oder seinen Sohn Martin gekannt hatten. Sicher hatten die Dorfbewohner diese Namen längst vergessen, aber mit ihrem Vater an der Seite konnte sie ihrer Erinnerung vielleicht auf die Sprünge helfen.

Es war in den Medien viel über den Fall berichtet worden. Den Namen Wohlleben hatte die Polizei den Journalisten aber verschwiegen. Zu groß war die Gefahr, dass Wichtigtuer oder Verwirrte mit ihren Geschichten die Ermittlungen behinderten.

»Wer ist denn diese Käthe, die da eben für den Wolf gekämpft hat, Papa?«, fragte Sabine ihren Vater, als sie sich einen Weg durch die Menge bahnten. »Kennst du die näher?«

»Das wäre übertrieben. Käthe Lensing heißt sie. Müsste um die 70 sein. Stammt hier aus dem Dorf. Sie hatte früher mal einen kleinen Bioladen in der Dorfstraße, hat aber irgendwann aufgegeben. Ich weiß nicht, wo sie jetzt wohnt, hat sicher nur eine schmale Rente.«

»Und was hat sie mit Wölfen zu schaffen?«

»Sie ist halt eine Naturschützerin. Da gehören Wölfe natürlich in ihren ›Zuständigkeitsbereich‹.«

Sie waren bei der Frau angekommen und Sabine sprach sie an. »Es stört Sie sehr, dass der Wolf abgeschossen werden soll, oder?«

Die Frau saß zusammengesunken auf einem Stuhl und hatte ein Teeglas vor sich. Sie zitterte. Parkinson, dachte Sabine.

»Es ist unrecht«, sagte sie leise vor sich hin. Dann sah sie Sabine an. »Es ist unrecht, dass wir alles plattmachen und töten, was uns im Weg ist. Wir zerstören immer weiter, wir lernen nie dazu.«

»Ja, das ist sicher schlimm. – Sie haben sicher auch die Mordopfer aus dem Haus gesehen? Kannten Sie keinen von ihnen? Sie leben doch schon Ihr ganzes Leben hier.«

Nun hob sie den Kopf und schaute Sabine misstrauisch an.

»Wer bist du überhaupt?«, fragte sie, und Sabine fielen ihre schlechten Zähne auf.

»Ich bin Sabine Langkafel. Ich bin bei der Polizei hier in Gartow.«

Käthes Miene verfinsterte sich. »Bei den Bullen?«, quietschte sie. »Eine von denen bist du.«

Sabines Vater, der mit einem Mann ins Gespräch gekommen war, drehte sich erschrocken um. »Ja, Käthe, Sabine ist meine Tochter und sie ist eine von uns«, sagte Johannes Langkafel und lächelte die Frau an, die deutlich älter als er wirkte.

»Jetzt vermehren sich diese Bullenschweine auch noch«, keifte sie, und Spucke spritzte von ihren runzeligen Lippen.

Sabine sah ihren Vater ratlos an, der zuckte mit den Schultern.

»Warum haben Sie denn so eine Wut auf die Polizei, Frau Lensing?«, fragte Sabine. »Wir versuchen, ein schreckliches Verbrechen aufzuklären.«

»Ihr begeht selber die schrecklichen Verbrechen. Tut nicht so.«

»Wie bitte?« Sabine war auf eine solche Auseinandersetzung nicht vorbereitet. Um sie herum stieg die Stimmung. Es wurde lauter, niemand beachtete die Alte und sie.

»Na, meinen Namen kennst du ja schon. Hast mich wohl durchleuchtet, was? Ihr hab ja Scanner und so ein Zeug.« Sie stemmte sich in die Höhe und stellte sich ganz dicht mit ihrem faltigen, traurigen Gesicht vor Sabine. »Sieh mir in die Augen. Was siehst du?«

Die Augen der Frau waren zur Hälfte von den Liedern bedeckt. Die trüben Augäpfel schwammen in einer Tränenbrühe.

»Fällt dir nichts auf? Ich habe ein Glasauge, Mädchen!«, sagte die Frau leise.

Jetzt bemerkte Sabine, dass die Augen ungleich waren. Eins war klarer und weißer als das andere. Es war nicht echt. Sie wusste nicht, was sie sagen sollte. Ihr Vater war offenbar auch ratlos, er stand schweigend daneben.

»April 1995, da warst du wahrscheinlich noch im Kindergarten, da kam hier der erste Castor an. Du erinnerst dich, Hannes, oder?«

Sabines Vater nickte.

»Wir haben alles getan, um den Transport zu stoppen. Wir wollten den radioaktiven Dreck aus Frankreich nicht bei uns haben. Hannes, weißt du noch, wie viele von euch Bullen damals gegen uns aufmarschiert sind?«

»Es waren viele, Käthe, ich weiß. Aber es waren keine Beamten aus der Umgebung. Uns hat man da ganz bewusst rausgehalten«, sagte Langkafel, und Sabine spürte, wie unangenehm ihrem Vater dieses Gespräch war.

»Ist doch egal. Bulle ist Bulle. 8.000. 8.000 Bullen mit Wasserwerfern und Schlagstöcken, mit Pistolen und Tränengas. Eine Armee. Wir hatten nichts als Transparente und Lieder.«

»Und ihr hattet den schwarzen Block aus Hamburg und Berlin, der weiß Gott nicht nur gesungen hat«, sagte Langkafel, aber Käthe ging nicht darauf ein.

»Es hat euch nicht gereicht, uns wegzutragen. Ihr habt auf uns eingeprügelt, eure Wasserwerfer mit der ätzenden Brühe haben uns von den Gleisen gefegt. Na ja, und irgendwie ist dabei mein Auge hopsgegangen. Habe ich erst gar nicht gemerkt. Und darum weiß ich auch nicht, wie es genau passiert ist und wer es getan hat. Ist aber eh egal. Ihr Bullen deckt euch ja alle gegenseitig.«

»Das tut mir wirklich leid, Frau Lensing. Wenn Sie gegen den Castor demonstriert haben, dann waren Sie doch sicher auch 1980 im Hüttendorf. Haben Sie da nicht vielleicht Kontakt zu einem Achim oder Joachim Wohlleben gehabt?«

Die Frau hatte sich etwas beruhigt. Johannes reichte ihr ein Glas Wasser, das er von irgendwoher organisiert hatte.

Sabine liebte ihren Vater für empathische Handlungen dieser Art. Die Frau hatte ihn aufs Übelste beleidigt und er lächelte sie trotzdem an.

»Klar war ich Bürgerin der Republik Freies Wendland.« Sie sagte das voller Stolz. »Aber an den Namen erinnere ich mich nicht. Ich war allerdings mal auf diesem Hof, wo das passiert ist.«

»Was?« Sabine riss überrascht die Augen auf. »Wann? Wann waren Sie da?«

»Das weiß ich genau. Es war 1995, kurz vor der ersten Castordemo. Da hatte ich noch zwei Augen. Wir sind mit ein paar Leuten auf den Hof hin, um die Spinner dort zum Mitmachen zu bewegen. Aber es war zwecklos.«

»Wie kamen Sie auf die? Und warum Spinner?«

»Die Tochter einer Freundin von mir, Lisa hieß die, die war Jahre vorher auf den Hof gezogen. Wegen Erleuchtung und so.« Sie verdrehte das gesunde Auge. Langsam setzte sie sich wieder, und Sabine nahm sich ebenfalls einen Stuhl. Es wurde nicht leerer in der Kneipe, nur lauter. Draußen im Garten standen und saßen noch mehr Leute.

»Erleuchtung?«

»Ja, die haben da irgend so einen Sektenscheiß abgezogen. Die waren total unpolitisch. Nichts als singen, kiffen und bumsen im Kopf. Zum Kotzen. Ich glaube, die hatten nicht mal Strom. Meine Freundin hat versucht, ihre Tochter dort rauszuholen, aber die wollte nicht.«

»Wie viele Menschen lebten zu dieser Zeit auf dem Hof?«

Sie lachte. »Das wussten die sicher selber nicht. Es standen zwei oder drei schäbige Wohnwagen auf dem Grundstück, im Haus pennten sie alle durcheinander, das war ein Kommen und Gehen.«

»Wie hieß diese Lisa weiter?«

»Na, so wie ihre Mutter. Leber. Lisa Leber. Aber die hatten da alle so Sektennamen. Also die gaben sie sich nicht selber, sondern dieser Guru, dieser Om.«

»Om?«

»Ja, so hieß der Chef von denen. Eigentlich ein netter Kerl, sah verdammt gut aus. War jedoch total abgedreht, wenn du verstehst, was ich meine.«

»Wie alt war diese Lisa damals?«

»Die ist«, Käthe überlegte, »1970 geboren. Ich bin ihre Patentante, obwohl ich mit diesem Kirchenquatsch nichts am Hut habe.«

Sabine spürte, wie sie sich anspannte. Sie hatte die Geistesgegenwart dieser verbitterten, alten Frau unterschätzt und musste nun höllisch aufpassen, sie nicht zu verärgern. Ein falsches Wort, und der Mitteilungsdrang würde abebben. »70 geboren«, rechnete Sabine laut, »dann ist sie heute 49. Drei unserer Opfer sind ungefähr in diesem Alter. Und Sie erkennen sie nicht wieder?«

Sabine zog ihr Handy aus der Hosentasche und suchte nach den Aufnahmen.

»Geh mir weg mit den grässlichen Bildern«, wehrte Käthe ab. »Sie ist nicht dabei. Sie ist irgendwann weggezogen mit ihrem Kind.«

»Wann ist sie weggezogen und wer war der Vater des Kindes?« Sabine sprach zu schnell.

»Mensch, Mädchen, ist das ein Verhör, oder was? Ich weiß gar nicht, warum ich euch überhaupt helfen soll.«

Sabine zog es vor, auf diese Frage nicht zu antworten. Sie wartete lieber, bis die Frau wieder bei ihrer Geschichte war. Es war deutlich zu spüren, dass sie sie erzählen wollte.

»Sie muss 2002 von dort weg sein, kurz nachdem meine Freundin gestorben ist. Sie ist zu irgendeinem Kerl in die USA gezogen. Zu den Scheißamis.«

»Haben Sie sie auf der Beerdigung ihrer Mutter gesehen?«

»Nein, habe ich nicht. Da war gar keiner außer mir. Sie hat mir später geschrieben, aus Amerika. Ich solle den ganzen Kram ihrer Mutter behalten oder verschenken. Viel war es nicht. Und ich soll sie mal besuchen kommen.« Sie lachte verächtlich. »Selbst wenn ich es mir leisten könnte, würde ich nicht zu diesen Kriegstreibern fahren.«

»Haben Sie ihr auf den Brief geantwortet?«

»Nee. Hat irgendwie nicht gepasst.«

»Haben Sie denn eine Adresse, eine Telefonnummer oder E-Mail-Adresse, irgendeinen Kontakt zu Lisa?«

»Weiß nicht, kann sein. Ich muss mal gucken, ob ich den Brief noch habe.«

»Das wäre sehr wichtig. Können wir sofort zu Ihnen gehen?« Sabine erhob sich. Johannes stand etwas abseits im Gespräch mit Melanie Gierke. Die Superpolizistin war sicher ganz scharf auf die Ratschläge des ehemaligen Dorfsheriffs.

»Jetzt?«, schrie Käthe Lensing entsetzt auf. »Es ist spät, ich muss schlafen.«

»Bitte, ich möchte keine Zeit verlieren.«

Käthe Lensing lebte in einem heruntergekommenen Häuschen neben einem großen Discounter. Schwer zu sagen, welcher Gnade es die alte Frau zu verdanken hatte, dass ihr Grundstück beim Bau des Ladens vor ein paar Jahren verschont worden war. Ihr Haus war von der Kneipe zu

Fuß zu erreichen, und Käthe erwies sich als ausgesprochen agil. Johannes war in der Kneipe geblieben. Er würde sicher jemanden finden, der ihn nach Hause brachte.

Das Haus hatte nur vier Zimmer, davon zwei unter Schrägen im Dachgeschoss. Die Küche war abgenutzt und schmuddelig, wie überhaupt alles in den engen, dunklen Räumen. Im Wohnzimmer fand sich neben einer speckigen Couch mit zwei Sesseln und einem Röhrenfernseher ein Schreibtisch.

An einer Wand des Wohnzimmers hing ein buntes, ein Meter breites Tuch von der Decke bis auf den Boden, lila, mit Batikmuster, Käthe schob das Tuch zur Seite, und es kam die Wand zum Vorschein, über und über mit unterschiedlichsten Fotos gespickt. Sabine sah viele Bilder von lachenden Menschengruppen, ein altes Schwarz-Weiß-Foto eines Paares, sicher ihre Eltern. Postkarten. Sabine erkannte das Taj Mahal, den Kilimandscharo. Sie trat näher.

»Darf ich mal sehen?«

»Nee, darfste nicht. Das sind meine Erinnerungen, die gehen dich nix an.« Käthe hatte mit flinken Fingern eine Postkarte gegriffen und das Tuch wieder über die Pinnwand fallen lassen.

»Warum haben Sie die Bilder hinter einem Tuch?«, fragte Sabine.

»Besser so. Kann man ja nicht den ganzen Tag angucken. Wird man ja ganz trübsinnig«, sagte Käthe und setzte eine billige Lesebrille auf. Sabine griff nach der Postkarte, doch Käthe zog sie weg. »Moment, Mädchen. Erst mal sehen, ob da nichts draufsteht, was die Bullen nix angeht.« Sie überflog den Text, nickte und gab die Karte Sabine.

Das Bild auf der Vorderseite zeigte einen Straßenzug mit schönen alten Gebäuden und großen Bäumen. Darüber stand in großen bunten Buchstaben: »Greetings from Savannah, Georgia«. Die Briefmarke mit dem Porträt von Abraham Lincoln war am 26. März 2002 abgestempelt.

Liebe Käthe,

entschuldige, dass ich mich nicht von Dir verabschiedet habe. Ich musste raus. Es ging nicht mehr, es wurde zu schrecklich, zu verrückt. Krishan und ich sind nun in Sicherheit. Alles, was Mama hinterlassen hat, kannst Du behalten oder verschenken. Komm mich besuchen, dann erzähle ich Dir alles.

Sei umarmt, Lisa

Lisa Leber, 201 McLaws Street, Savannah, GA 31405

Sabine sah Käthe an. »Und es hat Sie nicht interessiert, was sie damit meinte, dass es zu schrecklich wurde? Das ist doch sicher eine Anspielung auf das Leben auf dem Hof, oder?«

»Kann sein«, sagte Käthe abweisend. »Geht mich nichts an. Ich schnüffel den Leuten nicht hinterher. Das ist euer Job.«

»Krishan ist wohl Lisas Sohn, nehme ich an. Wie alt war der 2002? Wer war der Vater?«

»Mensch, frag mich was Leichteres. Ich weiß es nicht. Es ist mir auch egal. Du hast die Adresse. Jetzt geh mir nicht weiter auf die Nerven. Wiedersehen.«

Sabine stand schon in der Tür, als Käthe sie am Arm fasste und zurückhielt. Sie kam dicht an ihr rechtes Ohr, wofür sie sich strecken musste, und flüsterte: »Ihr Bullen solltet euch mal um was ganz anderes kümmern.«

»Ach ja, um was denn?«

»Ich habe Hinweise, dass Drogen in unser Trinkwasser gemischt werden, die der Steuerung der Bevölkerung dienen. Von der Regierung. Wenn du es ernst meinst mit der Gerechtigkeit, kannst du da nicht wegsehen.«

»Aha«, sagte Sabine und beschwor sich selbst: Bloß keine weiteren Fragen stellen.

KAPITEL 17

September 1982

Liebes Tagebuch,

vor vier Wochen ist das größte Glück über uns gekommen. Udgam ist da. Ich bin die Auserwählte, die zusammen mit Om diesem Wunder das Leben schenken durfte. Er wurde in unsere Mitte geboren und wir sind alle seine glücklichen Eltern. Udgam heißt Quelle. Om hat ihm diesen Namen gegeben, weil er die Quelle und der Ursprung unseres Glücks und die Zukunft unserer spirituellen Familie ist.

Die letzten Wochen vor seiner Geburt waren eine besondere Prüfung für mich. Schmerzen, Krämpfe und die ständige Angst, dass ich der Aufgabe, die mir auferlegt wurde, nicht gewachsen bin. In der anderen Welt wären wir zu Ärzten und in Krankenhäuser gelaufen und hätten uns mit den vielen schädlichen und unnatürlichen Dingen verbunden. Doch Om hat mich vor dieser Welt beschützt und mir geholfen, eine natürliche Mutter zu sein und Leben und Licht so zu spenden, wie es die Schöpfung vorsieht.

Es ist Sommer, ein herrlicher Sommer, und es sind wieder viele Menschen in unserem kleinen Ashram zu Gast. Sie bringen Wohnwagen mit und Zelte. Es ist Platz für jeden, der mit uns unseren Traum leben will. Wir feiern jeden Morgen mit Om die Puja. Er inspiriert uns mit seinen klugen Reden und zeigt uns den Weg in unsere spirituelle Freiheit. Ich möchte diese Stunde am Morgen, noch vor dem Frühstück, nicht missen. Den Tag über arbeiten wir in unserem Garten, der uns Nahrung spendet. Was unser Garten nicht hervorbringt, bringen unsere Gäste mit. Wir teilen, wir verzichten, wir sind dankbar.

Om ist so zärtlich und liebevoll zu mir wie zuvor. Aber auch zu Ikram fühle ich mich hingezogen. Er ist ein rauer Typ, ein Tiger. Om lag vor Udgams Ankunft öfter bei Damini. Ich liebe Damini wie eine Schwester und freue mich, dass Om sie ebenso liebt. Doch seit Kurzem liegt ein Schatten über der schönen Frau. Sie trägt tiefe Trauer in sich und alle Meditationen und Gebete vermögen es nicht, ihren Zustand zu ändern. Sie steht nicht mehr auf, nimmt nicht an unseren Treffen teil und kann nicht mehr im Garten arbeiten. Om hat viele Mittel an ihr ausprobiert. Es hilft nichts.

Oktober 1982

Liebes Tagebuch,

Damini hat uns verlassen. Gestern Morgen lag sie nicht mehr in ihrem Bett. Wir haben sie überall gesucht. Dann bemerkten wir, dass ein Rucksack und ein paar Kleidungsstücke fehlten. Genau genommen hat sie uns bestohlen, da die Sachen uns allen gehören und nicht ihr allein. Om hat uns erklärt, was bei Damini nicht stimmt. Sie wird die Dämonen der alten Welt nicht los. Sie konnte sich trotz aller spirituellen Bemühungen nicht von den bösen Gedanken von Habgier und Gewalt befreien, die uns unsere Eltern eingepflanzt haben. Sie war innerlich vergiftet und würde nun in der alten Welt ein qualvolles Leben führen müssen. Wir haben Om beschworen, sie zu suchen, zurückzubringen und zu heilen, doch er sah darin keinen Sinn. Damini ist verloren, das habe ich nun akzeptiert, und ich muss weinen, wenn ich daran denke.

KAPITEL 18

Sahas hatte lange auf der Küchenbank gelegen, doch die Bauchschmerzen waren nicht weggegangen. Kamini hätte ihm jetzt einen Tee gekocht aus Kräutern aus dem Garten. Aber Sahas wusste nicht, welche Kräuter für einen solchen Tee die richtigen waren. Außerdem wollte er kein Feuer anzünden.

Später war er vorsichtig nach oben in sein Zimmer geschlichen. Es roch eklig an der Treppe, und Sahas hatte kurz Geräusche in den Ohren, laute Geräusche, dann waren sie auch schon wieder weg. In seinem eigenen Bett, unter dem bunten Bild von dem dicken Mann mit dem Elefantenkopf, schlief er schließlich ein. Es war warm im Zimmer, und deshalb fiel es ihm erst gar nicht auf, dass er keine Bettdecke hatte.

Als er am Morgen von der Sonne geweckt wurde, die durch das matte Fenster schien, waren die Bauchschmerzen weg und er hatte wieder Hunger. Er würde nun vorsichtiger sein bei der Auswahl seines Essens. Gerne hätte er sich richtige Sachen angezogen. Er trug immer noch die Schlafanzughose und das SpongeBob-T-Shirt. Durch die Nächte im Wald waren die Sachen schmutzig geworden und sie rochen muffig. Aber seine andere Kleidung war weg. Und nicht nur die. Auch seine Bücher und die Spielsachen. Er durchsuchte einige Zimmer und fand auch dort keine Kleidung mehr. Alles war verschwunden. Hatte es jemand gestohlen? Die Fremden?

Bevor er sich ums Essen kümmern konnte, musste

er sich vergewissern, dass er wirklich alleine war. Er schlich die Treppe hinunter zur Eingangstür und blickte durch das Fenster. Der Hof lag in strahlendem Sonnenlicht. Sahas sah zu dem Weg hinüber, wo er in der Nacht geglaubt hatte, etwas zu sehen. Doch da war nichts. Kein Mensch, kein Auto, nichts Fremdes.

In der Küche gelang es ihm, den Herd anzuzünden. Er musste nur genau überlegen, wie Kamini und die anderen das immer gemacht hatten. Man musste erst an der großen Gasflasche drehen, danach an dem Knopf am Herd und dann musste man ein Streichholz an dieses runde Ding mit den vielen Löchern halten. Es gab sofort eine hohe Flamme und Sahas verbrannte sich die Finger leicht, aber der Schmerz war schnell verschwunden. Nun brauchte er Wasser. Er nahm den großen Topf aus dem Regal und ging hinaus zur Pumpe. Er brauchte nicht viel Wasser. Das würde er schaffen. Er stellte den Topf auf das Becken unter der Pumpe und bediente den schweren Hebel. Das Ding wackelte und quietschte und es war anstrengend, aber als Sahas die Pumpe vielleicht fünf- oder sechsmal rauf- und runterbewegt hatte, floss Wasser aus dem Rohr. Schönes, klares, kühles Wasser. Davon würde er keine Bauchschmerzen bekommen. Er schlürfte das Wasser aus dem Topf wie ein Hund, nein, wie ein Wolf.

Sahas füllte den Topf fast bis zum Rand, sodass er zu schwer wurde. Er musste ein wenig Wasser rausschütten, um ihn tragen zu können.

Zurück in der Küche stellte er den Topf auf den Herd. Nun brauchte er Nudeln aus dem Keller. Er wollte eigentlich nicht dort hinunter, aber er sehnte sich so sehr nach Spaghetti.

Die Klappe zum Keller war meistens verschlossen, doch Sahas wusste, wo der Schlüssel versteckt war. An der Klappe angekommen, sah er jedoch, dass kein Schlüssel notwendig war. Das Schloss war weg und der Riegel verbogen und schwarz. Irgendjemand hatte ihn zerstört. Mit Feuer oder so. Er hob die schwere Klappe an und befestigte sie mit dem dafür vorgesehenen Hebel an der Wand, damit sie nicht zufiel.

Vorsichtig schlich er die Treppe hinunter. Er hatte vergessen, eine Kerze mitzunehmen, und so musste er mit dem wenigen Licht auskommen, das durch die Klappe in den Keller fiel. Kamini hatte hier irgendwo eine Gaslampe stehen, für alle Fälle. Er tastete in einer Nische herum und fand sie. Nach einigen Versuchen ging sie an. Es wurde schlagartig hell im Keller, Sahas war regelrecht geblendet.

Er war verdammt stolz auf sich. Was hatte er nicht schon alles geschafft, seit diese Sachen passiert waren. Er hatte alleine im Wald geschlafen, er hatte sich mit einem Wolf angefreundet. Dann war er den Fremden und ihren Hunden entwischt und nun kochte er Nudeln. Er war ein großer Junge, wie Kamini immer sagte.

Er ging mit der Lampe in den Vorratsraum und nahm gleich mehrere Packungen Spaghetti und von den Nudeln, die aussahen wie Schmetterlinge. Eine Dose Tomaten griff er sich außerdem. Das würde ein Festmahl geben. Gerne hätte er noch ein Glas Kirschen mitgenommen, als Nachtisch. Aber er konnte das nicht alles tragen. Und so viel sollte er besser auch nicht essen. Er wollte nicht schon wieder Bauchschmerzen bekommen.

Sahas sah ein Stück den Kellerflur hinunter. Die Tür zum Schutzraum stand einen Spalt offen. Der Riegel schien ebenfalls zerstört worden zu sein. Sollte Sahas hineingehen? Was würde er dort finden? Nein. Er hatte eine bessere Idee. Er lief mit schnellen Schritten zu der Tür und trat kräftig dagegen, sodass sie zuknallte. Er löschte die Lampe, stellte sie auf den Boden und rannte schnell die Treppe hoch. Dabei verlor er eine der Nudelpackungen, die konnte er später holen. Er ließ die Klappe zum Keller zufallen und trat ein paar Mal darauf, als müsse er sie extra fest verschließen, was natürlich Quatsch war.

Die Spaghetti steckten aufrecht im Topf mit dem brodelnden Wasser und würden bald weich werden. Sahas öffnete die Tomatendose. Das war leicht, weil man dafür keinen Öffner brauchte. Er musste nur an dem kleinen Blechring ziehen. Dabei spritzte ihm Tomatensoße auf das SpongeBob-T-Shirt. Das sah aus wie Blut, weshalb er kurz erschrak. Blut machte ihm Angst.

Mit einer Kelle hob er Spaghetti aus dem Topf auf einen Teller und löffelte Dosentomaten und Saft auf die Nudeln. Natürlich wäre es besser, wenn die Tomaten ebenfalls warm wären, aber das erschien ihm jetzt zu anstrengend. Sahas setzte sich an den Küchentisch und aß die Spaghetti. Er drehte die Nudeln mit Gabel und Löffel zu einem Knäuel zusammen, so wie Kamini es ihm gezeigt hatte. Das Knäuel fühlte sich im Mund wunderbar an, auch wenn die Nudeln weicher waren als bei Kamini. Wo war sie, die liebe Kamini? Was war passiert? Konnte er sich daran erinnern? Nein, konnte er nicht.

Nach dem Essen stellte er den Teller in die Spüle. Er hätte nun eigentlich Wasser holen und alles abspülen müssen, aber dazu war später noch Zeit. Niemand war da, der ihn hetzte. Vorsichtig ging er noch mal zur Eingangstür und sah auf den Hof. Der sandige Platz lag still in der

Mittagshitze. Sahas überlegte, ob er sich in das Planschbecken im Garten setzen sollte, doch er traute sich nicht, das Haus zu verlassen. Lieber ging er hoch in sein Zimmer und legte sich aufs Bett. Er hatte nicht viel geschlafen in den vergangenen Nächten, er war müde. Gerne hätte er in einem Buch geblättert, aber es war keins mehr da. Er wusste, wo Kaminis Hefte waren. Die konnte er zwar noch nicht lesen, aber sie malte oft wunderschöne Bilder hinein, die er sich ansehen könnte. Doch er stand nicht auf. Er wollte jetzt nicht an Kamini erinnert werden. Er wollte jetzt nicht traurig sein.

Als er aus einem sehr tiefen Schlaf erwachte, wurde es langsam dunkel. Er blickte durch ein Fenster im Obergeschoss auf den Hof, dort war es nach wie vor ruhig, dann ging er in die Küche und aß kalte Nudeln. Er war durstig. Den Apfelsaft wollte er nicht einfach so trinken. Bestimmt hatte er davon die Bauchschmerzen bekommen. Also musste er zum Brunnen, Wasser holen.

Sahas nahm einen großen Krug aus dem Regal und ging nach draußen. Der Himmel war hell, aber im Garten zwischen den Bäumen war es schon ziemlich dunkel. Es war immer noch warm. Sahas konnte sich schon gar nicht mehr vorstellen, wie sich der Winter anfühlte, dabei war es gar nicht so lange her, dass er nachts fürchterlich gefroren hatte. Da war er dann zu Kamini ins Bett gekrochen. Und wenn die nicht da war, manchmal schlief sie bei Om, war er zu Garima gegangen. Garima, das hatte Kala ihm mal erklärt, war seine Mama und Kamini seine Oma und so könne er sie auch nennen. Aber als er es getan hatte, war Om fürchterlich wütend geworden und hatte gebrüllt, dass er diese Worte in diesem Haus nicht hören wolle. Warum Om sie nicht hören wollte, hatte Sahas niemand erklärt, trotzdem hielt er sich daran. Wenn Om etwas sagte, musste man das tun.

Mit der Pumpe war er nun schon viel geschickter. Nur ein paar Züge mit dem großen Griff und das Wasser plätscherte in den Krug. Es kam so viel Wasser, dass der Krug umfiel und alles, was bereits drin war, herausfloss. Gut, dass der Krug heil geblieben war. Schnell hatte Sahas den Krug erneut gefüllt und wollte ins Haus gehen, als er ein Geräusch hörte. Es war ein Rascheln und ein Knistern. Es kam von weit hinten aus dem Garten, wo die großen Stangen standen, um die sich die Bohnenpflanzen rankten. Dort war es so dunkel, dass er nicht viel erkennen konnte. Aber dann sah er zwischen zwei der Bohnenstangen eine Gestalt. Groß. Ein Mann in heller Kleidung. Sahas war so gespannt, so aufgeregt, dass er nicht in der Lage war, sich zu bewegen. Er starrte nur in die Richtung. Der Krug, den er in der rechten Hand hielt, wurde immer schwerer. Die Hand fing an zu zittern, und es schwappte Wasser aus dem Krug.

»Hey«, zischte es von den Bohnen her. »Sahas.«

Es war eine Männerstimme. Woher kannte der Fremde seinen Namen?

»Sahas, komm her.«

Nein. Das würde er nicht tun. Mit steifen Beinen ging er rückwärts. Er musste ins Haus, sich dort verstecken. Die Küchentür konnte er nicht abschließen, aber er würde sie irgendwie zustellen.

Der Mann näherte sich langsam. »Hey, Sahas, bist du alleine?«

Es war Om. Jetzt erkannte Sahas seine Stimme und im schwachen Licht auch seine langen weißen Haare und den weißen Bart. Sahas zitterte nun am ganzen Körper. Er merkte, dass es feucht zwischen seinen Beinen wurde. Er pinkelte sich in die Hose. Oh Gott. Wie ein Baby. Er hatte immer ein wenig Angst vor Om gehabt. Alle hatten Angst vor Om, und Kamini hatte ihm erklärt, dass das richtig so sei. Om war der Gebieter, der für das Wohl der Familie sorgte. Er musste streng sein. Und um sie alle zu beschützen, versteckte er sie vor Fremden, die auf den Hof kamen, und er bewahrte sie vor den Gefahren der bösen Welt.

Aber die Angst, die Sahas jetzt verspürte, war stärker als sonst. Es war die Angst davor, dass jeden Moment etwas Schreckliches passieren würde.

Om kam immer näher. Nun stand er schon neben dem Planschbecken.

»Sahas, Junge«, sagte Om und seine Stimme hatte diesen seltenen freundlichen Klang. »Sahas, so schön, dich zu sehen. Meine Sonne.«

»Meine Sonne« sagte er auch oft zu Kamini und zu Garima, eigentlich zu allen Frauen im Haus. Sahas verstand nicht, was er damit meinte.

»Sahas, wir müssen weg hier. Es ist zu gefährlich hier.«

Wo soll er denn hin, dachte Sahas. In die Welt? Da war es doch viel gefährlicher, das hatten ihm alle immer gesagt. Om sah ihn so komisch an. Was war mit ihm? Sahas fiel auf, dass er nie zuvor mit Om alleine gewesen war. Sonst waren Kamini oder Udgam dabei oder noch mehr Menschen. Om hatte auch nie viel mit ihm gesprochen. Om war ein Fremder.

»Nein«, sagte Sahas, stellte den Krug auf den Boden und ging langsam rückwärts, während Om sich ihm vorsichtig näherte. »Nein. Ich bleibe hier. Ich warte auf Kamini.«

»Kamini wird nicht kommen«, sagte Om, »sie wird nicht kommen, und wir müssen von hier verschwinden, Kleiner.« Sahas hasste es, wenn ihn jemand »Kleiner« nannte.

»Nein«, sagte Sahas energisch und versuchte, die Küchentür zu erreichen, doch Om machte nur einen Satz mit seinen langen Beinen und stand zwischen ihm und der Tür.

»Du musst mich begleiten. Du musst mir gehorchen, Sahas«, knurrte Om und packte ihn an den Armen. Sahas wehrte sich, versuchte, sich loszureißen, aber Om war natürlich viel stärker. Er zerrte ihn vorbei am Planschbecken durch den Garten zu dem Zaun, durch den Sahas in der Nacht zuvor gekrochen war. Wo wollte Om mit ihm hin?

»Lass mich los. Ich will hierbleiben«, jammerte Sahas, doch er wusste, dass Om nicht von ihm ablassen würde. Sie hatten fast den Zaun erreicht, da nahm Sahas im Augenwinkel eine Bewegung wahr. Aus dem Dickicht dahinter schoss etwas hervor. Ein Schatten flog durch die Luft und war schon bei ihnen. Der Wolf packte mit seinen scharfen Zähnen Om am Arm und zerrte daran. Sein helles Hemd färbte sich rot. Er schrie auf und ließ Sahas los. Der Wolf zerrte und knurrte, während Om wie wild auf ihn einschlug. Dem Wolf schienen die Schläge nichts auszumachen.

Währenddessen saß Sahas auf dem Boden auf Kartoffelpflanzen, vielleicht waren es auch Möhren, und schnappte nach Luft.

Om hatte sich vom Wolf losgerissen und wollte wieder zu Sahas, doch der Wolf stellte sich zwischen sie und knurrte Om wütend an.

»Mistvieh«, schimpfte Om. Und da erkannte Sahas im letzten Licht etwas, das er bei Om noch nie gesehen hatte: Angst. Oms Lippen zitterten, seine Hände zitterten und die Augen starrten den Wolf furchterregt an. Om, dieser starke Mann, ihr Gebieter und Beschützer, wie Kamini immer sagte, hatte Angst vor dem Wolf. Nun musste Sahas keine Angst mehr vor Om haben.

Schließlich gab Om auf, stieg über den Zaun und rannte davon. Der Wolf folgte ihm. Sahas ging langsam zum Haus zurück. Immer wieder drehte er sich nach Om und dem Wolf um. Sie waren zwischen den Bäumen verschwunden.

Sahas rannte zur Küchentür, nahm den Krug und schlüpfte in die Küche. Dann dröhnte aus der Tiefe des Waldes ein Knall. Ein Schuss, dessen Echo zwischen den Bäumen und der Hauswand nachhallte. Sahas erstarrte. Der Wolf! Doch schnell beruhigte er sich. Der Wolf war schlau. Ihm war bestimmt nichts passiert.

Später räumte Sahas die Küche auf. Niemand sollte sehen, dass er hier gewesen war.

KAPITEL 19

»Und Frau Langkafel, hat sich Ihr nächtlicher Ausflug zum Tatort gelohnt?«, fragte Melanie Gierke mit ironischem Unterton, als Sabine sehr früh am Morgen die Turnhalle betrat. In dem schlecht belüfteten großen Raum, der das Hauptquartier der Ermittlungseinheit darstellte, waren nun weniger Leute zu sehen. Sabine hatte in einem Fall mit fünf unbekannten Toten eigentlich mehr Aufwand erwartet. Aber Melanie Gierke schien hauptsächlich damit beschäftigt zu sein, das LKA in Hannover auf dem Laufenden und vom Tatort fernzuhalten. Häufig wurden einzelne Leute von Gierkes Team zu anderen Ermittlungen abgerufen.

»Ja«, sagte Sabine, »mein Ausflug hat sich insofern gelohnt, als dass ich keine Auffälligkeiten am Haus feststellen konnte. War wohl falscher Alarm.«

»Hab ich doch gesagt, Ihrem Kollegen hat da wohl die Fantasie einen Streich gespielt.«

Ein Dankeschön dafür, dass Sabine der Kommissarin erspart hatte, in der Nacht das Bett zu verlassen, wäre angemessen gewesen, kam aber nicht.

Stunden zuvor, gegen Mitternacht, hatte sich der Lüchower Kollege, der gerade vor dem Bauernhof Wache schob, Kraushaar sein Name, gemeldet. Er habe Geräusche gehört und wahrscheinlich auch einen Schuss. Er versprach, dass er sofort nachsehen wolle, hätte jedoch gerne Verstärkung. Das Zittern in der Stimme des jungen Mannes, den Sabine nicht kannte, ließ vermuten, dass er sich ohne Verstärkung auf keinen Fall aus seinem Fahrzeug entfernen würde. Und so war es dann tatsächlich gewesen.

Als Sabine mit Anwärter Attila am Haus eintraf, saß der Mann in seinem Auto und starrte auf sein Handy. Was Sabine verwunderte: Der Streifenwagen des Mannes stand nicht auf dem Hof, oder wenigstens in der Zufahrt, sondern ein paar hundert Meter davon entfernt auf einem Feldweg. Von dort konnte man Haus und Grundstück gar nicht sehen. Es leuchtete Sabine noch ein, dass man sich nicht direkt auf den Hof stellte, um potenzielle Besucher nicht gleich in die Flucht zu schlagen, aber warum parkte er nicht in der Einfahrt? Die Antwort hatte Attila.

»In der Einfahrt«, stammelte er, als sie aus ihrem Fahrzeug ausstiegen, »ist das Gebüsch so dicht, da erkennt man kaum was. Außerdem sind da Milliarden von Mücken, die machen dich fertig. Und wenn du das Fenster zulässt, erstickst du bei der Hitze.«

»Dann braucht ihr auch gar nicht hier zu sein, verdammt«, fluchte Sabine und ging zum Auto des Kollegen.

»Und, was haben Sie gehört? Beobachten konnten Sie ja nichts«, fragte sie ohne Vorrede. Kraushaar öffnete die Tür und stieg aus. Er war Mitte 40, also älter, als Sabine aufgrund von Stimme und Verhalten vermutet hätte, etwas untersetzt. Müde blickte er Sabine an.

»Ich meine, ich hätte Stimmen gehört, Rufe, nur ganz kurz. Dann ein Knurren, ein Hund. Und etwas später den Schuss.«

»Sicher?«

Der Mann zuckte mit den Schultern.

»Und, haben Sie mal nachgesehen?«

»Ja. Ich bin ein Stück auf den Hof gegangen, aber da rührte sich nichts.«

»Sind Sie auch ins Haus gegangen? Oder ums Haus herum?«

»Also, ich …«

»Okay, verstehe. War Ihnen zu gefährlich.« Sabine sagte das eher verständnisvoll. Wäre Kraushaar wirklich einer Gefahr begegnet, hätte diese ihn sicher überfordert.

»Frau Langkafel«, fragte Kraushaar, während sie sich langsam dem Hof näherten, »worauf warten wir hier eigentlich?«

»Das weiß ich selbst nicht. Aber vielleicht wüssten wir es, wenn die diensthabenden Beobachter das Objekt auch im Blick hätten.«

Sabine schlich ums Haus, während Kraushaar sich mit Attila durch den Haupteingang hineinbegab. Als sie hinten aus der Küchentür wieder heraustraten, stießen sie auf Sabine, die gerade den Brunnen mit einer Taschenlampe ableuchtete. Auf dem Boden hatten sich kleine Wasserpfützen gebildet. Wo kamen die her?

»Haben Sie sich hier während der Wache mal Wasser geholt? Oder du, Attila?«, fragte Sabine.

»Nein«, sagte der Lüchower. »Ich habe Wasser und Cola im Auto.« Attila schüttelte ebenfalls den Kopf. Sie gingen zum Haus. Sabine sah auf das Siegel an der Küchentür. Natürlich war es zerrissen, weil der Kollege die Tür von innen geöffnet hatte. Sie betraten die Küche.

»War das Siegel vorne an der Eingangstür unversehrt, als Sie die Tür öffneten?«, fragte Sabine und erwartete von Kraushaar eine unbefriedigende Antwort.

»Ja. War es. Ich habe es zerrissen und werde gleich ein neues anbringen.«

So stand Sabine nach ihrem kurzen Bericht der nächtlichen Ereignisse also nun mit leeren Händen vor Frau Gierke und nahm etwas Triumphierendes an der Kollegin wahr.

»Aber einen Schuss kann er durchaus gehört haben«, sagte Sabine wie zur Verteidigung. »Dieser Wolf ist zum Abschuss freigegeben, kann ja sein, dass …«

»Nein, Frau Langkafel, ist er nicht. Wie wir gestern in der Bürgerversammlung erfahren haben, ist der Abschuss in Hannover beantragt. Das kann ein paar Tage dauern, bis er freigegeben wird. Aber vielleicht nehmen Ihre Bauern hier das Gesetz ja wieder selbst in die Hand.«

»Ja, vielleicht«, sagte Sabine und wandte sich, um dem Gespräch zu entkommen, einer der noch nicht durchsuchten Kisten aus dem Haus zu. Sie war bis zum Rand mit Büchern aus dem Wohnzimmer gefüllt. Doch Melanie Gierke hatte weiteren Gesprächsbedarf.

»Mit wem haben Sie da gestern bei dieser Bürgerversammlung gesprochen?«, fragte die Kommissarin und sah Sabine prüfend an. »Diese alte Frau. War das Dorftratsch oder waren es Ermittlungen?«

»Das kann man bei uns nicht immer so klar trennen, Frau Gierke«, sagte Sabine und nahm eines der Bücher in die Hand. Es war ein sehr altes, dünnes Taschenbuch mit lilafarbenem Einband. Erich Fromm, »Die Kunst des Liebens«. Das sagte Sabine nichts. Der Autor des Buches darunter war ihr bekannt: Hermann Hesse. Sie hatte in der Schule etwas von ihm gelesen, konnte sich aber nicht daran erinnern. Dieses Buch hieß: Siddhartha.

»Bevor Sie Ihre Lesestunde beginnen, Frau Langkafel, was haben Sie denn herausgefunden? Kannte die alte Frau eines der Opfer?« In strengem Ton fügte sie an: »Bitte verschweigen Sie mir keine Ermittlungsergebnisse.«

Sabine zuckte innerlich zusammen. Was tat sie hier? Sie konnte doch nicht ihre kleinen Geheimnisse bewahren. Das war unprofessionell und würde sie in Schwierigkeiten bringen. »Ja, das hätte ich alles noch aufgeschrieben. Aber ich kann es Ihnen auch direkt sagen: Käthe Lensing, so heißt die alte Frau, war in den 90ern mal kurz auf diesem Hof. Dort lebte die Tochter einer Freundin. Die junge Frau ist dann irgendwann weggezogen. 2002, wenn ich mich recht erinnere. Sie ging mit ihrem kleinen Sohn in die USA. Ich habe die Adresse dieser Frau. Wenn ich die Telefonnummer herausgefunden habe, rufe ich sie an.«

Melanie Gierke sah Sabine merkwürdig an. Wie sollte sie diesen Blick deuten? Es war Verwunderung. Sicher war sie sauer, doch da war noch etwas anderes: Melanie Gierke dachte nach. Lange, sehr lange. Sie war eine intelligente und geistesgegenwärtige Frau, aber diese verlangsamte Reaktion war Sabine schon ein paarmal aufgefallen.

»Geben Sie mir die Adresse«, sagte die Gierke schließlich. »Ich bekomme die Nummer schneller raus als Sie.« Sie schien wieder einen Moment nachzudenken und sagte: »Dann können Sie die Frau von mir aus anrufen.«

Melanie Gierke drehte sich um und ging zügig auf ihren Schreibtisch am anderen Ende der Turnhalle zu. Sabine nahm unentschlossen weitere Bücher in die Hand. Robert M. Pirsig, »Zen oder die Kunst, ein Motorrad zu warten«; Janwillem van de Wetering, »Der leere Spiegel«; A.S. Neill, »Die grüne Wolke«. Sabine war nicht besonders belesen und von dieser Bewusstseinsliteratur früherer Jahrzehnte hatte sie erst recht keine Ahnung. Ihr Vater wäre ihr da auch keine große Hilfe. Es fragte sich sowieso, ob es ermittlungsrelevant war, was diese Opfer so gelesen haben.

Ihr Blick fiel auf ein Buch, das ihr Interesse weckte. Es war ein abgegriffenes, großformatiges Paperback, dessen Umschlag mehrfach mit Tesafilm geflickt worden war. Auf dem orangefarbenen Cover war eine Holzkette mit einem Medaillon abgebildet, das das Foto des bärtigen Gurus trug, dem sie im Haus auf zahlreichen Postern und Bildern begegnet war.

Das Buch trug den Titel »Ganz entspannt im Hier und Jetzt – Tagebuch über mein Leben mit Bhagwan in Poona«. Unter dem Namen des Autors, Jörg Andrees Elten, stand ein weiterer Name: Satyananda. Sabine musste an Kaminis Tagebuch denken, in dem sie gelesen hatte, dass alle auf dem Hof neue Namen bekommen hatten. Und sie musste daran denken, dass die Existenz der Tagebücher ein Geheimnis war, in das sie Melanie Gierke einweihen musste. Die meisten der Kladden waren für Sabine selbst noch ein Geheimnis. Die Schrift war nicht immer gut lesbar und sie kam nur langsam voran, wenn sie zu Hause heimlich in Kaminis Erinnerungen blätterte.

Vorsichtig schlug Sabine den Deckel des orangefarbenen Buches auf. Auf der ersten Seite stand eine handschriftliche Widmung. Mit Tinte geschrieben und ausgeblichen. Doch der Text war lesbar: »To Achim from Bhagwan, Love and Peace, Poona, Oct. 1979«.

Sabine versuchte, sich an die Netflix-Doku über diesen Guru zu erinnern. Er war erst in Indien gewesen und dann in den USA oder so. Sie nahm ihr Handy und googelte nach dem Mann. Sie fand umfangreiche Informationen und würde sich später intensiver damit befassen. Für den Moment genügte ihr zu wissen, dass dieser Bhagwan bis 1981 seinen Ashram in Poona in der Nähe von Bombay unterhalten hatte, bevor er nach Oregon umgezogen war. Achim Wohlleben war also in Indien gewesen und hatte dort vermutlich das erlangt, was diese Sektenleute Erleuchtung nennen. Genau wie der Autor dieses Buches, der als Reporter des Magazins Stern nach Poona gereist und als Gläubiger dortgeblieben war, wie es auf dem Umschlag stand.

Anschließend hatte Achim Wohlleben das Licht dieser Sekte offenbar erst ins Hüttendorf der Republik Freies Wendland und dann in den alten Hof der Familie Kurze getragen. Wie sie mit diesem Wissen nun weiter an die Identität der Toten gelangen würde, war ihr noch nicht klar. Sicher gab es bei dieser Sekte kein Mitgliederverzeichnis und schließlich lag das alles 40 Jahre zurück.

Am Mittag fuhr Sabine zu ihrem Vater. Eigentlich hatte sie in der Turnhalle bleiben und mit den Kollegen essen wollen, die von einem italienischen Restaurant beliefert wurden. Etwas mehr Kontakt zu der Handvoll Lüneburger Kollegen, die noch hier waren, wäre sicher angemessen. Aber Papa machte es dringend und lockte diesmal nicht mit einer köstlichen Mahlzeit, sondern mit Informationen, auf die er gestoßen war.

So stand auch nur ein einfacher Salat auf dem Tisch, als Sabine eintraf. Daneben lag ein dickes Buch, schwarzer Einband, roter Rücken. Auf einem aufgeklebten Etikett stand: Journal 1983.

Papa setzte sich neben Sabine, die hastig den Salat aß.

»Ich glaube, da steckt was für dich drin«, sagte er bedeutungsvoll und legte die Hand auf das Buch.

»Was ist das?«

»Unser Journal aus der Wache. Das haben wir noch schön mit Hand geführt.«

»Und was habt ihr da reingeschrieben, in euer Journal?«, fragte Sabine, etwas genervt davon, dass ihr Vater es so spannend machte.

»Alles, was so passierte. Wer in die Wache kam. Wo wir zu Einsätzen hinfuhren, aber auch bedeutende Anrufe.«

»Das ist nicht gerade der vorgeschriebene Dienstweg, Papa«, sagte Sabine gespielt vorwurfsvoll.

»Nein, weiß ich. Den haben wir zusätzlich eingehalten. Aber in dem Journal haben wir auch Sachen festgehalten, die keine Vorgänge im dienstlichen Sinne waren. Wenn wir zum Beispiel in die Kneipe gerufen wurden, weil da einer rumrandaliert hat, und am Ende gab es weder Anzeige noch sonst was, dann war das keine Akte wert. Aber eine Notiz in unserem Journal, damit wir dort nachschlagen konnten, wenn der gleiche Kerl wieder ausflippte.«

»Okay. Also. Die Informationen.«

»Gut. Ich sehe schon, du hast es eilig. Ich bin die Jahrgänge seit 1980, seit der Räumung des Hüttendorfes, durchgegangen und habe mich besonders auf Ereignisse rund um den Wendland-Hof konzentriert. Es ist ja auch immer eingetragen, wo die Leute herkamen, die auf der Wache erschienen, oder wo wir hingefahren sind. Und da bin ich im Jahr 1983 auf einen Eintrag gestoßen. Der Kollege Braun, damals kurz vor der Pensionierung, hatte auf der Straße nach Trebel ein junges Paar aufgegriffen. Der Mann wirkte ziemlich ramponiert. Braun hat die beiden mitgenommen. Er vermutete eine Gewalttat. Sie hatten kein Gepäck, sahen aus, als wären sie auf der Flucht. Hier steht, dass sie keine Angaben zu einer Gewalttat machten und auch gegen niemanden Anzeige erstatten wollten. Die Leute waren wohl nicht von hier. Braun hat die Namen notiert. Für alle Fälle. Wenn sich später doch etwas

Bemerkenswertes ergeben hätte, hätten wir sie zuordnen können.«

»Gut. Und warum sollen die was mit unserem Fall zu tun haben, Papa?«

»Haben sie ja vielleicht nicht. Aber die Kreuzung, die Braun im Journal eingetragen hat, liegt in der Nähe des Wendland-Hofs. Dort hat er sie aufgegriffen. Das schien mir interessant.«

»Wie ging es mit den beiden weiter?«

»Braun hat sie an der Bushaltestelle in Trebel abgesetzt. Sie wollten nach Lüneburg. Das war's.«

Sabine zog das Journal zu sich heran und entzifferte die mit unsauberer Schrift notierten Namen. Andreas Schmidt und Elisabeth Schaub.

»Schaub«, sagte sie. »Wie diese Keksfabrik in Hannover?«

»Ja. Aber das kann Zufall sein.«

»Ja. Kann, muss aber nicht. Danke, Papa. Das ist ein Fädchen, an dem ich ziehen werde.«

»Ihr Vater ist ja offenbar so was wie das geheime Polizeiarchiv der Region«, sagte die Gierke, als Sabine ihr von der Entdeckung im Journal berichtete.

»Ja, das ist er. Und er hilft gerne. Aber jetzt können Sie mir helfen, Frau Gierke. Ich habe Elisabeth Schaub gegoogelt und tatsächlich saß eine Frau dieses Namens bis vor vier Jahren im Vorstand der Schaub Süßwaren AG. Sie ist verstorben, wie ich einer Meldung der Hannoverschen Allgemeinen vom August 2015 entnehmen konnte. Im Alter von 57 Jahren. Das könnte passen.«

»Haben Sie ihren Freund auch gegoogelt?«, fragte Melanie Gierke.

»Ja, aber wie zu erwarten war, gibt es zu viele Leute, die Andreas Schmidt heißen.«

»Und wie kann ich Ihnen nun helfen, Frau Langkafel?«

»Ich würde gerne mit jemandem aus der Familie Schaub sprechen, um zu erfahren, ob es sich bei der 1983 aufgegriffenen Frau um ebendiese handelte und was sie zuvor und danach gemacht hat. Und vielleicht weiß man bei Schaubs ja auch, was aus Andreas Schmidt geworden ist.«

»Verstehe«, sagte die Gierke und grinste überlegen. »Wenn die kleine Dorfpolizistin Langkafel bei der vornehmen Familie Schaub anruft, dann wird das nichts. Das muss von weiter oben kommen. Richtig?«

»Ich hätte es kaum treffender und respektvoller ausdrücken können«, sagte Sabine, die sich ermahnte, in Zukunft weniger zurückhaltend auf Frau Gierkes Frechheiten zu reagieren.

»Gut. Dann werde ich das mal machen«, sagte sie und stolzierte zu ihrem Schreibtisch.

»Danke. Und wenn Sie nicht weiterkommen, finden Sie bestimmt jemanden beim LKA«, rief Sabine ihr hinterher. Die Gierke reagierte nicht.

Während Sabine auf eine Nachricht von Melanie Gierke wartete, blätterte sie versonnen im Buch von Satyananda.

KAPITEL 20

Erst am nächsten Morgen konnte die Gierke liefern. Sabine saß verschlafen in der Wache und nippte an einem Kaffee. Es war noch früh und trotzdem schon recht heiß in den unklimatisierten Räumen. Attila hatte sich den einzigen Ventilator vor seinen Schreibtisch gestellt und genoss die frische Luft, während er konzentriert im Internet herumklickte.

Die Nachricht von Melanie Gierke lautete: »Rufen Sie Isolde Schaub an. Ist informiert«; dazu eine Telefonnummer mit der Vorwahl von Hannover.

Sabine war noch nicht so weit, um mit Milliardärinnen zu sprechen. Erst musste sie den Kaffeebecher leeren und die wirren Bilder aus ihrem Kopf bekommen, die ihr die nächtliche Lektüre von Kaminis Tagebuch beschert hatte. Vier Jahre der Aufzeichnungen der Hof-Bewohnerin hatte sie in der letzten Nacht geschafft, und es war nicht immer leicht zu verstehen gewesen, was dort in Mädchenschrift geschrieben stand. Es gab offenbar einen harten Kern, der aus Kamini, diesem Om und drei oder vier weiteren Männern und Frauen bestand. Dieser Om war der Guru, Schamane oder was auch immer. Er hielt offenbar lange Sessions ab, in denen er seine Jünger mit seinen Weisheiten beglückte. Und er schlief mit allen Frauen der Gruppe. Außerdem mit zahlreichen Besucherinnen, die regelmäßig auf dem Hof auftauchten und dort in Zelten lebten. In den 80er-Jahren herrschte also reges Treiben auf dem Hof, und von einer totalen Abschottung war nichts zu lesen. Es klang, als seien die Hofbewohner zwar nicht mehr viel in die Welt hinausgegangen, hatten wohl aber die Welt handverlesen zu sich gelassen. Einige waren auch länger in diesem Ashram, wie Kamini es mehrfach nannte, geblieben. Ein Ashram, das hatte Sabine im Internet nachgelesen, war ein indisches Meditationszentrum, dem ein Guru vorstand. Eine Art Kirche oder Kloster. Das klang noch nicht nach Sekte. Aber da stand auch, dass das Wort Ende der 70er-Jahre vermehrt in deutschen Medien aufgetaucht war, als die Jünger Bhagwans viele solcher Zentren in Europa gegründeten hatten. So war dann wohl auch der traditionelle Bauernhof im Wendland zu einem Zentrum der spirituellen Bewegung geworden, wovon die meisten Bürger der Gegend jahrelang nichts mitbekommen hatten oder, was wahrscheinlicher war, sie hatten es ignoriert.

Udgam, der Sohn Kaminis, dessen schwere Hausgeburt 1982 verzeichnet war, wurde offenbar von allen großgezogen und war so eine Art Prinz oder Nachwuchsguru der Gruppe. Vom Alter her konnte er durchaus jener Martin Wohlleben sein, auf den Sabine im alten Klassenbuch in der Schule gestoßen war. Sie suchte in Kaminis Heften von 1988, dem Jahr der Einschulung von Martin Wohlleben, nach Hinweisen, fand aber nichts. Erst ein Eintrag von 1990 stellte eine Verbindung her: »Udgam ist wieder ganz bei uns. Sein göttliches Wesen wird nicht länger von den finsteren Ideen der alten Welt verformt werden. Wir alle werden ihn für seinen Weg ins Licht ausstatten. Om hat gesagt: Wir werden ihn lehren, was die alte Welt wirklich ist, und ihn befähigen, eine neue Welt zu schaffen.«

Offenbar hatte dieser Om zu diesem Zweck bereits Schulbücher, Videokassetten und weiteres Lehrmaterial beschafft.

Was Sabine an den Schilderungen in den Tagebüchern besonders verstörte, war nicht das lockere Sexleben der Gruppe. Es war auch nicht die fast fanatische Gläubigkeit, der sie alle anhingen. In ihrem Glauben gab es keinen Gott, der sei laut Bhagwan nur eine Erfindung der Menschen. Vielmehr ginge es im Glauben um die Suche nach der Wahrheit und um die Überwindung aller menschlichen Bedürfnisse, mit dem Ziel, das Göttliche in sich selbst zu finden und so vollkommen frei zu sein. Wirklich verstörend waren die Schilderungen von Gewalt, die Sabine oft zunächst gar nicht als solche erkannte. Dann stand da zum Beispiel: »Ikram und Samit hatten einen heftigen Streit.« Viel später im Tagebuch las Sabine dann, dass Samit sich im Streit mit Ikram ein paar Tage zuvor mehrere Rippen gebrochen hatte und nicht im Garten arbeiten konnte. Ein Aufeinandertreffen, bei dem man sich Rippen bricht, war ganz sicher kein Streit, sondern handfeste Gewalt. An anderen Stellen schimmerte durch Kaminis stets gefühlvolle und positive Texte hindurch, dass dieser Om die Frauen bisweilen schlug. Kamini schreibt: »Oms göttliche Wut traf Damini, weil sie ihn mit mir störte. Die nächsten Tage trug sie einen Schleier, bis ihr Gesicht wieder makellos schön war.« Kein Wunder, dass am Ende dieser merkwürdigen Abhängigkeiten mehrere Leichen liegen, dachte Sabine.

Metzger kam wortlos ins Büro, ging zu Attila und griff nach dem Ventilator. Er zog das Gerät zu seinem eigenen Arbeitsplatz, ohne es auszustöpseln. So spannte sich das Kabel nun durch den halben Raum, was Metzger nicht zu stören schien. Er setzte sich hinter seinen Schreibtisch in die Brise und lächelte zufrieden. Attila verdrehte genervt die Augen, sagte aber nichts. Metzger bemerkte das: »Was ist, Junge? Stell dich nicht so an. Da wo du herkommst, kommt ihr mit Hitze besser klar als wir hier, oder?«

»Ich komme aus Lüneburg, Herr Metzger«, sagte Attila, ohne den Chef anzusehen, und schob weiter die Maus hin und her.

Sabine ging in den noch heißeren Vernehmungsraum, um in Ruhe mit Frau Schaub telefonieren zu können. Vorher hatte sie den Namen der Frau gegoogelt und herausgefunden, dass es sich bei Isolde Schaub um die 85-jährige Patronin des Süßwarenimperiums handelte. Ihr Mann, Heinrich Schaub, dessen Vater das Unternehmen 1925 gegründet hatte, war vor 20 Jahren verstorben. Isoldes Name tauchte nie in der Klatschpresse auf, dafür umso häufiger auf Wirtschaftswebsites. Die reiche alte Dame war offenbar noch aktiv im Unternehmen.

Natürlich landete Sabine erst bei einer Assistentin, wurde aber nach Nennung ihres Namens sofort durchgestellt. So weit hatte Melanie Gierke also nicht zu viel versprochen. Was die Gierke Sabine allerdings noch schuldete, war die Telefonnummer von Lisa Leber.

»Sie wollen sich nach meiner Tochter erkundigen?«, sagte die Frau. Ihre Stimme klang viel jünger als 85.

»Ja, es tut mir leid, dass ich Sie stören muss. Wir haben hier im Wendland einen Mordfall, und es kann sein, dass Ihre Tochter mit den Opfern vor langer Zeit Kontakt hatte. Mein Beileid übrigens …«

Es entstand eine Pause. Klar, die Frau musste überlegen, wozu sie ihr kondolierte. Der Tod der Tochter lag mehrere Jahre zurück.

»Ja, danke«, sagte Isolde Schaub ungerührt. »Was kann ich für Sie tun? Ich habe nicht viel Zeit. Eine Vorstandssitzung.«

Sabine würde die Reichen nie verstehen. Diese Frau könnte auf der Terrasse eines Palais an der Côte d'Azur oder auf den Seychellen oder sonst wo sitzen und ihre letzten Tage mit Müßiggang und Genuss verbringen. Stattdessen leitete sie langweilige Vorstandssitzungen und ging ihrem Management mit ihren Einmischungen sicher gehörig auf die Nerven.

»Hat Ihre Tochter Elisabeth Anfang der 80er-Jahre eine Zeitlang im Wendland gewohnt, auf einem Bauernhof?«

Isolde Schaub musste nicht lange überlegen. »Ja, irgendwo da hat sie gelebt. Ob auf einem Bauernhof oder in einem Erdloch weiß ich nicht.« Die Bitterkeit in ihrer Stimme war nicht zu überhören. An diese Zeit erinnerte die Frau sich offenbar nicht gerne. »Sie rannte damals irgendeinem Guru hinterher. Bei dem war sie auch in Indien gewesen.«

»Bei Bhagwan in Poona?«

»Ja, genau.«

»Und bei wem war sie im Wendland?«, fragte Sabine vorsichtig. Es war eine dieser Situationen, wo eine einzige unbedachte Frage die Stimmung kippen lassen konnte und der Befragte daraufhin dichtmachte.

»Na, in so einer Sekte, was weiß ich. Sie hat mir die Leute nicht vorgestellt. Die wären hier auch achtkantig rausgeflogen, das kann ich Ihnen versichern.«

»Mehr wissen Sie nicht über diese Sekte? Namen? Irgendwelche Ereignisse?«

»Nein. Meine Tochter war 22, als sie dort hinging. Ich hatte ihr keine Vorschriften zu machen. Das hat sie damals oft genug betont. Ich konnte ihr nur den Geldhahn zudrehen.«

»Und hat das etwas bewirkt?«

»Nein, nicht so richtig. Sie kam dort offensichtlich ganz gut ohne Geld zurecht. Man ernährte sich wohl ausschließlich von Gruppensex und Drogen.«

»Aber irgendwann kehrte sie doch nach Hause zurück.«

»Ja. Nach drei Jahren hatte sie die Nase voll von den Leuten da und hat sich besonnen, dass zu Hause eine Aufgabe auf sie wartete.«

»Hat sie erzählt, was ihren Sinneswandel ausgelöst hat?«

»Nein. Ich habe sie auch nicht gefragt. Sie hat mit mir nie über diese Jahre gesprochen.«

Sabine fand das merkwürdig, aber sicher war Isolde Schaub einer dieser Menschen, die es schafften, Wahrheiten einfach auszublenden, um nicht von ihnen belastet zu werden.

»Was wartete denn zu Hause für eine Aufgabe auf sie?«, fragte Sabine, obwohl sie die Antwort zu kennen glaubte.

»Na, was denken Sie? Der Familienbetrieb. Sie hatte, bevor sie erleuchtet wurde, ein Studium begonnen, das sie zu Ende führen sollte. Mein Mann wollte ihr später die Leitung der Firma übertragen.«

»Und diesen Weg ist sie dann gegangen?«

»Nein«, nun lachte die alte Frau sarkastisch. »Erst mal musste sie noch ein paar Jahre weiterspinnen. Ein Bioladen in der Innenstadt, beste Lage, den wir großzügig finanzierten. Nach zwei Jahren war sie pleite. Dann ein Yogastudio, sehr schick. Ich habe gelesen, dass man heute mit so was ein Vermögen machen kann, allerdings nicht in den Neunzigern und erst recht nicht meine Tochter und dieser Kerl. Pleite nach einem Jahr.«

»Welcher Kerl?«

»Andreas Schmidt. Er war ihr Traummann, den sie aus der Sekte mitbrachte. Ein langhaariger Kerl, der nach indischem Parfum stank und Hasch rauchte. Er war fünf Jahre jünger als Elisabeth, ein halbes Kind. Erst als wir den in die Wüste geschickt haben, kam Elisabeth zur Vernunft. Sie hat ihr Studium beendet und angefangen, sich nützlich zu machen.«

»Wann war das?«

»1990 oder so.«

»Wissen Sie zufällig, was aus diesem Schmidt geworden ist?«, fragte Sabine.

»Meine Assistentin mailt Ihnen seine Adresse, dann können Sie ihn selber fragen.«

»Sie haben noch Kontakt zu ihm? Nach 30 Jahren?« Sabine klang sicher erstaunter, als sie wollte. Bekam der Allerweltsname Andreas Schmidt nun tatsächlich eine eindeutige Identität?

»Ich nicht. Gott bewahre. Meine Bank. Wir haben ihm bis zu Elisabeths Tod monatlich Geld überwiesen, damit er sich von ihr fernhält. Beim Mammon hört auch bei diesen Weltverbesserern die Liebe auf. Ein Egoist, wie alle Männer.«

»Ich nehme an, Ihre Tochter wusste nichts von diesem Deal?«

»Nein, natürlich nicht. Das Schlimmste wäre gewesen, wenn sie ihn aus Trotz geheiratet hätte. Dann hätten wir ihn in der Firma gehabt, diesen Versager. Mein Mann hat es ja mit ihm versucht. Aber Schmidt erwies sich als faul, maßlos und aufsässig. Ein typischer Kommunist eben.« Die bisher so emotionsfreie Sprache der alten Frau hatte deutlich an Schärfe gewonnen. Andreas Schmidt war ihr nach all den Jahren immer noch nicht gleichgültig. Sicher gab sie ihm die Schuld am Krebstod ihrer Tochter. Doch was ging das Sabine an. Sie hatte nun zwei weitere ehemalige Bewohner des Hofes sicher identifiziert. Elisabeth Schaub und Andreas Schmidt. Sie war tot, ihn würde sie finden.

Als sie wieder an ihren Computer ging, war die E-Mail mit den Kontaktdaten zu Andreas Schmidt bereits da. Eine Adresse in Lüneburg, eine Festnetztelefonnummer, keine E-Mail-Adresse. Sie hätte ihn jetzt einfach anrufen können. Oder sie hätte direkt nach Lüneburg fahren können. Aber das erschien ihr nicht klug. Melanie Gierke leitete diese Ermittlungen, und Sabine hatte darin überhaupt keine klare Rolle. Sie konnte froh sein, dass sie mit den großen Kindern spielen durfte. Warum tat sie das eigentlich? Ging es um ihre Karriere? In Gartow? Sicher nicht. Wollte sie sich für das LKA in Hannover empfehlen? Wollte sie hoch hinaus? Nein, solange Papa lebte und sie brauchte, würde sie Gartow nicht verlassen. Sie tat es, weil sie neugierig war, weil sie sich langweilte und weil ihr die traurigen Gestalten aus dem Haus leidtaten. Sie wollte das Geheimnis dieses Hofes lüften, der in ihrer friedlichen Heimat nun so einen Ort des Grauens darstellte.

Sie fuhr in die Turnhalle und fragte nach Melanie Gierke. Die war den Vormittag über nicht aufgetaucht und hatte auch keine Nachricht hinterlassen. Sabine versuchte, sie auf dem Handy zu erreichen. Mailbox. Sollte sie noch im Hotel sein? Um halb zwölf?

Sabine ging das kurze Stück zum Hotel am See zu Fuß. Das Garni-Hotel bestand aus mehreren zweistöckigen Rotklinkergebäuden mit Giebeldächern. Viele der 25 Zimmer boten Blick auf den malerischen See. Es war kein Grand Hotel, aber eine solide, gut geführte Unterkunft mit vielen Stammgästen. Sabine hatte selten im Hotel am See zu tun. Privat nicht, weil sie ihre wenigen Übernachtungsgäste in Papas Haus unterbringen konnte, und dienstlich nicht, weil die Gäste des Hotels in der Regel keinen Ärger machten.

Auf der Terrasse saßen an einigen Tischen Gäste beim Kaffee. Unter den ausladenden Sonnenschirmen war es bei einem leichten Wind vom See her gut auszuhalten.

Melanie Gierke entdeckte sie nicht unter den Anwesenden. Im Haupthaus traf sie an der Rezeption Nils Knauer, den Sohn des Inhabers, den sie von ein paar Partys flüchtig kannte. Er war etwas jünger als sie.

»Hey, Sabine, ist nicht schon genug Polizei in unserem harmlosen Haus? Musst du jetzt auch noch kommen?« Er hatte recht. Nicht nur Melanie Gierke logierte während der Ermittlungen im Hotel am See, sondern auch drei weitere Kollegen. Und natürlich musste Familie Knauer den Freunden und Helfern einen Sonderpreis einräumen. In der Hauptsaison.

»Die sind bald wieder weg, Nils, keine Sorge. Ich wollte zu Frau Gierke. Ist die da?«

»Ich habe sie heute noch nicht gesehen, aber das heißt nichts. Er drehte sich zu dem altmodischen Schlüsselbrett an der Rückwand der Rezeption um und deutete auf den Haken mit der Nummer 12. »Ihr Schlüssel ist weg. Wenn sie ihn nicht mitgenommen hat, ist sie auf ihrem Zimmer.«

»Danke, Nils, ich schau mal nach ihr«, sagte Sabine und eilte zum Treppenaufgang. Nils schien noch etwas sagen zu wollen, verkniff es sich aber.

»Frau Gierke«, sagte Sabine, das Gesicht an die dunkle

Holztür des Zimmers 12 gepresst. Sie klopfte leise. Warum eigentlich leise klopfen, dachte Sabine, das soll sie doch hören. Sie klopfte lauter.

»Frau Gierke«, rief sie, »ich bin's, Sabine Langkafel. Sind Sie da? Ich habe wichtige Neuigkeiten.«

Es rührte sich nichts. Aus einem Zimmer am anderen Ende des Flures kam eine dicke Frau, die nur mit einem Bademantel und Badeschlappen bekleidet war, und quetschte sich grußlos und mit misstrauischem Blick an der uniformierten Sabine vorbei.

Sabine wollte gerade aufgeben, als sich in Zimmer 12 etwas rührte. Sie hörte, wie jemand durch den Raum schlurfte, dann öffnete sich langsam die Tür.

»Kommen Sie rein«, sagte die Kommissarin mit dünner Stimme, während sie schon wieder in den dunklen Raum ging. Die Vorhänge waren zugezogen. Nur durch einen schmalen Spalt drang Sonnenlicht und ließ etwas von der Unordnung erkennen, die in dem großen Doppelzimmer herrschte. Kleidung lag auf dem Boden, eine ausgekippte Reisetasche, Zeitungen, irgendwelche Dokumente. Es sah aus, als sei dieses Zimmer durchsucht worden. Auf einem Bett stand ein aufgeklapptes Laptop, daneben lag ein Mobiltelefon. Instinktiv suchte Sabine den Raum nach leeren Flaschen ab. Fehlanzeige. Die Raumluft war abgestanden, enthielt aber weder Alkohol- noch Nikotindunst.

»Alles klar bei Ihnen?«, fragte Sabine.

Die Gierke saß nun auf dem anderen Bett, den Oberkörper angelehnt, und sah Sabine aus glasigen Augen an. Sie trug ein verwaschenes T-Shirt und eine hellblaue Jogginghose. Die sonst stachelig aufgestellten kurzen blonden Haare lagen platt auf dem Kopf. »Ja, alles klar. Wieso nicht? Was kann ich für Sie tun?«

»Was machen Sie hier? In der Turnhalle werden Sie vermisst.«

»Geht Sie das was an? Bin ich der Dorfpolizei gegenüber Rechenschaft schuldig?«, raunte die Kommissarin und kniff die Augen zusammen. Vielleicht wollte sie böse aussehen, aber es wirkte nur unendlich müde.

»Nein, natürlich nicht«, sagte Sabine und senkte den Blick. Dabei bemerkte sie eine zerbeulte Medikamentenpackung unter dem Nachttisch, die ihr vertraut war: Oxygesic, stand in schwarzen Buchstaben darauf, bekannt auch als Oxycodon. Das Schmerzmittel hatte eine Lüneburger Kollegin lange genommen, bevor sie nach einem Selbstmordversuch aus dem Dienst ausschied. Die Kollegin hatte kein Geheimnis aus ihren Depressionen und ihrer Sucht gemacht. Das Schmerzmittel hatte sie zusätzlich zu ihren Antidepressiva genommen.

Melanie Gierke folgte Sabines Blick zu der Packung. »Gut, wenn Sie wissen, was das ist, dann kennen Sie mein Geheimnis. Können Sie es für sich behalten? Sonst muss ich Sie leider erschießen.« Sie lachte matt.

Sabine nickte und setzte sich auf einen der Sessel, die vor den Betten standen und den großen Flachbildschirm flankierten. »Sind Sie sicher, dass Sie arbeiten können? Sollten Sie nicht besser …?«

»Ja, bin ich. Machen Sie sich keine Sorgen. Ich bekomme gleich mein Rezept und dann bin ich wieder ganz die Alte.« Sie versuchte zu lächeln.

»Darf ich mal etwas Licht hereinlassen?«, fragte Sabine.

»Nein. Dürfen Sie nicht. Was wollen Sie mir denn nun Neues erzählen? Raus damit.«

Sabine berichtete von ihrem Gespräch mit Isolde Schaub und dem Kontakt zu Andreas Schmidt. Die Gierke hörte interessiert zu. Als Sabine geendet hatte, sprang sie erstaunlich schnell aus dem Bett und stellte sich vor sie, wobei sie leicht schwankte. Ihre Hände zitterten. »Gut, dann los, Sabine, besuchen wir Andreas Schmidt in Lüneburg.«

Sabine war so verwirrt vom Wandel der Kollegin, dass sie nur nicken konnte.

Nun ließ sich die Gierke wieder aufs Bett plumpsen, als sei die letzte Energiereserve endgültig aufgebraucht. »Wir müssen erst noch auf mein Rezept warten.«

In diesem Moment klopfte es. »Frau Gierke, es ist etwas für Sie abgegeben worden«, rief Nils durch die Tür. Sabine öffnete sie einen Spalt, lächelte den jungen Mann an und nahm ihm den Umschlag aus der Hand.

»Gut, Frau Langkafel«, sagte Melanie Gierke vom Bett aus. »Sie fahren jetzt zur nächsten Apotheke und holen mir das Zeug. Ich mache mich in der Zwischenzeit fertig.«

»Ich habe kein Auto hier.«

»Nehmen Sie meins, steht auf dem Parkplatz.«

Sabine wollte das Schmerzmittel nicht in der Apotheke in Gartow kaufen. Die Inhaberin war ein gehässiges Klatschweib. Sie würde sicher eine Story über ein »kleines Problem« der jungen Polizistin verbreiten, trotz des anderen Namens auf dem Rezept. Also fuhr sie mit dem nagelneuen Passat der Gierke ins benachbarte Gorleben, wo man das Medikament natürlich vorrätig hatte. Selbst im friedlichen Wendland, wo so viele Menschen der Naturheilkunde und Homöopathie anhingen.

Als sie zum Hotel zurückkehrte, stand Melanie Gierke bereits auf dessen Parkplatz. Sie hatte sich in den wenigen Minuten von einem bedauernswerten Wrack in eine taffe

Frau verwandelt. Das lag sicher auch daran, dass ihre trüben Augen von einer großen Sonnenbrille verdeckt wurden. Die gestylte Frisur, das gelbe Sommerkleid und die braungebrannten, perfekt rasierten Beine trugen außerdem dazu bei. Ein Angestellter des Hotels, der im Vorgarten Bäume beschnitt, starrte die Frau hemmungslos an.

Sabine ließ sie einsteigen. Zum Glück gab es keine Diskussion darüber, wer fahren sollte.

KAPITEL 21

Unter der angegebenen Adresse, einem schicken Altbau in der Lüneburger Innenstadt, war Andreas Schmidt nicht anzutreffen. Die Frau, die Sabine und Melanie Gierke öffnete, trug eine Schürze und Gummihandschuhe. Sie war offenbar die Putzfrau. Die Frau erklärte, dass Herr Schmidt im Büro sei und sie niemanden reinlassen dürfe. Sie gab den beiden Frauen eine Visitenkarte der Firma.

Der Weg dorthin führte durch die halbe Stadt und Sabine und Melanie Gierke sprachen wenig. So war es auch schon auf der eineinhalbstündigen Fahrt von Gartow nach Lüneburg gewesen. Nur einmal, ungefähr eine halbe Stunde nachdem sie eine der Pillen genommen hatte, die

Sabine besorgt hatte, sagte Melanie Gierke, ohne aufzusehen: »Es bleibt dabei: Das eben im Hotel ist nie passiert.«

Sabine hatte lediglich genickt. Dabei hätte sie so viele Fragen an die Kollegin gehabt. Ihre Gefühle schwankten zwischen Hilfsbereitschaft und Sorge um die Ermittlungen. Wenn Sabine es mit der Hilfsbereitschaft ernst nehmen würde, müsste sie die Vorgesetzten in Lüneburg über den desolaten Zustand der Ermittlerin unterrichten. Dann würden sie die Gierke abziehen und vielleicht sogar für längere Zeit krankschreiben. Ein anderer Ermittler würde den Fall übernehmen und Sabine wäre raus. Es würde sich sofort herumsprechen, dass die junge Dorfpolizistin Kollegen in die Pfanne haut, und das kam nie gut an.

Sie wollte aber in diesem Fall weiterermitteln, und darum würde ihre Hilfe darin bestehen, der Gierke so gut wie möglich zur Seite zu stehen und ihr Geheimnis zu bewahren.

Melanie Gierke betrachtete die Visitenkarte, die sie von der Haushälterin bekommen hatte, während Sabine durch den Stadtverkehr manövrierte. »Naturbelassen e. V.« war der Name der Firma oder Organisation, und Andreas Schmidt, so stand es auf der Karte, war der geschäftsführende Vorstand.

»Was ist das?«, fragte die Gierke. »Haben Sie schon mal davon gehört?«

»Nein«, sagte Sabine. »Ich habe eine kurze LKA-Datenbankabfrage über Schmidt gemacht und bislang ist der Herr nicht auffällig geworden. Seine Weste ist weiß wie Neuschnee.«

»Ist sicher irgend so ein Ökoding.«

»Ja«, sagte Sabine und bremste fast zu spät an einer roten Ampel. »Aber offenbar ein sehr patriotisches Ökoding.

Auf der Website taucht für meinen Geschmack zu oft das Wort Heimat auf in Verbindung mit Reinheit. Die wollen die Natur retten, aber mit Fokus auf die deutsche Natur, wie mir scheint.«

Die Geschäftsräume von Naturbelassen e. V. lagen weniger mondän. Eine Etage in einem mittelgroßen, schmucklosen Bürogebäude mit Waschbetonfassade in einem Gewerbegebiet war die Heimat des Vereins. In dem Gebäude residierten außerdem Speditionen und eine Taxizentrale.

Sabine und Melanie Gierke gingen in den ersten Stock und gelangten in einen großen Empfangsraum. Die Einrichtung und Dekoration hier wollte so gar nicht zu dem sonst vorherrschenden schäbigen Industrieambiente passen. Ein geschwungener Tresen aus hellem Massivholz, hellbraune und lindgrüne Stoffe als Wandbespannung, in einer mit Natursteinen und Erde befüllten Insel an der Wand wuchsen Bäume und Sträucher, an der gegenüberliegenden Wand ergoss sich ein breiter Wasserfall in einen kleinen Bach, der hinter dem Tresen verschwand. An der hellen Holzwand hinter dem Tresen prangte auf dunklem Holz das Logo von Naturbelassen e. V.: ein einfach gezeichneter Baum, vermutlich eine Eiche, an einem stilisierten Flusslauf. Es roch frisch und gesund: nach Holz, Pflanzen, Honig. Nach Natur.

Am Empfang saß eine junge Frau, der das Wort »Praktikantin« förmlich auf die Stirn geschrieben stand.

»Was kann ich für Sie tun?«, fragte sie freundlich und war bemüht, Sabines Uniform nicht mit Misstrauen zu betrachten, was ihr nicht gelang.

»Melanie Gierke und Sabine Langkafel, Kripo Lüneburg«, sagte die Gierke streng, »wir möchten mit Herrn

Andreas Schmidt sprechen.« Sabine fühlte sich etwas geschmeichelt, dass sie nun, zumindest nach außen hin, zur Kripo gehörte. War das die Belohnung für Verschwiegenheit?

»Darf ich fragen, worum es geht?«, entgegnete die Praktikantin unsicher.

»Nein. Melden Sie uns bitte an.«

Hektisch fummelte die junge Frau an einem Touchpad herum und sprach dann in ihr Headset: »Andreas, die Polizei ist hier. Sie möchten dich sprechen.« Nach kurzem Warten nickte sie den beiden Polizistinnen zaghaft zu und bedeutete ihnen, ihr zu folgen.

Die Geschäftsräume, durch die sie nun geführt wurden, waren nicht weniger beeindruckend als das Foyer. Sie gingen durch einen langen Gang. Links und rechts waren Büros, die durch Glaswände voneinander abgetrennt waren. Man konnte von jedem Ort die gesamte Etage sehen. Völlige Transparenz. Sabine gefiel das.

In jedem Büro standen zwei oder drei Schreibtische aus dem gleichen hellen Massivholz wie der Empfangstresen. Überall Pflanzen, schöne Stoffe. An den Schreibtischen saßen Männer und Frauen jeden Alters. Lässig gekleidet, konzentriert auf Bildschirme starrend, telefonierend oder entspannt plaudernd.

Ungefähr in der Mitte der Etage war eine große Freifläche mit Tischen und Sitzgruppen. Ein Tresen mit Kaffeemaschine und großen Obstkörben. In einigen Sesseln saßen Leute, tranken Kaffee, plauderten. Sie lächelten den Besuchern freundlich zu. Sabine bemerkte auch eine gewisse Verwunderung in manchen Gesichtern. Das musste mit ihrer Uniform zusammenhängen, die an diesem heißen Tag nur aus Hose und kurzärmeligem Hemd bestand. Die

Dienstmütze hatte sie im Wagen gelassen. Hatte man hier Probleme mit der Polizei?

Nachdem sie an bestimmt zwölf Zimmern vorbeigekommen waren, führte eine offenstehende Glastür in das Büro am Kopf des Gebäudes. Es war sehr groß und hatte ebenfalls eine Bauminsel wie das Foyer. Die drei Außenwände des Raumes bestanden fast nur aus Fenstern, durch die man direkt auf das Gewerbegebiet blickte. Jetzt, im Schein der Nachmittagssonne, sah das noch ganz hübsch aus. An einem grauen Herbsttag konnte der Kontrast zwischen Innenleben und Aussicht bei »Naturbelassen e. V.« sicher kaum krasser sein.

An einem Schreibtisch, Massivholz wie all die anderen, saß ein Mann, der aufstand, als die Polizistinnen eintraten. Die Praktikantin schloss die Tür hinter ihnen.

»Andreas Schmidt, guten Tag«, sagte der Mann freundlich und gab den Frauen die Hand. »Was führt die Polizei zu mir? Hat Greenpeace wieder Mist gebaut und wir müssen es ausbaden?« Er lächelte schelmisch.

Scheiße, sieht der gut aus, dachte Sabine und glaubte zu bemerken, dass dieser Umstand der Gierke trotz ihres abgestumpften Innenlebens ebenfalls nicht entgangen war.

Schmidt war 56 Jahre alt, sah aber deutlich jünger aus. Sein trainierter Oberkörper steckte in einem sicher teuren weißen Hemd, dazu trug er blaue Shorts, die bis zum Knie reichten, an den gepflegten Füßen lederne Flipflops. Das schmale, kantige Gesicht zierte ein kurzgeschnittener grauer Bart, das volle Haar war ebenfalls dunkelgrau und zu einer unordentlichen Frisur gegelt.

»Wir haben ein paar Fragen zu Elisabeth Schaub und Ihrer gemeinsamen Zeit im Wendland.«

Schmidt stutzte. Natürlich war er überrascht. Was er auch immer bei einem Besuch der Polizei erwartet hatte, es durfte ihn wundern, dass der Anlass dafür fast 40 Jahre zurücklag. Aber warum überhaupt? Der Fall des alten Hofes hatte überall für Schlagzeilen gesorgt. Er hatte auf diesem Hof gelebt. Da war es nicht abwegig, dass man auch bei ihm landete.

Schmidt ging zu einer hellgrünen Sitzgruppe und bot den Frauen Plätze an. »Elisabeth«, sagte er und schaute versonnen, »das ist lange her. Und jetzt ist sie auch schon vier Jahre tot.«

»Das stimmt«, sagte Sabine und er nickte. »Aber darum geht es nicht, Herr Schmidt, uns geht es um den Hof, auf dem Sie mit Frau Schaub gelebt haben von 1980 bis 1983, soweit wir wissen. Sie haben ja bestimmt gehört …«

»Ja, ja«, unterbrach Schmidt, er schien ungeduldig, genervt. »Ich habe gehört, dass im Wendland Leichen gefunden wurden. Aber ich wusste ja nicht, dass es sich dabei um unseren Hof handelte. Es gibt viele Höfe dort.«

»Und das hat Sie nicht neugierig gemacht?«, fragte Melanie Gierke. »Es kann doch sein, dass Sie die Leute kannten, die dort lebten.«

»Ach was«, sagte Schmidt und lachte, »das ist so lange her. Selbst wenn es derselbe Hof ist, sind es doch sicher nicht mehr dieselben Leute.«

Melanie Gierke zog ihr iPhone aus der Tasche und rief die Bilder der Opfer auf. Die konnte Schmidt noch nicht gesehen haben. Sie waren bisher nur auf der Bürgerversammlung kurz öffentlich gezeigt worden, und dort hatten Gierkes Leute dafür gesorgt, dass niemand Fotos machte.

Schmidt nahm der Gierke das Handy aus der Hand und wischte zwischen den Aufnahmen hin und her. Man konnte zuschauen, wie der gesunde Teint des Mannes einem traurigen Grau wich.

»Aarti«, sagte er und wischte weiter. »Kamini.« Er betrachtete das Bild der Toten lange. »Alt geworden, aber immer noch schön, verdammt schön.« Hatte er Tränen in den Augen?

»Und die anderen drei?«, fragte die Gierke und nahm ihr Handy zurück.

»Die kenne ich nicht. Müssen nach mir gekommen sein. Mensch, verdammt, die haben bis heute da gelebt und sind jetzt umgebracht worden? Das ist unendlich traurig.«

»Dass sie dort so lange gelebt haben oder dass sie ermordet wurden?«, fragte Sabine.

»Beides«, sagte Schmidt und rief dann erregt: »Und dieses Arschloch, dieser Om? Ist der nicht unter den Toten? Ist er entwischt? Ist er etwa der Mörder? Oder ist er vorher schon zur Hölle gefahren?«

Sabine und die Kollegin sahen sich verwundert an. Erneut ergriff Melanie Gierke das Wort. »Sie helfen uns sehr, Herr Schmidt, wenn Sie uns alles erzählen, was Sie über diese Personen und den Hof wissen. Fangen wir mit den Namen an. Wie hießen Aarti, Kamini und Om wirklich? Wo kommen sie her?«

Schmidt überlegte einen Moment. Sabine stellte sich sein Nachdenken so vor, als müsse er die alten Erinnerungsdateien von einem langsamen Server laden. »Ich weiß nicht, wie die alle wirklich hießen. Dieser Om hieß Achim, daran erinnere ich mich. Beim Nachnamen habe ich keine Ahnung. Die Frauen habe ich schon unter diesen komischen Namen kennengelernt. Om hat sie uns allen gegeben, und wir mussten feierlich geloben, dass wir unsere alten Namen vergessen und unser altes Leben auch. Wir haben in einem Ritual alles verbrannt: Personalausweise, Reisepässe, alles, was auf unser vorheriges Leben hinwies. Unsere Konten haben wir geplündert und das Geld dem Ashram gespendet. Bei mir war das nicht viel. Aber bei Elisabeth, die mich überhaupt erst in dieses Irrenhaus geschleppt hat, müssen es in der ersten Zeit viele tausend Mark gewesen sein. Bis ihre Eltern ihr den Hahn abdrehten.«

»Wo haben Sie Elisabeth kennengelernt?«, fragte Melanie Gierke.

»In der Republik Freies Wendland«, sagte Schmidt, wobei er diesem Namen einen ironisch-pathetischen Klang gab. »Ich war da mit ein paar Freunden aus der linken Szene aus Berlin gelandet. Wir wollten nicht weniger als die Weltrevolution, und dieses Anti-AKW-Ding schien uns ein guter Anfang. Wir haben in Zelten gehaust, gekifft, gesoffen und uns auf Gefechte mit der Staatsmacht vorbereitet. Mann, ich war 17, von meinen übervorsorglichen Spießereltern genervt und komplett bescheuert. Das galt für die meisten dort.«

»Und Elisabeth?«

»Elisabeth war ganz anders. Sie war ne erwachsene Frau. Schön, klug und irgendwie so … spirituell. Eigentlich fand ich diesen ganzen New-Age- und Esoterik-Kram völlig daneben, viel zu unpolitisch, aber bei Elisabeth hatte das irgendwie Stil.«

»Sind Sie in der Republik Freies Wendland auch in dem Ashram gewesen, den dieser Wohlleben dort aufgebaut hatte?«

»Nee, so weit war ich zu dem Zeitpunkt noch nicht. Da wollte ich nicht hin. Elisabeth habe ich erst in der letzten Woche vor der Räumung kennengelernt. Wir hatten ein paar tolle Tage und Nächte in meinem Zelt und dann war schon alles vorbei. Ich bin vor den Bullen und der Bundeswehr nach Berlin geflüchtet und habe sie aus den Augen verloren. Erst Monate später, im Oktober, glaube ich, stand sie plötzlich in der Tür eines besetzten Hauses in der Buttmannstraße. Einfach so. Sie hat von irgendeinem der Leute aus dem Hüttendorf einen Tipp bekommen, wo sie mich finden würde. Das war echt irre damals. Wir hatten keine Handys, kein Facebook, nichts. Aber vernetzt waren wir trotzdem, vielleicht sogar besser.«

»Und dann sind Sie mit Elisabeth ins Wendland gegangen?«

»Ja. Sie sagte, sie habe den perfekten Ort für uns gefunden, wo wir frei sein können, und ich habe keinen Moment daran gezweifelt. Bereits am nächsten Tag sind wir ins Wendland getrampt und sie hat mich auf diesen Hof gebracht.«

»Der perfekte Ort.«

»Ja. Die erste Zeit habe ich das tatsächlich geglaubt. Es war ein verdammt cooles Leben dort. Und dieser Achim, Om, der hatte was. Er hat immer ellenlange Monologe gehalten über die Welt und das Sein und so, das hat mich gepackt. Es war irgendwie entspannter, der kaputten Welt mit Gesängen und Meditation entgegenzutreten als mit kommunistischem Manifest und Molotowcocktails. Aber eigentlich war ich nur ununterbrochen bekifft und scharf auf Elisabeth, die dort Hansa genannt wurde. Das bedeutet ›Schwan‹.«

»Und wie hießen Sie?«, Sabine ging im Kopf die vielen merkwürdigen Namen durch, die sie in Kaminis Tagebuch gelesen hatte.

»Ich hieß Samit, also ›Konflikt‹. Ich musste damals nicht lange überlegen, warum Om mir diesen Namen gegeben hatte. Er hatte gemerkt, dass seine heilige Kamini ein Auge auf mich geworfen hatte. Sie war so alt wie ich, noch keine 18, und eine echte Schönheit. Ich habe ein paarmal mit ihr geschlafen und das gefiel Om nicht, obwohl er immer predigte, dass wir uns nicht gegenseitig besitzen dürfen. Es gab viel Streit zwischen Om und mir.«

»Wie äußerte sich dieser Streit?«, fragte Sabine.

»Das waren oft handfeste Prügeleien, es ging richtig zur Sache mit Blut und allem. Om meinte, es müsse so sein, das sei reinigend. Und Elisabeth, die genau wie Om in Poona gewesen war, erzählte von harten Massenschlägereien dort. Das kann man kaum glauben. Aber irgendwo musste die ganze angestaute Aggression ja hin, vom Mantrassingen und kiffen alleine ging die nicht weg.«

»Und was hat schließlich zu Ihrem Auszug geführt? Sie haben es ja drei lange Jahre in dieser Welt ausgehalten.«

»Ja, ich hatte mich daran gewöhnt und ich war unsterblich in Elisabeth verliebt. Heute würde ich sagen, ich war ihr hörig. Ich wäre nirgendwo hingegangen ohne sie. – Der Bruch kam, als dieser Privatdetektiv auftauchte.«

»Ein Privatdetektiv?«, riefen die beiden Polizistinnen gleichzeitig.

»Ja. Da stand eines Tages so ein dicker, alter Kerl auf dem Hof und fragte nach Elisabeth Schaub. Es war schlechtes Wetter und wir hatten keine Gäste. Alle Bewohner waren im Haus. Wir hatten uns angewöhnt, unsichtbar zu werden, wenn Fremde kamen, die nicht nach unserer Welt aussahen. Dicke, alte Menschen in Anzügen und mit neuen Autos gehörten dazu. Nur Om und ich waren an der Tür. Der Kerl erzählte, dass er im Auftrag von Elisabeths Familie nach ihr suche, und drohte uns mit großen Schwierigkeiten, wenn wir sie versteckt hielten. Wir haben den Kerl eiskalt abgefertigt, ihm gesagt, dass wir diese Frau nicht kennen und er sich schnell vom Acker machen solle, sonst bekomme er große Schwierigkeiten. Er drohte, mit der Polizei zurückzukehren. Währenddessen saß Elisabeth im Nebenzimmer und hat sich kaputtgelacht.«

»Und? Tauchte er noch mal mit der Polizei auf?«, fragte die Gierke.

»Nee, jedenfalls weiß ich nichts davon.«

»Und wo war der Konflikt?«, fragte Sabine.

»Der begann, als der Detektiv weg war. Om ist völlig ausgerastet. Er ist auf Elisabeth losgegangen, hat sie geschlagen, ich bin dazwischen, Ikram hat sich ebenfalls eingemischt.«

»Ikram?«, fragte Sabine. Diesen Namen kannte sie aus den Tagebüchern. Kamini hatte häufiger mit ihm geschlafen.

»Ja«, sagte Schmidt, etwas aus dem Konzept gebracht. »Keine Ahnung, wie der richtig hieß. Er ist auch nicht unter Ihren Toten.«

»Was hat Om so wütend gemacht? Was konnte Elisabeth dafür, dass ihre Eltern einen Detektiv beauftragten?«, fragte Melanie Gierke.

»Nichts konnte sie dafür. Aber darum ging es nicht. Sie war ein Problem. Mir ist erst viel später klar geworden, wie verdammt reich und wichtig Elisabeths Familie war, heute noch ist. Wir wussten, dass die mit Süßigkeiten viel Kohle machten, und Elisabeth schimpfte oft auf ihre Leute, deren giftige Produkte Kinder krank machten. Die Schaubs gehörten damals schon zu den 100 reichsten Familien in Deutschland, die waren mit Helmut Kohl per

Du. Diese Familie hatte was zu verlieren, wenn ihr Töchterchen bei einem Guru lebte. Sie würde alles tun, um sie da rauszuholen. Das wollte Om nicht riskieren. Er konnte sich auch deshalb keine Polizei auf dem Hof leisten, weil wir gerade angefangen hatten, im großen Stil Cannabis anzubauen. Om wollte Marihuana zu unserer wichtigsten Einnahmequelle machen. In anderen Ashrams verdiente man damals Geld mit Bauarbeiten und Yogakursen, später machten die Bhaggys Discos und vegetarische Restaurants auf. Wir wollten Breaking Bad an der Zonengrenze.« Er lächelte.

»Also gingen sie. Freiwillig oder unter Zwang?«, fragte Sabine.

»Schwer zu sagen aus heutiger Sicht. Ich wollte ja schon lange weg und Elisabeth hatte ich langsam auch so weit. Als es dann mal wieder zu Handgreiflichkeiten gekommen war, bei denen ich ziemlich übel verletzt wurde, sind wir abgehauen. Ohne Gepäck, mit den Sachen, die wir am Leib trugen und 20 Mark.«

Es war einen Moment still im Ökobüro des Chefs von Naturbelassen e. V. Melanie Gierke und Sabine mussten die Fülle der Informationen erst mal verarbeiten. Sabine ertappte sich dabei, die Erzählungen von Andreas Schmidt ungeheuer spannend zu finden und dabei ihren Fall fast zu vergessen. Was hatten diese Ereignisse vor knapp 40 Jahren mit den Toten von heute zu tun? Vielleicht mehr, als sie dachte. Wenn es Schmidt dort so übel ergangen war, dass er bis heute voller Hass über Wohlleben sprach, dann gab es sicher noch andere, die ähnlich empfanden, und einer von denen konnte nun späte Rache genommen haben. Aber warum an Kamini, Aarti und den anderen? Warum nicht an Om? War Om ihm entwischt?

»Warum sind Sie damals nicht zur Polizei gegangen?«, fragte Melanie Gierke. »Nach unseren Informationen sind Sie sogar von einer Streife aufgegriffen worden, als Sie über die Landstraße liefen.«

»Das ist heute noch aktenkundig?«, rief Schmidt verwundert, und die Gierke lächelte Sabine verschwörerisch an. »Das ist ja gruselig. Nein, die Polizei war für uns damals kein Partner. Völlig undenkbar, dass einer von uns einen anderen anzeigte. Wir hatten doch alle Dreck am Stecken. Drogen, Fahnenflucht, Sachbeschädigung bei irgendwelchen Demos, Hausbesetzungen. Wegen ein paar Beulen und Schrammen hätten wir nicht unsere Ideale verraten. Damals nicht und heute auch nicht.«

»Sind Sie nie wieder dort gewesen? Haben Sie sich nie dafür interessiert, was aus Om und den anderen wurde?«, fragte Sabine.

»Nein. Elisabeth und ich hatten uns sogar auf unserer Flucht geschworen, nie mehr über Om und den Ashram zu sprechen. Wir wollten das alles aus unserem Gedächtnis löschen. Aber das fiel besonders Elisabeth nicht leicht.«

»Wieso?«

»Da war Udgam, das Baby von Kamini und Om.«

»Sind Sie sicher, dass es von Om war?«, fragte Sabine.

»Ja. Nur Om durfte ohne Kondom mit Kamini schlafen. Er war davon überzeugt, dass er mit ihr seinen Nachfolger zeugen würde.«

»Und was hat das mit Elisabeth zu tun?«

»Sie war völlig vernarrt in das Baby. Natürlich wollte sie selbst eins, aber ich habe mich geweigert, da ich permanent unter Drogen stand und das für keine gute genetische Voraussetzung hielt. Also hat sie sich an den kleinen Udgam geklammert. Sie hat ihn sogar gestillt.«

»Wie das?«, fragte Sabine. »Sie hatte ja kein Baby.«

»Induzierte Laktation heißt das«, erklärte Melanie Gierke. »Habe ich von gehört. Nach einer bestimmten Behandlung können auch Nicht-Mütter Milch produzieren.«

Sabine spürte ein leichtes Brennen in der Brust.

»Nicht nur nach einer Behandlung«, ergänzte Schmidt. »Bei Elisabeth kam das damals ganz von selbst. Om hatte dafür natürlich wieder eine spirituelle Erklärung. Mit genug THC in der Birne habe auch ich alles geglaubt.«

»Und Elisabeth machte sich Sorgen um den Kleinen?«

»Ja. Sie war der Meinung, dass man den Jungen nicht in diesem Irrenhaus lassen dürfe. Aber ich beruhigte sie, indem ich sagte, dass jede durchschnittsdeutsche Spießerfamilie mit ihren Ideen von Wachstum und Gier und Macht in einem Kind mehr Schaden anrichtet als Om und alle seine Weisheiten.«

»Glauben Sie das immer noch?«, fragte die Gierke und Schmidt zuckte mit den Schultern.

»Hat sich nie jemand vom Hof bei Ihnen gemeldet?«, fragte Sabine. »Sie waren sicher nicht die Einzigen, die dort im Streit gegangen sind. Da tauscht man sich doch aus.«

Schmidt dachte nach. »Ein paarmal vielleicht. Aber das ist lange her. Ich habe es vermieden, mit dieser Zeit in Verbindung gebracht zu werden. Das wäre bei meiner heutigen Tätigkeit unvorteilhaft.«

»Was ist denn Ihre heutige Tätigkeit?«, fragte Melanie Gierke. »Was macht Naturbelassen e. V.?«

»Genau das, was der Name sagt, wir belassen die Natur so, wie sie ist.«

»Wo?«, fragte Sabine. »In Brasilien?«

»Nein.« Schmidt lachte. »Hier bei uns in unserem schönen Heimatland.«

»Ich sehe nicht mehr viel Natur, wenn ich von Gartow nach Lüneburg fahre, Herr Schmidt. Viel Grün, aber das sind Felder und Nutzwälder, Weiden. Was wollen Sie da belassen?«, fragte Sabine.

»Das ist genau der Punkt. Es geht erst mal darum, der Natur wieder eine Chance zu geben, natürlich zu sein, also sich wild zu entwickeln. Und es geht auch darum, Landwirtschaft wieder natürlicher zu machen. Vor 300 oder 400 Jahren gab es viel weniger verschiedene Früchte auf unseren Feldern. Es waren Gewächse, die hierhergehörten. Also natürlich waren. Heute haben wir durch Import, verrückte Züchtungen und Genmanipulation einen Haufen Zeug da draußen, das nicht mehr natürlich genannt werden kann. Diese Pflanzen müssen mit gefährlichen Mitteln gedüngt und geschützt werden. Das Gleiche gilt für die vielen fremden Tierarten und absurden Züchtungen.«

»Und dann wandern noch die Schlachter und Erntehelfer von weither ein«, murmelte die Gierke und lachte verhalten über ihren Witz.

»Ja«, sagte Schmidt, und man durfte befürchten, dass er mit seinem Vortrag über »naturbelassen« noch lange nicht am Ende war. »Sie finden das witzig, aber das hängt alles zusammen. Die Globalisierung, die damit verbundenen Wanderungen von Menschen, Tieren und Pflanzen schädigen die Welt massiv.« Die Gierke fummelte gelangweilt an ihrem Handy herum, während Schmidt fortfuhr. »Wir haben Studien durchgeführt, die beweisen, dass wir auf den vorhandenen Flächen unter Einsatz nachhaltiger Technologie mit den Produkten der Landwirtschaft von 1750 alle Deutschen ernähren könnten. Wir bräuchten keine Importe mehr. Hilfreich wäre es natürlich, wenn wir unseren Konsum tierischer Produkte deutlich herunterfahren würden. Zurzeit müssen wir in Deutschland 190 Millionen Nutztiere ernähren. Essen wir das, was wir an sie verfüttern, besser doch gleich selber. Oder?«

»Okay, dafür kämpfen Sie. Wie?«, sagte die Gierke.

»Auf allen Wegen, die das Gesetz zulässt. Mit Aktionen, Petitionen. Wir finanzieren Studien und Großversuche in der Landwirtschaft. Eine wachsende Schar von Aktivisten in ganz Deutschland ist ständig dabei, unsere Sache weiterzutragen und mit Leben zu füllen.«

»Und warum haben wir noch nie von Naturbelassen gehört? Es gibt den Verein doch schon viele Jahre. Ist es nicht in Ihrem Interesse, im Gespräch zu sein?«

»Darum geht es nicht. Es geht nicht um uns. Es geht um unsere Themen. Und wenn wir die durch Unterstützung anderer NGOs auf die Tagesordnung setzen können, haben alle mehr davon.«

»Wie finanzieren Sie sich denn, wenn Sie keiner kennt? Das sieht hier alles nicht billig aus, und die monatliche Überweisung der Firma Schaub ist ja Geschichte«, sagte Sabine und grinste.

Nun grinste auch Schmidt. »Wie haben Sie das denn herausgefunden? Gute Arbeit. Respekt.«

»Das war nicht so schwer«, sagte Sabine. »Isolde Schaub hat es mir erzählt.«

»Der alte Drachen. Die lebt immer noch? Sie hat mir damals 50.000 Mark gegeben, damit ich verschwinde, und zusätzlich jeden Monat 1.000 Mark, später 1.000 Euro. Ich hatte in den letzten Jahren mehrfach geschrieben, dass ich das Geld nicht mehr will, aber die Zahlungen endeten erst mit Elisabeths Tod.«

»Und dafür haben Sie Ihre große Liebe verlassen?«, fragte Sabine entsetzt und hoffte auf eine Antwort, die ihren romantischen Kompass wieder einnordete.

»Ach was! Hat die Alte Ihnen das erzählt?« Er klopfte sich auf die Schenkel. »Ich habe mich noch jahrelang mit Elisabeth getroffen. Wir haben irgendwann festgestellt, dass wir für ein Leben als Paar nicht gemacht waren. Es war der Sex, der uns zusammenhielt. Wir hatten nach meinem Rauswurf aus der noblen Familie eine gute Zeit, bis es einfach zu Ende war. Vollkommen unspektakulär. Vom Geld ihrer Mutter habe ich die Hotelzimmer bezahlt, in denen ich mich mit Elisabeth getroffen habe. Ich bin fasziniert, dass die Alte mit ihrem Spitzelsystem das nie herausgefunden hat.«

»Okay. Also nicht die Schaubs, wer finanziert dann Ihren Verein?«, ließ die Gierke nicht locker.

»Das hat ganz sicher nichts mit Ihrem Fall zu tun, aber da wir ein eingetragener Verein sind, ist es kein Geheimnis. Wir stützen uns auf zahlreiche private und institutionelle Gönner, denen eine gesunde deutsche Natur und Kultur am Herzen liegt. Unser Anliegen nach einer naturnahen Wirtschaft in mitteleuropäischer Tradition findet immer mehr Freunde.«

Melanie Gierke war an ein Fenster getreten und ließ den Blick über das Gewerbegebiet schweifen. Der Lärm rangierender LKW auf dem benachbarten Hof drang zu ihnen.

»Was Naturnähe angeht, haben Sie bei Ihrem Standort noch Luft nach oben, oder?«, sagte sie, ohne sich umzudrehen.

»Da haben Sie recht. Wir arbeiten dran.«

»Sabine«, sagte die Gierke, als sie wieder im Auto saßen und sich anschnallten, »denkst du, was ich denke?«

Sabine ignorierte verunsichert die neue Form der Anrede.

»Ich weiß nicht. Ich denke, dass Naturbelassen e. V. eine rechte Tarnorganisation ist, der die Reinheit deutschen Blutes weit mehr am Herzen liegt als die Weizensorten des 18. Jahrhunderts, Frau Gierke.«

»Melanie. Nenn mich Melanie. Und ja, das ist ein ganz suspekter Haufen. Ich werde bei den Kollegen im Innenministerium mal nachhorchen, ob die den Verein auf dem Schirm haben.«

Sabine lenkte den Passat in den anschwellenden Berufsverkehr von Lüneburg.

»Wohnst du in Lüneburg?«, fragte sie die Kollegin und hoffte, dass es beiläufig klang.

»Ja.«

»Dann kann ich dich doch nach Hause bringen und du ruhst dich ein paar Tage aus …«

»Nur weil ich dir das Du angeboten habe, sind wir nicht gleich beste Freundinnen, Sabine. Ich brauche deine Fürsorge nicht. Ich brauche deine Unterstützung in diesem Fall und deine Diskretion. Kann ich darauf zählen?«

»Ja«, sagte Sabine, und die Frauen schwiegen für eine lange Zeit. Wenige Kilometer vor Gartow, sie fuhren gerade hinter einer breiten Landmaschine her, die nicht zu überholen war, meldete sich Melanie wieder zu Wort.

»Sabine, diese gelben X, die man hier überall sieht, sind doch so was wie das Zeichen der Anti-Atomkraft-Bewegung, oder?«

Sabine nickte.

»Aber warum ein X? Was bedeutet das? Hat das was mit dieser Republik Freies Wendland zu tun?«

»Nicht direkt«, sagte Sabine, während sie endlich die Landmaschine überholte. »Das X ist jünger. Es geht auf den ersten Castortransport ins Wendland zurück. 1995. Atommüll aus Frankreich. Das Datum des Transportes wurde lange geheim gehalten, um den Widerstand auszutricksen. Darum bereitete man sich auf den Tag X vor. Es sollten alle Maßnahmen so geplant werden, dass sie kurzfristig umgesetzt werden können. Am Tag X eben.«

»Dieses Anti-Atomkraft-Ding hält euch hier alle zusammen, was? Von links bis rechts, von Kommunisten bis Christen.«

»Ja, kann schon sein.«

»Nur die Leute auf dem Wendland-Hof sind da durchs Solidaritätsraster gefallen«, sagte Melanie nachdenklich und Sabine schwieg.

KAPITEL 22

Sahas war nach dem Zwischenfall mit Om sehr vorsichtig geworden. Er ging nur noch gebückt durchs Haus, damit man ihn nicht durch die Fenster von außen sehen konnte. Wenn er sich überhaupt bewegte. Meistens saß er still auf dem Bett in seinem Zimmer und dachte nach. Manchmal schlief er ein. Als Verpflegung hatte er sich Obstgläser und Dosentomaten mit nach oben genommen, zum Trinken zwei Flaschen Apfelsaft. Er traute sich nicht mehr in die Küche und schon gar nicht an den Brunnen. Om konnte jederzeit wiederkommen und versuchen, ihn zu holen. Außerdem waren kurz nachdem Om und der Wolf im Wald verschwunden waren, Fremde im Haus gewesen und ums Haus herumgegangen. Sahas hatte sich gerade noch verstecken können, sonst hätten sie ihn entdeckt.

Nun war er in seinem Zimmer, dort fühlte er sich am sichersten. Seine Vorräte hatte er im Schrank versteckt. Wenn Om oder die Fremden kämen, könnte er unters Bett kriechen und unsichtbar werden.

Er blickte durch die matte Fensterscheibe in den Wald, der mit der untergehenden Sonne langsam schwärzer wurde. Er konnte nicht mehr hierbleiben, er musste weg. Aber wohin? Ganz allein in die Welt? Er könnte Kamini suchen und Kala und Aarti. Er würde sie nicht finden, sie waren ja … Er konnte sich nicht erinnern, wo er seine Familie das letzte Mal gesehen hatte. Es war so, als würde in dem Film der letzten Tage ein Stück fehlen, wie er es bei einer alten Videokassette von Udgam mal erlebt hatte. Damals hatte er nicht erfahren, was aus dem kleinen Kerl mit den großen Augen am Ende geworden war, den die Kinder versteckt und die Erwachsenen in ein Krankenhaus gesteckt hatten. War er gestorben? Oder hat er es zurück auf seinen Stern geschafft? Sahas hatte heftig geweint und Kamini hatte versucht, ihn zu beruhigen. Er schafft es auf seinen Stern, Sahas, hatte sie beteuert. Alles wird gut.

Aber Sahas konnte es nicht glauben, weil er es nicht gesehen hatte.

Wer würde ihm nun das Ende von diesem Film hier erzählen? Er spürte tief im Innern seiner Seele, dass er sie alle nie mehr wiedersehen würde.

Was würde passieren, wenn er sich jetzt durch den Wald in die Welt aufmachen würde? Irgendwo da draußen war noch Om, der ihn dann entdecken könnte. Und wenn nicht, was sollte er in der Welt anfangen? Wie war die Welt? Es gab Häuser und Straßen, ganz viele Autos und ganz viele Menschen. Fremde Menschen. Was würden sie tun, wenn er einfach bei ihnen auftauchen würde? Om und Kamini hatten ihm viel über die Welt erzählt, und sie war ihm als ein Ort erschienen, dem man besser fernblieb. Aber wenn sie so schrecklich war, wie konnten die anderen Menschen dort dann überleben? Es waren ja auch Kinder in der Welt, Kinder wie er und auch sehr, sehr kleine Kinder.

Vielleicht wäre es besser gewesen, mit Om zu gehen. Er war groß und stark und kannte sich aus in der Welt. Er war oft dort gewesen und jedes Mal wiedergekommen. Aber Sahas letzte Begegnungen mit Om war so furchterregend gewesen, dass er ihm nie mehr begegnen wollte. Ihn beschlich der Gedanke, dass nicht die Welt böse war, sondern Om. Konnte das sein? Om war doch das Göttliche, das Licht, wie Kamini immer sagte.

Es war nun fast dunkel. Das Haus war völlig still. Der Wald auch. Kein Vogelgezwitscher, kein Rauschen der Bäume. Die Stille hatte etwas Beruhigendes. Wenn es still war, war niemand da. Niemand außer Sahas. Er malte mit dem Finger ein lachendes Gesicht in den Schmutz auf der Scheibe.

Doch was war das? Licht? War da Licht im Wald? Kurz waren einige der Bäume beleuchtet, bevor es schlagartig wieder dunkel wurde. Und hatte er nicht ein Geräusch gehört? Om war wieder da. Mit seinem Auto. Es gab keine andere Möglichkeit. Sahas kroch unter das Bett und hielt die Luft an. Dort war es staubig, ein paar Legosteine lagen herum. Eine ganze Weile geschah nichts. Hatte er sich geirrt?

Plötzlich hörte er, wie die Haustür geöffnet wurde, es war dieses typische Klacken, gefolgt von einem leisen Quietschen. Es war jemand im Haus. Wo ging er hin? Schritte nahm Sahas keine wahr. Doch dann knarrten die Treppenstufen. Der Eindringling war auf dem Weg nach oben, zu ihm. Sahas Herz schlug so heftig, dass er sicher war, dass man es weit hören konnte. Jetzt erst kam ihm der Gedanke, dass er in der Falle steckte. Wenn Om in sein Zimmer käme, würde er sicher auch unter dem Bett nach ihm suchen, und dann wäre es zu spät zur Flucht, dann würde er ihn packen.

Er hörte Schritte auf dem Dielenboden, die sich ans andere Ende des Ganges bewegten. Das war seine Gelegenheit. Nun konnte er schnell die Treppe hinunterlaufen aus dem Haus hinaus und in den Wald. Er durfte nicht mehr nachdenken, er musste rennen.

Hastig kroch er unter dem Bett hervor und sah durch die halb offenstehende Zimmertür in den Flur. Niemand da. Aus Oms Zimmer am Ende drang ein matter Lichtschein. Der Eindringling hatte eine Taschenlampe. Jeden Moment konnte er wieder aus dem Zimmer kommen.

In seinen zu großen Hausschuhen lief Sahas über den Flur, nahm die Kurve zur Treppe, wobei er fast ausgerutscht wäre, und rannte die Treppe hinunter. Es ging nun darum, schnell zu sein, nicht leise. Es polterte ganz schön auf den Stufen.

Über sich im Flur hörte er Schritte, dann Rufe. »Hey, warte, warte!« Schon war er unten und hetzte zur Haustür, die weit geöffnet war. Mit großen Schritten lief er über den Hof, wo er aus dem Augenwinkel ein Auto stehen sah, konnte aber nicht erkennen, ob es Oms war. Er rannte in den Wald, dorthin, wo er am dunkelsten und am dichtesten war. Hinter ihm der Eindringling, der rief: »Warte, ich tue dir nichts!« Das war doch nicht Oms Stimme? Egal, er musste weg von hier, er durfte nicht riskieren, gefangen zu werden, ob nun von Om oder einem Fremden.

Er hetzte weiter, stolperte über Äste und Wurzeln, kratzte sich am Gebüsch die Arme auf, aber er war nicht zu stoppen. Das Rufen hinter ihm wurde leiser, schließlich verstummte es. Sahas ging langsam weiter durch hohen Farn und setzte sich auf einen Baumstamm, der von einem dichten Gebüsch überwuchert war. Hier würde ihn niemand so leicht entdecken.

Zunächst war sein eigener Atem nach der Anstrengung so laut, dass Sahas nichts anderes wahrnahm. Doch als er ruhiger wurde, hörte er noch ein Lebewesen atmen. Durch die Blätter des Gebüschs erspähte er ihn. Der Wolf saß keine fünf Schritte von Sahas entfernt und schaute in seine Richtung. Plötzlich riss er das Maul weit auf, sodass Sahas seine spitzen weißen Riesenzähne sehen konnte. Wollte er ihn beißen? Sein Wolf? Ganz sicher nicht. Der Wolf gähnte. Dabei rollte sich seine lange Zunge nach oben. Das sah lustig aus. Der Wolf war müde. Aber er war da. Er passte auf Sahas auf. Nun hatte Sahas keine Angst mehr. Er würde warten, bis das Auto verschwand, und dann zum Haus zurückkehren. Vielleicht hatte er am nächsten Tag, im Hellen, den Mut, in die Welt zu gehen. Der Wolf würde ihn sicher nicht dorthin begleiten.

KAPITEL 23

Sabine hatte ihre neue Freundin Melanie am Hotel abgesetzt. Die Kommissarin hatte während der Fahrt von Lüneburg nach Gartow sichtlich abgebaut. Zwei von ihren Pillen hatte sie noch genommen, soweit Sabine das mitbekommen hatte, aber die hatten ihren Verfall nicht aufgehalten. Vermutlich brauchte sie zusätzlich zu den Schmerzmitteln den Kick der Ermittlungen, die Ablenkung. Sabine vermutete, dass Melanie depressiv war. Ihr war die Erfahrung bisher erspart geblieben. Aber sie wusste, dass es jeden treffen konnte und dass es dafür nicht mal eines besonderen Anlasses bedurfte.

Sabine fuhr mit Melanies Auto zur Wache. Sie hätte auch wieder zu Fuß gehen können, aber es schien ihr vernünftig, die Kollegin aus dem Straßenverkehr zu ziehen.

Auf der Wache sprach sie kurz mit Attila und Metzger und schaute in ihre E-Mails. Sie schrieb eine Nachricht an die Assistentin von Isolde Schaub und bat um nähere Informationen zu den Ermittlungen des Privatdetektivs aus dem Jahre 1983, hatte aber wenig Hoffnung auf Antwort.

Metzger hatte auf Bitten der Forstverwaltung einen Aufruf formuliert, der im Internet und in öffentlichen Benachrichtigungskästen platziert werden sollte. Attila hatte nun die Aufgabe, das Pamphlet zu formatieren. Metzgers Word-Kenntnisse waren begrenzt.

Der Problemwolf war von der Regierung in Hannover zum Abschuss freigegeben, und der von Metzger verfasste Text warnte alle Hobbyjäger eindringlich davor, sich auf die Jagd nach ihm zu begeben. Das Erlegen des Tieres sei Aufgabe der Forstverwaltung, die dafür ein Team zusammenstellen werde. Die Jagd auf Wild war im gesamten Landkreis bis auf Weiteres verboten, wer im Wald mit einer Waffe angetroffen würde, hätte mit empfindlichen Strafen zu rechnen. Man hatte große Angst, dass eine Safari im Wendland ausbrechen könnte, der am Ende eher Menschen zum Opfer fallen würden als der gesuchte Wolf.

Sabine fuhr mit Melanies Wagen nach Hause und half ihrem Vater im Garten. Er hatte sich vor ein paar Jahren Hühner angeschafft, weshalb auch die zu versorgen waren. Später aß sie mit ihm vor der Tagesschau zu Abend. Aber sie war unruhig. Das Haus und seine Bewohner hatten von ihr Besitz ergriffen. Die Tagebücher, die Schulbücher in den Kisten, Martin Wohlleben, der nach der zweiten Klasse aus der Schule verschwand, und dann die Schilderungen von Andreas Schmidt. Was hatte sich auf diesem Hof in den letzten 40 Jahren abgespielt? Wer waren die Leute, von denen Schmidt nur ihren spirituellen Namen kannte? Hatte sie nie jemand vermisst?

»Ich gehe noch mal kurz auf die Wache«, sagte Sabine zu ihrem Vater, der vor einer langweiligen Fernsehshow langsam wegdämmerte. Papa sah solche Shows lieber als Krimis. Davon hätte er genug gehabt in seinem Leben, sagte er.

Mit Melanies Passat fuhr Sabine aus Gartow hinaus in den Wald zum Hof. Es war nun fast vollständig dunkel. An der Abzweigung zur Hofzufahrt hatte ein Polizist mit einem Motorrad Position bezogen, ein Kollege aus Lüchow. Der Mann wollte wohl auch nicht in der mückengeschwängerten Luft der Zufahrt stehen und würde nichts bemerken, wenn es etwas zu bemerken gäbe.

Weil Sabine leger in Shorts und T-Shirt gekleidet war und einen zivilen PKW fuhr, musterte der Mann sie misstrauisch, als sie aus dem Fahrzeug stieg. Doch dann erkannte er sie und lächelte freundlich. Ungeniert betrachtete er Sabines Beine. Ja, sie hatte schöne Beine, das wusste sie, aber musste der Kerl sie so anstarren?

Wie zu erwarten konnte der Beamte keine besonderen Vorkommnisse berichten. Sabine schickte den Kollegen nach Hause und fuhr mit dem Passat durch die Zufahrt. Äste peitschten auf ihr Fahrzeug, hoffentlich gab es keine schlimmen Kratzer am neuen Staatseigentum, dachte Sabine.

Sie stellte den Wagen mitten auf den Hof. Was sollte die Heimlichtuerei? Wer sollte hier schon herkommen? Jugendliche, die den Grusel suchten, Medienleute, die das letzte Geheimnis lüften wollten. Also harmlose Nervensägen. Der Anblick eines Fahrzeugs würde sie sicher abhalten. Und wer sollte sonst hier auftauchen? Bewohner des Hauses, die nicht dem grauenhaften Verbrechen von vor einer Woche zum Opfer gefallen waren? Ehemalige Bewohner wie Schmidt? Oder vielleicht das Kind, an das sie selbst schon nicht mehr glaubte und das der Wilderer Olaf Hohmann als Einziger gesehen haben wollte?

Was wollte sie selbst in dem Haus? Die restlichen Tagebücher finden? Ihre Sammlung endete mit dem Jahr 1994. Kamini war aber, wenn sich Andreas Schmidt nicht irrte, unter den Opfern. Warum sollte sie also nicht auch später noch Tagebuch geführt haben? Hatte sie diese Sammlung so gut versteckt, dass sie bei der intensiven Durchsuchung des Anwesens nicht gefunden worden war?

Langsam ging Sabine auf das Haus zu. Sie schaltete die Taschenlampe ein. Das Polizeisiegel an der Tür war unverletzt. Sie drückte die Klinke herunter und trat ein. Über den muffigen Geruch des ungepflegten Gebäudes hatte sich der viel schlimmere Gestank von altem Blut gelegt. Was würde mit diesem Gebäude passieren? Was würde der mutmaßliche Besitzer Rainer Kurze, wenn er denn mal auftauchte, mit der Bruchbude machen, um die er sich 40 Jahre nicht gekümmert hatte? Vermutlich nichts.

Sabine leuchtete in jeden Raum im Erdgeschoss, ohne zu wissen, worauf sie genau achten sollte. In der Küche hatte sie das Gefühl, dass einzelne Sachen anders standen, aber da konnte sie sich täuschen. Sie verfügte nicht über ein fotografisches Gedächtnis wie die Supercops im Fernsehen. Fotos der Spurensicherung hatte sie natürlich nicht dabei, um vergleichen zu können.

Langsam stieg sie die knarrende Treppe hinauf ins Obergeschoss. Jetzt, wo sie ein paar der Bewohner wenigstens etwas näher kannte, versuchte sie sich vorzustellen, wie das Leben hier gewesen war. Wo lebte Kamini, wo Aarti? Und wo war Oms Zimmer? Hat er die Frauen zu sich gerufen, wenn er sich mit ihnen vergnügen wollte? Kamen sie gerne oder weil es so sein musste? Manchmal zu zweit? Was war mit den anderen Männern? Mussten sie sich hinten anstellen, wenn Om eine Frau begehrte? Ihre Gedanken erschienen ihr wie in einem billigen Porno. Es kann auch ganz anders gewesen sein. Möglich, dass hier alle meistens normal miteinander umgingen und die Regeln der Sekte funktionierten, weil sich alle daran hielten.

Am Ende des Ganges betrat sie einen Raum, der der größte im Obergeschoss zu sein schien. Ein ausladendes Bett in der Mitte, ein alter Kleiderschrank, auf dem Boden dicke Wollteppiche. Die vielen Bücher, die im Regal gestanden hatten, waren von der Spurensicherung abtransportiert worden. Darunter waren viele Schriften von Bhagwan, dessen Porträt erstaunlich kunstvoll mit grauer Farbe an eine der Wände gemalt war.

Sabine wollte den Raum gerade verlassen, da hörte sie im Flur Geräusche. Schritte. Nicht besonders laut. Dann Poltern auf den Treppenstufen. Sie lief in den Gang und sah gerade noch einen Menschen im Erdgeschoss verschwinden. Einen kleinen Menschen. Ein Kind.

Sabine blieb fast das Herz stehen vor Aufregung. Sie rannte zur Treppe, rief: »Hey, warte, warte!« Sie erreichte den Flur im Parterre, wo in diesem Moment ein Schemen durch die Haustür huschte. Schnell war auch sie auf dem Hof. Im schwachen Licht des Mondes sah sie das Kind. Vermutlich ein Junge. Mittellange blonde Haare. Helles T-Shirt, helle Hose. Und schon war er im Dickicht verschwunden. Unglaublich geschickt schien er sich durch den dichten Wald zu bewegen, der hier so naturbelassen war, dass Andreas Schmidt seine helle Freude gehabt hätte.

Sabine kam nicht so schnell durchs Unterholz und schon bald hatte sie den Kleinen aus den Augen verloren. Sie blieb stehen und schnappte nach Luft. Sie hatte ihn nicht erwischt und dennoch überrollte sie eine Welle des totalen Glücks, Tränen sammelten sich in ihren Augen.

Es gab dieses Kind, es lebte, und es war gesund genug, um einer sportlichen Frau zu entwischen. Sie würde den Jungen finden, und sie würde dafür sorgen, dass es ihm gut ginge. Er war der wichtigste, vermutlich der einzige Zeuge für das, was im Haus geschehen war. Das bedeutete allerdings auch: Wenn es einen Täter gab, der nicht unter den Mordopfern war, wenn es also kein erweiterter Suizid gewesen war, dann war der Junge in Gefahr.

Sabine blickte auf ihr Handy. Kein Empfang. In Melanies Dienstwagen war ein Funkgerät, mit dem sie Hilfe holen konnte. Eine Hundertschaft, Suchhunde, das ganze Programm. Doch das hatte beim letzten Mal schon nicht funktioniert. Der Junge wollte nicht gefunden werden und war erstaunlich gut darin, sich zu verstecken.

Der Plan, den Sabine nun fasste, war riskant, aber vielversprechender als eine große Suchaktion. Sie würde den Jungen laufen lassen. Offenbar zog es ihn immer wieder zu seinem Haus. Vermutlich war es der einzige Ort, den er kannte. So hermetisch abgeriegelt, wie diese Leute hier gelebt hatten, war er vermutlich noch nie woanders gewesen. Er würde zurückkommen, da war Sabine sicher.

Sie stieg in den Passat und fuhr langsam rückwärts durch die Zufahrt. Noch ein paar Kratzer mehr auf dem dunkelblauen Lack. Sie folgte der asphaltierten Straße hinunter bis an die Landstraße. Dort stellte sie den Wagen ab und wartete mehrere Minuten. Dann ging sie langsam zum Hof zurück. Glücklicherweise hatte sie dunkle Kleidung an, nur ihre nackten Beine leuchteten vermutlich wie zwei Leitpfosten an der Landstraße.

Sie schlich geduckt durch die Zufahrt bis an deren Ende, wo sie sich ins Dunkel hockte. Die Kollegen hatten recht: Hier war Mückenparty. Innerhalb kürzester Zeit hatte sie einen Haufen Stiche auf den Beinen, aber sie würde an Ort und Stelle warten, bis der Junge nach Hause kehrte – und wenn es die ganze Nacht dauerte.

Es dauerte nicht die ganze Nacht. Eine halbe Stunde später schlich eine kleine Gestalt aus dem Wald. Der Junge hockte eine Zeitlang im Gebüsch und beobachtete den Hof. Ab und zu drehte er sich um und sah hinter sich. War da noch was? Weit hinter dem Jungen im Wald bewegte sich etwas. Etwas Helles. War das …? Und schon war es verschwunden. Sollte das etwa der Wolf gewesen sein, von dem Olaf Hohmann fantasiert hatte? Hatte der Junge tatsächlich den einsamen Wolf, auf den nun zur Jagd geblasen wurde, als Begleiter? Das war alles zu verrückt.

Nun lief der Junge gebückt zum Haus, drehte sich noch einmal um und verschwand in dessen Innern.

Kleiner, dachte Sabine, wenn tatsächlich jemand herumläuft, dem du als Zeuge schaden könntest, dann ist dieses Haus das allerschlechteste Versteck.

Eine Viertelstunde später näherte auch Sabine sich in geduckter Haltung der Haustür. Die Taschenlampe ließ sie ausgeschaltet. Sie musste nun schnell sein, der Kleine durfte ihr kein zweites Mal entwischen. Er war aus einem der oberen Zimmer gekommen, vermutlich dem Kinderzimmer. War er nun wieder dort? Es war vermutlich sein vertrautester Ort. Die Tür zu dem Zimmer stand halb offen. Sabine sah vorsichtig hinein.

Da lag er. Auf dem Bett. Zusammengerollt wie ein Embryo. Sabine setzte sich lautlos auf einen Stuhl neben dem Bett und betrachtete das Kind im spärlichen Licht, das durch das Fenster schien.

Es war schätzungsweise acht oder neun Jahre alt. Die blonden Haare waren völlig verfilzt, Blätter und Zweige hingen darin. Das hübsche, schmale Gesicht war ebenso verschmutzt wie T-Shirt und Schlafanzughose. Am linken Fuß hing ein Hausschuh mit Gummisohle, der rechte Fuß war nackt und schwarz vor Dreck.

Das Gesicht des Jungen hatte sich entspannt, der Körper zuckte leicht, er schlief ein. Was hatte dieser kleine Kerl in der vergangenen Woche alles erlebt? Und was vor allem in der ersten Nacht seiner Odyssee? Was hatte er gesehen? Seine Eltern waren vermutlich unter den Toten. Hatte er beobachtet, wie sie gestorben waren? Sicher war das Kind schwer traumatisiert, und es würde nicht leicht werden, ihm eine verwertbare Aussage zu entlocken.

Sabine hatte lange auf dem Stuhl gesessen und ihren Gedanken nachgehangen, zwischendurch war sie eingenickt. Plötzlich schreckte sie auf und sah aufs Bett. Der Junge saß an die Wand gedrückt, die Beine an die Brust gezogen und starrte sie entsetzt an. Jeden Moment konnte er einen Satz machen und wieder verschwinden. Vermutlich hatte er seine Fluchtmöglichkeiten schon abgewogen. Seine Chancen standen schlecht. In welcher Richtung er auch immer aus dem Bett springen würde, Sabine musste nur den Arm ausstrecken und hätte ihn sofort gepackt.

»Hallo, mein Freund«, sagte Sabine und bemühte sich um eine besonders sanfte und freundliche Stimme. »Ich bin Sabine. Du brauchst keine Angst vor mir zu haben, ich tue dir nichts. Ich will dir helfen.«

Keine Reaktion.

»Wie heißt du?«

Der Junge sah sie einfach nur an. Sie glaubte zu bemerken, dass seine Gesichtszüge begannen, sich zu entspannen, dass die Angst wich und Neugier zum Vorschein kam, aber da konnte sie sich täuschen. Sie musste dem Impuls widerstehen, auf den Jungen einzureden. Sie musste sich unendlich viel Zeit nehmen. Vermutlich hatte der Junge seit einer Woche mit keinem Menschen mehr gesprochen. Weitere Minuten verstrichen, zehn, fünfzehn, zwanzig. Es wurde hell draußen. 6 Uhr.

»Hast du Hunger?« Der Blick des Jungen streifte kurz den Kleiderschrank an der hinteren Wand des kleinen Zimmers.

»Ist etwas zu essen in dem Schrank? Soll ich mal nachschauen?« Der Junge blieb regungslos.

Sabine erhob sich langsam und ging zum Schrank, wobei sie sich so bewegte, dass sie jederzeit die Tür blockieren konnte. Sicher wartete der Kleine nur auf die passende Gelegenheit, um im Wald zu verschwinden.

Der Schrank war leer, auch den hatten die Kollegen gründlich ausgeräumt. Nur am Boden standen zwei Einmachgläser mit Früchten, Birnen und Kirschen, und zwei Flaschen mit einer trüben Brühe, sicher irgendein Saft.

»Möchtest du etwas davon?« Keine Reaktion.

Sabine griff sich das Glas mit den Birnen, öffnete es und reichte es dem Jungen. Der nahm es vorsichtig, stellte es vor sich aufs Bett und begann, die Birnenstücke mit den Fingern herauszufischen und sich in den Mund zu stecken, wobei ihm der Saft am Kinn hinunterlief. Während er aß, ließ der Junge Sabine, die sich wieder auf den Stuhl gesetzt hatte, nicht aus den Augen.

Nachdem er alle Birnen aufgegessen hatte, reichte der Junge Sabine das Glas und sie stellte es auf die Fensterbank.

»Möchtest du baden? So richtig schön mit sauberem, warmem Wasser?«

Zunächst zeigte er wieder keine Reaktion auf dieses, wie Sabine fand, großartige Angebot. Doch dann hüpfte er vom Bett und verließ das Zimmer. Er drehte sich kurz nach Sabine um und ging langsam den Flur hinunter. Er öffnete eine Tür und trat in das Bad. Es war ziemlich dreckig, Handtücher und Seife gab es nicht, war auch alles in der Forensischen. Unter dem schmalen Fenster war eine freistehende Badewanne mit stumpfer Oberfläche. Der Junge zog sich T-Shirt und Schlafanzughose aus und setzte sich in die leere Wanne. Ausdruckslos sah er Sabine an. Scham vor der ihm unbekannten Frau war ihm offensichtlich fremd. Sabine drehte an den Armaturen. Natürlich passierte nichts. Aber neben der Wanne befand sich ein Campinggaskocher, der an eine Gasflasche angeschlossen war und auf dem ein großer mattgrauer Topf stand.

»Gut«, sagte Sabine. »Ich gehe zur Pumpe und hole Wasser, du wartest hier.« Sie hoffte auf ein Nicken, auf irgendeine Form der Zustimmung, doch der Junge sah sie weiterhin nur an. Keine Feindseligkeit, keine Angst, aber auch kein Vertrauen.

Schnell hatte sie den Topf an der Pumpe gefüllt und noch weitere Töpfe, die sie in der Küche fand, einen Krug und eine Plastikgießkanne aus dem Garten. Nach und nach schleppte sie die Sachen nach oben. Der Junge saß währenddessen regungslos in der Wanne.

In dem großen Topf erwärmte Sabine Wasser gerade so, dass es nicht zu kalt war, und goss es vorsichtig in die Wanne. Es war nicht viel und reichte dem Kleinen nicht mal über die Beine. Sie goss etwas von dem Kälteren nach. Der Junge erschauderte kurz, blieb jedoch sitzen. Nach und nach erwärmte Sabine nun mehr Wasser und füllte die Wanne damit. Noch zwei Mal ging sie zur Pumpe, dann reichte dem Jungen das warme Badewasser bis zur Brust. Sabine war stolz auf sich und hätte jetzt eigentlich ein Lächeln erwartet, doch das Gesicht des Jungen blieb ausdruckslos.

In Melanies Wagen fand sie eine Wolldecke, in die sich der Junge einwickelte, nachdem er gebadet hatte. Kleidung hatte sie keine für ihn, er würde erst mal in der Decke bleiben müssen. Er saß nun wieder auf dem Bett und sah Sabine an.

Der nächste Schritt wäre nun, ihn aus dem Haus zu schaffen, auf die Wache, und dann zu versuchen, ihn zum Reden zu bringen. Am besten mit einer Polizeipsychologin.

»Hey, mein Junge, wir fahren jetzt in meinem Auto hier weg, und ich bringe dich an einen Ort, wo man sich um dich kümmert. Du bekommst neue Anziehsachen und leckeres Essen und ein sauberes Bett. Wie wäre das?«

Schlagartig veränderte sich sein Gesicht: Die Augen weiteten sich, die Lippen wurden schmal, der dünne, kleine Körper verkrampfte sich. Er hatte offensichtlich panische Angst. Für Sabine bedeutete das: Er verstand alles, was sie sagte. Und: Sie würde ihn nur mit Gewalt aus diesem Haus herausbekommen, und das könnte Folgen haben, die sie weder dem Jungen noch ihren Ermittlungen wünschte.

Es gab nur eine Möglichkeit: Er musste so lange hierbleiben, bis er genug Vertrauen zu Sabine gefasst hatte, um freiwillig mitzugehen. Aber sie konnte doch nicht tagelang hier ausharren.

Sabine wollte Attila anrufen, um ihn anzuweisen, sie als Wache auf dem Hof abzulösen. Doch es gab keinen Handyempfang. Jetzt erinnerte sie sich, dass auch die Wilderer angegeben hatten, dass sie vom Hof aus nicht telefonieren konnten. Sie musste also zunächst zum Auto.

Dem Jungen erklärte sie, dass er nun einen Moment alleine bleiben müsse, dass jedoch ein Auto kommen würde und jemand auf ihn aufpassen werde. Der werde das Haus nicht betreten, sondern ihn in Ruhe lassen. Der Junge schien diese komplizierte Ansage zu verstehen und entspannte sich sichtlich.

Sie lief zu Melanies Wagen und rief Attila an, der eine Viertelstunde später eintraf. Sabine gab dem jungen Polizisten ein paar knappe Anweisungen. Er sollte sich mit Metzgers Mercedes direkt auf den Hof stellen und aufpassen, ob sich jemand dem Anwesen näherte. Er sollte auf keinen Fall ins Haus gehen, das sei versiegelt. Sie verzichtete darauf, den Anwärter darauf hinzuweisen, dass es passieren konnte, dass ein Kind aus dem Haus flüchtete. Das hätte nur seine Neugierde geweckt. Attila würde das Geheimnis kaum für sich behalten können.

Ihr Handy zeigte zahlreiche Anrufe in Abwesenheit. Von Melanie, von Metzger, von Papa. Da verschwand sie mal für eine Nacht und schon drehten alle durch. Sie sparte sich das Abhören der Mailbox und fuhr gleich zur Wache.

KAPITEL 24

Sabine war hundemüde und eigentlich hätte sie erst mal nach Hause fahren, duschen und ein paar Stunden schlafen müssen. Aber die vielen Anrufe auf ihrem Handy ließen vermuten, dass irgendetwas dringend war. Warum sonst würden Melanie und ausgerechnet Metzger so früh am Morgen schon so einen Stress machen?

Vor der Wache standen kreuz und quer mehrere Fahrzeuge von Melanies Team, Metzger rannte dazwischen aufgeregt herum und schien Anweisungen zu geben, die niemand befolgte. Ein Leichenwagen hielt an, Metzger beugte sich zum Fahrer, erklärte ihm offenbar einen Weg, und der schwarze Wagen fuhr weiter.

»Da bist du ja endlich«, rief Metzger, als sie den Passat mitten auf der Straße anhielt, zum ordnungsgemäßen Parken war kein Platz mehr. »Wo warst du?«

»Auf Wachtposten«, sagte Sabine ohne weitere Erklärungen und ging auf Metzger zu. »Was ist hier los? Sommerfest der Polizei?«

»Ja, so ungefähr. Wir haben eine Leiche. Am See. Die Gierke ist schon da. Sie wird sich freuen, wenn sie ihr Auto wiederbekommt.«

Metzger beschrieb Sabine, wo sie hinmusste, und sie fuhr gleich los. An der östlichen Seite des Sees, in der Nähe des Ortsteiles Quarnstedt, war an einem kleinen Sandstrand eine Leiche angespült worden. Auf der angrenzenden Wiese, die weiträumig abgesperrt war, standen einige Autos, der Leichenwagen rollte gerade langsam auf den

Sandstrand zu. Dort war ein quadratisches Zelt aufgebaut, unter dem die Leiche liegen dürfte.

»Wo warst du?«, war auch Melanies erste Frage, als sie Sabine erblickte. »Ich habe tausend Mal versucht, dich anzurufen.«

»Ja, sorry, Funkloch.«

»Und mein Auto hatte ich dir auch nicht überlassen, soweit ich mich erinnere.« Melanie sah gut aus. Leicht geschminkt, in Jeans und T-Shirt, klare Augen. Vermutlich hatte sie genau die richtige Dosis intus.

»Ja, sorry, was ist hier los? Wer ist tot?«

»Rainer Kurze«, sagte Melanie knapp.

»Das wisst ihr schon? Ging ja schnell«, sagte Sabine.

»Er hatte seinen Personalausweis in der Tasche.«

»Badeunfall?«

Die Frauen traten unter das Zelt.

»Unwahrscheinlich. Sieh selbst«, sagte die Gierke und trat zur Seite, damit Sabine den unverstellten Blick auf den Toten hatte. Im Sand lag ein dicklicher Mann zwischen 60 und 70. Sein hellgrauer Anzug und das weiße Hemd klebten nass am Körper. An den Füßen trug er hellbraune Slipper. Was zum Tod des Besitzers des mysteriösen Wendland-Hofes geführt hatte, war unübersehbar: In der hohen Stirn des Mannes prangte ein Einschussloch.

Sabine suchte auf ihrem Handy das Foto, das ihr Kunzes Ex-Frau aus Marbella geschickt hatte, und verglich es mit dem blassen Gesicht vor sich. Ja, das war Kurze, kein Zweifel. Seitdem das Foto gemacht worden war, hatte er etwas zugenommen.

Melanie und Sabine verließen das Zelt und gingen zu einer jungen Frau, die trotz der Wärme des Sommermorgens zitterte. Sie stand mit einer Polizistin zusammen, die den Arm um ihre Schulter gelegt hatte. Zu ihren Füßen lag ein Golden Retriever im Gras. Sabine war froh, dass es noch so früh war. In ein paar Stunden würden sich hier die ersten Badegäste einfinden.

»Das ist Kathrin Gessulat«, stellte Melanie die Frau vor, die Laufkleidung trug. »Sie hat den Toten gefunden.« Und an die junge Frau gewandt: »Können Sie mir jetzt ein paar Fragen beantworten?« Frau Gessulat nickte.

Was sie zu erzählen hatte, war für sie selbst ein Trauma, für die Polizistinnen unspektakulär. Jeden Morgen um halb sechs joggte sie am See entlang, bevor sie den Dienst in einem Altenheim antrat. Ihren Hund hatte sie immer dabei, allein zur Sicherheit. Der Retriever war plötzlich wie verrückt an den Strand gerannt und hatte gebellt. Der Körper hatte halb im Wasser gelegen, mit dem Gesicht nach unten. Frau Gessulat hatte gleich mit dem Handy den Notruf gewählt und etwas abseits, wo sie die Leiche nicht sehen musste, auf die Polizei gewartet.

Die Polizistin ging mit der jungen Frau weg, um sie nach Hause zu fahren.

»Außer dem Perso habt ihr nichts gefunden?«, fragte Sabine. »Kein Handy, kein Flugticket, kein Hotelschlüssel? Irgendetwas, das uns verrät, wann er wo war?«

Melanie schüttelte nur den Kopf.

Sie fuhren in Melanies Wagen zur Wache. Melanie am Steuer. »Okay«, sagte die Kommissarin, »fassen wir zusammen: Wir haben einen Hof mit Geistern, die dort seit 40 Jahren hausen, während sein Besitzer in Marbella den Wohlstand genießt und sich nie in seinem Elternhaus blicken lässt. Und plötzlich sind alle Bewohner tot und schließlich auch der Besitzer.«

»Ja, das passt zusammen. Aber wie?«

»Vielleicht so«, sie waren an der Wache angekommen, stiegen aber nicht aus. »Aus irgendeinem Grund besinnt sich Kurze des elterlichen Anwesens und will es für sich haben. Er fährt hin und fordert die Bewohner auf, zu verschwinden. Die wollen nicht und erschießen ihn.«

»Ja«, Sabine grinste, »danach werfen sie ihn in den See, fahren nach Hause und erschießen sich gegenseitig.«

Darüber musste auch Melanie grinsen.

»Wir haben doch«, fuhr Sabine fort, »auf dem Hof sieben Projektile gefunden – fünf davon in den Toten. Die Tatwaffe hat aber acht Schuss. Ich möchte wetten, dass die achte Kugel in Kurzes Schädel steckt.«

»Die Wette gehe ich nicht ein, das ist zu offensichtlich. Bleibt jedoch die Frage: Wenn einer der Hofbewohner Kurze erschossen hat, anschließend seine eigenen Leute und zum Schluss sich selbst, wie ist dann die Leiche in den See gekommen?«

»Und warum hätten sie die Leiche dort versenken sollen? Wenn Kurzes Mörder im Anschluss an die Tat sowieso den Freitod wählt, wieso macht er sich überhaupt die Mühe, die Leiche verschwinden zu lassen?«

»Vielleicht war es so«, setzte Sabine die Spekulationen fort. »Einer der Hofbewohner hat Kurze am See erschossen, ist dann nach Hause gefahren und hat dort weitergemordet.«

»Nach allem, was wir wissen, haben die den Hof doch nie verlassen. Nee, Sabine, ich glaube, wir haben einen Tatbeteiligten, der noch nicht bei uns in der Rechtsmedizin liegt.«

»Scheiße«, flüsterte Sabine.

»Ja, Scheiße. – Und was hast du heute Nacht so erlebt, Sabine? Siehst müde aus.«

»Mmmh. Es ist kompliziert. Ich erzähle es dir vielleicht später.«

»Bin gespannt.«

Natürlich hätte Sabine Melanie von dem Kind erzählen müssen, aber was würde dann geschehen? Der Kleine bekäme die ganze Wucht des Polizeiapparates zu spüren. Sie würden ihn mitnehmen und verhören, er würde weiter schweigen und schließlich in einem Heim landen. Nein, Sabine wollte den Jungen, der angefangen hatte, Vertrauen zu ihr aufzubauen, beschützen.

Als sie aus dem Wagen stiegen, liefen sie einem Reporter der Lüneburger Landeszeitung in die Arme, den Sabine vom Sehen kannte. Er hielt sich nicht mit Vorreden auf.

»Trifft es zu, dass es sich bei dem Toten aus dem See um Rainer Kurze, den Besitzer des Totenhofes, handelt?«, rief er laut genug, dass man es bis in die benachbarten Häuser hören konnte.

»Wie kommen Sie darauf?«, zischte Melanie genervt und versuchte, sich an dem Kerl vorbeizudrängen, doch der versperrte ihr den Weg. »Und wer sind Sie überhaupt?«

»Mathias Matschke vom Heide-Kurier. Also ist es Kurze? Ich habe da am See so was aufgeschnappt.«

Melanie warf Sabine einen vorwurfsvollen Blick zu. »Sind es eure Leute oder meine, die die Klappe nicht halten können?«

»Also unsere Leute«, sagte Sabine und grinste, »sind zurzeit gar nicht am Tatort.«

Keine halbe Stunde später war die Meldung auf der Internetseite der Lokalzeitung, kurz darauf hatten auch Bild und Spiegel Online die frischeste Leiche aus dem Wendland im Netz. Vielleicht ist so viel Öffentlichkeit ja sogar für etwas gut, dachte Sabine.

Im ganzen Trubel um die Leiche war untergegangen, dass sich ein Zeuge auf der Wache gemeldet hatte, der nach Beachtung verlangte. Attila hatte lediglich notiert, dass der Inhaber des örtlichen Bioladens im Jahre 2007 mal auf dem Hof gewesen war und etwas darüber erzählen könne. Der Mann hieß Christian Menzel.

Sein Laden war nur ein Stück die Dorfstraße hinunter, Sabine fuhr mit dem Rad hin. Menzels Laden war klein und vollgestellt mit allem, was es an Auswahl im Biosortiment gab. Es roch nach frischem Brot, Bienenwachs und Käse. Sabine kannte den Inhaber flüchtig, sie kaufte nicht oft beim Bio-Menzel ein. Es war ihr dort zu teuer. Doch die vielen Städter, die sich im Laufe der Jahre auf der Suche nach alternativem Landleben im Wendland angesiedelt hatten, schätzten Biokost und konnten sie sich leisten.

Menzel war alleine im Laden und bediente gerade eine Kundin. Sabine studierte das große Mitteilungsbrett neben dem Eingang. Das ganze Angebot der Gegend, von Yoga über alle möglichen Physio-, Psycho- und Atemtherapien bis hin zu Kunstkursen und Hundeschulen, war hier ausgebreitet. Ein Plakat warb für einen Gottesdienst am Ort des ehemaligen Hüttendorfes, der dort seit fast 40 Jahren jeden Sonntag stattfand. Sabine mochte die Öko-Schrulligkeit der Region, die sich hier offenbarte.

»Ah, die Polizei ist da«, sagte Menzel, als die Kundin den Laden verlassen hatte. Er war Ende 40, schlank und trug eine randlose Brille.

»Guten Tag. Sie wollten von einem Besuch auf dem Wendland-Hof erzählen?«, sagte Sabine und gab dem Mann die Hand. »Hatten die bei Ihnen eine wöchentliche Gemüsekiste bestellt? Das würde mich wundern.«

Menzel lachte. Er kam hinter seinem Tresen hervor. Nun sah Sabine, dass er hinkte.

»Nein, das waren ganz andere Zeiten. 2007 hatte ich diesen Laden noch nicht. Da war ich als Waldarbeiter tätig. Ich war Vorarbeiter bei der Forstverwaltung. Und als solcher war ich im Januar 2007 auf dem Hof.«

»Und warum erinnern Sie sich so gut daran? Es ist lange her.«

»Sagt Ihnen der Name Kyrill etwas?«

»War das nicht ein Sturm?«

»Genau. Allerdings nicht irgendein Sturm, sondern der stärkste, den Deutschland seit Beginn der Wetteraufzeichnungen erlebt hat. Er hat unsere Region nicht so schlimm getroffenen wie den Bayerischen Wald oder den Thüringer Wald, aber auch bei uns hat er damals eine Menge Holz flachgelegt.«

»Ich erinnere mich. Könnten wir auf den Punkt kommen?«

»Ja, klar. Also wir hatten den Job, die Schäden zu begutachten. Ich bin mit einem Team durch die Wälder gestreift, wir haben Fotos gemacht, was man halt so tut. Und dabei sind wir in der Nähe des Wendland-Hofs gelandet. Ich weiß erst durch die Berichte in den Medien, dass der so heißt.«

»Gehört der Wald dort der Gemeinde?«

»Nein. Der ist privat. Ein großes Stück gehört wohl zu diesem Hof. Aber Waldschäden dokumentierten wir überall. Es geht ja auch um versperrte Wege und solche Sachen. An der Stelle werden seit vielen Jahren große Flächen nicht bewirtschaftet. Man lässt sie aus ökologischen Gründen bewusst verwildern.«

Naturbelassen, dachte Sabine. »Okay, und weiter?«

»Na, plötzlich stand ich da mitten auf diesem Hof. Meine beiden Kollegen waren in einem anderen Waldstück unterwegs. Ich dachte, ich frag die Leute mal, wie sie den Sturm erlebt haben, ob es Schäden gibt. Ich hab ein Auto im Schuppen gesehen, deshalb ging ich davon aus, dass jemand da war.«

»Was für ein Auto?«

»Hmm. Alt. Französisch glaube ich, rot oder orange. Also, ich hab dann an die Tür geklopft. Von da an wurde es merkwürdig. Aus dem vorher so stillen Haus kamen Geräusche. Stimmen, Türenschlagen, Schritte, als ob mehrere Leute durcheinanderliefen. Von einer Sekunde auf die andere war es wieder still, und kurz darauf öffnete ein Mann die Haustür.«

»Wie sah er aus?«

»Ende 40 vielleicht, dunkelblonde Haare, Bart. Er war verdammt dick angezogen. Es war sehr kalt an diesem Tag. Ich glaube, die hatten keine Heizung.«

»Und Sie sind nur diesem Mann begegnet? Sie sagten ja, dass Sie mehrere Leute gehört hatten.«

»Ja, es hat jedoch nur dieser Mann mit mir gesprochen. Er stand auch so in der Tür, dass ich nicht ins Haus sehen konnte. Aber das Merkwürdigste bemerkte ich erst auf den zweiten Blick. Er hatte eine Waffe unter dem Arm. Eine alte doppelläufige Schrotflinte.«

»Hat er Sie bedroht?«

»Nein. Wenn er die Waffe auf mich gerichtet hätte, hätte ich ihn angezeigt. Aber es war schon komisch. Wer öffnet in unserer friedlichen Gegend Fremden mit einer Waffe in der Hand die Tür?«

»Und wie ging es weiter?«

»Ich habe mich vorgestellt und nach Sturmschäden gefragt. Er hat mich sehr schroff abgefertigt. Sein Wald ginge mich gar nichts an, ich solle abhauen und mich dort bloß nicht mehr blicken lassen. Da habe ich mich nicht lange bitten lassen.«

»Sahen Sie keinen Grund, das zu melden?«

»Ach was. Es ist ja nichts passiert, und wir hatten genug Wichtigeres zu tun in den kommenden Wochen. Ich habe den Vorfall dann auch vergessen. Jetzt, als dieser Hof überall auftauchte, ist er mir wieder eingefallen.«

Sabine nahm ihr Handy und zeigte Menzel das Foto von der Leiche aus dem Flur. Menzel betrachtete das Bild genau.

»Tatsächlich hat er Ähnlichkeit mit dem Mann – die Augen, die Nase. Der Kerl sah ziemlich gut aus. Aber wenn das einer der Toten ist, dann ist der doch viel zu jung. Der Mann von damals müsste heute ja viel älter sein.«

Sabine nickte und steckte das Handy ein. »Danke, Herr Menzel, das war ein wichtiger Hinweis«, sagte Sabine mehr aus Höflichkeit, denn aus Überzeugung. Was brachte ihr ein weiterer Beweis der Verschrobenheit der Hofbewohner? »Warum arbeiten Sie heute nicht mehr im Wald?«

Menzel klopfte gegen sein rechtes Hosenbein. Es gab ein dumpfes Geräusch. »Vor knapp zehn Jahren hat der Wald mir mein rechtes Bein geklaut«, er lächelte. »Arbeitsunfall. Seitdem habe ich den Laden hier. Ist auch erfüllend.«

KAPITEL 25

Melanie steckte bis über beide Ohren in den Mordermittlungen im Fall Kurze. Trotzdem hatte sie es geschafft, Sabine die Telefonnummer von Lisa Leber zu besorgen. Sabine wollte sie am Mittag anrufen, wenn man an der Ostküste der USA gerade frühstückte.

Vorher hatte Sabine Besorgungen zu machen, für die sie Gartow verlassen musste. Nachdem sie zu Hause geduscht und sich umgezogen hatte – keine Uniform –, fuhr sie mit dem Streifenwagen nach Uelzen. In einem großen Verbrauchermarkt vor den Toren der Stadt fand sie alles, was sie benötigte: einen Jogginganzug Größe 128, drei T-Shirts, Unterwäsche, Socken, Sneakers, Shampoo, Duschgel, Zahnbürste und Zahnpasta. Außerdem eine Bettdecke, ein Kopfkissen und eine große Taschenlampe mit Batterien. An der Kasse griff sie noch wahllos ein paar Magazine, von denen sie vermutete, dass sie Jungen in diesem Alter interessierten. Hätte sie in Gartow diese Kinderklamotten gekauft, wären bestimmt Fragen gekommen. Es kannten sie einfach zu viele Leute.

An der Kasse zahlte sie fast 200 Euro, die ihr sicher nie jemand zurückzahlen würde, aber das war jetzt egal. Sie musste ihren kleinen Wolfsjungen so gut wie möglich versorgen, bis sie ihn in die normale Welt bringen konnte.

An einem Imbiss kaufte Sabine ein halbes Hähnchen, Pommes und mehrere Flaschen Wasser und Limonade. Weitere Lebensmittel würde sie später besorgen.

Nachdem sie Attila, der brav auf seinem Posten verharrt hatte, nach Hause geschickt hatte, ging sie beladen mit ihren Sachen ins Haus. Wenn der Junge nun noch da war und nicht, von Attila unbemerkt, hinten durch die Küche verschwunden war, dann durfte sie das als ersten Erfolg für ihre vertrauensbildenden Maßnahmen verbuchen.

Der Junge war noch da. In die Decke gehüllt lag er auf dem Bett und starrte an die Wand. Als sie den Raum betrat, blickte er sie mit seinem kindlichen Gesicht an. Kein Lächeln, keine Regung.

Sie forderte ihn auf, ihr in die Küche zu folgen. Dort gab sie das Hähnchen und die Pommes frites auf einen Teller und legte eine Gabel dazu. Lange sah er das Essen an.

»Kann es sein, dass du so was noch nie gegessen hast?« Sie nahm eine Fritte und steckte sie sich in den Mund. Übertrieben genüsslich kaute sie. »Das mögen alle Kinder. Glaube ich jedenfalls.«

Nun nahm der Junge ebenfalls eine. Es schien ihm zu schmecken. Immer schneller schob er sich Pommes frites in die Backen. Er hob den Hähnchenschenkel an, schnupperte daran, wusste wohl aber nicht so richtig, was er damit anfangen sollte. Sabine löste mit der Gabel behutsam das Fleisch von den Knochen und schob es ihm rüber. Jetzt aß er auch das.

Nach dem Essen machte Sabine dem Jungen erneut ein Bad. Diesmal mit Seife und Shampoo. Er ließ es ohne sichtbare Regung über sich ergehen. Sabine hatte sich noch nie in ihrem Leben um ein Kind kümmern müssen. Sie hatte keine Geschwister, war nie Babysitter gewesen. Sie wusste, dass sie mal selber Kinder haben würde, aber sie hatte keine Vorstellung davon, wann und vor allem mit wem. Nun gab es also ein Kind, das sie brauchte, und es war sicher das merkwürdigste Kind im ganzen Wendland.

Frisch gebadet und in sauberer Wäsche schlief der Junge sofort ein, als er wieder in seinem Bett lag. Sabine wollte nun Lisa Leder anrufen. Dafür musste sie ein Stück vom Hof wegfahren, aus dem Funkloch hinaus. Sie hoffte, dass der Junge so lange schlafen würde. Die Zufahrt zum Hof behielt sie im Blick. Wer mit dem Auto käme, müsste an ihr vorbei.

Es dauerte einen Moment, bis Lisa Leber, die offensichtlich von Sabines Anruf geweckt worden war, die deutsche Sprache wiedergefunden hatte und realisierte, dass sie die Polizei aus der alten Heimat am Apparat hatte. Nachdem Sabine ihr erklärt hatte, dass sie ihren Namen und ihre Adresse von ihrer Patentante Käthe Lensing erhalten hatte, taute die Frau auf.

»Käthe, wie geht es ihr? Warum kommt sie mich nicht besuchen?«

»Es geht ihr gut«, sagte Sabine knapp.

»Was kann ich für Sie tun?«, fragte Lisa Leber.

Sabine schilderte der Frau den Fall. Sie ließ den toten Kurze ebenso aus wie Details über die Mordopfer.

»Und wer sind die Toten im Haus?«, fragte die Frau sichtlich schockiert. »Das ist doch alles ewig her. Lebt da überhaupt noch jemand von früher?«

»Wir müssen davon ausgehen, dass es sich um Bewohner der ersten Stunde und deren Nachkommen handelt. Vielleicht können Sie uns helfen, mehr über diese Menschen zu erfahren?«

Lisa Leber schwieg eine Weile. Schließlich sprach sie wieder. Leise, konzentriert. »Wissen Sie, es liegt alles so lange zurück, und ich bin froh, dass ich es hinter mir gelassen habe. Ich habe hier ein gutes Leben.«

»Das verstehe ich. Erzählen Sie mir doch nur kurz, wie das Leben in dieser Gemeinschaft war. Wichtig ist mir, wem Sie begegnet sind, wer dort mit Ihnen lebte.«

Zaghaft erzählte die Frau von einer Vergangenheit, mit der sie eigentlich abgeschlossen hatte. Als junges Mädchen von 21 Jahren war sie 1991 auf den Hof gezogen, weil sie fasziniert war von allem Spirituellen. Nach dem Abitur war sie gereist, hatte als Au-pair in den USA gearbeitet und war mit New Age und fernöstlichen Lehren in Berührung gekommen. Zurück in Gartow, wo ihre Mutter lebte, erfuhr sie von dem Ashram im Wald.

»Man tuschelte sich nur davon zu unter jungen Leuten. Unsere Eltern durften nichts davon wissen. Die sollten den Ort einfach vergessen, und das ist ja mit den Jahren tatsächlich geschehen, wie es scheint.«

Lisa Leber sprach fast schwärmerisch von Om, der ein starker spiritueller Führer sei und der jeden von ihnen geliebt und inspiriert habe.

»Warum sind Sie weggegangen?«

»Das Leben im Ashram veränderte sich zusehends. Wir schotteten uns immer mehr ab, weil wir Angst hatten, dass uns die Welt unserer Eltern diesen Ort kaputt machen könnte. Wir wollten niemanden sehen. Das fand ich irgendwie schön und nachvollziehbar. Doch es machte mir auch Angst. Die Kinder gingen nicht zur Schule, wir brachten ihnen bei, was wir wussten. Aber sie brauchten ja auch andere Kinder.«

»Wessen Kinder waren das? Wie alt waren sie?«

»Es waren die Kinder von Om. Eines hatte er mit Kamini, ein Junge, er hieß«, sie dachte kurz nach, »Udgam. Das Mädchen war Kalas Tochter, sie hieß Garima.«

»Erinnern Sie sich, wie alt die Kinder waren?«

»Als ich 1991 ankam, müssen sie so neun oder zehn gewesen sein. Genau weiß ich das nicht mehr. Der Junge war etwas älter als das Mädchen.«

Sabine überschlug im Kopf die Jahreszahlen und das Alter der Opfer. Folglich mussten diese beiden Kinder heute Ende 30, Anfang 40 sein, was zu den beiden jüngeren Opfern passte. Und der Stammbaum, den Melanie Gierke auf Basis der genetischen Untersuchungen in der Turnhalle am Flipchart entworfen hatte, bestätigte dieses Bild.

»Sie haben dann ja selbst ein Kind auf dem Hof bekommen. Darf ich Fragen, wer der Vater war? Om?«

»Nein.« Sie lachte verlegen. »Om hat selten mit mir geschlafen, er spürte wohl, dass ich es nicht wollte.«

»Sie mochten ihn nicht?«

»Ich mochte ihn viel zu sehr. Ich liebte ihn. Aber nicht als Mann, sondern als Guru, als Gottheit.« Sie lachte wieder. »Wenn ich das heute so sage, denke ich, dass ich damals ziemlich irre war. Om spürte meine Ablehnung, es nervte ihn. Und er wollte kein Kind mit mir. Er dachte wohl, dass ich nicht so tolle Gene hätte wie Kamini. Er hat die wenigen Male, die wir zusammen waren, ein Kondom benutzt. Mein Sohn, Krishan, ist von einem buddhistischen Mönch, einem Russen, der eine Zeitlang bei uns gelebt hat. Ich weiß nicht, was aus ihm geworden ist.«

»Und Krishan wurde von der Gemeinschaft großgezogen?«

»Ja, natürlich. Wir waren alle seine Eltern. Om hatte allerdings seine Schwierigkeiten mit meinem Sohn. Es passte ihm wohl nicht, dass ein Kind im Ashram war, das nicht seine göttlichen Gene hatte. Er hat uns zunehmend gemieden. Er hatte ja auch …« Sie brach mitten im Satz ab.

»Was hatte er auch?«

»Ach, nichts.«

»Sie sagten, das Leben auf dem Hof hat sich immer mehr verändert. Wie?«

»Weniger Spiritualität, mehr Sex und Drogen«, sagte die Frau spontan. Sie war nun offenbar wach und erzählte lebhaft. »Wir bauten Hanf an, und Om verkaufte das Marihuana. Er brachte Koks mit, Alkohol. Wir hatten im Keller einen Schutzraum, in dem Om uns einsperrte, wenn Fremde auftauchten. Er hatte panische Angst vor Eindringlingen und vor der Welt. Das gab er an seine Kinder weiter. Ich selbst habe ebenfalls Angst vor der Welt da draußen entwickelt. Bis Krishan sehr krank wurde, da war er zwei Jahre alt. Lungenentzündung. Om wollte das Fieber mit irgendwelchen Kräutern bekämpfen, aber ich machte mir zu große Sorgen. Ich habe mich mit Krishan fortgeschlichen und bin zu einem Arzt gegangen. Der konnte meinen Sohn retten. Meine Mutter gab mir dann das Geld, um in die USA zu fliegen.«

»Wie geht es Ihrem Sohn heute?«

»Gut, bestens. Er hat gerade die Highschool abgeschlossen und kommt bald aufs College.«

»Warum sind Sie damals ausgerechnet in die USA ausgewandert?«

»Ich hatte Angst, dass Om versuchen würde, mich zurückzubringen. Heute glaube ich, dass er das nicht getan hätte. Ich hatte während meiner Au-pair-Zeit in den USA einen Mann kennengelernt, einen Freund meiner Gasteltern. Er ist 20 Jahre älter als ich und darum wollte ich mich nicht auf eine Beziehung einlassen. Wir blieben in Kontakt, und als ich ihn zehn Jahre nach unserer ersten Begegnung in meiner Verzweiflung anrief, sagte er, ich solle kommen, er würde mich heiraten.«

»Das ist eine schöne Geschichte. Ein Happy End für Sie«, sagte Sabine und ärgerte sich nicht mal über diese unprofessionelle Äußerung. »Aber wieso haben Sie nie jemandem von dem merkwürdigen Leben in dem Haus erzählt? Es ist strafbar, Kinder von der Schule fernzuhalten.«

»Ich habe kein Recht, anderen vorzuschreiben, wie sie zu leben haben. Om hat mir nichts getan. Ich war freiwillig bei ihm.«

»Sie haben 2002 den Hof verlassen. Wer wohnte damals dort?«

»Ich muss nachdenken. Nicht mehr viele Leute. Om, Kamini, Aarti, Kala und die beiden Kinder Udgam und Garima.«

»Und es kamen keine neuen Leute mehr dazu?«

»Nein. Irgendwann hat Om sogar jeden Besuch verboten. Wie es nach meinem Weggang weiterging, weiß ich nicht. Kann sein, dass sie für mich einen Ersatz ins Haus genommen haben. Neue Leute bringen ja auch neues Geld.«

»Haben Sie selbst Geld in die Gemeinschaft gesteckt?«

»Natürlich, aber fragen Sie mich nicht, wie viel. Das habe ich Gott sei Dank vergessen. – Moment, da fällt mir etwas ein. Ich selbst war ja ein Ersatz für eine Frau, die im Jahr zuvor, also 1990, gestorben ist. Darüber durfte man eigentlich nicht sprechen, aber eines der Kinder hat es mir erzählt.«

»Aha, woran ist die Frau gestorben?«

»Das weiß ich nicht.«

1990, dachte Sabine. Dieses Jahr musste sie sich in den Tagebüchern noch mal sehr genau ansehen.

»Welchen Namen hat Om Ihnen gegeben?«

»Ich wurde Bali genannt, das bedeutet ›Geschenk‹. Und wie sagt man in Deutschland: Einem geschenkten Gaul schaut man nicht ins Maul.« Jetzt lachte sie herzhaft.

Als Sabine zum Hof zurückkehrte, schlief der Junge noch. Er lächelte im Schlaf. Um ihn herum duftete es nach Seife.

KAPITEL 26

Die Sekretärin von der Zeitarbeit hatte mal wieder den Namen des Anrufers nicht verstanden und ihn trotzdem durchgestellt. Sie würde es nie lernen.

»Ja!«, sagte er betont unfreundlich, damit der Anrufer wusste, dass er störte. Er hatte zwar nicht viel zu tun an diesem Morgen, aber einen Mordskater und keine Lust auf anstrengende Telefonate.

»Hallo, Ikram. Hier ist Samit. Wie geht es dir?«

Was war das? Wo kamen diese Namen plötzlich her? Hatte der Gin vom Vorabend Halluzinationen bei ihm ausgelöst? War er noch blau? »Wer ist da, was wollen Sie? Ich glaube, Sie haben sich verwählt«, sagte er und wollte den Hörer auf die Gabel knallen.

»Nicht auflegen, Ikram. Ich bin sicher, unser Gespräch wird auch für dich interessant.«

»Ach wirklich? Das kann ich mir kaum vorstellen. Aus welchem Loch hast du dich eigentlich ausgebuddelt? Hat die Schokoladenprinzessin dich rausgeworfen?«

»An dir geht offensichtlich viel vorbei in deinem Kaff am Ende der Welt. Das ist alles Schnee von gestern.« Der Anrufer machte eine bedeutungsschwere Pause. »Ich glaube, du kannst mir helfen, Ikram.«

»Nenn mich nicht so.«

»Wie soll ich dich sonst nennen? Ich weiß doch gar nicht, wie du richtig heißt.« Der Mann lachte.

»Ja, klar. Und wie konntest du mich dann anrufen?«

»Du hast recht, Ikram. Ich verfolge deine Karriere seit Langem. Und darum weiß ich auch, dass du mir helfen kannst.«

Das wurde jetzt unangenehm. Aus allen Ecken kamen die Dämonen der Vergangenheit gekrochen. Er hätte sich nie auf diesen ganzen Quatsch einlassen sollen. Nun durfte er die Kontrolle nicht verlieren. Er musste wachsam sein. Egal, was Samit, dessen richtigen Namen er nicht kannte, von ihm wollte, er musste sich den Kerl vom Hals halten.

»Pass auf, Ikram, ich bin auf der Suche nach einem ländlichen Anwesen, und wie ich höre, ist bei euch in der Gegend was Hübsches frei geworden.«

Und wieder dieser Hof. Seit Jahrzehnten hatte sich keiner für diesen gruseligen Ort interessiert und plötzlich … »Vielleicht hast du meine Karriere nicht aufmerksam genug verfolgt, Alter. Ich bin kein Immobilienmakler. Es gibt aber gute hier. Schau einfach ins Internet.«

»Das Anwesen, an dem mir liegt, finde ich sicher nicht

im Internet, jedenfalls nicht unter den Immobilienangeboten.«

»Dann ist es auch nicht zu verkaufen, und ich weiß nicht, wem es gehört.«

»Das weißt du. Das weiß ja inzwischen jeder. Und es weiß auch jeder, dass der Besitzer inzwischen dort ist, wo man keinen Besitz mehr braucht.«

»Was redest du da? Ich verstehe kein Wort.«

»Echt? Bist du nicht auf dem Laufenden? Ich dachte, man müsste in deiner Position das Gras wachsen hören. Rainer ist tot. Man hat ihn heute Morgen aus eurem malerischen See gefischt. Und ich will nun diesen Hof. Natürlich zahle ich ordentlich. Inoffiziell, wenn du weißt, was ich meine.«

»Damit musst du dich an den Besitzer wenden oder seinen Erben oder was weiß ich. Bei mir bist du falsch.« Er knallte den Hörer auf den Apparat und wusste, dass es nicht zu Ende war. Es fing gerade erst an.

KAPITEL 27

Januar 1990

Liebes Tagebuch,

wir sind alle sehr, sehr traurig. Bhagwan ist tot. Der Meister starb schon vor einer Woche in Poona. Wir haben es jetzt erst mitbekommen, weil wir uns äußerst selten mit den Ereignissen in der Welt da draußen verbinden. In dem Artikel aus der Süddeutschen Zeitung, den Om aus der Welt mitgebracht hatte, stand, dass Osho nur wenige Wochen nach seiner geliebten Gefährtin Vivek den letzten Weg angetreten war. Viel zu jung hat der Meister uns verlassen, und es wäre noch so viel zu tun gewesen für ihn. Om, der den Meister ja kennenlernen durfte und ihn sehr liebte, weinte tagelang. Wir trösteten ihn, so gut wir konnten. Kala und ich versuchten, ihn zu überzeugen, den Weg des Meisters weiterzuverfolgen, in die Welt zu gehen und seine Liebe zu verbreiten. Doch Om wollte nun noch weniger mit der Welt zu tun haben. Er sagte, dass die Menschen, die sogenannte Gesellschaft, Osho auf dem Gewissen hatte. In Oregon, wo Osho einen heiligen Ort für alle Menschen aufgebaut hatte, war er beschimpft und angefeindet worden. Sie hatten ihn sogar verhaftet, weil seine Botschaft von Liebe und Gemeinschaft nicht in ihre Welt aus Hass, Krieg und Gier passte. Om wollte unseren kleinen heiligen Ort jetzt noch mehr vor der Welt beschützen. Und natürlich hatte Om recht.

Es war gut, dass wir Udgam, unseren wunderschönen Sohn, im letzten Sommer aus der Schule genommen haben. Sie begannen dort, seine Gedanken zu vergiften und seine reine Seele zu beschmutzen. Böse Kinder, dumme Lehrer, es war die Hölle. Jetzt sind wir seine Schule und er lernt fleißig. Er kann schon ein paar Schriften des Meisters lesen und kennt alle Pflanzen, die wir in unserem Garten anbauen. Er lernt die Dinge, die wichtig sind, um in unserer Welt glücklich zu sein. Wir ersparen es ihm, Hass und Neid kennenzulernen.

März 1990

Liebes Tagebuch,

ich sehe gerade, dass mein letzter Eintrag vom Tod eines geliebten Menschen handelte, und leider geht es auch in diesem Beitrag um den Tod. Es geht aber gleichzeitig um das Leben.

Meine liebe Freundin und Schwester Sarasvati ist von uns gegangen. Vorgestern hat sie den Kampf gegen die Dämonen verloren, die ihren mütterlichen Körper heimsuchten. Indem sie Leben spendete, gab sie ihr eigenes hin. Wir haben alles versucht, sie zu heilen, aber wenn das Schicksal eine Entscheidung trifft, sagt Om, dann können wir sie nicht ändern. Aarti und ich flehten Om an, er solle im Ort Hilfe holen, doch er lehnte ab. Wir sangen, beteten und meditierten an Sarasvatis Bett und erleichterten ihr so die letzten Schritte. Um uns zu beschützen und um Sarasvati in unserer Nähe zu wissen, haben wir ihr einen sonnigen Platz neben dem Birnbaum gegeben.

Sarasvati ist nun an einem besseren Ort und ihr kleiner Junge, den Om Brahma getauft hat, ist bei uns. Wir sind seine Mütter und wir werden ihn ins Leben begleiten. Es wird ihm an nichts fehlen. Udgam ist sein großer Bruder, Garima seine große Schwester, und er wird weitere Geschwister bekommen. Alles wird gut.

KAPITEL 28

Sabine blätterte ältere Jahrgänge von Kaminis Tagebüchern durch. Es war 6 Uhr morgens. Sonntag. Sie hatte nicht mehr schlafen können und las, wie so oft, in den Tagebüchern auf ihrem Nachttisch. Garima, diesen Namen hatte Lisa Leber in dem Telefonat quer über den Atlantik erwähnt. Die Schwester von Udgam. In einer Kladde von 1984 wurde sie fündig. Es waren nur ein paar Zeilen, die über die Geburt von Garima berichteten. Ihre Mutter war Kala und ihr Vater, wer sonst, Om. Das hatte auch Lisa Leber gesagt. Warum wurde die Geburt des Mädchens in Kaminis Tagebuch nicht ebenso gefeiert wie die des Jungen Udgam drei Jahre zuvor? War Kamini etwa eifersüchtig, dass Om mit einer anderen Frau nun ebenfalls ein Kind hatte? Das würde so gar nicht in diese heile Welt passen. Aber da stand noch etwas, ein Nebensatz, schwer leserlich, weil dieses Tagebuch mit Bleistift geschrieben war:

»Kala hieß früher Marion und war meine liebe Freundin, mit der ich in Louisenlund ein Zimmer teilte. Sie ist erst vor Kurzem endlich bei uns angekommen.«

Louisenlund. Das war ein Internat in Schleswig-Holstein, das Sabine sich damals mit ihrer Mutter angesehen hatte. Für Familie Langkafel war diese Einrichtung allerdings viel zu teuer gewesen, und die Atmosphäre auf dem noblen Anwesen hatte Sabine als »bonzig« empfunden. Das war der erste Hinweis auf Kaminis Leben vor dem Ashram im Gartower Wald. Und es war das erste Mal, dass Sabine einen weltlichen Namen im Tagebuch las. Wenn sie und diese Marion, später Kala, in Louisenlund zur Schule gegangen waren, musste dort die wahre Identität der Frauen herauszubekommen sein.

Die Polizeiwache war geschlossen und in der Turnhalle hatte die Sonntagsschicht sicher noch nicht begonnen. Deshalb fuhr sie mit dem Fahrrad gleich zum Hotel am See. Die Rezeption war unbesetzt, und so ging sie direkt zum Zimmer von Melanie Gierke. Es dauerte eine Zeit, bis die Kommissarin öffnete und sie grußlos einließ. Sie sah erbarmungswürdig aus. Blass und müde. Ihr Körper wirkte in Slip und T-Shirt völlig spannungslos. Sie setzte sich aufs Bett und rieb sich mit beiden Händen das Gesicht.

»Was willst du denn schon hier?«, stöhnte sie.

Sabine berichtete ihr von den neuen Erkenntnissen über die Hausbewohner. Sie erzählte von Louisenlund, vom Tod Sarasvatis und von ihrem Grab neben dem Birnbaum. Melanie blickte sie nur ausdruckslos an und stellte dann die unvermeidliche Frage: »Woher weißt du das alles?«

Und so erzählte Sabine von den Tagebüchern, die sie seit über einer Woche bei sich zu Hause versteckt hielt, und die Reaktion war absehbar.

»Warum erzählst du mir erst jetzt von diesen Tagebüchern? Spinnst du? Das sind Ermittlungsmaterialien, die müssen … Ach, was rede ich. Ich weiß ja, warum. Du hältst dich für superschlau und wolltest das allen beweisen, indem du auf eigene Faust ermittelst.«

Sabine antwortete nicht, sondern sah betreten auf ihre Schuhe. Sie hatte keine Uniform an, sondern Jeans, T-Shirt und billige Sneakers. Melanie hatte vermutlich recht. Was würde nun passieren? Würde sie Sabine von dem Fall abziehen?

»Ein Grab, sagst du? Im Garten? Das wird ja immer verrückter mit diesen Freaks.« Melanie nahm ihr Handy und führte ein kurzes, leises Gespräch.

»Okay«, sagte sie anschließend, »ich mache mich fertig und wir treffen uns in einer Stunde am Hof. Ich denke, dann ist die Spurensicherung auch da.

Sabine raste mit dem Fahrrad zur Wache, fuhr mit dem Streifenwagen zum Hof und weckte Attila auf, der hinter dem Steuer von Metzgers Mercedes tief und fest schlief.

»Machst ja nen super Job, Kollege«, sagte sie, als der verschreckte Anwärter die Scheibe herunterließ. Sabine wünschte ihm einen schönen Sonntag, schickte ihn weg und ging ins Haus. Bevor hier gleich ein großes Aufgebot aus Lüneburg oder Uelzen den Garten umgraben würde, musste sie den Jungen warnen. Er würde sonst sicher die Flucht ergreifen und wäre wieder für einige Zeit unauffindbar. Es half nichts. Sie musste ihr Findelkind an einen anderen, sicheren Ort bringen und im nächsten Schritt Melanie einweihen.

Der Junge saß in der Küche und aß einen Apfel. Dazu trank er Milch. Konzentriert blätterte er in einem der Magazine, die Sabine ihm mitgebracht hatte. Es ging um

Fußball und anderen Sport. Wenn dieser Junge den Hof, diesen Ashram, tatsächlich nie verlassen hatte, musste die Welt von Bayern München und Formel 1 für ihn eine völlig fremde sein. Was wusste er? Was war ihm vertraut?

»Kannst du das lesen?«, fragte sie ihn und sein Blick gab wieder keine verständliche Antwort.

»Hör mal, du musst hier weg«, sagte sie so ruhig und doch so eindringlich wie möglich. Verstand er sie überhaupt? Klar, er wollte nur nicht mit ihr reden. »Es werden Menschen kommen, verstehst du? Viele Menschen.« Es wäre sicher einfacher, wenn sie den Namen des Jungen wüsste.

»Die Menschen werden alles auf den Kopf stellen.« Verstand er eine solche Redewendung? Vielleicht hatte er lediglich einen geringen Wortschatz. Sie musste versuchen, einfach und klar zu sein. »Menschen werden den Garten umgraben. Menschen werden ins Haus kommen. Sie werden das Haus durchsuchen. Sie sollen dich nicht finden. Verstehst du?«

Er sah sie wieder an, diesmal nicht ganz so ausdruckslos, wie ihr schien. Mit Daumen und Zeigefinger der linken Hand knibbelte er an den zerlesenen Seiten des Magazins. Es regte sich etwas in dem Kleinen, er zeigte Nervosität. Immerhin, dachte Sabine.

»Ich möchte, dass du jetzt mit mir ins Auto steigst. Dann fahren wir an einen Ort, an dem du sicher bist. Ich helfe dir. Ich bin deine Freundin.«

Plötzlich stand der Junge auf und stellte sich mitten in die Küche. Er sah Sabine an. Erwartungsvoll. Ja, das war eindeutig ein Blick mit Aussage. Als wollte er sagen: Los, worauf wartest du?

»Gut«, sagte Sabine. Sie wurde nervös. »Wir müssen erst aufräumen und deine Sachen zusammenpacken. Es darf niemand merken, dass wir im Haus waren.« Der Junge folgte ihr zaghaft.

»Warte auf mich«, sagte sie, als sie im Flur waren, und lief nach oben. Sie griff seine Kleidung, seine Bettwäsche und was sie sonst noch für ihn besorgt hatte und was nun in seinem Zimmer herumlag. Sie wollte keine Minute vergeuden. Sie hatte den Jungen so weit, dass er bereit war, mit ihr zu kommen. Die Angst vor den Fremden, die bald den Hof stürmen würden, war offenbar größer als die Angst vor ihr.

Sie gingen zum Streifenwagen. Der Junge betrachtete das Auto neugierig.

»Los, leg dich auf die Rückbank. Da sieht dich niemand«, sagte Sabine, doch er schien nicht zu verstehen. Vermutlich hatte er nie zuvor in einem Auto gesessen. Es deutete allerdings einiges auf dem Hof darauf hin, dass es hier ein Auto gab oder gegeben hatte. Möglich, dass manche der Bewohner, vielleicht dieser Om, damit fuhren. In die Welt, wie Kamini es in ihren Tagebüchern nannte. Allerdings sicher ohne das Kind. Sabine öffnete die hintere Tür. Der Junge richtete seinen Blick am Auto vorbei in den Wald. Suchend.

»Was guckst du? Ist da was?« Die Sonne stand noch nicht besonders hoch und so lag der Wald im Schatten, man konnte zwischen den Bäumen und dem dichten Gestrüpp nur wenig erkennen. Jetzt schien es, als würde der Junge lächeln. Mehr mit den Augen als mit dem Mund.

»Was siehst du, was ist da?« Sabine spähte nun auch in den Wald und meinte, eine Bewegung im Dickicht wahrzunehmen, aber das konnte alles sein. Der Wind, ein Vogel, ein Eichhörnchen. Ihre Einbildung. Doch der Junge schien verändert, so als würde ihn das, was sich zwischen den Bäumen befand, beruhigen.

Jetzt ließ der Junge sich ohne Widerstand sanft auf den Rücksitz schieben. Er legte sich hin und Sabine deckte ihn mit der Bettdecke zu. Er lag auf dem Rücken und sah unsicher, vielleicht sogar ängstlich nach oben.

Was nun folgte, hatte Sabine nicht geplant. Sie wollte den Jungen zum Sprechen bringen, bevor es die ungeduldige Melanie und ihre Supercops versuchen würden. Sie konnte ihn unmöglich jetzt schon auf die Wache oder in die Turnhalle bringen. Ihr fiel nur ein Ziel ein: ihr Zuhause.

Sie hatte sich den Rückspiegel so eingestellt, dass sie den Jungen während der Fahrt beobachten konnte. Mit großen Augen blickte er an die Decke des Streifenwagens. Von seiner Position aus konnte er nicht aus dem Fenster sehen. Wenigstens musste sie ihn nicht auffordern, sich mucksmäuschenstill zu verhalten. Das tat er ja sowieso.

Als Sabine am Ende des Waldweges auf die Landstraße abbiegen wollte, näherte sich Melanies Passat mit hoher Geschwindigkeit. Sie stoppte den Wagen neben Sabine und ließ die Scheibe herunter.

»Wo willst du denn hin?«, fragte Melanie etwas misstrauisch. »Sind unsere Leute schon da?« Sie machte nun einen deutlich besseren Eindruck als vor einer Stunde.

»Nein, ist noch niemand da«, sagte Sabine und versuchte, unauffällig in den Rückspiegel zu schauen. Hielt der Junge die Luft an? Es sah so aus. »Ich muss schnell nach Hause, hab was vergessen. Ich bin gleich wieder da.«

Melanie nickte und fuhr weiter. Auch Sabine setzte ihre Fahrt fort. Nach ein paar Kilometern kam ihr eine

Kolonne von Fahrzeugen mit Blaulicht entgegen. Mehrere Streifenwagen mit LKA-Kennzeichen, zwei Transporter der Spurensicherung und ein blauer Polizei-LKW mit einem kleinen Bagger auf der Ladefläche. Schweres Gerät, dachte Sabine.

Johannes Langkafel war vorbereitet, als Sabine mit dem Jungen bei ihm vor der Tür stand. Sabine hatte ihn telefonisch mit den nötigsten Informationen versorgt. Natürlich konnte er sich die Bemerkung nicht verkneifen, dass sie ihre Vorgesetzten über den Jungen zu informieren hätte. Aber er konnte auch verstehen, dass seine Tochter erst einen Schritt weiterkommen wollte mit dem stummen Zeugen, bevor sie ihn dem hyperaktiven Polizeiapparat übergab.

»Immer nur rein ihr beiden. Ich habe Tee gekocht. Und Rührei habe ich gemacht. Magst du Rührei, Junge?«

Schweigend setzte sich der Junge an den Küchentisch und begann, vorsichtig zu essen. Er musste sehr hungrig sein. Immer wieder sah er auf und beobachtete Sabine und den alten Langkafel.

»Das ist Johannes«, sagte Sabine und legte ihrem Vater den Arm um die Schulter. »Er ist mein Papa. Er ist sehr lieb und wird für dich da sein. Verstehst du mich?«

Sabine hatte sich fast schon an die reduzierte Kommunikation des Jungen gewöhnt. Dass er sie mit großen, ausdruckslosen Augen ansah, wertete sie als ein Ja.

»Du kommst ihm bekannt vor«, sagte Langkafel plötzlich zu Sabine, nachdem er sie einen Moment nachdenklich betrachtet hatte.

»Wie meinst du das?«

»Du hast Ähnlichkeit mit einem der Opfer …«

»Papa, die waren alle deutlich bis sehr deutlich älter als ich.« Sie öffnete die Bilder aus der Rechtsmedizin auf ihrem Handy. Ihr Vater nahm ihr das Gerät aus der Hand und suchte eine bestimmte Aufnahme. Schließlich hielt er Sabine das Handy hin.

»Kamini«, sagte Sabine. In diesem Moment zuckte der Junge zusammen und starrte sie erschrocken an.

»Alles ist gut«, sagte Sabine und lächelte ihn an. »Alles ist gut, wir sind bei dir.«

Er schien sich wieder zu beruhigen und trank von dem Orangensaft, den Papa frisch gepresst hatte. Fast gierig sog er den Saft ein. Vermutlich auch etwas, was es auf dem Hof nicht oft gegeben hatte.

»Ja, Papa, danke. In 30 Jahren sehe ich vielleicht aus wie diese Frau.«

»Ja«, sagte Johannes triumphierend. »Für den Jungen reicht die Ähnlichkeit heute schon, um dir zu vertrauen.«

Sabine erklärte dem Jungen behutsam, dass sie nun fortmüsse, er aber bei Johannes in Sicherheit sei und auf ihn hören solle. Der Junge verzog keine Miene. War er einverstanden? Oder würde er in Panik weglaufen, sobald Sabine das Haus verlassen hatte? Papa würde den Kleinen sicher nicht einfangen können.

Sie setzte sich in den Streifenwagen und wartete. Zehn Minuten, fünfzehn Minuten. Dann kam eine SMS von ihrem Vater: »Kannst losfahren. Er guckt Sesamstraße.«

Der Hof, der am frühen Morgen so ruhig dagelegen hatte, glich inzwischen einer Großbaustelle. Der kleine Bagger hatte bereits ganze Arbeit geleistet und einen tiefen Graben vom Haus bis zum Birnbaum und von dort zu einem großen Komposthaufen gezogen. Männer und Frauen in weißen Overalls hockten an verschiedenen Stellen im Graben und fingerten vorsichtig in der dunklen Erde.

Melanie, ebenfalls in einem weißen Overall, kam auf Sabine zu. »Volltreffer«, sagte sie und schwenkte etwas, was Sabine bei genauerer Betrachtung als Oberschenkelknochen identifizierte.

»Puh«, stöhnte Sabine und betrachtete das Fundstück. Ein Stück von Sarasvati, die sterben musste, weil ihr bescheuerter Guru keinen Arzt rufen wollte. »Habt ihr den Rest dazu auch gefunden?«

»Ja, haben wir. Eine erwachsene Person, vermutlich eine Frau. Und direkt daneben …«, Melanie machte eine Pause und sah Sabine forschend an, »das Skelett eines Kindes.«

Sabine wurde schwindelig. Was war das für ein Grauen hier. »Ein Kind? Aber im Tagebuch stand, dass das Baby überlebt hat und …«

»Es ist kein Baby, Sabine. Die Kollegen schätzen das Alter auf acht bis zehn Jahre. Stand darüber nichts in deinen Tagebüchern?«

Sabine verlor schlagartig jede Energie. Ihre Heimlichtuerei erschien ihr plötzlich so kindisch. »Ich habe nur die Tagebücher von 1981 bis 1994. Ich habe inzwischen fast alles entziffert, da steht nichts von einem toten Kind.«

Melanie brachte den Knochen zurück zu einem Zelt, das die Beamten über der Fundstelle errichtet hatten, und kehrte zu Sabine zurück.

»Im Labor wird man feststellen, wie lange die Frau und das Kind in der Erde gelegen haben und ob sie verwandt sind«, sagte Melanie. »Und wir beide müssen noch mal sprechen. Ich habe den Verdacht, dass das nicht alles war, was du mir verschweigst.«

Sie gingen ins Haus, durch den Flur und in die Küche, wo beide sich setzten.

»Ich habe weiß Gott kein fotografisches Gedächtnis, Sabine. Ganz im Gegenteil. Ich muss mir alles notieren, alles fotografieren, um nichts zu vergessen. Aber in diesem Haus, besonders hier in der Küche, hat sich seit der Tatnacht einiges verändert.«

»Echt?«, fragte Sabine und wusste, dass ihre Arglosigkeit nicht überzeugen konnte.

»Diese Nudelpackungen dort hätten unsere Leute mitgenommen. Ebenso das angebrochene Glas mit Birnen. In der Mülltonne habe ich zufällig eine leere Tomatendose entdeckt, die noch feucht war. Haben sich deine Wachtposten was gekocht? Oder wer war das?«

»Melanie …« Sabine merkte, wie sich Schweißperlen auf ihrer Stirn bildeten. Sie fühlte sich wie ein ertapptes kleines Mädchen. »Ich wollte nicht, dass sich alle auf ihn stürzen. Er hat sicher Schreckliches erlebt und er ist so klein. Vielleicht acht Jahre alt. Und er spricht nicht. Kein Wort.«

Melanie sah sie an. Wütend? Nein. Eher mitleidig.

»Wo ist er jetzt?«

»Bei meinem Vater. Ich habe ihn gerade dort untergebracht.«

Melanie schüttelte den Kopf und lachte sarkastisch. »Das heißt, als wir uns eben begegnet sind, hattest du ihn im Auto? – Ich fasse es nicht.«

Sabine war gespannt. Würde Melanie sie melden? Dann war ihr ein Disziplinarverfahren sicher. Aber sie war auch erleichtert. Es war raus. Es gab keine Geheimnisse mehr. Was immer nun passieren würde, es war richtig so.

»Ich schulde dir was, Sabine«, sagte Melanie schließlich und beugte sich zu ihr vor.

»Weil ich deine Krankheit für mich behalte?«

»Ja, deshalb auch. Mehr noch, weil du recht hattest. Du hast an die Story dieses Wilderers …«

»Hohmann, Olaf Hohmann.«

»Ja. An die Story von dem Kind im Wald hast du geglaubt und wolltest, dass wir weitersuchen. Ich habe das für Unsinn gehalten. Wir können froh sein, dass der Junge noch lebt. – Wie willst du mit ihm weitermachen?«

»Das entscheidest ja wohl du und nicht ich.«

»Ich habe aber gefragt, was du machen würdest. Also?«

»Ich glaube, es ist gut, wenn er ein paar Tage bei mir und meinem Vater bleibt. Er scheint mir zu vertrauen. Mein Vater findet, dass ich dieser Kamini ähnlich sehe, die ja vermutlich seine Großmutter ist.«

Melanie musterte sie interessiert. Schließlich lächelte sie. »Na, du hast dich jedenfalls deutlich besser gehalten.«

»Wenn er mal anfängt zu sprechen – und ich bin sicher, dass er sprechen kann –, dann muss er von einer Psychologin betreut werden«, sagte Sabine.

Melanie nickte. Sie dachte nach. »Okay. Ich gebe dir 48 Stunden, um mit deinem Patenkind warm zu werden. Mehr Zeit dürfen wir nicht verlieren. Ich bin sicher, dass der Bursche uns Interessantes mitzuteilen hat.«

»Okay. Danke. Und vielleicht kannst du deine Supertruppe da draußen bitten, das Haus gründlich nach den fehlenden Tagebüchern zu durchsuchen. Ich kann mir nicht vorstellen, dass Kamini die letzten 25 Jahre überhaupt nichts aufgeschrieben hat.«

Die Beamten in der Turnhalle brauchten nur wenige Stunden, um die Identität von Kamini und Kala zu ermitteln.

Sabine hatte den Kollegen erklärt, dass Kamini den Einträgen im Tagebuch nach 17 Jahre alt gewesen war, als sie 1980 mit Om in dieses Haus zog. Sie musste also kurz vor dem Abitur gestanden haben. Die Schulleitung des Internats Louisenlund zeigte sich wenig begeistert, in diesen ominösen Fall verwickelt zu werden, war aber kooperativ. Im Abschlussjahrgang 1980 fand sich eine Marion Leibnitz, die das Abitur mit einer Durchschnittsnote von 1,3 bestanden hatte. Das konnte Kala sein. Eine andere Schülerin, Marieke Tersteegen, war kurz vor dem Abitur verschwunden.

Recherchen beim LKA in Kiel ergaben, dass die Schule und Mariekes Eltern, Inhaber einer Privatbank in Zürich, seinerzeit Vermisstenanzeige erstattet hatten. Nach den protokollierten Aussagen von Mitschülern wollte Marieke damals nach Griechenland trampen. Tatsächlich kamen von dort in den folgenden Monaten Postkarten an die Eltern und mehr noch: Marieke rief ihre Eltern 1980 ein paarmal aus Griechenland an. Griechenland, dachte Sabine, das hatte Kamini auch in ihrem Tagebuch geschrieben. Tatsächlich war sie zu dieser Zeit im Hüttendorf der Republik Freies Wendland und ließ sich von Om schwängern.

Mariekes Eltern waren inzwischen verstorben, doch ihren Bruder Urs, der in Zürich die Bank der Familie führte, konnten die Beamten auftreiben. Er hatte von seiner Schwester seit fast 40 Jahren nichts gehört und ging davon aus, dass sie lange tot sei. Besonders betrübt klang er nicht. Wohl aber neugierig, als die Beamten ihm mitteilten, dass seine Schwester möglicherweise gerade erst im Wendland zu Tode gekommen sei. Er erklärte sich zu einem DNA-Abgleich bereit.

Urs Tersteegen erinnerte sich auch an Marion Leibnitz, die beste Freundin seiner Schwester. Seine Eltern, so berichtete er den Beamten am Telefon, hatten in den Jahren nach Mariekes Verschwinden immer wieder Kontakt mit ihr, weil sie vermuteten, dass Marion wusste, wo sich Marieke aufhielt. Gesagt hat sie es ihnen nie. Als Marions Eltern ein paar Jahre später beim Absturz ihres Privatflugzeugs ums Leben kamen, brach der Kontakt zu Mariekes Familie nach Urs Tersteegens Aussage ab.

Das passt zusammen, dachte Sabine. Nach dem schweren Schicksalsschlag zog Marion sich als Kala in den Hof, oder genauer in den Ashram, zurück und bekam schon bald mit Om Töchterchen Garima. Sicher verfügte Marion Leibnitz über ein ansehnliches Erbe. Nicht auszuschließen, dass sie damit über Jahre das Leben der kleinen Sekte finanziert hat. Man war ja bereit, zu teilen. Und Om hatte offensichtlich ein gutes Händchen dafür, Töchter aus reichen Verhältnissen an sich zu binden.

Sabine war schwer beeindruckt, wie schnell ein gut geölter Polizeiapparat an einem Sonntag Ereignisse recherchieren konnte, die Jahrzehnte zurücklagen.

Nicht wirklich weiter waren die überaus kompetenten Kollegen in der Turnhalle in der Frage, wer Rainer Kurze erschossen und anschließend in den Gartower See geworfen hatte.

Sabine hatte sich verkniffen, während ihrer Abwesenheit ihren Vater anzurufen oder Textnachrichten zu schicken, um sich nach dem Jungen zu erkundigen. Das hätte Johannes als Kontrolle und mangelndes Vertrauen empfunden. Als sie am frühen Abend nach Hause kam, fand sie ihren Vater und den Jungen im Wohnzimmer. Sie spielten Jenga.

Gerade brachte Johannes mit der desolaten Motorik eines 80-Jährigen den hohen Turm aus Holzklötzen zum Einsturz.

»Na, so was Dummes«, rief er mit gespielter Enttäuschung. »Du bist einfach besser als ich.« Und weil ihr das ständig ausdruckslose Gesicht des Jungen inzwischen so vertraut war, bemerkte sie nun die minimale Veränderung: Er lächelte.

»Der Bursche hat's drauf«, rief ihr Vater fröhlich. »Hatten die das Spiel dort auch, wo er herkommt?«

»Nicht, dass ich wüsste«, sagte Sabine. »Er ist sicher ein Naturtalent.«

Sie ließen den Jungen noch eine Kindersendung im Fernsehen schauen, um sich in Ruhe austauschen zu können. Johannes hatte den Kleinen in sein Herz geschlossen und blühte bei seiner Aufgabe förmlich auf. Aber er war ebenfalls bislang nicht weitergekommen. Der Junge hatte nach wie vor kein Wort gesprochen und blieb distanziert.

»Vielleicht ist er ein Autist«, sagte Johannes.

»Möglich, aber das müssen andere herausfinden. Ich würde mich schon freuen, wenn er uns nur mal seinen Namen sagen würde. Uns bleiben …«, sie warf einen Blick auf die Uhr, »36 Stunden. Dann übernimmt Melanie Gierke das Kommando.«

KAPITEL 29

Der Junge hatte in Sabines Arbeitszimmer, das auch als Gästezimmer diente, geschlafen und war vor Sabine wieder wach. Schweigend und mit weiterhin ausdruckslosem Gesicht half er Johannes, die Hühner zu füttern. Er schien sehr vertraut mit den Tieren. Gut möglich, dass es auf dem Hof früher Hühner gegeben hatte.

Sabine nahm ein schnelles Frühstück im Stehen und fuhr auf die Wache. Der alte Mann und der kleine Junge hatten sich auf eine Art verbunden, die sie nicht stören wollte.

Auf der Wache stritt sich Metzger gerade mit einem Dorfbewohner, dem eine Streife in der Nacht den Führerschein abgenommen hatte. Nun erwartete er von Metzger, dass er den Lappen wiederbeschaffte.

»Heiner, das geht nicht. Wir haben Gesetze, die gelten auch für dich«, redete Metzger auf den schwer verkaterten Mann ein. »Wenn du tatsächlich 1,5 hattest, dann kannst du schon mal dein Fahrrad aufpumpen. Das wirst du jetzt für ein paar Monate brauchen. Tut mir leid.«

Attila war in Metzgers Auftrag unterwegs. Das musste nichts Dienstliches sein. Der Chef schickte den Anwärter auch Klamotten aus der Reinigung abholen oder nach Dannenberg zum Baumarkt.

Sabine hatte mehrere E-Mails im Posteingang. Die meisten waren Newsletter und irgendwelche Behördenrundschreiben. In Gartow telefonierte man lieber oder kam gleich auf die Wache, statt Nachrichten zu schreiben.

Eine E-Mail war aber interessant. Sie war von Lisa Leber. Ihr war ein Name eingefallen. Sie schrieb, dass ein Georgios Yiannopoulos um die Jahrtausendwende eine Zeitlang auf dem Hof gelebt hatte. Weniger aus spirituellen Gründen, sondern vielmehr, um mit Om den Marihuana-Handel zu optimieren. Als Lisa 2002 den Hof verließ, war er gerade nicht dort. Sie erinnerte sich, dass er damals in Hamburg in der Hafenstraße lebte.

Sabine rief Melanie an und informierte sie über den neuen Kontakt. Die Kommissarin klang am Telefon, als täte sie gerade ihre letzten Atemzüge. Sie war sicher noch im Bett und zeigte wenig Lust, sich um den Mann mit dem griechischen Namen zu kümmern. Also wurde Sabine mal wieder die Ehre zuteil, die Ermittlungen alleine durchführen zu dürfen.

Das LKA in Hamburg musste nicht lange nach Yiannopoulos suchen. Er war ein Stammkunde. Häufige Festnahmen wegen kleinerer Drogendelikte. Eineinhalb Jahre Knast wegen eines etwas größeren. Der 52-Jährige hatte sogar eine Meldeadresse. Er wohnte bis heute in einem der ehemals besetzten Häuser in der St. Pauli Hafenstraße, die inzwischen einer Genossenschaft gehörten.

Metzger war wenig begeistert davon, dass Sabine nach Hamburg fahren wollte, hatte allerdings auch keine dringendere Aufgabe für sie.

»Zieh dir Zivil an, Mädchen«, rief er ihr hinterher. »Die mögen uns da nicht.«

Sabine ärgerte sich über Metzgers Hinweis. Hielt er sie für so unprofessionell, dass sie mit Streifenwagen und Uniform mitten ins Zentrum der Autonomen in Hamburg fuhr? »Dann nehme ich aber Ihren alten Mercedes,

Herr Metzger. Der sieht voll wie ein Autonomentransporter aus.«

Metzger lachte und warf ihr den Schlüssel zu.

Ihrem Vater wurde ein wenig mulmig bei der Vorstellung, dass er nun auf sich allein gestellt war, wenn mit seinem kleinen Gast etwas Unvorhergesehenes sein sollte. Deshalb gab Sabine ihm Melanies Handynummer, in der stillen Hoffnung, dass er sie nicht brauchen würde. Danach machte sie sich auf den Weg in die Hansestadt.

Knapp zwei Stunden später stand sie vor einem bunt beschmierten Altbau in der St. Pauli Hafenstraße und suchte auf einem maroden Klingelbrett nach dem Namen Yiannopoulos, doch es fand sich in dem Durcheinander aus überklebten Zetteln kein Schriftzug, der auch nur entfernt an diesen Namen erinnerte.

Eine junge Frau trat aus dem Haus. Hübsch, lange blaugrüne Haare, Piercings, zerfetztes T-Shirt, Hotpants und Netzstrümpfe. In Gartow würde man sie in diesem Aufzug in den See werfen, dachte Sabine. Die Frau setzte sich auf die Treppenstufen und zündete sich einen Joint an.

»Hey, ich möchte zu Yiannopoulos. Weißt du, wo der wohnt?«, fragte Sabine und versuchte, cool zu klingen.

»George? Zweiter, links«, rief sie und blies eine stinkende Wolke aus. Sabine hatte selbst schon mal gekifft. Früher, auf dem Internat. Da hatte es unter den Schülern fast zum guten Ton gehört. Auf der Polizeischule ging es später weiter und es kamen auch härtere Sachen ins Spiel. Aber da machte Sabine dann nicht mehr mit. Seit fast zehn Jahren hatte sie keine Drogen mehr angefasst.

Sabine ging vorsichtig in den düsteren, muffig riechenden Hausflur, als sie die Stimme der jungen Frau wieder hörte.

»Hey, George, da bist du ja, die Bullen haben nach dir gefragt. Sind gerade auf dem Weg zu deiner Wohnung.«

Scheiße, dachte Sabine und rannte aus dem Haus, um die Verfolgung des Gesuchten aufzunehmen. Im Eingang stieß sie mit einem dicken Mann zusammen. War er das? Er hatte nicht die Flucht ergriffen.

»Äh, ja«, stammelte Sabine reichlich unprofessionell, »sind Sie Georgios Yiannopoulos?«

Der Mann sah zu der jungen Frau zu seinen Füßen und blaffte sie an: »Scheiße, das ist ja wirklich ein Bulle. Ich dachte, du verarschst mich«. Die junge Frau lachte.

»Was wollen Sie denn von mir?«, fragte Yiannopoulos selbstsicher. »Ich habe überhaupt keine Zeit.« Der Mann hatte dichtes, langes graues Haar, einen Bart wie Karl Marx, trug ein schwarzes T-Shirt und knielange schwarze Shorts, an den Füßen schwarze Chucks. An einem Band um seinen Hals baumelte eine einfache Lesebrille. Er roch ungeduscht und nach Tabak.

»Ich möchte mich nur kurz mit Ihnen unterhalten«, sagte Sabine und hielt dem Mann ihren Dienstausweis unter die Nase. Er setzte seine Brille auf und studierte das Dokument eingehend.

»Kreis Lüchow-Dannenberg? Ist da nicht Gorleben und so? Also, was immer da auch wieder für eine Scheiße abgelaufen ist: Ich war's nicht.«

»Können wir in Ihre Wohnung gehen?«

»Nee. Können wir nicht. Wir können uns da auf die Bank setzen.« Er deutet mit dem Kinn auf einen kleinen Platz.

»Du, Rieke, holste mir n Bier von oben aus meinem Kühlschrank? Biste mir schuldig, wo du mich so erschreckt hast.« Die Frau lächelte und sprang auf.

Sabine setzte sich neben den Mann auf die Bank. Eine Handvoll afrikanischer Männer stand nicht weit von ihnen entfernt. Noch mehr auf der Treppe hinunter zum Hafen. Misstrauisch beäugten sie Sabine und bewegten sich dann langsam weg. Nach wenigen Minuten war keiner mehr zu sehen. Natürlich wusste Sabine von dieser offenen Drogenszene in Hamburg, und es war ihr unbegreiflich, wie das alles vor den Augen der Polizei geschehen konnte.

Von ihrem Platz auf der Bank hatte man einen wunderbaren Blick über den Hamburger Hafen und auf die Werft Blohm & Voss. Gerade wurde ein riesiges Containerschiff von zwei Schleppern in ein Hafenbecken manövriert. Vielleicht sollte sie irgendwann nach Hamburg gehen, in eine richtige Stadt mit richtigen Fällen, dachte Sabine.

Die Frau mit den blaugrünen Haaren kehrte mit zwei Bierdosen zurück, gab eine Yiannopoulos und hielt die andere Sabine hin, die winkte ab. Die Frau öffnete die Dose, trank einen großen Schluck und ging wieder.

»Achim Wohlleben«, stieg Sabine ohne Vorrede in die Befragung Yiannopoulos' ein. »Kennen Sie den?«

»Nee. – War's das?«, sagte der Mann und öffnete krachend die Bierdose.

»Om. Aus dem Ashram im Wendland. Klingelt's da?«

Der Mann wischte sich den Schaum aus dem Bart und dachte nach. Schließlich nickte er. »Ist lange her. Lebt der Arsch überhaupt noch?«

»Vielleicht. Wann hatten Sie zuletzt Kontakt mit ihm?«

»Weiß nicht. Ich habe da vor fast 20 Jahren zwei Jahre oder so gewohnt. War echt ne verrückte Zeit. Das waren so Sektenleute und dieser Om war ihr Guru. Ein irrer Freak.«

»Warum haben Sie da gelebt?«

»Ach, ich war da irgendwie nach ner Castor-Demo gelandet und hatte nichts anderes zu tun. War geil da. Wie ein Puff, aber ohne Bezahlen.« Er grinste versonnen. »Nur dieses Singen und Meditieren hat irgendwann genervt. Ist nicht mein Ding.«

»Dieser Om hat dort Gras angebaut.«

»Ja, verdammt gutes Weed, kann man nicht meckern.«

»Und?« Sabine ließ ihren Blick schweifen. »Haben Sie das Zeug hier für ihn vertickt?«

Yiannopoulos sah sie fast mitleidig an. »Was wollen Sie mir anhängen? Ist ja putzig. Dafür fahren Sie den ganzen Weg hierher? Da wird nichts draus.«

»Auf dem Hof haben wir vor Kurzem fünf Leichen gefunden. Wir konnten noch nicht alle identifizieren.«

Nun wirkte der Mann geschockt. Fünf Tote waren selbst in seiner Welt aus Drogenhandel, Revolution und Straßenkampf ein starkes Stück.

»Haben Sie davon nichts mitbekommen? Es stand in allen Zeitungen.«

»Nee. So was interessiert mich eigentlich nicht. Und jetzt wollen Sie wissen, ob einer von den Toten Om ist, oder was?«

»Nein. Wir wissen, dass er nicht unter den Opfern ist. Vier von den Opfern konnten wir bereits ermitteln. Das fünfte Opfer, eine Frau um die 60, fehlt uns noch.«

Yiannopoulos schüttelte den Kopf. »Die hatten da alle so komische Namen innerhalb der Sekte und ihre richtigen waren absolut tabu. Man hat sogar seine Papiere abgegeben, wenn man da lebte. Und natürlich sein Geld.« Er lachte. »Da war bei mir nicht viel zu holen.«

»Also: Raus damit, haben Sie für den Ashram Drogen verkauft? Sie sind ja ein Fachmann, steht in Ihrer Polizeiakte.«

»Stimmt es eigentlich, dass so was nach fünf Jahren verjährt?«, fragte er kleinlaut.

»Ja, Herr Yiannopoulos. In besonders schweren Fällen können es jedoch auch mal 20 Jahre sein.«

»Ach, Unsinn!« Yiannopoulos leerte die Bierdose. »Wir haben da ja kein Meth gekocht. War nur Gras. Gutes Gras. Und Om brauchte Geld für sein düsteres Kloster. Ich hatte hier in Hamburg Kontakte und ein Auto hatte ich ebenfalls. Und so bin ich dann immer mal mit ein paar Säcken nach Hamburg gefahren und mit Cash zurückgekommen.«

»Und alles vollkommen selbstlos für den großen Guru und die höhere Sache?«

Yiannopoulos lachte herzhaft und sah richtig sympathisch aus, ein bisschen wie Hagrid aus den Harry-Potter-Filmen. »Das hat der Erleuchtete vielleicht gedacht. Aber er kannte die Preise ja nicht. Ich habe schon darauf geachtet, dass ich meinen Schnitt machte. Für Om und seine Gang ist trotzdem genug geblieben. Die haben durch mich eigentlich ganz schön abgesahnt, wenn ich so zurückdenke.«

»Warum sind Sie ausgezogen, wenn alles so gut lief?«

»Sag ich doch, dieser Sektenscheiß ging mir auf den Senkel. Und dann war Om stinkig, weil ich seine Lieblingskonkubine angegraben hatte. Die war heilig, das hatte ich unterschätzt. Kalimi oder so hieß die.«

»Gab es Streit?«

»So kann man es auch nennen. Der ist wie ein Irrer auf mich losgegangen. Hat sogar ne Knarre gezückt.«

Sabine suchte auf ihrem Handy ein Foto der Tatwaffe und hielt es Yiannopoulos unter die Nase.

»Das ist ewig her und ich kenne mich mit Waffen nicht aus. Ich bin Pazifist, wissen Sie.« Er setzte wieder seine Lesebrille auf und musterte die Waffe. »Die war es nicht. Oms Knarre war golden. Ohne Scheiß. Wie bei James Bond. So matt golden angesprüht. Voll krank.«

»Das war 2002, richtig? Und danach war Schluss mit Om?«

»Nein. Er kam dann zu mir nach Hamburg, hat sich entschuldigt und wir haben unsere Geschäftsbeziehung wieder aufgenommen. Es lief ja für uns beide gut. Ich habe natürlich meinen Anteil erhöht.«

»Und wann endete Ihre Geschäftsbeziehung?«

»2008. Im Oktober. Da bin ich umgezogen in die JVA Hamburg-Fuhlsbüttel und war nicht mehr so flexibel. Ich habe ihm meinen Wagen gegeben, damit er sich selbst um seine Deals kümmern konnte. Danach habe ich nie mehr was von dem Spinner gehört.«

»Hat er Ihnen das Fahrzeug denn nie zurückgegeben?«

»Nee. Ich wollte es auch nicht. War ne alte Karre.«

»Was war das für ein Auto?«

»Ein Renault 19, Baujahr 1995, wenn ich mich nicht irre. Rostrot mit ein paar Kratzern und Beulen.«

»Erinnern Sie sich an das Kennzeichen?«

»Hamburg. Mehr weiß ich nicht. Bin kein Computer.«

Sabine war plötzlich wie besessen von diesem Auto. Es musste tatsächlich ein Auto auf dem Hof gegeben haben. In einem der Schuppen hatte die Spurensicherung Ölflecken gefunden, die nicht sehr alt sein konnten. »Der Wagen war doch auf Sie zugelassen. Sie mussten Steuern und Versicherung bezahlen. Ist das einfach so weitergelaufen?«

Nun sah er sie noch mitleidiger an als zuvor. »Zugelassen? Nicht doch. Ich hatte nie Papiere für die Karre, und diese TÜV-Stempel und so, die man aufs Nummernschild klebt, können Sie hier an jeder Ecke kaufen. Ich kann mir nicht vorstellen, dass Om den Wagen irgendwo angemeldet hat. Wie auch, ohne KFZ-Brief.«

Er schaute einen Moment versonnen auf den Hamburger Hafen, dann drehte er sich zu Sabine. »Meinen Sie etwa, dass er mit der Karre bis heute herumfährt? – Also möglich wär's. War kein schlechter Wagen.« Er lächelte.

»Wäre es möglich, dass Om bei Ihnen auftaucht?«, fragte Sabine. »Würde er Sie um Hilfe bitten?«

»Das glaube ich nicht. Der hat mich längst vergessen.«

»Er hat vielleicht niemanden sonst«, sagte Sabine. »Die haben da auf dem Hof sehr isoliert gelebt die letzten Jahre.« Sie zückte eine Visitenkarte. Yiannopoulos nahm sie, ohne sie anzusehen.

»Rufen Sie mich an, wenn er auftaucht?«, fragte sie freundlich.

»Klar«, antwortete der Mann, grinste sie frech an und schnippte die Karte hinter sich in einen Busch. »Wir helfen hier alle gerne der Polizei.«

Auf der Rückfahrt leitete Sabine die Fahndung nach einem rostroten Renault 19, Baujahr 1995, ein. Sie war nun fest davon überzeugt, dass Om bis zum Schluss auf dem Hof gewesen war und sich jetzt irgendwo versteckte. Er würde es schwer haben, sich ins Ausland abzusetzen, denn vermutlich hatte er keine gültigen Papiere.

Als Sabine bei Lüneburg die Autobahn verließ, rief ihr Vater an.

»Sahas«, brüllte er ins Telefon.

»Gesundheit«, erwiderte Sabine und kicherte.

»Nein, er heißt Sahas. Das ist sein Name. Er hat ihn mir genannt.«

Sabine musste scharf bremsen, um nicht dem Vorausfahrenden ins Heck zu brettern. Die Bremsen an Metzgers Mercedes wirkten nur mäßig. »Wahnsinn, Papa. Und was hat er noch gesagt?«

»Nicht viel. Ich habe ihm zum tausendsten Mal gesagt, dass ich Hannes heiße und er mir auch seinen Namen verraten soll. Da hat er plötzlich ›Sahas‹ gesagt. Und dann hat er ergänzt: ›Das bedeutet Mut‹. Das war's. Mehr nicht.«

»Ich bin in einer Stunde da, Papa. Setz ihn nicht unter Druck. Lass ihn weiter langsam auftauen.«

KAPITEL 30

Sahas lag in dem schönen, sauberen Bett und blickte an die Decke des kleinen Zimmers. Dort leuchteten ganz schwach ein paar Sterne. Es waren keine echten Sterne, es war ja nicht der Himmel, trotzdem sah es hübsch aus.

Die Frau, die sich Sabine nannte, hatte Sahas am Abend etwas sehr Leckeres mitgebracht. Ein weiches, helles Zeug in einem kleinen Becher, auf dem ein buntes Bild war. Die Frau tat ein bisschen von der Masse auf einen Löffel und hielt sie Sahas vor den Mund. »Probier, das ist lecker«, sagte sie freundlich. Als das Zeug seine Lippen berührte, schreckte er zurück. Es war so kalt. Schließlich leckte Sahas vorsichtig daran. Es schmeckte süß und köstlich und die Kälte fühlte sich gut an im Mund.

Er wusste nicht, wie es hieß, was er da aß, doch es kam ihm bekannt vor. Vielleicht hatte er so was schon mal gegessen, als er jünger war.

»Das ist Eis«, sagte die Frau, die Sabine hieß, aber das ergab keinen Sinn. Eis war das, was im Winter auf dem Hof war, wenn das Wasser hart und glatt wurde.

Sabine war freundlich. Zuerst hatte er schreckliche Angst vor ihr gehabt. Sie hatte ihn vor einem Tag, oder waren es mehrere Tage, in seinem Haus in seinem Zimmer überrascht und es war ihm nicht gelungen, ihr zu entwischen. Später wollte er gar nicht mehr entwischen, denn sie sprach freundlich mit ihm, auch wenn er nicht alles verstand, was sie sagte.

Sahas musste vorsichtig sein. Sie war eine Fremde, und Om und die anderen hatten ihn immer vor ihnen gewarnt. Fremde würden ihn mitnehmen und schlimme Dinge mit ihm machen, hatten sie gesagt.

Aber diese Frau, Sabine, wollte ihn nicht mitnehmen. Sie brachte ihm Sachen zum Anziehen in sein Haus und leckeres Essen und sie badete ihn mit warmem Wasser. Und mit Shampoo. Das war schön. Kamini hat ihn nur selten mit Shampoo gebadet.

Manchmal ließ die Frau Sabine ihn in seinem Haus allein. Da hätte er verschwinden können, aber er wartete lieber auf sie.

Als sie ihm dann gesagt hatte, dass viele Leute zum Haus kommen und alles durchsuchen würden, fand er es klüger, mit ihr zu gehen. Er hatte schreckliche Angst, zu der Frau ins Auto zu steigen. Manchmal hatte er in Oms Auto gesessen, allerdings nur, wenn es im Schuppen geparkt war. Gefahren ist Om immer alleine. Oms Auto war rot und alt und drinnen stank es fürchterlich. Sabines Auto war ein blau-weißer Polizeiwagen mit blauen Lampen auf dem Dach, wie er sie aus Filmen kannte. Es roch gut in dem Auto und auch Sabine roch gut. Und darum ging seine Angst weg, als sie fuhren und er aus dem Fenster den Himmel sehen konnte.

Nach einer Weile sind sie an einem Haus angekommen, von dem Sabine sagte, dass es ihr Haus sei. Es war klein und stand inmitten vieler bunter Blumen. In dem Haus wohnte noch ein alter Mann, der Sabines Papa war. Sahas hatte auch einen Papa: Om. Aber er durfte ihn nie so nennen. Warum, wusste er nicht. Sabine nannte den Mann immer wieder Papa und er ärgerte sich nicht darüber.

Der Mann war ebenfalls sehr freundlich zu Sahas, gab ihm leckeres Essen und er durfte Filme sehen. Das war hier ganz einfach. Bei ihm zu Hause musste Om erst seinen Computer holen, wenn Sahas Filme gucken wollte, und oft war nach kurzer Zeit der Strom leer. Udgam musste dann neuen Strom machen. Das ging nur, wenn Benzin da war. Der alte Mann, den Sabine Papa nannte, musste keinen Strom machen. Er hatte ganz, ganz viel davon.

Der Mann sagte zu Sahas, dass er ihn Hannes nennen solle, aber Sahas sagte lieber gar nichts. Es waren Fremde, und wo er schon so nah bei ihnen war, wollte er sich doch wenigstens an diese eine Regel halten, nicht mit Fremden zu sprechen.

Sabine und Hannes stellten viele Fragen. Sahas hatte manchmal Kopfschmerzen davon. Er antwortete nicht. Er wollte abwarten, ob sie wirklich gut waren, bevor er mit ihnen sprach.

Es war schön bei Sabine und ihrem Papa. In dem Haus waren nur schöne Gerüche und freundliche Gedanken, keine schrecklichen, wie zuletzt in seinem eigenen Haus. Er hatte alles vergessen, was passiert war. Das war gut so. Aber er vermisste Kamini. Und er vermisste den Wolf. Wo war er? Ging es ihm gut?

KAPITEL 31

Als Sabine erwachte, schaute sie zuerst aus dem Fenster. Melanie hatte es tatsächlich getan. Sie hatte einen ihrer Beamten vor dem Haus in einem Auto postiert, um auf sie aufzupassen. Wenn dieser Om noch in der Gegend sei, hatte sie gesagt, dann wäre der Junge in Gefahr. »Dein Vater ist damit überfordert.«

Sabine hielt das für übertrieben. Außerdem befürchtete sie, dass die Nachbarn Fragen stellen könnten. Von dem Jungen wussten bisher nur Melanie, Papa und sie selbst. Sie wollten sich viel Zeit lassen, bevor sie ihren Zeugen öffentlich machen würden. Es würde sofort die Medien auf den Plan rufen und womöglich irgendwelche Spinner, die sich wichtigmachten, aber auch das Jugendamt. Wenn der Junge im Moment eines nicht brauchen konnte, war es staatliche Fürsorge.

Die von Melanie gewährten 48 Stunden Verschnaufpause für den Kleinen waren vorbei und sie wollte weiterkommen. Deshalb erschien sie pünktlich im Haus von Johannes Langkafel. Melanie war einverstanden, bei Sabine mit dem Jungen zu sprechen, wo er schon einigermaßen heimisch war.

Sabines Vater hatte Frühstück vorbereitet und sich dann in den Garten verzogen. Sabine hatte ihn nicht extra darauf hinweisen müssen, dass es trotz Kaffee und Brötchen eine polizeiliche Vernehmung war, die in seiner Küche stattfand.

Sahas, wenigstens den Namen des Jungen kannten sie nun, schreckte zurück, als er die fremde Frau in der Küche erblickte. Irritiert sah er sich nach Hannes um.

»Keine Angst, Sahas«, sagte Sabine. »Melanie ist meine Freundin und sie wird dir auch helfen.«

Der Junge setzte sich hin und trank in kleinen Schlucken Orangensaft. Nach dem Zeug war er regelrecht süchtig. Dann nahm er ein Croissant und biss ab. Während er aß und trank, ließ er Melanie nicht aus den Augen.

»Erzähl uns, was du beobachtet hast, Sahas«, sagte Melanie sanft. »Was ist in der Nacht passiert, als du von zu Hause weggelaufen bist?«

Er blickte sie an. Keine Reaktion.

»Was hast du gestern Abend mit Hannes im Fernsehen gesehen, Sahas?«, versuchte es Sabine mit einem unverfänglicheren Thema. Aber er sprach nicht. Würde er je sprechen?

Abwechselnd stellten die Frauen unterschiedlichste Fragen, die alle ohne Reaktion blieben. Melanie fingerte ungeduldig an ihrer Kaffeetasse, wobei ein Ring an ihrem Finger ein leises Klicken verursachte. Ein Ehering, fragte sich Sabine und stellte fest, dass sie nichts über Melanie wusste. Klar, sie musste annehmen, dass die Polizistin unter Depressionen litt und diesen Umstand geheim halten wollte. Aber mehr wusste sie nicht. Ein Mann, Kinder? Nachdem sie sie als ihre Freundin vorgestellt hatte, konnte sie das ja mal fragen. Später.

Sabine hatte nur ein halbes Brötchen mit Marmelade gegessen, Melanie nichts. Sahas hatte nach dem Croissant noch ein halbes Brötchen mit Käse verputzt und eine Banane. Sabines Vater hatte schon nach dem ersten Tag mit dem Jungen zufrieden festgestellt: »Unter mangelndem Appetit leidet er jedenfalls nicht.«

»Sahas«, versuchte Sabine einen neuen Vorstoß. »Erzähl uns von Kamini.« Endlich tat sich was in dem zarten Gesicht. Ein Zucken. Schmerz? Trauer? Erinnerung?

Langsam glitt er vom Stuhl und verließ die Küche.

»Wo gehst du hin?«, fragte Melanie, wohl wissend, dass sie keine Antwort erhalten würde.

Sabine stand auf, stellte sich an die Küchentür, folgte dem Jungen aber nicht weiter, der die Treppe ins Obergeschoss hochstieg.

Melanie warf ihr einen fragenden Blick zu und Sabine zuckte nur mit den Schultern. Nach kurzer Zeit kam Sahas wieder nach unten. Er hatte etwas in der Hand, was er nun auf den Küchentisch legte: ein paar von Kaminis Tagebüchern. Zärtlich legte er die Hand auf die zerlesenen Hefte und sah Sabine und Melanie an.

»Du kennst diese Tagebücher, richtig?«, fragte Sabine. »Gibt es noch mehr davon? Hat Kamini weitere Hefte versteckt?« Sie platzte fast vor Aufregung und hätte gerne auf den Jungen eingeredet, aber eine Geste von Melanie gebot ihr Einhalt.

Nun ging Sahas zur Haustür, zog die Sneakers mit dem Klettverschluss an, die Sabine ihm gekauft hatte, und drehte sich zu den beiden Frauen um.

»Was will er?«, fragte Melanie und Sabine zischte genervt: »Was weiß ich: In die Schule? Nach Malle? In die Dorfkneipe? Ich verstehe ihn auch nicht.«

»Schon gut, bleib cool. Wir folgen ihm einfach«, sagte Melanie.

Im Vorgarten sah sich Sahas um. Was suchte er? Klar, den Streifenwagen. Der war nicht da. Stattdessen stand dort Melanies Passat und der sah nicht nach Polizei aus.

»Das ist das Auto meiner Freundin Melanie«, sagte Sabine aufgekratzt. »Steig ein. Ich setze mich zu dir und Melanie fährt uns.«

»Schön«, sagte Melanie, als sie hinter dem Steuer saß, »und wo soll es hingehen, junger Herr?«

»Melanie«, sagte Sabine und war bemüht, es nicht herablassend klingen zu lassen, »der Junge kennt wahrscheinlich nur zwei Orte auf der Welt. Mein Haus und sein eigenes. Also.«

Melanie nickte und startete den Motor.

Sie fuhr langsam und Sahas blickte interessiert aus dem Fenster. Seine erste Autofahrt mit Sabine hatte er liegend absolviert, nun rauschten die Felder und Wälder des Wendlandes an ihm vorbei.

Sabine saß dicht neben ihm, berührte mit ihrem Arm den seinen, und er ließ es geschehen. Gerne hätte sie den Arm um ihn gelegt. So ein kleines, einsames Kind braucht doch Berührung. Aber Sahas sendete keine entsprechenden Signale. Auch wenn keiner der ehemaligen Bewohner, mit denen Sabine inzwischen gesprochen hatte, entsprechende Andeutungen gemacht hatte, so war es immerhin möglich, dass Sahas in seinem durchgeknallten Zuhause Berührungen ganz anderer Art erfahren hatte.

Als Melanie den Wagen durch die zugewachsene Zufahrt auf den Hof steuerte, verkrampfte sich der kleine Körper leicht. Es dauerte dann auch eine Weile, bis Sahas aus dem Wagen stieg.

Im Haus ging der Junge sehr zielstrebig nach oben ins Badezimmer. Er schaute nicht nach links und nicht nach rechts. Es war offensichtlich, dass er seine Mission schnell erfüllen wollte.

Im Badezimmer quetsche er sich hinter die Badewanne und kniete sich auf den Boden. Mit seiner kleinen Faust klopfte er gegen einige der Kacheln, und es löste sich eine Platte, die aus neun Kacheln bestand. Vorsichtig legte er sie auf den Boden neben sich. Hinter der Platte war ein Hohlraum, aus dem er eine prall gefüllte Plastiktüte zog. Es war eine uralte Tüte von Aldi, zerknittert und verblichen. Sahas konnte die Tüte mit beiden Händen kaum hochheben. Sabine beugte sich über die Badewanne und nahm ihm das Paket ab. Dann griff er noch mal in den Hohlraum und förderte eine weitere Tüte zutage, die nicht ganz so dick war.

Sabine sah in eine der Tüten. Wie erwartet, war sie gefüllt mit weiteren Heften, die mit Jahreszahlen beschriftet waren.

»Kaminis Gesamtwerk«, sagte sie zu Melanie und zu dem Jungen: »Sehr gut, Sahas. Vielen Dank. Das war wirklich klug von dir.«

Sahas kam hinter der Badewanne hervor, verließ zielstrebig das Bad und ging in sein Zimmer. Melanie und Sabine folgten.

Er stellte sich vors Fenster und blickte hinaus in den Wald. Die Mittagssonne schien durch die Baumspitzen und ließ das dichte Gestrüpp am Waldboden leuchten. Ein leichter Wind brachte Bewegung in die Blätter und Zweige, es blinkte und flackerte. Sabine näherte sich vorsichtig und betrachtete den Jungen von der Seite. Sein Blick schien den Wald abzusuchen.

»Wonach schaust du, Sahas?«, fragte sie und beugte sich zu ihm hinunter. »Suchst du jemanden? War noch jemand bei dir?«

Kurz durchschoss sie der Gedanke, dass vielleicht noch ein zweites Kind im Haus gewesen war. Das konnte doch sein.

»Wolf?«, sagte Sahas, und es klang nicht wie eine Information für Sabine und Melanie, sondern wie ein Ruf.

»Ist da ein Wolf?«, fragte Sabine und glotzte in den Wald. Natürlich war da kein Wolf. Was sollte der auch so nah am Haus, wo hier seit Tagen so viele Menschen herumliefen?

»Dieser Wilderer hatte also recht«, sagte Melanie, die sich aufs Bett gesetzt hatte. »Der Junge hatte Kontakt zu einem Wolf. Das ist ja gruselig.«

»Findest du?«, sagte Sabine und lächelte erst Melanie und dann den Jungen an. »Ich finde es märchenhaft.«

Sabines Blick fiel auf die kryptische Schrift an der Wand. Sie deutete darauf. »Sahas, hast du das geschrieben? Was steht da?«

Der Junge ging zu der Schrift, strich mit seiner kleinen Hand darüber und sagte leise, kaum hörbar: »Alle großen Leute sind einmal Kinder gewesen.«

»Aber wenige erinnern sich daran«, sagte Melanie.

»Hä?« Sabine sah sie verwundert an.

»Das ist aus dem Kleinen Prinzen. Unser Freund hier ist ein Poet«, sagte Melanie.

Sabine konnte sich ein anerkennendes Nicken in Richtung der Kollegin nicht verkneifen.

So zielstrebig, wie der Junge das Haus wieder verließ, war den beiden Polizistinnen klar, dass er für weitere Tatortarbeit nicht zur Verfügung stand. Er hatte sicher Schreckliches erlebt an diesem Ort. Und ganz sicher würde er es ihnen jetzt und hier nicht offenbaren.

Auf der Rückfahrt ließ Sabine die Scheibe hinunter und zeigte Sahas, wie man die Hand im Fahrtwind schweben lassen kann. Nach kurzem Zögern machte es ihr der Junge nach. Schnell hatte er den Bogen raus. Und da war es wieder, nur für Eingeweihte sichtbar, das Lächeln.

KAPITEL 32

Auf Melanies Anweisung hin hatte Sabine die Tagebücher, sowohl die ersten Jahrgänge als auch die gerade erst entdeckten, in die Turnhalle gebracht, wo sie ordnungsgemäß asserviert werden sollten.

Mit einem kleinen Stapel der ebenso anstrengenden wie spannenden Lektüre setzte sie sich in eine Ecke an einen Tisch und überflog die Zeilen. Kaminis Schrift wurde mit zunehmendem Alter nicht besser. Was war diese Kamini, Marieke Tersteegen, Bankierstochter aus der Schweiz, für ein Mensch? Es war nicht ungewöhnlich, dass ein junges Mädchen aus der Welt des Luxus und der starren Regeln flieht. Das hatte Elisabeth Schaub ebenfalls getan, und es taten sicherlich viele andere junge Menschen, ohne dann bei Sekten zu landen. Kamini war diesem Om über all die Jahre treu ergeben, das sprach aus jeder ihrer Zeilen. Aber sie muss ihm auch misstraut haben. Warum sonst hätte sie ein geheimes Tagebuch führen sollen? Es gab kein Jahr ohne Kladde. Mit 17 hatte sie angefangen zu schreiben und bis zu ihrem gewaltsamen Tod im Alter von 55 nicht damit aufgehört. Om hat sicher keines dieser Hefte je zu Gesicht bekommen. Und die anderen Bewohner auch nicht, Kaminis Freundin Kala, ihr Sohn Udgam. Niemand. Aber Sahas, der vielleicht sogar ihr Enkel war, der kannte die Hefte und sogar ihr perfektes Versteck. Sollte er der Retter ihres Vermächtnisses werden? Wusste sie, dass es mit ihrer abgekapselten Welt, die sie für so perfekt hielt, bald vorbei sein würde? Sabine hoffte, in einem der Tagebücher eine Antwort darauf zu finden.

Doch vorläufig war dafür keine Zeit, denn Melanie lief aufgeregt auf sie zu, ein paar zusammengeheftete Blätter schwenkend.

»Neuigkeiten von Rainer Kurze, das wird dich umhauen, Sabine«, triumphierte sie und gab Sabine das Dokument.

Im üblichen Protokollstil war darin niedergelegt, dass sich eine Anwaltskanzlei aus Hamburg, Neidhardt und Bommel, bei der Kommission gemeldet hatte. Einer der Anwälte hatte von Kurzes Tod im Gartower See gelesen. Kurze war ein Mandant der Kanzlei und offenbar wenige Tage vor seinem Ableben in Hamburg gewesen. Es ging um den Bauantrag für ein größeres Freizeitobjekt in Niedersachsen. Die Pläne davon zeigte er den Anwälten und wollte, dass sie die erforderlichen Verträge aufsetzten. Kurze selbst war der Hauptinvestor mit einem Anteil von 90 Prozent der Bausumme von 70 Millionen Euro. Den Minderheitsgesellschafter hatte er namentlich nicht genannt. Außerdem wartete er auf die Freigabe der Flächennutzung, also auf die Baugenehmigung. Die Pläne hatte Kurze wieder mitgenommen, aber der Anwalt erinnerte sich daran, dass das Objekt an der Elbe im Landkreis Lüchow-Dannenberg entstehen sollte. Kurze hatte angekündigt, in wenigen Tagen mit allen Informationen und Genehmigungen zurückzukehren und alles festzuzurren.

»Da hatte der Herr Kurze ja Großes vor mit seiner alten Kate«, sagte Sabine beeindruckt.

»Ja. Und Om und seine Schäfchen waren sicher nicht begeistert davon.«

»Deshalb also der kollektive Selbstmord?«, dachte Sabine laut nach. »Möglich wäre es, so verstrahlt wie die waren.«

»Es würde uns weiterbringen, wenn wir wüssten, wer der zweite Gesellschafter ist. Dieses Vorhaben muss hier doch bekannt gewesen sein«, sagte Melanie.

Zum Rathaus waren es nur wenige Minuten, und so standen Melanie und Sabine wenig später im Vorzimmer der Bürgermeisterin und baten um Einlass. Doch Lucille von Grote war nicht da, weshalb die Assistentin die beiden zu Gemeinderat Hansen schickte. Der war, klärte Sabine Melanie auf, für Umweltfragen zuständig und sicher auch über Kurzes Vorhaben informiert.

Hansen kam hektisch hinter seinem Schreibtisch hervorgeschossen, als ihm die Polizei angekündigt wurde, und begrüßte die Frauen betont freundlich. Er trug einen hellgrauen Anzug und ein schwarzes Hemd, das über seinem voluminösen Bauch spannte.

»Mensch, Sabine, beschäftigen euch die Toten von dem Hof immer noch? Ist ja schrecklich«, sagte er und bot den Frauen Plätze auf der Sitzgarnitur in seinem geräumigen Büro an. Sabine erinnerte sich nicht, auf welchem Dorffest sie mit dem Mann, der ihr Vater sein könnte, zum Du übergegangen war. Aber hier im Wendland ging das schnell.

»Ja, Lothar, und zu den Leichen auf dem Hof ist ja jetzt noch der Tote im See dazugekommen. Der schickt uns nun ins Rathaus. – Kanntest du Kurze? Ihr seid doch ungefähr im gleichen Alter.«

Hansen sah auf seine gepflegten Fingernägel und dachte nach. »Kennen? Sicher sind wir uns als Teenies bei der ein oder anderen Party mal über den Weg gelaufen. Aber ich ging ja in Dannenberg zur Schule und Kurze, soweit ich weiß, in Lüchow. Da hat man wenig Überschneidungen. Und er ist ja schon bald nach dem Tod seiner Eltern abgehauen. Der hat doch in Spanien gelebt, oder?«

»Wir haben erfahren, dass Kurze in der Gegend bauen wollte«, ergriff Melanie das Wort. »Vermutlich auf seinem Grundstück. Ein Freizeitobjekt.«

»Ein Freizeitobjekt?«, echote Hansen ungläubig und rückte seinen massigen Körper in dem engen Sessel zurecht. »Was für ein Freizeitobjekt?«

»Wissen wir nicht«, sagte Sabine. »Ein Hotel, ein Spaßbad, ein Reiterhof, vielleicht ein Golfplatz. So was kannte er ja aus Marbella. 70 Millionen Investment.«

Hansen pfiff durch die Zähne, dann lachte er. »Sabine, du weißt, was mein Job ist. Glaubst du, es könnte jemand ein Vorhaben dieser Größenordnung anschieben, ohne dass ich davon erfahre? Das geht ausschließlich über mich. In diesem Fall vermutlich nur über meine Leiche.«

»Also du hast nie davon gehört?«, sagte Sabine. »Angeblich stand Kurze unmittelbar vor der Baugenehmigung.«

Hansen schüttelte den Kopf. »Ausgeschlossen. Vielleicht war er in die Gegend gekommen, um mit uns darüber zu sprechen, aber das hat er nicht getan. Er hatte auch keinen Termin angefragt, soweit ich weiß. Und für den unwahrscheinlichen Fall, dass wir, also die Gemeinde, interessiert wären an seinem Freizeitobjekt, würden die ganzen Verfahren Monate in Anspruch nehmen. Das könnt ihr euch wohl denken.«

»Und wenn ein wohlmeinender Gönner mit Beziehungen nachhilft?«, fragte Melanie.

»Ach, echt?«, Hansen sah sie herablassend an. »Wer sollte das denn sein? – Wenn Sie an unsere Bürgermeisterin denken, oder besser ihren Mann, dann kann ich nur sagen: So läuft das bei uns nicht. Wir sind im Wendland und nicht auf Sizilien.«

Als sie wieder auf der Straße standen, platzte es aus Melanie heraus: »Was ist das für ein Scheißkaff, ehrlich, Sabine! Alle machen auf dufte, alle per Du, jeder kennt jeden, aber wenn drei Kilometer weiter jahrzehntelang ein paar Freaks wie im Mittelalter hausen, kriegt das keiner mit? Leute wie dieser Hansen haben einfach weggeschaut und sich einen Scheißdreck dafür interessiert, was da im Wald abgeht. Ich meine, da wohnten sicher irgendwann mal Leute, die der Hansen kannte. Zum Kotzen.«

»Ja, Melanie, du hast ja recht, aber …«

»Das ist ja noch nicht alles. Die Bilder der Opfer waren in der Zeitung, jetzt war auch Kurze in den Medien. Und was ist? Nichts. Die Hinweise aus der Bevölkerung, die bei uns eingehen, kannst du an einer Hand abzählen, und die Hälfte davon sind von Spinnern und Wichtigtuern.«

»Melanie, vergiss nicht, dass die Bewohner des Hofes, zumindest die, von denen wir wissen, alle ursprünglich nicht aus der Gegend sind. Nur Lisa Leber stammt aus Gartow. Die anderen sind über die Gorleben-Proteste und die Republik Freies Wendland bei uns angespült worden. Die kannte hier keiner. Kamini zum Beispiel. Nach allem, was wir wissen, ist sie 1980 aus dem Internat getürmt, erst im Hüttendorf gelandet, um dann mit Achim Wohlleben den Rest ihres traurigen Lebens im Wald zu hausen. Die hat vermutlich nie jemand außerhalb des Hofes gesehen. Sie ging nicht zum Bäcker, nicht in die Kirche und nicht auf unser Schützenfest. Ach ja, in der Schule ist sie mal gewesen, wegen ihres Sohnes. Doch diesen Kontakt haben sie dann ja auch für alle Zeit abgebrochen. Die Leute hier sind vielleicht etwas verschroben, okay, aber sie spionieren sich nicht gegenseitig nach. Leben und leben lassen.«

»Ja, und wenn es das Leben einer schrägen Sekte ist, steckt man den Kopf noch ein Stück tiefer in den Sand, um bloß nicht eingreifen zu müssen.«

Sie stiegen in Melanies Wagen und fuhren schweigend zur Turnhalle.

KAPITEL 33

Lothar war einer der Letzten am Tresen des Gartower Krugs gewesen. Zu den Bieren hatten sich noch ein paar Schnäpse gesellt. Es gab immer Leute, die ihm einen ausgeben wollten. Da konnte er nicht nein sagen, auch wenn ihm heute eigentlich nicht nach Alkohol war. Der Besuch von Sabine und dieser Kampflesbe aus Lüneburg hatte ihm den Tag versaut. Was kam wohl noch auf ihn zu? Wo war er da hineingeraten und wie kam er wieder raus?

Jeder andere hätte jetzt das Auto stehen gelassen, aber nicht Lothar Hansen. Die wenigen Kilometer bis zu seinem Haus glaubte er gefahrlos meistern zu können, und er brauchte den Wagen morgen. Langsam fuhr er im Elektromodus durch den menschenleeren Ort, über die Brücke nach Holtorf, wo er mit seiner alten Mutter einen kleinen Resthof bewohnte. Lautlos ließ er den Wagen mit ausgeschalteten Scheinwerfern in die Scheune rollen. Das war altbewährte Praxis. So wurde Mutter nicht wach und verschonte ihn mit ihrem dementen Gekeife. Die polnische Pflegerin, der er ein Vermögen zahlte, hatte die Alte nicht im Griff. Abends kippte diese Maria einige Schnäpse und schlief dann wie ein Stein.

Er fühlte sich beschissen. Da half auch der Alkohol nicht. Lothar sah die dunklen Wolken bereits über sich und hatte keine Idee, wie er sich vor dem unvermeidbaren Gewitter in Sicherheit bringen sollte. Wenn er die Zeit nur ein Jahr zurückdrehen könnte.

Langsam ging er über den Hof zum Haus. Es war stockdunkel. Die Bewegungssensoren, die jetzt eigentlich die Hofbeleuchtung aktivieren müssten, hatte er abgeschaltet. Das Licht weckte Mama. Trotz Jalousien und Schlafbrille. Vermutlich konnte sie Licht riechen.

Vom Kuhstall des Nachbarn drang das Schnauben der Kühe herüber, weiter weg lieferten sich Hunde ein Kläffduell. Mücken tanzten in der warmen Luft.

»Hey, Lothar«, zischte es plötzlich aus der Dunkelheit. Lothar erschrak weniger, als es normal gewesen wäre. Das lag am Alkohol.

»Schön, dich zu sehen.« Die leise und raue Stimme kam nun ganz aus der Nähe. Gegen den schwachen Schein der Hofbeleuchtung des Nachbarn zeichnete sich eine Gestalt ab. Lothar wusste natürlich, wer ihm dort auflauerte. Er brauchte den Mann nicht zu sehen, und er würde ihn optisch auch gar nicht erkennen, da ihre letzte Begegnung bei Tageslicht über 30 Jahre zurücklag. Hansen blieb stehen und drehte sich zu der Gestalt, die jetzt keine zwei

Meter von ihm entfernt stand. Die Hunde hatten ihr Bellduell unterbrochen, als wollten sie lauschen.

»Achim, du armer Irrer, oder soll ich ›Om‹ sagen? Aber so haben dich ja nur deine Jünger genannt.« Hansen hatte sich schnell wieder im Griff. »Hast du deine Leute umgebracht? Sähe dir ähnlich.«

»Ich will mein Geld«, sagte der Mann und trat noch einen Schritt näher. Nun konnte Lothar ihn erkennen. Er war höchstens zwei Jahre älter als Lothar, inzwischen also 61. Er war ausgemergelt, blass, die langen grauen Haare hingen in verklebten Strähnen vom Kopf. Ein ungepflegter Bart wucherte um einen Mund voller fauliger Zähne.

»Geld? Was für Geld?«

»Das Geld, das Kurze mir geben wollte. Dazu ist es nicht gekommen.«

»Ja, weil ihr ihn umgebracht habt, ihr Psychos.«

»Du hast ja keine Ahnung, Lothar. Und überhaupt: Was taucht der Idiot so früh hier auf? Eine Woche bevor wir verabredet waren. Ich war noch nicht so weit.«

»Keine Ahnung, wovon du redest, Achim. Was habt ihr da all die Jahre überhaupt für ein krankes Leben geführt? Ich dachte, ihr seid alle längst weg in Poona oder tot«, schnauzte Hansen und zuckte im gleichen Moment zurück. War es klug, diesen Psychopathen so anzugehen? Der war doch zu allem fähig. »Ich weiß nichts von Kurze und irgendwelchem Geld. Du bist bei mir an der falschen Adresse.« Jetzt bemerkte Lothar, dass Achims linker Ärmel fleckig und zerrissen war. Blut? War er verletzt?

»Ach, Lothar, oder darf ich dich ›Ikram‹ nennen, um der alten Zeiten willen? Mach mir doch nichts vor. Ich weiß, dass du mit Kurze unter einer Decke steckst. Der hat dich an dem Deal beteiligt. Du hast ihn in der Nacht auf den Hof gefahren. Dein Auto erkenne ich wieder. Du bist mir entgegengekommen.«

»Was faselst du da? Ich habe Kurze ewig nicht gesehen. Und sein Geld habe ich auch nicht. Verschwinde, bevor ich die Polizei rufe.« Er zog sein Handy aus der Hosentasche und entsperrte es, um Entschlossenheit zu demonstrieren. Das schwache Licht des Telefondisplays ließ Oms furchterregendes Gesicht dämonisch wirken.

»Es ist mein Geld. Kurze hatte es mir versprochen, damit ich mit meinen Leuten verschwinde. Aber er hat es nicht bei sich gehabt. Es war sicher in deinem Auto.«

»Wieso in meinem Auto? Du...«

»Stell dich nicht so blöd, Mann!« Om kam nun noch näher und stand nur eine Armlänge von Lothar entfernt. Sollte Lothar ihn einfach packen und verprügeln? Würde er das schaffen? Er wog sicher 30 Kilo mehr als der dürre Guru, das verschaffte ihm einen Vorteil. Aber er war betrunken. Und was sollte er mit dem Verrückten machen, wenn er ihn überwältigt hatte? Während Hansen nach einer Strategie suchte, ging plötzlich im Haus ein Licht an. In zweien der Fenster im Obergeschoss. Om sah irritiert zum Haus.

»Meine Mutter. Oder die Pflegerin. Du verschwindest jetzt besser«, sagte Lothar und war seiner Mutter zum ersten Mal dankbar für ihre Schlaflosigkeit.

»Pass auf, Lothar, das läuft so ab«, zischte Om, »du beschaffst das Geld von Kurze. Es ist in deinem Auto, in seinem Hotel oder sonst wo. Und du musst noch etwas für mich tun.«

»Ich muss gar nichts für dich tun«, sagte Lothar leise und wollte zum Haus gehen, da zog Om einen Gegenstand aus dem Hosenbund. Eine Pistole. Unter dem weiten Shirt war sie zuvor gut versteckt gewesen.

»Spinnst du? Willst du mich jetzt auch noch umlegen?«

»Hör gut zu«, flüsterte Om und kam ganz nah. »Im Haus ist etwas versteckt, das du für mich holen musst.«

»Ich kann nicht ins Haus. Da steht rund um die Uhr Polizei. Verdammt …«

»Du findest schon eine Möglichkeit, kennst dich ja aus.«

»Was soll ich denn suchen?«

»Und dann musst du herausfinden, wo der Junge ist.«

»Junge? Was für ein Junge?«, Lothar konnte den Blick nicht von der Pistole wenden, die Om nun lässig in der rechten Hand baumeln ließ. Sie sah alt aus und hatte eine matte goldene Farbe.

»Sahas, mein Sohn. Er ist acht Jahre alt. Die Polizei hat ihn sicher gefunden und versteckt ihn. Er muss mit mir kommen.«

»Ich weiß nichts von einem Jungen.« Lothar war wirklich erstaunt.

»Natürlich nicht. Das verschweigen die Bullen. Aber du hast ja Kontakte.«

»Und wenn ich mich weigere? Wenn ich einfach die Polizei anrufe und ihr einen Tipp gebe?«

»Das wirst du nicht tun, Ikram, ganz sicher nicht. Denn sonst werde ich ihnen nämlich erzählen, dass du in der Nacht dabei warst und alles gesehen hast. Ich werde ihnen erzählen, dass du an Kurzes Bauprojekt beteiligt bist. Dann ist es aus mit Mister Wichtig, dann jagen sie dich aus dem Dorf. Vielleicht kommst du sogar in den Knast, wegen Strafvereitelung oder so.«

Nun öffnete sich eins der erleuchteten Fenster und ein lockiger Kopf wurde herausgestreckt.

»Herr Hansen«, schrillte eine Stimme über den dunklen Hof. »Sind Sie da?« Es war Maria, die alte Polin, offenbar noch nicht völlig abgefüllt.

»Ja, was ist denn?«, rief Hansen, ohne Om und seine Pistole aus den Augen zu lassen.

»Ich ruf dich an, mein Freund«, flüsterte Om kaum hörbar und schritt langsam rückwärts, bis die Dunkelheit ihn verschluckte.

»Ihre Mama ist aus dem Bett gefallen. Müssen Sie helfen hochheben, Herr Hansen«, brüllte die Pflegerin über den Hof. Die Hunde nahmen ihr Bellduell wieder auf. Hansen ging zum Haus. Als er die Tür öffnete, hörte er, dass etwas weiter entfernt ein Motor gestartet wurde. Es brauchte ein paar Umdrehungen des Anlassers, bis das offenbar betagte Triebwerk den Dienst aufnahm. Dann fuhr das Auto dröhnend fort. Und nun erinnerte sich Hansen, wann er diesen kaputten Auspuff schon mal gehört hatte: in der Nacht auf der Landstraße, als er nur noch wegwollte.

KAPITEL 34

August 2000

Liebes Tagebuch,

wir sind nun wirklich frei. Niemand stört mehr unseren Frieden. Nur noch selten sind Fremde bei uns, und Om achtet immer darauf, dass sie uns nicht begegnen. Der Schutzraum erfüllt seinen Zweck. Es ist viel passiert in letzter Zeit und ich kam nicht dazu, es aufzuschreiben. Wir haben Leben gegeben und es wurde uns Leben genommen. Am Ende des Winters, vor etwas mehr als vier Monaten, haben wir Brahma verloren. Es war kurz nach seinem zehnten Geburtstag. Er war ein Kind der Trauer, weil bei seiner Geburt seine Mutter aus unserer Mitte gerissen wurde. Er hat den Kampf gegen das schlimme Fieber verloren. Wir haben alles versucht, was in unserer Macht stand, um es zu senken. Alle Kräuter unseres Gartens, alle Gesänge und Gebete haben nicht ausgereicht. Bali hatte vorgeschlagen, mit ihm in ein Krankenhaus zu fahren, und Om damit wütend gemacht. Sie ist nun eigentlich lange genug bei uns, um zu wissen, dass wir die Gifte der Welt nicht an unsere Kinder lassen. Nicht in ihre Köpfe und nicht in ihre Körper. Wenn der Kosmos eine Bestimmung für einen Menschen hat, erklärte Om Bali, haben wir kein Recht, uns dem zu widersetzen. Wir züchten sonst nur Dämonen. Om war furchtbar traurig, auch Brahma war sein spiritueller Sohn. Wir haben ihn bei seiner Mutter unter dem Birnbaum zur Ruhe gelegt.

Vor Kurzem hat Bali neues Leben geschenkt und uns alle glücklich gemacht. Der kleine Krishan kam ohne Probleme auf die Welt und ist ein wunderschönes Kind. Mein Sohn Udgam hat Bali kurz nach der Geburt verärgert, als er ihr erklärte, dass Krishan nichts Göttliches in sich trage, da er nicht von Om gezeugt wurde. Natürlich hatte er recht, aber er hätte es nicht zu Bali sagen dürfen. Das hat sie verletzt. Wir alle werden auch den kleinen Krishan wie unser Kind lieben und ihm gute Eltern sein. Krishans Vater ist schon Ende letzten Jahres weitergezogen und möge gesegnet sein.

Seit zwei Wochen wohnt ein Mann bei uns, der uns allen etwas fremd ist. Georgios heißt er, wird aber George genannt. Er weigert sich, den spirituellen Namen »Nandika« anzunehmen, den Om ihm gegeben hat. Er nimmt auch nicht am morgendlichen Mantrensingen und nicht an den Meditationen teil. Nur bei Oms Lectures sehen wir ihn, aber er scheint nicht bei der Sache zu sein. Er hatte außerdem eine Flasche Whiskey in seinem Gepäck. Om lässt George gewähren. Er ist wichtig für uns, sagt er, weil er das Marihuana, das wir nun auf einer viel größeren Fläche anbauen, in der Stadt zu Geld machen kann. Davon können wir uns die Sachen leisten, die wir nicht selbst herstellen können. Zum Beispiel einen Stromgenerator und einen Computer. Om fährt immer wieder mit George in dessen Auto fort und kommt mit Geschenken zurück. Mir hat er neue Saiten für meine Gitarre mitgebracht. Endlich kann ich wieder Musik machen. Ich bin glücklich.

KAPITEL 35

Es war gerade 3 Uhr morgens in Savannah/Georgia, aber davon ließ Sabine sich nicht abhalten. Als erste Amtshandlung des Tages rief sie Lisa Leber an. Es dauerte eine Weile, bis die Frau am Telefon war. Sabine sparte sich jedes Geplaudere und stellte sofort ihre Frage. »Im Jahr 2000, gut zwei Jahre bevor Sie den Hof verlassen haben, ist dort ein zehnjähriger Junge an einem Fieber gestorben. Warum haben Sie mir nichts davon erzählt?«

Es blieb still auf der anderen Seite des Atlantiks.

»Erzählen Sie mir jetzt nicht, dass Sie das nicht wussten. Das glaube ich nicht.«

»Brahma«, kam es nun zögerlich aus dem Hörer. »Ich vermute, er hatte eine Lungenentzündung.« Damit hatten sie also die Todesursache. Die Rechtsmedizin würde dies anhand ein paar Knochen aber sicher nicht bestätigen oder widerlegen können.

»Warum haben Sie mir davon in unserem Gespräch nichts erzählt? Wir haben die Überreste des Jungen gefunden. Auf dem Grundstück.«

»Ich habe mich geschämt, schäme mich immer noch. Fast jeden Tag denke ich daran«, sagte Lisa Leber, und es klang, als ob sie weinen würde.

»Warum haben Sie damals keinen Arzt gerufen? Hatte dieser Om Sie alle so gut unter Kontrolle, dass Sie ein Kind jämmerlich verrecken ließen?«

Es entstand eine unangenehme Stille.

»Habe ich mich strafbar gemacht?«, fragte Lisa Leber schließlich.

»Vor dem Gesetz eher nicht«, sagte Sabine genervt. »Aber wenn Sie an irgendeinen Gott glauben, dann bestimmt vor ihm. Wenn sich einer strafbar gemacht hat, war das Ihr großer Guru. Und wenn die Umstände, die zum Tod des Jungen geführt haben, nicht als unterlassene Hilfeleistung, sondern als Totschlag eingestuft werden, ist die Tat vermutlich noch nicht verjährt. Ich brauche deshalb eine möglichst lückenlose Schilderung der Ereignisse rund um den Tod des Jungen. Sind Sie dazu in der Lage?«

»Ja, ich denke schon.«

Nachdem Sabine Lisa Lebers Aussage protokolliert hatte, fuhr sie in die Turnhalle, um Melanie Gierke zu berichten. Doch die kam ihr mit einer, wie sie offenbar glaubte, noch sensationelleren Neuigkeit zuvor.

»Wir haben eine Auswertung der Handydaten von Rainer Kurze«, sagte sie und schwenkte triumphierend ein paar zusammengeheftete Blätter. »Du errätst nie, mit wem der Kerl kurz vor seinem Tod, aber auch in den Wochen zuvor mehrmals telefoniert hat.«

»Und?«

»Mit dem grünen Daumen von Gartow, Lothar Hansen.«

»Was? Hat er nicht gestern noch darauf bestanden, ewig nichts von Kurze gehört zu haben?«

»Ja. Und er hat betont, dass Kurzes Bauvorhaben nur über ihn eine Chance gehabt hätte.«

»Oder über seine Leiche«, ergänzte Sabine.

»Also weiß er mehr, als er sagt.«

»Offensichtlich steckt er irgendwie mit drin. Fragen

wir ihn einfach«, sagte Sabine und wollte schon aus der Turnhalle rasen.

»Nein, Sabine, warte!« Melanie lief ihr hinterher. »Wenn uns der Kerl für so doof hält, dann lassen wir ihn vorerst in dem Glauben. Vielleicht führt er uns zu Om.«

»Om und Hansen?« Sabine sah Melanie verwundert an. »Das kann ich mir so gar nicht vorstellen. Hansen ist das Gegenteil von esoterisch.«

»Heute. Aber Om und er sind sich sicher häufiger begegnet, als er zugegeben hat. Damals, 1980, im Hüttendorf. Alle eine große Familie. Die Umweltbewegten, die Esoteriker, die Spinner, die Kommunisten. Da ist alles möglich.« Melanie Gierke rief einen Beamten zu sich und instruierte ihn für die Observierung von Gemeinderat Hansen. »Es gibt eine weitere Nummer, die Kurze mehrfach angerufen hat. Auch eine Handynummer, aber die ist nicht registriert. Offenbar eine Prepaidkarte vom Schwarzmarkt.«

»Om?«

»Denkbar. Kurze wollte schließlich sein Grundstück zurück.«

»Dann hat er das Handy möglicherweise noch«, platzte Sabine heraus, »und wir können ihn orten.«

Melanie lachte eine Spur zu überheblich. »Der Mann hat vielleicht 40 Jahre unter einem Stein gelebt, aber so versiert wird er schon sein, dass er nicht mit einer aktiven Mobilverbindung auf der Flucht ist.«

Sabine fühlte sich plötzlich, als hätte die erfahrenere Kollegin ihr die Luft rausgelassen. In den letzten Tagen hatte sie mit Melanie auf Augenhöhe gearbeitet. Sie hatte sich sogar dabei ertappt, dass sie sich stärker und kompetenter fühlte als die Oberkommissarin. Melanies desolater Gemützustand trug sicher dazu bei. Aber nun hatte die Gierke wieder Oberwasser. Warum wirkte sie plötzlich so verändert?

»Ich habe noch was«, sagte Melanie. »Eine Hamburger Bankverbindung, die uns Kurzes Anwälte genannt haben. Dort sind kurz vor den Ereignissen auf dem Hof 50.000 Euro in bar abgehoben worden. Das Geld ist verschwunden.«

»Om?«

»Möglich.«

Sie gingen zu einem Tisch, auf dem große Kaffeekannen und Tassen bereitgestellt waren. Sabine pumpte für sich und Melanie zwei Becher voll.

»Okay«, begann sie, um sich selbst wieder aufzubauen, »es war so: Kurze wollte Om mit 50.000 abfinden, damit der mit seinen Leuten verschwindet. Der überlegt es sich anders und legt Kurze um. Er schafft die Leiche in den See und verschwindet. Aus Verzweiflung tötet Udgam seine Familie und sich selbst.«

Melanie dachte nach. »Und wie ist Kurze zum Hof gekommen? Sicher nicht zu Fuß. Und einen Wagen hat er nirgendwo gemietet. Das hätten wir herausgefunden.«

»Hansen hat ihn gefahren«, kombinierte Sabine weiter.

»Okay. Und anschließend hat Hansen die Leiche zum See gebracht und am besten auch noch Om versteckt?«

»Möglich wär's«, sagte Sabine und hoffte, nicht wieder einen Dämpfer von Melanie zu bekommen. »Aber es könnte auch ganz anders gewesen sein. Uns fehlen eine Menge Teile bei diesem Puzzle.«

Ein Puzzleteil zeichnete sich wenige Stunden später zaghaft ab. Aufgrund des Fahndungsaufrufs nach dem rostroten Renault 19 von Georgios Yiannopoulos waren in den letzten Tagen einige Hinweise eingegangen. Die meisten erwiesen sich als wenig brauchbar. Mal war es das falsche Modell, mal ein viel späteres Baujahr. Einer meldete sich mit dem Hinweis, dass ihm ein ähnliches Auto, allerdings in Blau, vor zwei Jahren gestohlen worden sei, und wenn sie zufällig bei der Suche auf seinen Wagen stießen, würde er gerne informiert werden. Was veranlasste Menschen nur dazu, die Polizei mit solchem Mist von der Arbeit abzuhalten?

Der letzte Hinweis hatte mehr Substanz. An einer Tankstelle in Dannenberg war ein solcher Wagen gesehen worden. Das schwarz-weiße Überwachungsvideo ließ zwar die Farbe nicht erkennen, bei Modell und Baujahr gab es jedoch kaum Zweifel. Das Kennzeichen des Fahrzeugs, DAN-CD-347, war vor zwölf Jahren als gestohlen gemeldet worden. Om hatte das Fahrzeug also auf eine gewisse Art doch von Hamburg in den Kreis Lüchow-Dannenberg umgemeldet. Sabine nahm an, dass er ein regionales Kennzeichen für unauffälliger hielt. Der Mann, der den Renault in Dannenberg betankte, war auch auf dem Video zu sehen, aber nicht zu erkennen. Dünn, helles Hemd und helle Hose, lange Haare. Viel zu wenig für ein Fahndungsfoto. Der Tankstelleninhaber wusste außerdem zu berichten, dass der Wagen einen Höllenlärm gemacht hatte: »Der Auspuff hing nur noch in Fetzen am Unterboden.« Über den Kunden konnte er nicht viel mehr sagen, als das Video zeigte. Der Mann hatte vollgetankt und bar bezahlt.

Die alarmierende Entdeckung lag erst wenige Stunden zurück und aktuell waren alle verfügbaren Streifen, unterstützt von einem Hubschrauber und sogar ein paar Drohnen, auf der Suche nach dem Renault. Doch Melanie und Sabine glaubten nicht daran, dass sie ihn finden würden.

Om hatte es geschafft, sich, seine Familie und einen ganzen Bauernhof für Jahrzehnte unsichtbar zu machen. Da waren er und ein Auto eine Kleinigkeit.

Sicher war: Om trieb sich in der Gegend herum, er war nicht über die grüne Grenze nach Polen oder Dänemark abgehauen. Er hatte noch etwas zu erledigen.

»Er sucht Sahas«, flüsterte Sabine Melanie zu. »Ohne Sahas wird er nicht untertauchen.« Sie sprang auf und wollte nach Hause fahren, um auf den Jungen aufzupassen.

»Bleib ruhig«, ermahnte sie Melanie. »Dein Haus wird bewacht, und Om kann nicht wissen, wo der Junge ist. Niemand weiß das und«, sie sah in die Turnhalle, wo nur wenige Beamte vor ihren Computern saßen, »niemand wird das erfahren. – Es könnte aber durchaus sinnvoll sein, ihm irgendwie mitzuteilen, dass der Junge bei uns ist.«

»Ach, verstehe«, sagte Sabine und sprang wieder auf, »ein achtjähriger Junge als Köder für einen unberechenbaren Psychopathen. Tolle Idee.«

Einer der Beamten drehte den Kopf und sah irritiert in ihre Richtung.

»Nein«, beschwichtigte Melanie sie leise. »Er muss ja nicht wirklich da sein.«

Sabine lächelte sarkastisch. »Mein 80-jähriger Vater als Köder fühlt sich nicht besser an. – Gut. Ich fahre jetzt nach Hause und versuche noch mal, mit dem Jungen zu sprechen.«

KAPITEL 36

Als Sabine nach Hause kam, saß Papa etwas ermattet auf dem Sofa, während Sahas auf dem Boden herumrutschte und die Reste eines eingestürzten Jenga-Turmes einsammelte. Dieses Spiel hatte es ihm angetan. Immer wieder brachte er die Schachtel zu Johannes und sah ihn erwartungsvoll an. Über Spiele hatte der alte Langkafel auch ohne viele Worte – Sahas sprach immer noch nicht – einen Eindruck vom Bildungsstand des Jungen erhalten, der vom Alter her eigentlich in die zweite oder dritte Klasse gehen müsste.

Sahas konnte etwas lesen, kannte die Zahlen und wusste, wie man sie schrieb. Er konnte zählen, zumindest reichte es zum »Mensch ärgere dich nicht«-Spielen, das er offenbar kannte. Normale Spielkarten waren ihm fremd. Über Pflanzen wusste er ganz gut Bescheid, besser noch über Tiere. Sogar exotische Arten waren ihm vertraut. Sicher hatte er viele Naturdokus gesehen.

»Meinst du, er ist sicher bei uns?«, fragte Johannes. Er mochte den Jungen, genoss seine Anwesenheit, schien aber auch an seine Leistungsgrenzen zu geraten. »Euer Bodyguard da draußen lässt mich stutzig werden.«

Sabine berichtete ihrem Vater kurz vom Stand der Ermittlungen und von der Suche nach Om. Dann bat sie ihn aus dem Zimmer. Sie wollte mit Sahas sprechen, und das ging nur allein. Papa zog sich in den Garten zurück und wässerte die Beete.

Sabine hatte eines von Kaminis Tagebüchern aus dem Jahr 2004 in der Hand. In diesem Heft waren besonders viele farbige Zeichnungen enthalten. Sie schlug es auf einer besonders bunten Seite auf und legte es auf den niedrigen Wohnzimmertisch. Es waren Mandalas zu sehen sowie Blumen – und ein hübsches Mädchengesicht. Kamini verfügte über großes Zeichentalent, soweit Sabine das beurteilen konnte.

»Hey, Sahas«, sagte sie zu dem Jungen und zeigte auf die Bilder. »Erzähl mir von Kamini.«

Der Junge stand auf, ließ die Jenga-Steine, die er in der Hand hatte, auf den Boden fallen und kam zum Tisch. Er kniete sich auf den Teppich, beugte sich über das Heft und strich zärtlich über die Zeichnungen. Dann legte er einen Finger auf das Mädchengesicht und sagte: »Garima.«

Sabine musste sich zusammenreißen, um nicht unkontrolliert herauszuplatzen. Sie atmete tief durch. »Das ist Garima?« Seine Mutter, wie Sabine vermutete, Tochter von Om und Kala. Diese Zeichnung war sieben Jahre vor Sahas Geburt entstanden, da war Garima 20.

Nun drehte Sahas den Kopf und sah Sabine mit seinen großen blauen Augen skeptisch an.

»Sabine«, sagte er und ein unbekanntes Glücksgefühl flutete sie. Er nannte ihren Namen.

»Ja, Sahas, ich bin Sabine.«

»Bist du eine Fremde?«, fragte er mit dünner Stimme. Kaum merklich verkrampfte sich sein kleiner Körper. Die Lippen zitterten leicht. Er hatte Angst.

»Nein, Sahas. Ich bin deine Freundin.«

»Ich darf nicht mit Fremden sprechen«, sagte Sahas und entspannte sich zusehends.

»Ich bin keine Fremde. – Wer sagt, dass du nicht mit Fremden sprechen darfst?«

Der Junge schwieg und wich Sabines Blick aus.

»Om?«

Er nickte leicht, ohne sie anzusehen. »Ist Om auch hier?«, fragte er und verkrampfte sich wieder etwas.

»Nein. Om ist nicht hier und er kommt auch nicht hierher. Nie.«

»Ist Om böse?«

»Ja, Sahas, Om ist böse. Aber er wird dir nichts tun.«

Sabine hatte sich das leichter vorgestellt. Endlich öffnete der Junge sich ihr, redete mit ihr, doch jeder Satz von ihr konnte der falsche sein und das Gespräch sofort beenden. Woher sollte sie wissen, was der Junge fürchtete und was nicht? Om war sicher sein Leben lang für Sahas der große gute Guru gewesen, wie für Kamini und die anderen. Ein autoritärer Irrer, dem sie alle blind gehorchten und vertrauten. Wenn Sahas nun fragte, ob das gottgleiche Wesen böse sei, dann ließ das auf eine neue Erfahrung schließen. Was hatte der Junge gesehen? Was hatte Om getan? Es würde noch dauern, bis sie sich bei Sahas an die großen Fragen wagen konnte. Und wenn es so weit war: Durfte sie das überhaupt alleine? Der Junge war traumatisiert. Sein Zustand erforderte professionelle Betreuung. Er war aber auch ein wichtiger Zeuge, und deshalb musste seine Aussage gerichtsverwertbar protokolliert werden. Dazu war Sabine ebenfalls alleine nicht befugt.

Sie beschloss, es vorerst bei Belanglosigkeiten zu belassen. Sie wollte lieber viel mit Sahas sprechen, Vertrauen aufbauen und die Wunden der Vergangenheit zunächst unberührt lassen.

Sie ging mit Sahas in den Garten, wo er von Johannes den Gartenschlauch übernahm.

»Ist Hannes auch mein Freund?«, fragte er Sabine und sein Blick sagte, dass er die Antwort glauben würde.

»Ja. Hannes ist mein Papa. Und er ist dein Freund. Er wird dir nichts Böses tun.«

Anfangs hatte Sabine die Befürchtung, dass Hannes, ein alter Mann wie Om, bei Sahas Misstrauen oder gar Angst auslösen könnte. Das hätte sich bei den endlosen Jenga-Runden oder beim gemeinsamen Anschauen von Tierdokumentationen im Fernsehen allerdings längst geäußert.

Sahas goss die Pflanzen, die Hannes ihm zeigte, und nannte ihre Namen. Bohnen. Erdbeeren. Kartoffeln. Manche Pflanzen kannte er nicht, aus einem Apfelbaum machte er einen Birnbaum und Kürbisse waren ihm ganz fremd. Aber Gartenerfahrung hatte er, und dumm war er auf keinen Fall. Schnell lernte er die Namen der fremden Pflanzen und vergaß sie nicht mehr.

Als Sabine nach dem Abendessen aus dem Fenster schaute, sah sie den Wagen ihres Bodyguards nicht. Kurz war sie besorgt, doch dann entdeckte sie ein anderes Auto, einen Opel mit Lüneburger Kennzeichen, der vor dem Nachbargebäude stand. Darin eine Frau, die ihr zulächelte.

KAPITEL 37

September 2005

Liebes Tagebuch,

in den letzten Wochen haben wir unsere Ernte eingebracht. Bohnen, Birnen, Kartoffeln, auch Möhren, Zwiebeln und Tomaten wachsen gut in unserem Garten, doch es reicht bei Weitem nicht, um unsere kleine Gemeinschaft zu ernähren. Dafür haben wir mehr Geld, seit wir vor ein paar Jahren die Fläche für Hanf deutlich vergrößert haben. George wohnt nicht mehr bei uns, darüber sind wir froh. Aber Om steht weiterhin mit ihm in Kontakt, und über ihn kann Om unsere Ernte sehr gut verkaufen und von dem Geld Reis, Linsen, Mehl, Nudeln, Konserven und solche Dinge kaufen. Außerdem Benzin für den Generator. So haben wir jedoch mit zwei Dingen zu tun, die wir eigentlich ablehnen: Geld und Drogen. Natürlich ist Marihuana keine harte Droge, und vor vielen Jahren habe ich es selbst einige Male ausprobiert. Aber es ist nicht gut, den Geist zu vernebeln und die Sinne in die Irre zu führen. Das hat Bhagwan immer gesagt und Om auch. Und so kann es nicht gewünscht sein, dass wir anderen den Rausch ermöglichen. Om sagt zwar, dass die Menschen in der Stadt ohnehin fehlgeleitet und abgestumpft seien und dass das Gras sie für einen Moment befreien könne, doch das sehe ich anders. Om und Udgam beobachte ich immer öfter, wie sie selbst im Garten das Zeug rauchen, und auch Garima war schon bei ihnen. Sie wissen, dass ich das nicht mag, und sie glauben, dass ich es nicht sehe. Ich schweige, weil ich weiß, dass Om das Richtige tut und auf uns aufpasst. Ich darf daran nicht zweifeln.

Das viele Geld, das Om von George mitbringt, bereitet mir Sorgen. Eine ganze Sporttasche voller Scheine war das kürzlich. Es ist das neue, fremde Geld: Euro. Es müssen viele tausend Euro gewesen sein. Ich bin froh, dass Om das Geld versteckt und niemand außer ihm es anfassen darf. Geld erzeugt Gier und Unzufriedenheit. Geld bringt Menschen dazu, unaussprechliche Dinge zu tun. Nicht zuletzt, um uns von der vergiftenden Kraft des Geldes zu befreien, leben wir so, wie wir es tun. Om hat mir mal im Vertrauen gesagt, dass wir das Geld brauchen werden, wenn wir alt sind. Es ist unser Plan B, hat er gesagt und mich schwören lassen, dass ich niemandem davon erzählen werde. Ich liebe Om mehr als mein Leben und ich würde ihn niemals verraten.

Udgam und Garima haben zueinandergefunden. So wird der Geist unserer Gemeinschaft irgendwann weitergetragen.

KAPITEL 38

Zwei Tage waren vergangen, seit Om Lothar aufgelauert hatte. Gleich am nächsten Morgen hatte der Irre ihn angerufen und seinen Auftrag konkretisiert. Und er hatte seine Drohung erneuert. Er würde Lothar ruinieren, er würde seine Verwicklung in Rainer Kurzes Geschäfte öffentlich machen. Er deutete sogar an, ihn zu töten. Lothar nahm seine Worte ernst. Der Kerl war zu allem fähig.

Aber was wusste der schräge Guru eigentlich? Er hatte doch nichts mitbekommen in seiner Einsiedelei. Und Kurze hatte ihm sicher keine Details verraten. Lothar erinnerte sich genau an Rainers Worte, als der ihn bat, ihn zum Hof zu fahren. »Ich habe Achim gesagt, er soll sich mit seinen Leuten verpissen, dafür kriegt er die Kohle. Mehr muss der Waldschrat nicht wissen.«

Wenn Om an dem Abend auf dem Hof gewesen wäre, hätten sich die Dinge nicht so schrecklich entwickelt. Aber stattdessen hatte so ein komischer Kerl die Tür geöffnet, als Kurze geklopft hatte. Lothar war im Auto sitzen geblieben und hatte das Ganze von Weitem beobachtet.

Der Kerl an der Tür kapierte offenbar gar nicht, was Rainer Kurze von ihm wollte, und dann war alles aus dem Ruder gelaufen. Es fiel ein Schuss und Kurze lag tot da. Bei seiner Flucht über die Landstraße war Lothar dann dieser lauten, alten Karre begegnet, von der er nun wusste, dass sie Om gehörte.

Om wollte wissen, wo dieser Junge steckte. Hansen hatte wirklich keine Ahnung von einem Jungen. Auf dem

Hof hatte er kein Kind gesehen, und über die Ermittlungen der Polizei wurde er nicht informiert. Ihm fiel auch kein Grund ein, weshalb er nach Details fragen sollte. Ey, Sabine, versteckt ihr vielleicht einen kleinen Jungen, den ihr im Totenhof gefunden habt? Er hätte nur Staunen als Antwort erhalten. Und selbst wenn er gewusst hätte, wo sich dieses Kind aufhielt, würde er es diesem Wahnsinnigen ganz sicher nicht verraten.

Fast noch verrückter war Oms Forderung, dass Lothar im Haus etwas suchen sollte. Einen Rucksack. Er hatte ihm genau beschrieben, wo er ihn finden würde. Über dessen Inhalt hatte Om nichts gesagt.

Lothar hatte Angst. Er sah in seiner Fantasie schon, wie er im Strudel der Ereignisse mitgerissen und vernichtet wurde. Würde er das verhindern können, indem er Oms Forderungen erfüllte? Geriet er dadurch nicht noch viel tiefer in den Sumpf rund um diesen beschissenen alten Hof?

Om hatte Rainer Kurze nicht erschossen. Das war klar. Es war dieser Kerl gewesen, der in der Tür stand und mit Kurze stritt. Aber was war dann passiert? Wer hatte diesen Kerl und die Frau ermordet und wer die Frauen im Keller? War das auch dieser Mann gewesen, der auf Kurze geschossen hatte, als erweiterter Suizid, wie man in der Zeitung spekulierte? Oder war es Om nach seiner Rückkehr gewesen?

Egal. Om würde nicht aus der Gegend verschwinden, bis er den Jungen und den Rucksack hatte. Doch auf ihn, auf Lothar, könnte er dabei nicht zählen. Das hatte er ihm auch gesagt, als er am Nachmittag noch mal angerufen hatte. Wieder von einer anonymen Nummer aus.

»Verpiss dich einfach, Achim«, hatte er ihn durchs Telefon angebrüllt, sodass es bestimmt bis in Bürgermeisterin

Lucille von Grotes Büro gedrungen war. Aber Super-Lucy war nicht da, weil ihre Schwangerschaft nun doch allmählich ihre Superkräfte einschränkte. Om hatte noch wüste Drohungen ausgestoßen und dann aufgelegt.

Lothar wusste, dass er das Problem damit nicht los war. Am späten Nachmittag stieg er in seinen Wagen, ohne genau zu wissen, wo er eigentlich hinwollte.

Er lenkte seinen Volvo XC60 aus Gartow hinaus Richtung Norden. Einfach herumfahren. Vielleicht brachte ihn das auf eine Idee. Wie immer war wenig Verkehr auf der L256, die schnurgerade den Wald durchschnitt. Aber war das überhaupt ein Wald? Die schlanken Fichten standen hier wie von einem pedantischen Mathematiklehrer gesetzt und nicht wie von Mutter Natur verteilt. Lothar wusste, dass die Region die Forstwirtschaft zum Überleben brauchte, doch er weigerte sich, diese Holzplantagen als Natur zu bezeichnen. Nach ein paar Kilometern erreichte er Gorleben, diesen Ort, der seine Heimat so berühmt gemacht hatte. Er hätte auf diesen Ruhm verzichten können, behauptete er gerne, wenn die Sprache darauf kam. Der jahrzehntelange Kampf gegen das Atommülllager hatte letztendlich doch keinen endgültigen Erfolg gebracht. In den riesigen, von Sicherheitszäunen umringten Hallen strahlte eine unbestimmte Menge radioaktiven Mülls vor sich hin.

Aber er wollte sich und seiner Bewegung gegenüber nicht ungerecht sein. Letztendlich hatte man die gigantische Lager- und Wiederaufbereitungsmaschinerie in Gorleben nicht umsetzen können, die man lange vor der Grenzöffnung geplant hatte. Dafür hatte die Anti-AKW-Bewegung gesorgt.

Zurzeit wurden hier oberirdisch Castorbehälter aus La Hague gelagert, die irgendwann wieder verschwinden sollten. Wenigstens kamen seit ein paar Jahren keine neuen Behälter mehr dazu. Auch das war ein Erfolg, für den sie hart gekämpft hatten. Im Lager Gorleben wurde »nur« schwachradioaktiver Abfall gesammelt. Doch wahr war auch: Die europäische Atomindustrie hatte den Standort Gorleben auf der Suche nach einem Endlager für den ganz schlimmen Müll immer noch nicht endgültig von der Landkarte der Möglichkeiten genommen.

Durfte Lothar zufrieden auf sein kämpferisches Leben zurückzublicken? Reichte sein Engagement irgendwann für eine Lothar-Hansen-Straße in Gartow oder einen Lothar-Hansen-Gedenkstein, dort, wo einst das Hüttendorf stand? Lothar genoss einen exzellenten Ruf bei den Bürgern der Gemeinde. Und nun könnte Om, dieser verwirrte, alte Mann, das alles ruinieren.

In Gorleben bog Lothar links ab. Nach einem weiteren Stück durch den Wald näherte er sich dem sogenannten Beluga-Dreieck. Die Waldlichtung war Gedenkstätte, Museum und Pilgerort der Bewegung. Noch heute fanden hier jeden Sonntag unter den Bäumen Gottesdienste statt. Ab und zu ließ sich auch Lothar dort blicken. Es trafen sich hauptsächlich Veteranen der Anti-Atom-Bewegung dort, wenig junge Leute.

Am Beluga-Dreieck hielt Lothar kurz an. Es waren nur wenige Menschen dort, die die wetterfesten Schautafeln betrachteten. Der Platz hatte seinen Namen von dem Greenpeace-Schiff Beluga, das hier seit 2013 als markantes Symbol einer starken Umweltbewegung auf dem Trockenen lag. An diesem Platz wurde Lothar immer etwas wehmütig. Er trauerte den wilden Zeiten nach, seiner Jugend, als er schlanker, fitter, begehrenswerter gewesen war. Mit Mädchen hatte er es als Teenager nie leicht gehabt. In der

Bewegung hatte sich das geändert. Dort ging es um Haltung, um Charisma, um Kampfgeist. Davon hatte Lothar genug, und das beeindruckte die Mädchen auf den Demos und später dann im Hüttendorf. Die Mädchen waren es auch, die ihn veranlassten, mit Achim Wohlleben auf den Hof zu ziehen. Achim war damals ein verdammt cooler Typ. Einer, der in der Großstadt aufgewachsen und in Indien erleuchtet worden war. Um ihn herum war immer was los.

Drei Jahre hauste Lothar bei Om und den anderen, ließ sich Ikram nennen und kiffte und vögelte, als gäbe es kein Morgen. In den drei Jahren im Wald hatte er mehr Sex als in den fast 40 Jahren danach. Irgendwann wurde es ihm zu viel. Wohlleben war ihm zu unpolitisch, verlor immer mehr den Bezug zur Wirklichkeit. Er hielt sich für eine Art Messias.

Lothar studierte dann ein paar Jahre alles Mögliche ohne Abschluss, um schließlich im Haus seiner Mutter vom Erbe seines Vaters zu leben, verschiedene Geschäftsideen zu beginnen und nicht zu Ende zu bringen und an seiner politischen Karriere zu arbeiten. So begründete er die Grünen in Niedersachsen mit und saß später in Hannover im Landtag. Darauf konnte er stolz sein. Das wäre ohne die Bewegung, ohne Gorleben und die ganzen Proteste nie möglich gewesen. Für eine Ehe hatte es bei Lothar nie gereicht. Die wenigen Frauen, mit denen er zusammenkam, wurden von seiner herrschsüchtigen Mutter früher oder später in die Flucht geschlagen. Er ließ es geschehen. Er war wohl nicht für eine Paarbeziehung gemacht.

Er fuhr weiter. In Trebel bog er auf die B493 ein, um dann auf halber Strecke Richtung Gartow rechts abzubiegen, dorthin, wo der Wald dichter und die Straßen schmaler wurden. Wie von selbst schien der Wagen ihn zu dem Ort zu lenken, zu dem er am allerwenigsten wollte: zum alten Wendland-Hof, zum Totenhof.

Er musste den Waldweg suchen, der zu dem Hof führte. Als er mit Kurze hier gewesen war, war es fast dunkel gewesen. Der Wald war in dieser Gegend nicht so industriell geforstet. Man hatte der Natur schon vor langer Zeit wieder mehr Rechte eingeräumt. Unterholz durfte wuchern, umgeknickte Bäume konnten verwittern und Farne und Gräser wuchsen bis auf Brusthöhe. So musste Wald sein, dachte Lothar. Langsam folgte er dem Forstweg. Die Einfahrt zum Hof war nicht schwer zu finden. Von Weitem erkannte er einen Polizeiwagen, der dort am Straßenrand parkte. Ein Polizist stand gerade an einem Baum und pinkelte. Lothar legte den Rückwärtsgang ein und fuhr schnell zurück. Hatte der Polizist ihn bemerkt? Zumindest wohl gehört, denn es war totenstill im Wald. Auf die Idee, sein Hybrid-Auto in den leisen Elektromodus zu schalten, war er nicht gekommen. Egal. Er musste weg, niemand durfte ihn hier sehen. Was hatte er sich bei diesem Ausflug überhaupt gedacht? Wäre er in das Haus gegangen, um Oms Rucksack zu suchen, wenn dort kein Polizist gewesen wäre? War er nun völlig bescheuert?

Auf der Landstraße trat er das Gaspedal durch und raste Richtung Prezelle. Plötzlich bemerkte er im Rückspiegel ein Auto. War dieser Wagen vorher schon mal hinter ihm gewesen? Wurde er verfolgt? Oder war er einfach nur paranoid? Oms Auto konnte es nicht sein. Es war ein neuerer, dunkler VW Passat oder Golf. Polizei? Lothar beschleunigte instinktiv. Der Abstand zu dem

Wagen, der sicher mehrere hundert Meter betrug, wurde nicht größer. Auf diesen flachen, geraden Straßen musste man nicht dicht auffahren, um jemanden zu verfolgen.

Lothar fuhr fast 130, im Ort Prezelle würde er stark abbremsen müssen. Kurz vor dem Ortsschild, wo eine hohe, halb verfallene Backsteinmauer ein altes Gehöft umschloss, trat er auf die Bremse und wollte ohne zu blinken links in einen schmalen Feldweg steuern. Doch das Bremspedal bot keinen Widerstand. Lothar trat ins Leere. Auch der automatische Bremsassistent reagierte nicht.

Ungebremst knallte der Volvo gegen die Mauer. Lothar hörte seinen eigenen Schrei und einen fürchterlichen Knall. Er spürte, wie die Wucht des Airbags ihm schmerzhaft die Brille ins Gesicht drückte. Dann wurde es dunkel.

KAPITEL 39

Die Briefings, die Melanie Gierke jeden Morgen in der Turnhalle mit ihrem kleiner werdenden Team abhielt, wurden von Tag zu Tag kürzer und inhaltsärmer. Sabine ging eigentlich nur hin, um sich als Teil der Ermittlungsgruppe zu fühlen. Die Handvoll Beamter, die da lässig auf den Stühlen lümmelte und auf den Handys spielte, glaubte längst nicht mehr daran, dass man den Fall noch lösen konnte. Die Annahme, dass Om die Gegend verlassen hatte und irgendwo in Deutschland oder gar im Ausland wachsenden Abstand zwischen sich und den Tatort brachte, verfestigte sich zu einer unumstößlichen Tatsache. Man baute darauf, dass LKA und BKA, vielleicht sogar Europol, die Fahndungsringe größer zogen und den flüchtigen Guru in Kürze irgendwo einsammeln würden. Außer Melanie und Sabine wusste ja auch noch niemand, dass es einen guten Grund für Om gab, in der Gegend zu bleiben: den kleinen Sahas. Om würde den Jungen suchen. Ob er ihn mit auf die Flucht nehmen wollte oder als letzten Zeugen beseitigen, war dabei unerheblich. Sahas war in Gefahr.

Zwei Beamte waren seit Tagen dabei, Kaminis Tagebücher auszuwerten, hatten aber nichts gefunden, was sie weitergebracht hätte. Die Aufzeichnungen blieben unkonkret, und es fanden sich an keiner Stelle, abgesehen von der Nennung von Marion, echte Namen. Sabine hatte ab und zu noch in den Heften geblättert. Die Schilderungen aus dem Leben von Om und seinen Jüngern machten sie traurig. In dieser seltsamen Welt, die dort beschrieben wurde, war der kleine Junge aufgewachsen, der jetzt in ihrem Gästezimmer wohnte. Sahas Blick auf die Welt musste ein sehr begrenzter sein, und es würde lange dauern, ihn vom Hof in die Wirklichkeit zu führen. Sabine wäre sicher nicht die richtige Begleiterin für diesen Weg.

An diesem Morgen konnte Melanie Gierke ihr Team mit einer neuen Erkenntnis aus den Laboren des LKA in Hannover aus der Lethargie rütteln.

»Liebe Kolleginnen und Kollegen«, sagte sie feierlich und warf mit dem Beamer ein Foto an die Wand, das sechs Projektile zeigte. Jedes von ihnen war mehr oder weniger verformt. Es machte einen Unterschied, ob die Kugel in weichem Gewebe stecken blieb oder auf einen Knochen traf.

»Wir sehen hier die sechs Projektile. Fünf davon haben wir aus den Opfern im Bauernhof geholt, das sechste steckte im Schädel von Rainer Kurze. Sie sind alle vom selben Hersteller und haben das gleiche Kaliber. Vermutlich stammen sie alle aus der gleichen Waffe.« Sie machte eine Pause. »Aber nicht aus derselben.«

»Hä?«, grunzte einer der Beamten und die Anwesenden starrten sie ratlos an.

»Die erneute ballistische Untersuchung hat ergeben, dass nur die fünf Projektile aus den Opfern im Haus aus der bei ihnen gefundenen Waffe vom Typ Makarow stammen. Rainer Kurze wurde mit einer anderen Waffe erschossen. Vermutlich ebenfalls einer Makarow. Das wird sich jedoch erst zweifelsfrei klären, wenn wir die Waffe gefunden haben.«

Nach einem Moment der Stille ergriff einer der Beamten das Wort. »Und mit dieser Waffe ist der flüchtige Om unterwegs, was ihn noch ein Stück gefährlicher macht. – Aber mal ehrlich, Melanie, glaubst du wirklich, dass der nach wie vor in der Gegend herumgeistert? Jeder Dorftrottel hier hat inzwischen von der Fahndung erfahren. Der Kerl würde doch sofort auffallen. Und seine Schrottkarre erst recht.«

»Ja, Ole«, sagte Melanie und lächelte hintergründig, »aber möglicherweise gibt es Gründe für ihn, nicht aus dem Wendland zu verschwinden.«

»Und?«, fragte eine ältere Kollegin mit leicht genervtem Unterton, »werden wir diese Gründe von Ihnen erfahren, Frau Gierke?«

»Noch was, Leute!« Melanie wich einer Antwort aus, indem sie mit einer weiteren Neuigkeit aufwartete. »Es hat gestern Abend einen Unfall gegeben. Gemeinderat Lothar Hansen, den ein Kollege beschattet hat, ist mit seinem Auto verunglückt. Er liegt in Dannenberg im Krankenhaus. Wir können jetzt mit ihm sprechen. – Sabine, kommst du mit?«

Melanie eilte, gefolgt von Sabine, aus der Turnhalle.

Die Fahrt zum Krankenhaus in Dannenberg dauerte fast eine halbe Stunde, was Melanie wieder einmal Gelegenheit gab, über die Provinz zu lästern. »Mit schweren Verletzungen oder nem Herzinfarkt wirst du das Rennen gegen den Sensenmann über die Landstraße nicht gewinnen.«

»Warum hast du mir gestern Abend nichts von Hansens Unfall erzählt?«, fragte Sabine, während sie mit hoher Geschwindigkeit einen Traktor überholte. »Der Kollege hat dich doch sicher sofort informiert.«

»Ja, hat er«, sagte Melanie und schwieg einen Moment. »Er hat das Drama aus gut einem Kilometer Entfernung mitbekommen und den Rettungswagen gerufen.«

»Und warum sind wir nicht gestern schon ins Krankenhaus gefahren?«

»Mir war nicht nach Stress, weißt du? Es ging mir nicht so gut.«

»Ach so«, sagte Sabine und sah Melanie an.

»Ja, ich weiß, was du denkst. Aber es hatte wirklich Zeit. Der Kerl schwebt nicht in Lebensgefahr und in der Nacht hätten wir nicht zu ihm gedurft.«

Hansen hatte die Nacht bereits auf einer normalen Station verbracht. Der Polizeibericht des Unfalls, den Melanie während der Fahrt vorgelesen hatte, sprach von einem Frontalaufprall auf eine Mauer bei circa 130 Stundenkilometern.

»Mit einer alten Gurke hätte er das nicht überlebt«, sagte Sabine. »Zum Glück hatte er Airbags und all das Zeug.«

Im Ärztezimmer der Station schilderte der behandelnde Arzt den Polizistinnen Hansens Zustand. »Glauben Sie bloß nicht, dass so ein Airbag unverwundbar macht«, sagte der junge Mediziner und zeigte am Bildschirm einige Röntgenaufnahmen. »Airbag und Gurtstraffer wirken mit gnadenloser Gewalt und können den Oberkörper ganz schön mitnehmen. Vorteil dieser Systeme ist, dass der Kopf selten schwer verletzt wird. Unser Patient hat ein mittelschweres Schleudertrauma und drei angebrochene Rippen.« Er deutete mit dem Finger auf ein paar Stellen auf den Bildern. Sabine konnte dort wenig erkennen. »Außerdem hat der Mann Hämatome im Gesicht, die durch seine Brille verursacht wurden. Verletzungen von Lunge, Leber und Nieren sowie innere Blutungen – eigentlich nicht unüblich bei einem solchen Aufprall – wurden Herrn Hansen erspart. Er ist ansprechbar. Aber bleiben Sie nicht zu lange.«

Auf dem Gang saß der Beamte, der Hansen schon am Vorabend observiert hatte. Melanie hielt offenbar Personenschutz für angebracht.

Hansen lag in einem sonnenbeschienenen Einzelzimmer. Als Melanie und Sabine eintraten, wechselte eine Schwester gerade eine Infusionsflasche. Das Kopfteil des Bettes war leicht erhöht. Hansen versuchte, den Kopf zu drehen, als die beiden Frauen eintraten, was eine dicke Halsmanschette jedoch verhinderte.

Die Schwester verließ lautlos das Zimmer, und Sabine und Melanie stellten sich so auf beide Seiten des Bettes, dass er sie sehen konnte. Hansen hatte an jeder Augenbraue ein Pflaster. Unter beiden Augen prangten große Blutergüsse. Das runde, fleischige Gesicht war blass. Auf dem Doppelkinn sprossen dunkelgraue Bartstoppeln. Auf dem Nachttisch standen keine Blumen, er hatte wohl noch keinen Besuch gehabt. Nur ein Handy lag dort.

»Was wollen Sie denn hier?«, krächzte der Gemeinderat und verzog den Mund.

»Wir möchten gerne mehr über Ihren Unfall erfahren. Sie haben ja verdammtes Glück gehabt«, sagte Melanie.

»Ja, das ist wohl so. Ich habe dem Beamten, der gestern Abend in der Notaufnahme war, bereits alles erzählt. Ich war zu schnell, unaufmerksam, rums. Ärgerlich, aber kein Weltuntergang.«

Melanie trat näher an den Kopf des Mannes heran und beugte sich leicht zu ihm hinunter.

»Ihr Volvo ist Totalschaden«, sagte sie sachlich.

»Ist versichert«, sagte Hansen und versuchte, mit den Achseln zu zucken.

»Ein neuer Wagen mit allen Assistenzsystemen«, fuhr Melanie fort, »den kann man gar nicht so einfach vor eine Wand setzen. Der bremst vorher ab, Herr Hansen. Alkohol hatten Sie auch keinen getrunken. Was ist wirklich passiert?«

»Genau das, was ich erzählt habe. Keine Ahnung, warum der Bremsassistent versagt hat.«

Nun mischte sich Sabine ein. »Lothar, bitte verarsch uns nicht. Wurdest du verfolgt?«

Melanie konnte sich bei dieser Frage ein leichtes Grinsen nicht verkneifen.

»Nein. Quatsch. Wer sollte mich verfolgen?«

»Wir, Herr Hansen«, sagte Melanie. »Wir haben Sie beschattet, und der Beamte hat Sie auf Ihrem Ausflug durchs halbe Wendland begleitet. Haben Sie ihn nicht bemerkt?«

Hansen schwieg und schaute betreten auf die Bettdecke, unter der sich sein voluminöser Bauch wölbte.

»Sie sind auch an unserem Tatort vorbeigefahren, am Wendland-Hof«, bohrte Melanie weiter. »Sie haben dort sogar angehalten. Was wollten Sie da?«

»Warum beschatten Sie mich?« Hansen schnaubte wütend, was ihm sichtlich Schmerzen bereitete. »Dürfen Sie das überhaupt?«

»Was wolltest du an dem Hof, Lothar?«, fragte Sabine.

»Ach, was schon. Einfach mal gucken, reine Neugierde. Das hat sicher jeder aus der Gegend in den letzten Tagen mal gemacht. Ist doch echt ein Hammerding.«

»Und Sie bleiben dabei, dass Sie den Verfolger nicht bemerkt haben? Unser Kollege sagt nämlich, dass Sie versucht haben, mit hoher Geschwindigkeit in einem Feldweg zu verschwinden. Das wäre Ihnen sicher auch gelungen, wenn die Bremsen nicht versagt hätten. Gehen da nicht vorher tausende Warnlampen an in Ihrem Wagen? Ich bin sicher, Herr Hansen, dass unsere Techniker an Ihren Bremsen Manipulationen finden werden. Wer möchte Sie loswerden? Vor wem sind Sie auf der Flucht?«

»Jetzt hören Sie doch auf!« Er sah Sabine an. »Sabine, echt, was soll das? Dieser Unfall hat nichts mit eurem Fall zu tun. Lasst mich einfach in Ruhe.«

»Lothar«, sagte Sabine sanft und nahm die Hand des Mannes, der immer tiefer in sein Bett zu sinken schien.

»Wenn du Probleme hast, können wir dir sicher helfen. Dafür musst du aber mit uns sprechen.«

»Ihr geht besser. Ich brauche Ruhe.«

Als Sabine und Melanie den Fahrstuhl im Erdgeschoss des Krankenhauses verließen, stießen sie mit einem Bekannten zusammen. Wenn er genauso überrascht war wie sie, dann konnte er das gut verbergen.

»Ach, so trifft man sich wieder«, sagte Andreas Schmidt gut gelaunt. »Was machen Sie denn hier?« Er hatte einen großen Blumenstrauß in der Hand.

»Einen Krankenbesuch«, sagte Melanie und blieb so vor Schmidt stehen, dass er nicht in den Fahrstuhl treten konnte. »Und Sie?«

»Ja, ich auch. Ein alter Freund hatte einen Unfall.«

»Sie haben uns gar nicht erzählt, dass Sie Lothar Hansen kennen und sogar noch Kontakt zu ihm haben«, sagte Sabine. »Als wir bei Ihnen waren, schien es eher so, als hätten Sie alle Verbindungen in diese Gegend vor Jahrzehnten abgebrochen.«

»Das ist tatsächlich so, aber als ich gehört habe, dass Lothar einen Unfall hatte, wollte ich ihm gerne alles Gute wünschen.«

»Woher kennen Sie sich?«, fragte Melanie.

»Lothar hat anfangs auch auf dem Hof gelebt. Zwei oder drei Jahre. Er wurde Ikram genannt.«

»Warum haben Sie uns das nicht erzählt?«, fragte Sabine.

»Ist mir nicht eingefallen. Das ist alles so verdammt lange her. Ein anderes Leben, wissen Sie.«

Melanie und Sabine sahen sich an. Dann Schmidt.

»Schauen Sie nicht so misstrauisch.« Der Blumenstrauß wanderte von der linken in die rechte Hand. »Ihr

Besuch hat in mir so was ausgelöst, ich wollte mal hören, wer hier überhaupt noch so unterwegs ist, wie es den Leuten so geht. Rainer Kurze ist tot, der irre Om geht mir natürlich auch durch den Kopf. Und da habe ich heute Morgen bei Hansen zu Hause angerufen. Die Pflegerin seiner Mutter hat mir gesagt, dass er im Krankenhaus ist.«

»Ernsthaft?«, sagte Melanie und lachte höhnisch. »Sie rufen genau in dem Moment an, als Hansen einen Unfall hat? Das nenne ich Zufall.«

»Verrückt, ich weiß«, sagte Schmidt und quetschte sich an ihr und Melanie vorbei zum Aufzug.

»Wir sprechen uns sicher noch«, sagte Melanie und ließ ihn durch. Dann drehte sie sich noch mal zu ihm um. »Ach, Herr Schmidt, der junge Mann, der dort oben vor Hansens Zimmer sitzt, der ist von uns.«

Schmidt blickte sie irritiert an. »Schön. Aber warum sagen Sie mir das?«

Auf dem Parkplatz fragte Sabine: »Was sollte das eben? Glaubst du etwa, dass Schmidt Hansen ans Leder will?«

»Nein, glaube ich nicht. Aber vielleicht ist es nicht schlecht, wenn er denkt, dass wir das glauben. Irgendwas will er von Hansen. Es liegt doch nicht an alter Verbundenheit, dass der plötzlich bei ihm auftaucht.«

KAPITEL 40

»Was willst du hier?«, maulte Hansen, als Schmidt ins Krankenzimmer trat. »Ich habe dir doch gesagt, dass ich dich nicht sehen will.«

Andreas Schmidt legte den Blumenstrauß achtlos auf einen kleinen Tisch und trat an Hansens Bett. »Ich dachte, ich schau mal nach dir. Du kannst sicher Beistand brauchen, jetzt, wo es eng für dich wird.«

»Wie meinst du das?« Hansen war kotzschlecht. Er hatte Kopfschmerzen und wollte nichts als schlafen. Warum ließen sie ihn nicht einfach in Ruhe?

»Auf dem Hof fünf Leichen, Kurze tot, Om auf der Flucht, und du hast einen Unfall. Das gehört ganz klar alles zusammen. Du hast mit Kurze doch irgendwas gefingert. Und nun will dir Om an den Kragen. Man muss kein Genie sein, um das zu erkennen. Die Bullen haben das auch längst gecheckt. Vor allem jetzt, wo sie wissen, dass du früher in Oms Irrenhaus gelebt hast.«

»Ach, und woher wissen sie das?«

»Von mir«, Schmidt lachte. »Ich habe es ihnen vorhin gesagt. Die haben ganz schön blöd geguckt, die Ladys.«

»Du bist so ein Arschloch, Samit, immer gewesen. Ich weiß gar nicht, was Elisabeth an dir gefunden hat.«

»Leidest du bis heute darunter, dass sie dich nie rangelassen hat, du trauriger Clown? Vergiss es doch einfach. Lass dir helfen.«

Schmidt schob sich einen Stuhl zurecht und setzte sich

dicht neben das Bett. Hansen roch seinen Veilchenatem und ein feines Rasierwasser.

»Wie willst du mir denn helfen?«

»Ich vermute, dass du mehr als *ein* Problem bekommst, wenn die Bullen Om in die Finger kriegen. Wenn der ausplaudert, was du mit Kurze vorhattest, ist dein Standing hier im Arsch, oder?«

»Was soll ich denn mit Kurze vorgehabt haben?«

»Ich weiß es nicht. Aber irgendwie hängst du in der Geschichte mit drin, die mit fünf toten Sannyasins und einem toten Kurze endete. Sogar du selbst wärst beinah draufgegangen. – Ich kann dafür sorgen, dass Om nicht mehr in der Lage ist zu plaudern. Vertrau mir.«

»Ach ja?« Hansen ärgerte sich darüber, dass er Schmidts Andeutungen interessant fand. »Und wie willst du das machen?«

»Ich habe Verbindungen, ich kenne Leute, weißt du?«

»Ah, ich verstehe. Ich habe mir nach deinem ersten Anruf mal die Website von deinem Verein angesehen. Naturbelassen.« Er bemühte sich, es verächtlich klingen zu lassen. »Heimat und Natur. Blut und Boden. Ihr seid ein Haufen verkappter Neonazis. Du hast früher für andere Werte gestanden, Samit. Mit deinen Leuten will ich nichts zu tun haben.«

Schmidt lächelte.

»Ach, Lothar, Ikram. Wir machen daraus eine Win-win-Situation. Mit deiner Hilfe finden wir Om. Dann stößt ihm was zu.«

»Aha, und das willst du einfach so machen? Warum solltest du das tun?«

»Wie du weißt, will ich den Hof. Und du hilfst mir dabei, ihn zu bekommen.«

»Wieso interessierst du dich überhaupt für diese Bruchbude am Arsch der Welt?«

»Das ist der ideale Ort für mein neues Headquarter. Ein Ort mit Magie, mit Geschichte, mit Natur. Das passt zu uns.« Der Kerl hatte ein richtiges Leuchten in den Augen. »Natürlich müssen wir umbauen, erweitern, mehr Platz schaffen. Du hilfst mir bei den Genehmigungen.«

Hansen schüttelte den Kopf und ließ die Hände neben seinen Bauch auf die Bettdecke plumpsen. »Du hast doch ein Rad ab, Schmidt. Verpisst dich einfach.«

»Ich melde mich wieder, Lothar«, sagte Schmidt und ging rückwärts zur Tür. »Die Blumen sind für dich.«

Lothar hatte vielleicht eine halbe Stunde geschlafen, als er vom Brummen seines Handys geweckt wurde. »Unbekannte Rufnummer«, stand auf dem Display, das musste Om sein. Sollte er drangehen? Sein Telefon wurde doch sicher überwacht. Es war zum Verzweifeln, er konnte jetzt nur Fehler machen, er steckte tiefer im Mist als je zuvor in seinem Leben.

»Ja?«, sagte er leise ins Handy.

»Hey, Ikram. Ich hoffe, es geht dir schon besser. Dein Unfall sollte nur eine kleine Warnung sein. Gut, dass du lebst. Mein Angebot steht noch: Besorg mir die Sachen aus dem Haus und sag mir, wo der Junge ist. Dann wird niemand erfahren, dass du in dieser Nacht am Hof warst, und du kannst dein privilegiertes Scheißleben weiterführen.«

»Du kannst mich am Arsch lecken, Achim, du perverser Psycho«, brüllte Hansen ins Telefon, legte auf und beschloss, weder für Om noch für Schmidt irgendetwas zu tun, sondern Sabine Langkafel um Hilfe zu bitten.

KAPITEL 41

August 2011

Liebes Tagebuch,

wir sind so glücklich. Garimas Sohn ist da. Der Junge wurde in einer Gewitternacht geboren und hat dadurch viel Stärke und Licht erfahren. Ob Om oder Udgam den Samen gegeben haben, wissen wir nicht. Es ist nicht wichtig. Wichtig ist, dass in diesem Kind Oms Licht in einer ununterbrochenen Linie weitergegeben wird.

Om hat ihm den Namen Sahas gegeben, was Mut bedeutet. Und Mut wird dieses wunderschöne und starke Kind brauchen, denn unsere Freiheit ist immer wieder bedroht. Nicht nur von Fremden, die sehr selten, aber dann überraschend bei uns auftauchen und uns in den Schutzraum zwingen. Die Bedrohung kommt auch von innen. Eine Krankheit verbirgt sich in unseren Herzen, die ab und zu ausbricht. Die Krankheit heißt Zweifel und Verführung. Aarti, die wie ich seit fast 30 Jahren hier lebt, fängt an, sich einsam zu fühlen. Seit langer Zeit haben wir keine Gäste mehr, weil Om es so will und weil es besser für uns ist. Unser Leben ist nicht immer leicht. Wir haben nur selten Strom. Das Wasser müssen wir schon von Anfang an im Garten pumpen. Im Winter wird das Haus mit den alten Öfen und dem feuchten Holz nicht richtig warm. Wir weisen Frauen, wie Om uns gerne nennt, kennen noch den Luxus in den Häusern unserer Eltern. Fließend Wasser, Strom, Zentralheizung, Kühlschränke, Waschmaschinen. Wir kennen aber auch den hohen Preis, den unsere Eltern und ihresgleichen für diesen Luxus bezahlen, und darum haben wir uns bewusst für ein anderes Leben entschieden. Das dürfen wir nie vergessen.

Aarti spricht nur mit mir über ihre Zweifel, und ich erzähle Om nichts davon. Ich will nicht, dass er zornig auf meine Schwester wird. Aarti wird uns nicht verlassen. Das hat sie versprochen. Sie hätte auch viel zu viel Angst alleine in der Welt.

Die Verführung, die uns bedroht, kommt aus der alten Welt zu uns. Sie heißt Internet und ist, soweit ich das verstehe, eine Möglichkeit, an sehr vielem teilzuhaben, was in der Welt passiert, indem man nur vor einem Computer sitzt. Om hat einen solchen Computer mitgebracht und ein kleines Telefon, ein Handy. Damit stellt er die Verbindung her, wenn wir Strom haben. Wir älteren Frauen fühlen uns nicht davon angezogen – Om, Udgam und auch Garima hingegen schauen immer wieder in den Computer. Sie sehen Filme, lesen Neuigkeiten, sogar merkwürdige Spiele kann man dort spielen. Udgam habe ich neulich dabei überrascht, wie er Sexfilme im Computer angesehen hat. Auch davon habe ich Om nicht erzählt. Ich habe Udgam aber beschworen, das nicht zu tun, weil es seine Seele und seinen Körper vergiftet.

Om sagt, dass das Internet für uns eine gute Möglichkeit ist, die Welt dort draußen im Blick zu haben. Das sei wichtig, weil wir auf alles vorbereitet sein müssen. Er nennt den Computer unser sicheres Fenster in die Welt, durch das auch Sahas schauen und lernen soll, wenn er größer ist.

Aber ich glaube nicht, dass dieses Fenster wirklich sicher ist. Wir waren immer bemüht, Udgam und Garima, die ja noch nie in der Welt waren, mit Büchern und Filmen nur den Ausschnitt der Welt zu zeigen, den wir für wichtig halten. Darüber haben wir mit ihnen gesprochen, konnten die Dinge für sie verständlich machen. Das Internet überfordert sie, uns alle, auch Om. Ich bin froh, dass wir so selten Strom haben und die Verbindung über Oms Handy oft nicht richtig funktioniert.

Die Angst vor Fremden wächst bei uns stetig an. Om betont immer wieder, dass jeder von ihnen ein Zerstörer unserer Gemeinschaft sein kann. Man will in der Welt nicht, dass es Menschen gibt, die so leben wie wir.

Auch wenn meistens die Fröhlichkeit bei uns wohnt, so hat sich doch etwas verändert. Jedes Mal, wenn wir in den Schutzraum müssen, werden meine Schwestern panisch. Sie fürchten, dass sie abgeholt werden. Alles Reden hilft nicht. Sie sind nicht zu beruhigen. Kala poltert lange gegen die Tür, die anderen weinen. Zum Glück müssen wir nicht oft in den Schutzraum, es kommen kaum noch Fremde. Aber die wenigen Male sind eine große Belastung. Deshalb mische ich auf Oms Anordnung ein Mittel in die Milch im Schutzraum, das alle beruhigt. Sie schlafen dann, bis die Gefahr vorüber ist. Om meint, dass es besser ist, wenn die anderen nichts von dem Mittel wissen.

Nun werden wir uns voll und ganz Sahas widmen, der von Anfang an spüren soll, dass er in unserer Welt willkommen ist und dass er alle Liebe bekommt, die wir zu geben haben.

KAPITEL 42

Wenn Lothar Hansen bei Sabines erstem Besuch am Morgen schon blass gewesen war, so war er nun, am Nachmittag, kaum in der leuchtend weißen Krankenhauswäsche auszumachen.

Es hatte Sabine einige Überredungskunst gekostet, Melanie Gierke davon abzuhalten, mitzukommen. Aber schließlich hatte die Kommissarin doch eingesehen, dass Hansen bei einer Polizistin aus der Gegend vielleicht kooperativer wäre. Außerdem hatte er Sabine persönlich angerufen.

Hansen hatte Angst, das war unübersehbar, und er berichtete auch gleich, wovor.

»Om, Achim Wohlleben«, stammelte er, als Sabine an sein Bett trat. »Er setzt mich unter Druck. Er hat meinen Wagen manipuliert. Das hat er zugegeben.«

»War er hier?« Sabine war alarmiert.

»Nein. Er hat angerufen.«

Sabine streckte den Arm aus und nahm Hansens Handy vom Nachttisch.

»Unbekannte Nummer«, sagte Hansen. »Er lebt zwar seit 40 Jahren hinter dem Mond, aber das bekommt der Guru hin.«

»Es stimmt«, sagte Sabine. »Die Bremsleitungen an deinem Auto sind durchtrennt worden. Das hätte eigentlich eine Warnmeldung auslösen müssen.«

Hansen zuckte mit den Schultern. »Habe ich vielleicht übersehen.«

»Womit setzt dich dieser Om unter Druck, Lothar?«, fragte Sabine. »Was hat er gegen dich in der Hand? Hast du wirklich früher auf dem Hof gelebt? Andreas Schmidt hat so was behauptet. Den kennst du ja offenbar auch.«

Hansen schwieg einen Moment, starrte auf die Bettdecke.

»Überleg jetzt nicht, welchen Teil der Wahrheit du mir verschweigen möchtest«, sagte Sabine energisch in die Stille. »Du musst mir alles erzählen, wenn wir dir helfen sollen.«

»Ja, ich hab mal auf dem Wendland-Hof gelebt. Ganz am Anfang. Ich bin direkt aus der Republik Freies Wendland mit Om und den anderen dahin gezogen. Fast drei Jahre bin ich dort geblieben, dann wurde es mir zu blöd.«

»Warst du wegen Sex und Drogen da?«, fragte Sabine. »Oder warst du ein Jünger Oms?«

»Irgendwie beides. Ich war 20 und auf der Suche nach Sinn. Achim, also Om, war ein faszinierender Typ. In seiner Nähe fühlten wir uns alle wertvoll, bedeutend. Mir gab er den Namen Ikram, das bedeutet Ehrfurcht. Wir fanden es toll, neue, spirituelle Identitäten zu haben.«

»Und nach deinem Wegzug ist der Kontakt abgebrochen?«

»Ja. Ich habe studiert, war im Ausland, später wollte ich in die Politik. Von der ganzen Esoteriksache habe ich mich schnell entfernt.«

»Okay, Lothar, wir haben jetzt keine Zeit für deine Lebensgeschichte. Womit setzt dich Om unter Druck?«

»Ich war in jener Nacht auf dem Wendland-Hof. Also fast. Eher so ein Stück davor.«

»Geht es vielleicht genauer, Lothar?«

»Ich habe Rainer Kurze dahin gefahren und habe in

dieser überwucherten Zufahrt gewartet. Kurze ist alleine zum Hof gegangen. Und dann ist er erschossen worden.«

»Das hat du gesehen?«

»Ja. Also nicht direkt. Kurze ist zu dem Haus gegangen, hat geklopft. Hat eine Weile mit jemandem gesprochen.«

»Om?«

»Nein. Der nicht. Ich glaube, ein jüngerer Mann. Den konnte ich aber nicht erkennen. Es dämmerte schon. Schließlich ging dieser Mann zurück ins Haus und Kurze wartete. Ich habe ihm zugerufen, was denn nun los sei, doch er hat mich nicht gehört. Irgendwann kam der Mann wieder raus, sie redeten, es wurde lauter und plötzlich fiel ein Schuss.«

»Den hat der Mann abgefeuert?«

»Weiß nicht. Glaub schon. – Kurze lief ein Stück in den Hof und fiel hin. Ich konnte sehen, dass er eine Wunde am Kopf hatte.«

»Blut?«

»Etwas. Nicht viel. – Ich hab Panik bekommen und bin abgehauen. Rückwärts auf den Waldweg und dann weg.«

»Du hast Kurze nicht geholfen?« Sabine war entsetzt.

»Wie denn? Der Kerl hätte mich auch abgeknallt.«

»Und warum hast du nicht wenigstens die Polizei gerufen?«

Jetzt schwieg Hansen wieder. Aber er starrte nicht auf die Bettdecke, sondern sah Sabine an. Hilfesuchend. Er hatte Tränen in den Augen. »Dadurch wäre alles rausgekommen. Kurze war tot. Das war eindeutig. Dem konnte niemand mehr helfen. Ich wollte am nächsten Tag einen anonymen Hinweis geben, aber da waren die Toten auf dem Hof ja schon entdeckt worden.«

»Und du hast dich nicht gewundert, dass dort fünf Leichen lagen und keine von ihnen war Kurze?«

»Doch, klar. Das kann ich mir bis heute nicht erklären. Ich weiß nur, dass Om nicht auf dem Hof war, als Kurze erschossen wurde.«

Sabine hatte sich inzwischen einen Stuhl genommen und ihn dicht an Hansens Bett geschoben. Sie machte sich Notizen, um später Melanie gegenüber keine Lücken zu haben. Natürlich würde Hansen seine Aussage noch einmal machen müssen, jetzt wollte sie ihn einfach reden lassen.

»Wieso? Woher weißt du, dass Om nicht dort war?«

»Weil ich ihn gesehen habe, als ich vom Hof weg über die Landstraße nach Gartow fuhr. Er kam mir entgegen.«

»Woher wusstest du, dass er es war?«

»Ich wusste es nicht. Jedenfalls nicht zu diesem Zeitpunkt. Doch als er kürzlich bei mir war, habe ich das Geräusch des Autos wiedererkannt. Der Auspuff war kaputt. Und als ich euren Fahndungsaufruf nach dem Wagen gesehen habe, war alles klar.«

»Er war bei dir?«

»Ja. Vor ein paar Tagen. Nachts. Da hat er mich zum ersten Mal bedroht.«

»Hat er dich erkannt, als er dir in der Nacht entgegenkam?«

»Sicher nicht sofort. Aber dann hat er mich wohl in den folgenden Tagen beobachtet und mein Auto wiedererkannt.«

»Lothar, du hast meine Fragen noch nicht beantwortet. Womit setzt Om dich unter Druck? Und was wäre herausgekommen?«

Und endlich erzählte Gemeinderat Lothar Hansen die Geschichte, die Sabine in Bruchstücken bereits kannte und die nun ein stimmiges Ganzes ergab. Kurze hatte tatsächlich vorgehabt, auf seinem Grundstück ein Wellnessresort zu bauen. Dafür musste er Om und seine Jünger loswerden. Kurze hatte mit Om eine Abfindung von 50.000 Euro ausgehandelt. Die sollte an diesem Abend übergeben werden und danach mussten die Bewohner innerhalb weniger Tage verschwinden. Hansen war nicht nur der Chauffeur in dieser Mission, sondern sollte dem Projekt den politischen Weg ebnen. Damit hatte er, als Kurze aus Spanien eintraf, entgegen der Absprachen noch gar nicht begonnen. Aber dafür hatte er eine Erklärung.

»Ich wollte warten, bis Bürgermeisterin von Grote ihr Baby hatte und ein paar Wochen nicht im Dienst sein würde. Dann wäre es für mich einfacher gewesen, mit den richtigen Leuten im Landkreis zu sprechen.«

»Zu sprechen«, fragte Sabine, »was heißt das genau?«

»Nicht bestechen, wenn du das meinst«, beeilte sich Hansen. »Es gibt genug Leute, die sich mehr Tourismus, mehr Geld in der Region wünschen. Wenn man die behutsam zusammenführt und überzeugt, kann das ganz schnell gehen.«

»Und Lucille von Grote gehört nicht zu diesen Leuten?«

»Das will ich so nicht sagen. Aber sie ist nicht der Typ, der sich an die Spitze einer solchen Idee setzt. Sie läuft erst mit, wenn einige andere genickt haben. Ihr Mann zum Beispiel.«

»Lothar, das passt so gar nicht zu dir. Ein Wellnessresort mitten im wilden Teil unseres schönen Waldes. Was sagt dein grünes Gewissen dazu?«

Hansen schwieg.

»Klar«, rief Sabine aus, »Kurze hat dich beteiligt.«

Hansen schwieg weiter.

»Wie hoch sollte dein Anteil an dem Anwesen sein?«

»Fünf Prozent wollte Kurze mir überschreiben.«

»Das sind«, Sabine rechnete, »3,5 Millionen. Nicht schlecht. Wenn der Laden Profit macht, kommt da eine schöne Rente raus. Und für wen waren die restlichen fünf Prozent? Denn Kurze selbst wollte 90 Prozent behalten.«

»Weiß nicht genau. Manövriermasse, hatte Rainer gesagt.«

»Hast du das nötig, Lothar? Ich denke, deine Mutter ist reich?«

»Nicht so reich, wie alle glauben«, sagte Hansen und es klang fast so, als würde er Mitleid erwarten. »Die Pflegerinnen verschlingen ein Vermögen, du glaubst es nicht.«

»Wenn ich es richtig verstehe, dann hattest du Angst davor, dass dein Projekt mit Kurze auffliegt und du politisch und gesellschaftlich ruiniert bist.«

Hansen nickte.

»Damit setzt Om dich nun unter Druck? Ist dir dein Ruf so wichtig?«

»Es ist ja auch so, dass ich den Mord an Kurze mitbekommen und nicht gemeldet habe. Das ist doch strafbar.«

»Ja, vor allem, wenn Kurze mit ärztlicher Hilfe hätte gerettet werden können.«

Hansen dachte einen Moment nach. »Nein, Sabine. Der war tot. Ganz sicher.«

»Und wie ist er in den See gekommen?«, fragte Sabine und hatte das Gefühl, dass sie sich mit ihren Fragen im Kreis drehte.

Hansen zuckte mit den Schultern.

»Und was nun, Lothar? Wie können wir dir helfen? Wenn du glaubst, dass wir deinen kleinen Deal mit Kurze unter den Tisch fallen lassen können, dann …«

»Nein, das meine ich nicht. Ihr sollt mir Om vom Hals halten. Dieser Irre hat schon einmal versucht, mich umzubringen, weil ich nicht tue, was er verlangt. Er wird es wieder tun.«

»Was verlangt er denn?«

»Ich soll für ihn etwas vom Hof holen, das er dort versteckt hat. Er selbst traut sich nicht.«

»Was ist es?«

»Ich weiß es nicht. – Und ich soll ihm sagen, wo der Junge ist, sein Sohn. Welchen Jungen meint er? Habt ihr einen Jungen gefunden?«

Darauf gab Sabine keine Antwort. In ihrem Kopf entstand ein Plan.

KAPITEL 43

Melanie Gierke hatte den Plan, den Sabine spontan im Krankenhaus gefasst hatte, noch etwas verfeinert. Das war zu erwarten gewesen. Sabines Plan baute darauf, dass Om, wenn er Hansen nicht dafür einspannen konnte, selbst zum Wendland-Hof gehen würde, um das zu holen, was er unbedingt haben wollte. Om müsste sich nur sicher fühlen. Darum wollte Sabine den Streifenwagen vom Hof abziehen und lieber zwei bis drei getarnte Beamte im Gebüsch platzieren, um auf Om zu warten. Melanies Verfeinerung bestand darin, keine Beamten um den Hof herum abzustellen. Das war ihr zu riskant und zu aufwendig, denn diese Belagerung könnte einige Tage dauern. Sie schlug Webcams vor. Die wären zudem weniger auffällig. Sabine wollte deren aufgenommene Bilder von einem in der Nähe geparkten Auto aus im Blick behalten, aber auch das lehnte Melanie ab. Sie wollte im Umkreis von drei Kilometern um den Hof nichts haben, was nach Polizei roch. Also saßen rund um die Uhr Beamte in der Turnhalle vor ihren Monitoren und starrten in den Wald.

Nun war Sonntag, und zwei Tage lang war nichts passiert. Sabine hätte eigentlich frei gehabt, aber sie wollte nah am Geschehen sein. Zu Hause wurde sie nicht gebraucht. Sahas und Hannes verstanden sich prächtig. Hannes hatte begonnen, mit Sahas einfache Texte zu lesen, und der Kleine lernte verdammt schnell. Er sprach immer mehr, äußerte Wünsche. Was seine Familie und die Erlebnisse in der grauenhaften Nacht anging, schwieg er jedoch weiterhin. Wenn Sabine versuchte, die Sprache darauf zu bringen, verschloss er sich sofort. Und Papa wurde sauer und sah sie vorwurfsvoll an. Sabine würde den Jungen vermissen, wenn er demnächst in ein neues Zuhause kommen würde. Wenn sein Vater und/oder Großvater – was Om tatsächlich war, wusste er ja selbst nicht – keine Gefahr mehr darstellte, würde Sahas in eine Pflegefamilie gebracht werden.

Sabine ging, wie so oft zuvor, die Kisten aus dem Haus durch, auf der Suche nach irgendwelchen Hinweisen. Es waren Unmengen von Büchern, die die Beamten aus den Regalen im Wohnzimmer gezogen hatten. Esoterische Ratgeber, Schriften irgendwelcher Gurus, aber auch politische Bücher, die meistens aus den 70er- und 80er-Jahren stammten. Kinderbücher und Schulbücher waren ebenfalls darunter. Es sah so aus, als hätten die Hofbewohner Anfang der 90er-Jahre aufgehört zu lesen. Nur wenige Zeitungen aus jüngerer Zeit waren dort zu finden – taz, FAZ und ein paar Yogazeitschriften neueren Datums.

Doch auch zwischen den Büchern entdeckte sie keine Dokumente, keine Briefe, Rechnungen, Papiere, Impfpässe – nichts. Sabine kam ein Gedanke, den sie mit Melanie teilen wollte. Sie fand die Kollegin nachdenklich auf einem Stuhl am anderen Ende der Turnhalle. Vor ihr vertrockneten drei Viertel einer Pizza in ihrem Karton.

»Alles klar bei dir?«, fragte sie und klang sicher besorgter, als sie war.

»Ja, wieso? Machst du dir immer gleich Sorgen, wenn ich kurz still bin? Ich bin nicht dein Problem, Sabine.«

Diesen Anschiss hatte Sabine nicht verdient, trotzdem ließ sie es vorerst auf sich beruhen. »Ich habe gerade noch mal über unsere ganzen Fundsachen aus dem Haus geschaut«, sagte sie. »Dabei ist mir der Gedanke gekommen, dass es kein Zufall ist, dass wir da nichts, aber auch gar nichts finden, was auf die Identitäten der Bewohner hindeutet.«

»Ja, Sabine, darüber haben wir doch schon gesprochen. Dieser Om hat sein Umfeld konsequent anonymisiert. Seine Anhänger waren nicht mehr von dieser Welt.« Sie wirkte genervt, als wolle sie das Gespräch nicht führen.

»Es fehlen allerdings nicht nur Dokumente. Es fehlt alles, was irgendeinen Wert haben könnte. Da ist kein Schmuck, kein Computer, kein Handy, keine neueren Bücher. Und: keine Fotos, nicht ein einziges. Ein Buch von diesem Bhagwan habe ich gesehen, mit einer Widmung. Dieser Om war in Indien, der hatte doch bestimmt ein paar mehr Devotionalien, oder? Wo sind die?«

»Worauf willst du hinaus, Sabine?«

»Da war ein Auszug im Gange. Om hat die Bude nach und nach leergeräumt, um dann schnell zu verschwinden. Und das hat er ja nun auch getan.«

»Und vorher hat er alle seine Leute erschossen? Mit zwei Pistolen?«

»Vielleicht. Rainer Kurze hat er jedenfalls nicht umgebracht. Aber alle anderen kann Om durchaus beseitigt haben.«

»Warum?« Melanie stieg langsam ein ins Spekulieren.

»Weil er mit ihnen nicht gut fliehen konnte. Die drei älteren Frauen hatten, nach allem, was wir wissen, seit über 30 Jahren keinen Kontakt zur Außenwelt. Die beiden jüngeren Opfer vermutlich noch nie, von zwei Schuljahren bei dem einen mal abgesehen. Das wäre verdammt schwer, mit denen etwas Neues aufzubauen.«

»Aber er hat nicht alles aus dem Haus geschafft. Etwas will er unbedingt haben. Was kann das sein?«, fragte Sabine.

Melanie, die gerade noch aufgedreht hatte, verlor an Spannung. »Ach, das muss nichts Besonderes sein. Der Typ war so schräg, da kann ein T-Shirt spirituellen Wert haben. Wahrscheinlich kommt er gar nicht mehr zum Haus. Wir blasen die Überwachung morgen ab.«

»Und dann?«

Melanie zögerte. Zaghaft sagte sie: »Sahas. Das ist der Plan B. Über deinen Freund Hansen geben wir Om einen Hinweis, wo der Junge ist, und zack, schnappt die Falle zu.«

»Melanie, Hansen ist nicht mein Freund. Und Sahas ist nicht unser Köder. Das Thema hatten wir doch schon.«

»Der Junge wird ja nicht dort sein, wo wir behaupten.«

»Ich weiß nicht, Melanie. Lass uns noch warten. Er kommt zu dem Hof. Ich habe das im Gefühl. Er handelt nicht besonders vernünftig. Er ist kein Superschurke, sondern ein vergeistigter, alter Mann, der am Ende ist mit seinem kranken Leben.«

KAPITEL 44

Sahas saß in der Küche und malte. Opa Hannes, wie er den alten Mann nun nannte, war im Garten und schnitt an irgendwelchen Pflanzen herum. Die Buntstifte, die Sabine ihm mitgebracht hatte, waren dick und weich, und er hatte zwölf Farben gezählt.

Beim Malen dachte er an Kamini und er sah ihr Gesicht. Er dachte auch an Garima und an Kala. Ihre Gesichter sah er nicht. Das von Udgam schon. Es sah merkwürdig aus. Es war kaputt. Das machte ihm Angst. Schnell malte er das Mandala, das er vorgezeichnet hatte, mit grellen Farben aus, um die bösen Bilder aus dem Kopf zu verscheuchen.

Kamini fehlte ihm. Aber in Sabines Haus war es schön. Es war sauber, und es gab genug Wasser, und auch wenn es draußen dunkel war, gab es ganz viel Licht in jedem Zimmer. Das war wunderbar.

Sahas dachte an den Wolf. Seinen Wolf. Wie mochte es ihm gehen? Dort, wo Sahas jetzt lebte, würde der Wolf sicher nicht hinkommen. Es waren überall Häuser und breite Straßen. Es standen auch viele Autos auf den Straßen und von irgendwoher kam immer Lärm. In diese Welt traute sich Sahas nur mit Sabine. Würde er seinen Wolf je wiedersehen?

Sahas stand auf und ging langsam durchs Haus. Das tat er jeden Tag. Er ging in jedes Zimmer und betrachtete die vielen fremden Dinge. Er fasste nichts an. Blumen waren dort und Bücher, viele Bücher. Bilder hingen an den Wänden. In jedem Zimmer hingen weiße Kästen an den Wänden. Opa Hannes hatte gesagt, dass es Heizungen seien, die im Winter warm würden. Sahas hatte nicht entdecken können, wo man dort das Holz hineintat. Was Sahas besonders liebte, war das Ding an der Wand in Sabines Zimmer. Ein großer Spiegel, worin er sich selbst sehen konnte. Es gab in seinem alten Zuhause auch einen Spiegel, doch der war klein und hing im Badezimmer über dem Waschbecken. Sahas konnte nur hineinsehen, wenn Kamini ihn hochhob.

»Sahas«, rief Opa Hannes von unten. »Hast du Hunger? Ich mache Abendbrot. Sabine kommt sicher gleich. Eigentlich müsste sie am Sonntag gar nicht arbeiten.«

Klar hatte Sahas Hunger. Er hatte immer Hunger, und in diesem Haus gab es immer genug gutes Essen. Er konnte sich aussuchen, was er wollte. Er mochte Opa Hannes' Butterbrote mit Käse. Er hatte früher auch oft Käse und Brot gegessen, aber hier schmeckte es tausendmal besser.

Er ging in die Küche und setzte sich auf seinen Platz am Küchentisch. Opa Hannes lächelte ihn an und goss Pfefferminztee ein. Auf seinem Becher war SpongeBob abgebildet mit seinen Freunden Patrick Star und Thaddäus Tentakel. Sabine hatte ihm diese Tasse geschenkt, weil er SpongeBob mochte. Und dann hatte sie ihn gefragt, ob er auch Freunde habe. Sahas wusste, dass sie andere Kinder meinte, und hatte den Kopf geschüttelt. Er kannte keine anderen Kinder. Kamini hatte ihm gesagt, dass sicher noch weitere Kinder auf den Hof kommen werden, aber das war nie geschehen. Om hatte ihm mal erklärt, dass draußen in der Welt die Kinder gemein zueinander seien und sich quälten und ärgerten. Doch Sahas war sich inzwischen nicht mehr sicher, ob alles stimmte, was Om sagte. Du wirst Freunde finden, hatte Sabine gesagt, und dass er in die Schule gehen werde. Er war jeden Tag in die Schule gegangen, bei Kamini und Kala und manchmal auch bei Om. Sie wussten alle sehr viel und er hatte auch Schulbücher. Ihm war jedoch klar, dass Sabine eine andere Schule meinte. Eine Schule, in die viele Kinder gingen, und er hoffte, dass sie nicht alle gemein zueinander waren. Er hatte viele Fragen an Sabine wegen der Schule, aber er traute sich nicht, sie zu stellen. Er hatte Angst, dass Sabine ihn für dumm halten könnte.

Opa Hannes hatte ihm ein Käsebrot gemacht und eine Tomate kleingeschnitten. Außerdem gab es saure Gurken, die Sahas so mochte.

Im Radio lief Musik. In der Küche war eigentlich immer das Radio eingeschaltet. Oft wurde irgendeine fremde Musik gespielt, ganz anders als die Lieder, die bei ihm zu Hause gesungen wurden. Und häufig redeten auch Leute. Opa Hannes sagte manchmal etwas darüber, was die da redeten. Es war nicht immer freundlich, was er sagte. Sahas verstand nicht, worüber die Leute im Radio sprachen, und auch nicht, was Opa Hannes dazu sagte. Aber er mochte es, dass immer Geräusche im Haus waren.

Sahas hatte sein Käsebrot fast aufgegessen, als plötzlich eine Männerstimme im Radio etwas sagte, das Sahas verstand. Da war von einem Wolf die Rede. Irgendetwas sollte passieren mit dem Wolf.

»Der Wolf, mein Wolf!«, rief Sahas, ohne nachzudenken, und Opa Hannes betrachtete ihn merkwürdig.

»Fängst du wieder von dem Wolf an, Junge?«, sagte er und lachte. »Sabine hat mir davon erzählt, dass man dich zusammen mit einem Wolf gesehen haben soll. Ich glaub kein Wort davon.«

»Was ist mit dem Wolf im Radio?«, fragte Sahas.

»Da ist eine alte Wölfin, irgendwo hier in der Gegend, die viel Vieh kaputt macht. Die werden sie jetzt töten. Ist sicher besser so.«

Sahas zuckte zusammen. Opa Hannes bemerkte das nicht. Er hatte begonnen, den Tisch abzuräumen. Sahas hatte viele Fragen, doch sein Wolf schien Opa Hannes nicht zu interessieren. Sein Wolf sollte getötet werden? Warum? Das durfte nicht passieren. Er, Sahas, musste das verhindern.

Opa Hannes würde ihn nicht gehen lassen. Aber das kannte er. Kamini hatte ihn auch nicht immer in den Wald gehen lassen, wenn er das wollte. Dann hatte er sich unsichtbar gemacht und war aus dem Haus geschlichen. Das war nicht schwer. Man musste nur warten, bis die großen Leuten etwas taten, was sie ablenkte. Still musste man natürlich sein, und man durfte sich nicht schnell bewegen, sonst bemerkten sie einen sofort.

Nachdem Opa Hannes die Geschirrspülmaschine eingeräumt und eingeschaltet hatte, setzte er sich im Wohnzimmer vor den Fernseher. Sahas blieb in der Küche zurück. Es würde nicht lange dauern, bis Opa Hannes im Sessel eingeschlafen war. Sahas ging langsam in den Flur. Die Spülmaschine brummte recht laut, er war sicher nicht zu hören. Er zog sich die Schuhe an, eine Jacke brauchte er nicht, es war sehr warm draußen. Sahas öffnete die Haustür, schlüpfte hinaus und ließ die Tür einen Spalt offen, damit es kein Geräusch gab.

Er wusste, wie er in seinen Wald kam. Als er zum ersten Mal von seinem Haus zu Sabines Haus gefahren war, hatte er nichts gesehen, weil er auf der Rückbank gelegen hatte. Aber beim zweiten Mal hatte er auf dem Hin- und Rückweg aus dem Fenster geschaut und alles genau beobachtet. Es ging eigentlich immer nur diese eine Straße entlang.

Zuerst musste er noch an vielen Häusern vorbei. In manchen Gärten waren Leute, doch die beachteten ihn nicht. Als die Häuser zu Ende waren und die Felder begannen, ging Sahas ein Stück abseits der Straße zwischen den Bäumen durch das hohe Gras. Er wollte nicht entdeckt werden. Immer wenn ein Auto oder ein Fahrrad sich näherte, versteckte er sich hinter einem Baum. So hatte er es auch im Wald getan. Er war unsichtbar.

Es dauert sehr lange, bis er seinen Wald erreichte. Mit dem Auto war es viel schneller gegangen. Alles sah ganz anders aus. War er richtig? Nachdem er noch eine Weile gegangen war, traf er auf eine kleine Straße, die ihm bekannt vorkam. Hier ging es zu seinem Haus, ganz sicher.

Er würde vorsichtig in die Nähe seines Hauses gehen, weil er dort den Wolf zuletzt gesehen hatte. Von da aus würde er durch den Wald streifen und nach dem Wolf suchen. Wenn Sahas im Wald war, würde der Wolf zu ihm kommen, weil er sein Freund war. Sahas würde den Wolf warnen, dass man ihn töten wolle. Und er würde nicht eher zu Opa Hannes zurückgehen, bis er den Wolf gerettet hatte.

KAPITEL 45

»Kiste, du Vollpfosten, was machst du denn hier?« Olaf war auf dem Sofa eingepennt, und als es plötzlich klingelte, hatte er versucht, das Geräusch zu ignorieren. Doch das Klingeln nahm kein Ende. Und nun stand Kiste vor ihm. In einer abgeschnittenen Jeans mit alten Latschen und einem schlabbrigen T-Shirt, das nach Schweiß roch. Es war später Nachmittag und Olaf wäre nach einem Schläfchen sicher noch auf einen Sprung in die Sport-Klause gegangen. Wollte Kiste ihn zum Kneipenbesuch abholen?

»Olaf, Mann, Alter.« Der Kerl war ganz außer Atem. »Warum gehst du nicht an dein Scheißhandy? Ich versuche seit Stunden, dich zu erreichen.«

»Akku leer. Was willst du denn? In die Kneipe? Die macht sonntags erst um sechs auf. Ich habe ein Bier hier. Kannste haben.«

»Nee. Kein Bier, ich muss noch fahren. Und du musst mir helfen, Olaf. Ich muss das Auto von meinem Bruder suchen.«

Olaf war zu verschlafen, um zu kapieren, was Kiste meinte.

»Hast du das schon wieder verloren?«

»Nee. Immer noch.«

Olaf konnte nur den Kopf schütteln. Er bat Kiste in die Wohnung und ließ sich aufs Sofa fallen. Kiste setzte sich in einen Sessel und kramte eine Zigarettenschachtel aus der Hose.

»Nee, Kiste, is nich«, sagte Olaf nur, und Kiste steckte die Kippen weg.

»Also, sach schon, wo haste die Karre von deinem Bruder nun wieder verschlampt?« Olaf musste lachen. Das war zu verrückt.

»Nee, Olaf. Nicht schon wieder. Immer noch. Ich habe das Scheißding noch gar nicht zurück.«

Olaf stand auf, ging in die Küche und nahm zwei Flaschen Bier aus dem Kühlschrank. Er hielt eine Kiste hin, doch der lehnte ab.

»Moment, es ist, lass mich überlegen, zwei Wochen her, dass wir den Wolf gejagt und diese Leichen gefunden haben. Zwei Wochen. Ich denke, die Bullen haben die Karre abgeschleppt. Warum hast du die denn nicht längst?«

Und dann erzählte Kiste eine komplizierte Geschichte von seinem Bruder, der im Knast sitzt und die Papiere für den Wagen hat, und ohne die Papiere könnte Kiste das Auto bei den Bullen ja nicht auslösen. Das würde ja sicher auch Geld kosten, weil der Golf ja nicht ordentlich geparkt gewesen war, sondern in einem Gebüsch versteckt, und die 200 Euro oder so, die so was kostete, hatte Kiste natürlich nicht. Und überhaupt wusste er ja gar nicht, wo die Bullen den Wagen hingeschleppt hatten, denn das Schreiben dazu war ja sicher an die Adresse des Bruders gegangen. Den Schlüssel zu der Wohnung hatte die Freundin des Bruders gehabt, die mit irgendeinem anderen Kerl in Spanien gewesen und erst vorgestern zurückgekommen war, um Kiste den Schlüssel zu geben. In der Wohnung war aber kein Schreiben gewesen.

Kiste wollte seinen Bruder unbedingt mit dem Wagen von der JVA in Lüneburg abholen und hatte deshalb tagelang herumtelefoniert. Bei der Polizei in Lüneburg hatte er angerufen, in Dannenberg, in Lüchow, schließlich auf der kleinen Wache in Gartow, wo er mit Olaf nach der Wolfsjagd eine Nacht verbracht hatte. Niemand wusste, wo der Golf war.

»Der Bulle in Gartow, so einer mit nem türkischen Namen, der hat mir dann geholfen. Er hat bei dieser Sonderkommission angerufen, die sie da wohl jetzt wegen unserer Leichen haben, und die hatten keine Ahnung von einem roten Golf. Und weißt du, was ich jetzt glaube, Olaf?«

»Nee.«

»Die haben den Wagen gar nicht abgeschleppt. Der ist denen gar nicht aufgefallen, so gut haben wir den versteckt. Ist das nicht irre?« Kiste gluckste vor Lachen.

»Ja, Kiste, das ist irre. Aber besonders irre ist, dass wir ja auch nicht wissen, wo das Auto ist. Wir haben es in der Nacht nicht gefunden.«

»Ja, danke, ich weiß. Und darum musst du mir helfen, es zu finden. Heute noch. Jetzt, solange es hell ist.«

»Du hast doch ein Rad ab, Kiste. Wie sollen wir denn da hinkommen?«

»Mit dem Taxi. Ich habe Geld. Wir lassen uns in die Nähe fahren und dann suchen wir die Karre.«

Es war eine bescheuerte Idee, aber Olaf sah ein, dass Kiste keine Wahl hatte. Wenn der Golf verschwunden bliebe, würde ihn der Bruder grillen, das stand fest.

Olaf leerte sein Bier und rief ein Taxi. Es war Sonntag. Da konnte das dauern.

KAPITEL 46

Sabine wollte sich gerade nach Hause aufmachen, um mit ihrem Vater und Sahas zu Abend zu essen, da kam Bewegung ins Lagezentrum in der Turnhalle der Grundschule Gartow.

»Hey, Frau Gierke, da tut sich was«, rief einer der Beamten, die seit Stunden auf die Bildschirme starrten. Aus allen Ecken liefen die Polizisten zusammen und bildeten um den Kollegen eine neugierige Traube.

Im Halbdunkel des Waldes war eine Gestalt in heller Kleidung zu sehen, die sich gebückt Richtung Hof bewegte. Immer wieder blieb die Gestalt kurz stehen, drehte den Kopf. Das Gesicht war nicht zu erkennen.

Der Monitor am benachbarten Arbeitsplatz zeigte die Szene aus einer anderen Kameraperspektive. Auch hier war die Gestalt einfach zu weit weg, um erkennbar zu sein.

»Okay«, sagte Melanie, wobei sie fast flüsterte. Hatte sie vergessen, dass sie von dem Ort auf dem Bildschirm fünf Kilometer weit weg waren? »Wir fahren los. Bleiben aber auf der Landstraße, bis ich den Befehl zum Zugriff gebe. Der soll erst finden, was er sucht. Dann schnappen wir ihn uns. Alles klar?«

Die Beamten nickten und liefen aus der Turnhalle. Drei Zivil-PKW und ein Transporter verließen den Schulhof. Sabine saß mit Melanie hinten im Transporter, wo weiterhin die Aufnahmen der Kameras auf einen Monitor übertragen wurden. Die Gestalt war nun im Haus verschwunden. An einem Laptop schaltete Melanie ständig zwischen den drei Kameras hin und her. So hatten sie das gesamte Haus im Blick.

Ein weiterer Bildschirm stellte auf einer Umgebungskarte die Bewegung der einzelnen Polizisten dar, die alle mit GPS-Trackern ausgestattet waren. Sie zogen den Ring langsam enger.

»Alle Einheiten stopp!«, zischte Melanie in ihr Headset. »Wir warten auf Bewegung. Zugriff auf mein Kommando.«

Die Punkte auf der Karte standen still. Auf den Webcam-Bildern vom Haus rührte sich nichts.

Melanie und Sabine blickten schweigend auf den Bildschirm. Was tat der Kerl da jetzt? Wenn es Om war – und wer sollte es sonst sein? –, ging er langsam durchs Haus? Strich er mal hier über einen Tisch, setzte er sich mal dort auf ein Bett, schwelgte in Erinnerungen? Fühlte er sich sicher und unbeobachtet in diesem Moment? Wie konnte er annehmen, dass die Polizei das Haus nicht im Blick hatte, solange er auf der Flucht war?

Sabine hatte in den vergangenen zwei Wochen viel über diesen Mann und seine merkwürdige Wohngemeinschaft erfahren. Sie hatte in Abgründe geschaut und in die arglosen blaugrauen Augen des kleinen Sahas. Aber verstanden hatte sie das alles nicht so ganz. Sie konnte noch nachvollziehen, dass es charismatische Psychopathen gab wie diesen Achim Wohlleben, Om. Und sie wusste auch, dass Menschen auf solche Leute reinfielen und ihnen auf der Suche nach Glück folgten. Aber 40 Jahre lang? Ein Leben wie im Mittelalter, geprägt von Entbehrungen und Demütigungen? Viele waren ja gegangen, hatten rechtzeitig den Absprung geschafft und ein normales Leben begonnen. Als Politiker, Naturschützer oder als was auch immer in den USA. Und die, die blieben, konnten wohl nicht anders. Die Schweizer Millionärstochter Marieke Tersteegen – jung, schön, klug – altert als Lieblingsfrau des schrägen Gurus. Aber vielleicht empfand das auch nur Sabine als traurig. Für sie wäre das kein Leben gewesen. Vielleicht hatte Marieke genau hier im verwilderten Wald im Wendland ihr Glück gefunden.

Melanie stieß Sabine mit dem Ellbogen an. Auf dem Bildschirm tat sich etwas. Eine Gestalt tauchte auf. Sie bewegte sich nicht vom Haus weg, sondern aus dem Wald zum Haus hin. Ganz zaghaft. Eine kleine Gestalt.

»Sahas«, rief Sabine aus. »Verdammt, wo kommt der denn her?«

Sie griff nach ihrem Handy, um Papa anzurufen, aber natürlich hatte sie in dieser Scheißgegend keinen Empfang.

»Zugriff, Zugriff!«, rief sie, doch Melanie warf ihr nur einen mitleidigen Blick zu.

»Du hast hier keine Befehle zu geben, Sabine. Und außerdem hört dich keiner. Jetzt beruhig dich mal.«

Der Junge blieb ein Stück abseits vom Haus stehen und drehte sich zum Wald. Fast regungslos verharrte er dort. Rief er etwas? In den Wald hinein?

In diesem Moment öffnete sich die Tür des Bauernhauses und eine Gestalt trat heraus. Der Mann trug einen Gegenstand über der Schulter, der wie ein mittelgroßer Rucksack aussah. Er blickte in die Richtung des Jungen und rannte los. Erst jetzt drehte sich der Junge herum und bemerkte den Mann, der auf ihn zukam. Sahas wollte fliehen, doch schon hatte der Mann ihn gepackt. Er hielt Sahas fest und redete offenbar auf ihn ein.

»Zugriff«, rief Melanie nun in ihr Funkgerät. Es kam Bewegung in den Wald, und nach wenigen Sekunden standen zwei Teams vor dem Hof. Zwei weitere waren noch ein Stück entfernt. Das beobachtete Sabine über den zweiten Monitor.

Erst jetzt bemerkte sie, dass der Transporter, in dem sie sich befand, losgefahren war. Mit hoher Geschwindigkeit bog er von der Landstraße in den Waldweg ein, der zum Hof führte. Der Wagen holperte heftig über den unebenen Weg. Dann stoppte er schließlich, und sie sprangen raus.

Sie durchquerten die zugewachsene Einfahrt zum Hof langsam und mit gezogenen Waffen. Erst an deren Ende konnten sie wieder sehen, was sich auf dem Hof abspielte.

Vor ihnen stand Om. In schmutziger weißer Kleidung. Die strähnigen grauen Haare wehten im leichten Wind um seinen Kopf. Den linken Arm hatte er um den Hals des kleinen Sahas gelegt, in der rechten Hand hielt er eine Pistole, mit der er auf den Kopf des Jungen zielte.

In gut 20 Metern Entfernung hatten sich je zwei Beamte des SEK in voller Montur postiert. Die automatischen Gewehre hatten sie auf Om gerichtet. Die Szene wirkte wie eingefroren. Niemand schien sich zu bewegen. Nur Sahas wand sich, versuchte, die Umklammerung zu lösen. Doch der Mann war natürlich stärker.

»Lasst mich gehen. Dann passiert dem Jungen nichts«, rief Om. Seine Stimme klang rau, kraftlos. Sabine fiel auf, dass der linke Ärmel seines fleckigen Leinenhemdes zerfetzt war. Darunter eine Verletzung, sicher entzündet.

»Lassen Sie den Jungen los, Mann«, rief Melanie mit kräftiger Stimme. »Dann passiert Ihnen nichts.« Sie warf einem der SEK-Beamten einen Blick zu, der nickte. Sabine hatte einen solchen Einsatz noch nicht miterlebt, trotzdem wusste sie, was die beiden geklärt hatten. Der Kollege hatte den Angreifer im Visier und könnte ihn auf Melanies Befehl mit einem Schuss ausschalten. Auch wenn es keine große Entfernung und Oms Kopf gut einen halben Meter über dem von Sahas war, so war das Risiko dennoch enorm. Selbst mit einem Kopfschuss konnte der Guru vielleicht noch abdrücken. Und bei der kleinsten Bewegung konnte der Schuss des Polizisten ins Leere gehen. Es gab sicherlich einen weiteren Grund, warum Melanie den Befehl zum finalen Rettungsschuss noch zurückhielt. Sie würde befehlen, dass ein Mensch einen anderen Menschen tötet. Das war noch schlimmer, als es selbst zu tun. Auch ein weniger instabiler Mensch als Melanie Gierke wäre in einer solchen Situation unsicher, zögerlich.

Inzwischen waren auch die anderen beiden Teams eingetroffen. Am anderen Ende des Hauses standen die fünf Männer in zwei Gruppen. Einsatzbereit, auf Befehle wartend.

»Om, lass Sahas los«, versuchte es Sabine auf die persönliche Tour und erntete einen kritischen Seitenblick von Melanie.

»Geben Sie auf, Wohlleben«, rief Melanie. »Es ist vorbei. Machen Sie es nicht noch schlimmer.« Sie hatte sich offenbar entschieden, die Sektenführeridentität des Mannes zu ignorieren. Nun war er wieder Achim Wohlleben. Und auch im Knast wäre er nur Wohlleben. Wohlleben, der kranke, perverse Spinner, der mit seiner Tochter seinen Enkel gezeugt hat oder seine Kinder dazu gebracht hat, seinen Enkel zu zeugen.

Wie sollte es jetzt weitergehen, dachte Sabine. Warten, bis Om vor Erschöpfung umfällt? Oder doch den Kopfschuss? Mit jeder Minute, die verstrich, wurde die Situation für Sahas traumatisierender.

Während Sabine über Sahas' Schicksal nachdachte, nahm der Junge es selbst in die Hand. Mit einer katzenhaften Bewegung drehte er sich aus der Umklammerung, duckte sich und lief gebückt wie ein trainierter Nahkämpfer über den Hof in den Wald. Om versuchte, ihm zu folgen, doch ein gut platzierter Schuss eines SEK-Beamten ins linke Knie stoppte seinen Lauf. Er stürzte auf den Boden und krümmte sich vor Schmerzen. Zwei Beamte warfen sich auf ihn und legten ihm Handschellen an. Alle starrten gebannt auf diesen Vorgang und niemand achtete auf Sahas. Der war längst im dichten Wald verschwunden.

»Der Junge«, rief Sabine, während Melanie noch auf den kampfunfähigen Om glotzte. »Haltet ihn fest!«

Niemand, auch Sabine nicht, hatte damit gerechnet, dass Sahas, nachdem er sich aus Oms Griff befreien konnte, verschwinden würde. Und deshalb verstrichen genau die Sekunden, die der kleine wendige Junge brauchte, um im unwegsamen Wald unsichtbar zu werden. Die SEK-Leute in ihren sperrigen Kevlar-Rüstungen blieben in jedem Gestrüpp hängen. Sabine und Melanie mussten die Verfolgung ebenfalls schnell aufgeben.

»Okay«, rief Melanie völlig außer Atem. »Hubschrauber, Hundestaffel, alle Einsatzkräfte in den Wald. Der Junge darf nicht schon wieder verloren gehen.«

Warum tut er das, dachte Sabine und fühlte plötzlich tiefe Enttäuschung, nein, Traurigkeit. Er war nun seit zehn Tagen mit ihr zusammen, seit einer Woche wohnte er bei ihrem Vater und ihr. Er hatte Vertrauen gefasst. Er musste doch wissen, dass er bei ihr sicher war. Warum lief er weg?

Die Sonne war längst so weit gesunken, dass sie dem Wald kein Licht mehr spendete. Schattenhaft zeichneten sich die Büsche und das Unterholz gegen die dicht stehenden Bäume ab. Wollte der Junge tatsächlich dort draußen wieder die Nacht verbringen?

Dann fiel ein Schuss.

KAPITEL 47

»Wer von euch Idioten ballert hier rum?«, brüllte Melanie in ihr Headset. Sie stand mit zwei Beamten neben einem Wagen, in den sie gerade Achim Wohlleben geschoben hatten.

»Das war weiter weg«, sagte Sabine. »Das war niemand von uns.«

»Noch schlimmer …« Der Rest des Satzes wurde vom Lärm eines Hubschraubers verschluckt, der nun über ihnen kreiste. Das ging schnell, dachte Sabine, aber es wird nichts nützen. Von da oben sieht man mit bloßem Auge am Waldboden nichts. Und eine Wärmebildkamera machte auch die vielen anderen Lebewesen sichtbar, die hier durch den Wald huschten.

Die Hundestaffel hätte mehr Chance, den Jungen zu finden, aber die würde eine Stunde hierher brauchen. Mindestens.

Der Wagen mit dem zusammengesunkenen Guru auf der Rückbank verließ den Wendland-Hof. Melanie hatte einen Rettungswagen rufen lassen, der den Verletzten auf der Landstraße übernehmen und nach Dannenberg ins Krankenhaus fahren würde. Die Kommissarin hatte angeordnet, dass jederzeit zwei Beamte bei Wohlleben zu sein hatten. Auch im Operationssaal, wenn es sein musste.

Eine Handvoll Beamte, Melanie und Sabine standen nun etwas verstreut auf dem großen Hof vor dem Bauernhaus und blickten alle auf denselben Gegenstand. Zwischen Mann, Kind und Schüssen war Wohllebens Rucksack bislang unbeachtet zurückgeblieben. Nun gingen Melanie und Sabine darauf zu, sie wurden schneller, rannten und kamen gleichzeitig an dem alten grünen Bundeswehrrucksack an. Sie lachten.

»Du«, sagte Melanie und trat einen Schritt zurück.

»Warum?«

»Weil du recht hattest. Mit dem Kind und damit, dass dieser Om zum Haus zurückkehren wird.«

»Mach du ihn auf«, sagte Sabine. »Du bist die Chefin, und es war mir eine Ehre, mit dir zu arbeiten.«

Melanie verdrehte die Augen. Dann griffen beide nach dem Rucksack. Er war nicht besonders schwer und nur zur Hälfte gefüllt. Mit Geld.

»War ja klar«, sagte Melanie. »Was sonst sollte einen Guru mehr anziehen. – Weißt du, was dieser Bhagwan, dem Om nachgeeifert hat, sammelte?«

»Ja, weiß ich, Frau Lehrerin. Rolls-Royce. Er soll fast hundert von den Dingern gehabt haben. – Unser Om hingegen hat es nicht über einen schrottreifen Renault hinausgebracht.«

Sie schütteten das Geld auf den Hof. Es waren kleine, zerknitterte Scheine. Zehner, Zwanziger, wenige Fünfziger.

»Was die Kunden in Hamburg für Gras halt so zahlen«, sagte Melanie.

»Und das seit vielen Jahren.« Sabine hob einen 20-Mark-Schein hoch. Gut ein Viertel der Scheine waren Deutsche Mark, mussten also vor mehr als 20 Jahren gebunkert worden sein.

»Kriegt man das Zeug heute überhaupt noch gewechselt?«, fragte Sabine.

»Ja«, sagte Melanie. »Ich hatte da neulich einen Fall, darum weiß ich das. Da war die Beute aus einem Bankraub aufgetaucht. 500.000 Mark. Wechselkurs ungefähr eins zu zwei. Das macht aber nicht jede Sparkasse. Dafür muss man in eine Filiale der Bundesbank. Die nächste ist in Hannover. Aber wenn da so ein Vogel wie dieser Om reinkommt und einen Haufen muffiger Scheine auf den Tisch knallt, wählen die gleich die 110.«

»Wie viel ist das hier?«, fragte einer der Kollegen vom SEK-Team. Melanie und Sabine hockten über dem Geldhaufen und hatten gar nicht bemerkt, dass sich vier Neugierige dazugesellt hatten.

»Ich wette«, rief Melanie und blickte herausfordernd in die Runde, »alles zusammen 58.000 Euro. 20 Euro Einsatz. Sabine?«

»72.000.«

»38.000«, sagte einer der Beamten. Die anderen winkten ab. Melanie sammelte den Einsatz ein. »Wer am nächsten dran ist, bekommt den Pott.« Dann stopfte Sabine das Geld zurück in den Rucksack. Als sie tief in den klammen Rucksack griff, stießen ihre Finger auf einen Gegenstand, der beim Ausschütten offenbar nicht herausgefallen war. Sie nahm ihn heraus. Eine Kladde. Nicht besonders dick. Kaminis Tagebuch. »2018«, stand auf dem Etikett.

»Bettlektüre für dich«, sagte Melanie. »Und hier ist noch was.« Die Kommissarin zog einen durchsichtigen Plastikbeutel aus dem Rucksack, der eine Menge weißer Pillen enthielt.

»Flurazepam«, sagte Melanie, nachdem sie die Tabletten näher angesehen hatte. »Damit konnte er seine Familie zuverlässig ins Traumland schicken, wenn es nötig war.«

»Das wird das Zeug sein, das Kamini in die Milch im Keller gerührt hat«, sagte Sabine.

Melanie und Sabine erhoben sich und hatten beide das gleiche Ziel. Das Haus. Hatte es noch weitere Geheimnisse?

»Der Fall ist erst erledigt, wenn wir genau wissen, was sich in der Nacht abgespielt hat«, sagte Melanie.

»Und du glaubst, dass Om uns das nicht erzählen wird.«

»Natürlich nicht. Er kann sonst was behaupten. Es gibt keine Zeugen.«

Gibt es doch, dachte Sabine, sagte es aber nicht.

»Was ist denn hier los?«, kam plötzlich eine Stimme von hinten. »Sabine, bist du das?«

Am Rand des Hofes war ein dünner, dunkelgrün gekleideter Mann aufgetaucht. Er sah nicht nur aus wie ein Förster, er war der Förster. Forstamtsleiter Thomas Werner blickte sich irritiert um. Hinter ihm versammelten sich ein junger Mann und eine junge Frau. Ebenfalls in Grün. Jetzt bemerkte Sabine, dass Werner eine Flinte geschultert hatte.

»Diese Frage würde ich Ihnen gerne stellen«, blaffte Melanie den Mann an, bevor Sabine etwas sagen konnte. »Sie platzen gerade mitten in eine Polizeiaktion. Was fällt Ihnen ein?«

»Melanie«, versuchte Sabine den sich anbahnenden Konflikt zu entschärfen, »das ist Thomas Werner vom Forstamt. Du erinnerst dich vielleicht. Er war auf der Versammlung letzte Woche, als …«

»Ja, klar, ich erinnere mich«, unterbrach Melanie, und es war offensichtlich, dass sie log. »Und was wollen Sie hier? Und dann auch noch bewaffnet.«

Sabine kannte Thomas flüchtig. Er war höchstens zehn Jahre älter als sie. Vor Ewigkeiten hatte er als Betreuer Konfirmandenfreizeiten begleitet, an denen sie teilgenommen hatte. Er war damals wie heute ein eher zurückhaltender Typ. Eine Frau wie Melanie schüchterte ihn sicher ein.

»Wir jagen den Wolf«, sagte Thomas und vermied es, Melanie anzusehen.

»Den Wolf?«, bellte Melanie. »Im Ernst? Ausgerechnet heute?«

»Die Genehmigung ist am Donnerstag erteilt worden, dann brauchten wir Zeit, um Teams zusammenzustellen. Und am Sonntag können halt die meisten.«

»Teams?« Melanie war nah an Werner herangetreten und funkelte den Mann an. »Das heißt, es sind noch mehr von euch Jägermeistern unterwegs?«

»Äh, ja. Wir sind drei Teams mit je drei Leuten. Jeweils einer mit Waffe. Wieso ist das ein Problem?«

Bevor Melanie Werner in den Boden rammen konnte, griff Sabine ein. »Thomas, da draußen läuft ein Junge herum. Acht Jahre alt. Wir suchen ihn. Bis wir ihn gefunden haben, muss eure Wolfsjagd warten.«

»Ja, okay, Sabine. Ist doch klar. Also war der Hubschrauber eben von euch. Verstehe. Der hat den Wolf sowieso in ein Versteck getrieben. Den finden wir heute nicht mehr.«

»Habt ihr ihn denn heute schon gesehen?«, fragte Melanie, die sich etwas beruhigt hatte. »Denn sonst hättet ihr ja nicht schießen müssen. Oder war der Schuss nicht von euch?«

»Doch. Ich habe geschossen«, sagte Werner und sah fast schuldbewusst aus. »Ich habe aber nicht getroffen.«

»Ohne Scheiß jetzt?«, sagte Melanie. »Ihr hattet den Wolf vor der Flinte? Ganz in der Nähe?«

»Ja. Es war allerdings schon ein Stück weg von hier. Zehn Minuten oder so.«

»War ein Junge bei dem Wolf?«, fragte Sabine und bereute die Frage gleich.

Thomas Werner starrte Sabine an, als hätte sie gerade gebellt.

»Sie müssen verstehen«, bemühte sich Melanie um eine Erklärung der Frage, »unsere Sabine hält es für möglich, dass hier Kinder und Wölfe gemeinsam durch den Wald toben. – Nicht wahr, Sabine? Aber das gibt es nur im Märchen. Und in der Fantasie betrunkener Wilderer.«

Sabine ging nicht auf Melanies Scherze ein. »Seid ihr mit den anderen Teams über Funk verbunden?«, fragte sie. »Kannst du die Leute stoppen?«

»Über Funk nicht, aber übers Handy.« Er tippte kurz auf seinem Smartphone herum und lächelte Sabine triumphierend an. »Sind gestoppt.«

»Du hast Empfang?« Sabine riss Werner das iPhone aus der Hand und schaute aufs Display. »Niemand hat in dieser Gegend Empfang.«

»Weil ihr alle das falsche Netz habt. Wir nehmen Elbemobil. Die fassen irgendwelche Netz zusammen, die …«

»Ja, super Thomas, tolle Sache. Ich darf doch mal.« Sie wählte auf Thomas' Handy die Nummer ihres Vaters.

»Sabine, endlich, es ist ganz schrecklich, ich traue mich kaum, es zu sagen. Sahas ist weg. Einfach abgehauen. Ich habe nur …«

»Ich weiß, Papa. Die gesamte niedersächsische Polizei sucht bereits nach ihm.«

»Das ist gut. Ich glaube, er hat wieder diesen Wolf im Kopf. Im Radio kam, dass der gejagt werden soll. Vielleicht will der Junge den Wolf retten.«

Sabine lachte. »Papa, ich denke, das hat er schon getan.«

KAPITEL 48

»Und wer ist Oskar, Olaf?« Kiste steuerte den Golf extrem langsam über den holprigen Waldweg. Die Stoßdämpfer hatten keine Kraft mehr bei der alten Karre.

»Hä, wer soll Oskar sein?«, fragte Olaf, genervt von Kistes guter Laune und seinem ständigen Gelaber.

»Na, du hast eben gesagt, ich wär jetzt wohl stolz wie Oskar, dass ich den Wagen gefunden habe. Da will ich wissen, wer Oskar ist und warum der so stolz ist.«

»Keine Ahnung. Ist so ne Redensart. Ist doch egal, wer Oskar ist.«

»Du, vielleicht hat das mit den Oscars da in Hollywood zu tun. Wer da einen kriegt, der ist schließlich verdammt stolz, oder?«

»Ja, kann sein.«

»Aber Moment. Oscar ist ja diese Trophäe. Die kann ja nicht stolz sein. Dann müsste es ja heißen: ›stolz wie auf einen Oskar‹.«

»Du, Kiste?«

»Ja?«

»Kannst du einfach mal einen Moment die Fresse halten und auf den Weg achten? Es ist stockdunkel und die Scheinwerfer an der Karre kannste knicken. Der eine leuchtet in den Himmel und der andere ist, glaube ich, kaputt.«

Kiste klemmte hinter dem Lenkrad des Golfs wie ein 80-Jähriger. Olaf gönnte ihm den Triumph irgendwie. Sie hatten den Wagen seines Bruders gefunden.

Die Suche hatte holprig begonnen, weil Kiste nicht in der Lage gewesen war, dem Taxifahrer zu beschreiben, wo sie hinwollten. Als er schließlich den Totenhof als Adresse angab, wollte der Taxifahrer sie rauswerfen. Da würde er nicht hinfahren, und was sie denn überhaupt für kranke Arschlöcher seien, dass sie da hinwollten. Schließlich einigten sie sich auf eine Kreuzung gut zwei Kilometer entfernt von dem gruseligen Ort und auf 20 Euro extra. Es war noch recht hell, als sie an der Kreuzung ausstiegen und sich auf den Weg machten.

Olaf hatte keinen guten Orientierungssinn, und zwischen schmalen Straßen und dichten Waldgebieten sah für ihn alles gleich aus. Olaf wusste nur, dass sie den Wagen an einem Forstweg hinter einem verwitterten Holzstapel in einem Gebüsch versteckt hatten. Aber da war es fast dunkel gewesen.

Kiste erinnerte sich zusätzlich daran, dass der Wald an der Stelle total düster und verwildert war. Nicht so clean wie in den meisten anderen Abschnitten der Gegend.

»So ein richtiger Urwald war das, Olaf«, hatte er doziert, »nicht so ein Nutzforst, weißte?«

Wie ein Trüffelhund taperte Kiste weiter in diesen Urwald und schließlich stießen sie tatsächlich auf den Holzstapel und den Golf dahinter.

Es hatte noch eine Weile gedauert, bis sie losfahren konnten. Die Batterie hatte sich entladen, und so mussten sie den Golf erst aus dem Versteck manövrieren und ihn danach auf dem Waldweg anschieben, was nicht einfach gewesen war.

Aber nun kamen sie voran und waren gleich auf der Landstraße. Die Mission war erfüllt. Das würde Kiste ein paar Bier kosten.

»Warum hast du geniale Spürnase die Karre nicht einfach in dieser schrecklichen Nacht gefunden, Kiste? Dann wäre uns eine Menge Ärger erspart geblieben.«

»Ach, Olaf«, lachte Kiste und glühte schier vor Lebensfreude. »Hauptsache ist doch, dass wir zusammen sind.«

Bevor Olaf darauf etwas sagen konnte, trat Kiste voll auf die Bremse und brachte den Wagen zum Stehen, wobei er den Motor abwürgte. Er brüllte: »Scheiße, da war was. Ein Kind. Ich habe ein Kind angefahren.«

»Ach, Kiste, siehst du heute die Kinder? Der Wald hier scheint voller Phantomkinder zu sein«, maulte Olaf.

Doch Kiste riss die Tür auf und hechtete aus dem Golf. Um sie herum war es völlig dunkel und still. Die Scheinwerfer beleuchteten kaum, was vor ihnen lag. Olaf sah, dass Kiste sich vor dem Auto hinunterbeugte, und plötzlich tauchte noch ein Kopf auf. Der blonde Schopf eines kleinen Jungen. Nun sprang auch Olaf aus dem Wagen.

Der Junge stand zitternd im spärlichen Licht des linken Scheinwerfers. Kiste kniete vor ihm und tastete ihn ab. »Wo tut's weh, Kleiner, sag mal? Bist du verletzt?«

Der Junge sah Kiste und Olaf abwechselnd verängstigt an. Plötzlich versuchte er, wegzulaufen. Doch er stoppte nach zwei Schritten mit schmerzverzerrtem Gesicht. Sein Fuß war verstaucht, wenn nicht gebrochen.

»Lass den Quatsch, Junge. Wir bringen dich nach Hause«, sagte Olaf und hoffte, dass es beruhigend klang. »Hab keine Angst. Wir sind deine Freunde.«

»Freunde?«, echote der Junge, und er klang nicht überzeugt.

»Ja«, sagte Kiste, der nun vorsichtig das Fußgelenk des Jungen betastete. »Wir helfen dir. Wo wohnst du? Wir fahren dich dahin.«

»Ich will zu Sabine und zu Opa Hannes«, sagte der Junge und kletterte zögerlich auf die Rückbank. Sein Blick wanderte ständig zwischen Kiste und Olaf hin und her.

»Ort und Straße wären hilfreich«, sagte Kiste und ließ den Motor an.

»Sabine von der Polizei«, sagte der Junge.

»Polizei, muss das sein?«, murmelte Kiste.

»Moment«, unterbrach ihn Olaf. »Hieß nicht die Perle, die uns in der Nacht aufgesammelt hat, Sabine? – Ey, Kleiner, ist das so ne Junge, Blonde, Schöne?«

Der Junge blickte Olaf an. »Von der Polizei. Sabine«, sagte er nur.

»Los, Kiste, fahr nach Gartow zur Polizeiwache. Da sehen wir weiter. Wir müssen den Jungen ja irgendwo abliefern.«

»Die pennen da doch alle längst.«

»Dann wecken wir sie eben.«

Als sie zehn Minuten später an der Wache eintrafen, waren dort alle hellwach. Die Straße war mit Polizeifahrzeugen fast zugeparkt, die Räume der Wache hell erleuchtet. Vor der Wache standen mindestens zehn Leute. Einige in Uniform, die meisten in Zivil.

»Sabine«, rief der Junge aufgeregt von der Rückbank und klopfte gegen die Scheibe. Die junge Polizistin bemerkte ihn, rannte zum Auto und klopfte von außen an das Fenster. Was sie sagte, konnte Olaf nicht verstehen, aber sie hatte Tränen in den Augen, das sah er ganz deutlich.

KAPITEL 49

Kaminis Tagebuch

September 2018

Gestern ist Sahas sieben Jahre alt geworden. Wir feiern schon lange keine Geburtstage mehr. Es ist eitel und unangemessen, sich selbst so wichtig zu nehmen. Wir feiern Oshos Geburtstag und den unserer Gemeinschaft, die am 5. Juni 38 Jahre alt wurde. Ich habe für Sahas sieben schöne Wildblumen aus dem Garten geholt und ins Haus gestellt. Om hätte sicher gefragt, wofür sie sind. Er weiß, dass ich nicht ohne Anlass Blumen aufstelle. Aber Om ist nicht da. Es ist Erntezeit auf unserer kleinen Plantage, und so fährt er immer wieder für mehrere Tage in die Welt, um unsere Erträge zu verkaufen und uns zu versorgen. Er fehlt uns dann, doch er kommt mit vielen Dingen zurück, die das Leben leichter und angenehmer machen. Benzin für den Generator, Milch, Käse, Zeitungen. Besonders wertvoll sind die Dinge, die er auf seinem Computer mitbringt: Filme, mit denen Sahas lernen kann.

Ich bin seine Lehrerin, und es ist sicher die wichtigste Aufgabe, die ich je hatte. Ich lese und rechne mit ihm und schaue mit ihm die Filme an, um ihm die Welt zu erklären. Vielleicht wird er sich schon bald dort zurechtfinden müssen, denn es stehen Veränderungen an.

Om hat vor ein paar Wochen angedeutet, dass sich der Besitzer unseres Hofes bei ihm gemeldet hat. Ich dachte immer, wir wären nach den vielen Jahren, die wir hier leben, längst selbst die Besitzer. Doch Om hat mir erklärt, dass es in einer Welt, in der sich alles um Geld dreht, so nicht funktioniert. Der Besitzer heißt Rainer, und ich erinnere mich nur sehr schwach an ihn. Er hat uns damals, als das Hüttendorf geräumt wurde, hierhergebracht und eine Zeitlang mit uns gelebt. Aber er ist nie ein Teil unserer spirituellen Gemeinschaft geworden.

Ich war verwundert, wie sich dieser Rainer denn bei Om melden konnte, weil wir doch nie Besuch oder Post bekommen. Om erklärte mir, dass ihm vor einigen Wochen ein Bote aus Hamburg ein Handy gebracht habe. Ich erinnere mich nur, dass wir mal wieder in den Schutzraum mussten wegen eines Besuchers. Das Handy funktionierte auf dem Hof nicht, und so erhielt Om Rainers Nachrichten erst, als er mal wieder unterwegs war. Kurze schrieb ihm danach häufiger, und es wurde klar: Er hatte Pläne mit unserem Hof und wollte, dass wir gehen.

Nachdem Om uns dies mitgeteilt hatte, war tagelang die Hölle los. Wir wollten nicht weg. Kala und Garima heulten fast ununterbrochen. Udgam hackte im Garten Holz mit einer Gewalt, die mich fürchten ließ, dass er sich verletzen könnte. Aarti schrie Sahas bei jeder Kleinigkeit an, der immer wieder fragte, was denn los sei.

Om schaffte es schließlich, uns zu beruhigen. Er sagte, dass er mit Rainers Seele sprechen und ihn so von seinem Vorhaben abbringen werde. Wir wussten alle, das Om dazu in der Lage war, und wurden zuversichtlicher. Etwas später teilte Om uns mit, dass Rainer ihm geschrieben habe, dass wir doch bleiben können. Seitdem herrscht wieder Fröhlichkeit in unserer Gemeinschaft.

Die Wahrheit hat Om nur mir verraten. Ich bin ihm für seine Lüge nicht böse. Er ist unser Gebieter, und wenn er nicht allen die Wahrheit sagt, dann, um uns zu schützen. Die Wahrheit ist, dass wir in wenigen Monaten den Hof verlassen müssen. Om sagt, dass Zeit genug sei, eine neue Bleibe für uns zu finden, und dass Rainer uns Geld geben werde, um ein Haus zu kaufen. Ich bin Om unendlich dankbar für seine Fürsorge und seine Weisheit. Om hat gesagt, dass wir mit Sahas alleine gehen werden, wenn es sein muss. Ich weiß nicht, wie er das gemeint hat, und habe Angst vor dieser Situation. Aber ich bin sicher, dass Om die richtige Entscheidung für uns alle treffen wird. Alles wird gut.

Ich habe Sahas von den Tagebüchern erzählt und ihm gezeigt, wo ich sie verstecke. Er soll diesen Schatz behüten, wenn ich dazu nicht mehr in der Lage sein sollte.

KAPITEL 50

Om war nicht schwer verletzt. Der Beinschuss, den der SEK-Beamte ihm verpasst hatte, war wie aus dem Polizeilehrbuch. Der Schuss war etwas oberhalb des Knies durch den Muskel gegangen und hatte weder Knochen noch wichtige Gefäße verletzt. Mehr Aufwand erforderte die Versorgung des Arms. Der Verletzte gab dem Notarzt gegenüber nur zögerlich Auskunft, wie er sich die Wunde zugezogen hatte. Erst sagte er, er sei an einem Zaun hängen geblieben. Doch der Arzt erkannte deutlich Bissspuren. Da rückte Om, der hier nur noch Achim Wohlleben war, damit heraus, dass er von einem großen Hund angefallen worden sei. Da man davon ausgehen konnte, dass die letzte Tetanusschutzimpfung bei Wohlleben Jahrzehnte zurücklag, musste er intravenös mit Antibiotika behandelt werden.

Die Nacht verbrachte Wohlleben im Krankenhaus in Dannenberg. Am nächsten Morgen wurde er auf die Wache nach Gartow gebracht. Sabine war verwundert, dass ein Straftäter dieses Kalibers nicht gleich nach Lüneburg ins Polizeipräsidium und von dort ins Untersuchungsgefängnis verfrachtet wurde. Aber Melanie bestand darauf, ihn in Gartow zusammen mit Sabine zu vernehmen. Welch eine Ehre. Sollte sich Sabine also tatsächlich den Respekt der Kommissarin erarbeitet haben?

Wohlleben wurde von zwei Beamten in einem Zivil-PKW zu ihnen gefahren. Kein Gefangenentransporter, keine schwer bewaffnete Eskorte. Nur Handschellen. Melanie sah offensichtlich keine große Fluchtgefahr, und Komplizen, die den Kerl freischießen würden, gab es mit Sicherheit keine.

Sabine war dem Krankenhaus unendlich dankbar dafür, dass sie Wohlleben gewaschen und mit sauberer Kleidung versorgt hatten. Er trug einen weißen Krankenhauskittel und eine hellgrüne Baumwollhose, wie sie wohl im OP getragen wird. Die langen grauen Haare hingen wie nasses Stroh am Kopf herunter und trafen am Hals auf den langen grauen Bart. Wohlleben hinkte und wurde von einem Beamten gestützt, sein linker Arm war dick verbunden und hing in einer Schlaufe.

Sabine ließ den Verdächtigen im kleinen Vernehmungsraum Platz nehmen. Attila glotzte neugierig hinter seinem Schreibtisch hervor und war mucksmäuschenstill. Vermutlich hatte der Anwärter Angst, man würde ihn rauswerfen, sobald man ihn bemerkte.

Jakob Metzger plusterte sich vor dem Eingang der Wache auf, um Medienleute und Schaulustige in Schach zu halten. Was von der schmalen Dorfstraße vor der Wache nicht von parkenden Autos blockiert wurde, füllten Dorfbewohner und Touristen, die herumstanden und Hälse sowie Handys reckten. Es hatte sich schnell herumgesprochen, dass in dieser Nacht im Wald von Gartow Kriminalgeschichte geschrieben worden war.

»Geht doch einfach weiter, Leute«, beschwor Metzger die Menge, aber niemand hörte auf ihn.

Es war 9 Uhr. Wohlleben war anwesend für seine Vernehmung. Wer fehlte, war Melanie Gierke. Sabine konnte unmöglich ohne sie beginnen. Also brachte sie Wohlleben Wasser, Kaffee lehnte er ab. Sie fragte ihn, ob er Hunger habe oder sonst etwas brauche. Es fühlte sich an, als würde sie einen Touristen betreuen und keinen mutmaßlichen Mörder.

Sabine fragte einen der Lüneburger Kollegen flüsternd, ob es zu Melanies Taktiken gehörte, den Verdächtigen erst mal schmoren zu lassen, doch der wusste es nicht.

Um Viertel nach neun rief sie Melanie auf dem Handy an. Mailbox. Sie sparte sich eine Nachricht. Um 20 nach neun setzte sich Sabine Wohlleben gegenüber. Er war mit Handschellen an der Armlehne seines Stuhls fixiert. Sie sah ihm in die Augen und er wich ihrem Blick nicht aus.

Im ersten Moment nahm Sabine einfach nur alte, traurige blaugraue Augen umrahmt von Müdigkeit wahr. Nach wenigen Sekunden schauderte sie, weil sich in ihr Bewusstsein drängte, dass dies die Augen eines mutmaßlichen Mörders waren. Er war der erste Schwerverbrecher, dem sie so nahe kam. Dieser Mann hatte über Jahrzehnte Menschen eingesperrt, psychisch gequält, missbraucht, sicher auch vergewaltigt. Er hatte sie bestohlen, betäubt, Drogen verschoben und vieles mehr. Er war ein mieser, manipulativer Charakter, durch und durch böse. Doch optisch wirkte er nicht so.

Hinter dem zotteligen, verfilzten Bart versteckte sich ein sanftes Gesicht. Mit dem richtigen Styling und fünf Kilo mehr auf den Rippen hätte der 61-Jährige sicher für feine Herrenmode oder teuren Whiskey werben können. Er hatte immer noch kein Wort gesprochen, aber Sabine hatte seine raue Stimme noch im Ohr, als er drohte, Sahas zu erschießen. Hätte er das getan? Wäre der Mann mit diesen sanften Augen in der Lage, den eigenen Sohn oder Enkel zu ermorden? Was für ein Unsinn, dachte Sabine. Das lernte man schließlich in wenigen Wochen im Polizeidienst, dass menschlicher Abschaum sich nicht durch Äußerlichkeiten verrät.

Überhaupt, Sahas: Mithilfe einer DNA-Analyse ließe sich zweifelsfrei feststellen, ob der Junge von seinem Großvater oder von seinem Onkel gezeugt worden war. Abkömmling eines inzestuösen Geflechts war er auf jeden Fall. Sollte man ihm das irgendwann mitteilen? Das ließe sich nicht vermeiden, denn die Medien würden diese Details nicht auslassen.

Wohlleben lehnte sich zurück und schloss die Augen. Er wirkte nicht aufgeregt oder ungeduldig. Es konnte noch stundenlang nichts geschehen, ihm würde das nichts ausmachen. Seine Zeit war sowieso abgelaufen, das wusste er.

Sabine beobachtete das merkwürdige Spiel seiner Hände. Nacheinander berührte er mit jedem Finger die Spitze des Daumens. Dieses Spiel vollzog er mit beiden Händen gleichzeitig und in unablässiger Folge. Langsam, konzentriert.

Zwei Minuten vor zehn. Schritte im Eingang, dann Auftritt Melanie Gierke. Sie sah verheerend aus. Die kurzen Haare lagen platt am Kopf, sie war ungeschminkt und hatte tiefe Ringe unter den Augen. Sie trug ein ungebügeltes blassrosa T-Shirt und die Jeans, die sie in der Nacht schon anhatte. An den Knien haftete der Staub des Hofes. Ohne irgendjemanden zu beachten oder gar zu grüßen, betrat sie das Vernehmungszimmer und setzte sich neben Sabine.

»Und? Was haben wir?«, fragte sie barsch und blickte Wohlleben an. Die Frage war aber sicher an Sabine gerichtet.

»Nichts, Melanie. Ich habe auf dich gewartet. Herr Wohlleben und ich haben noch nicht miteinander gesprochen.«

»Gar nichts? Auch nicht das übliche Blabla mit Rechten und so?«

Sabine schüttelte den Kopf und Melanie leierte routiniert die vorgeschriebenen Formeln runter. »Und? Wollen Sie einen Anwalt?«, fragte sie am Schluss.

Wohlleben schüttelte den Kopf.

»Noch was Offizielles«, begann jetzt Sabine. »Wir haben bei Ihnen keinerlei Ausweispapiere gefunden. Sind Sie Joachim Wohlleben, geboren am 22. März 1958 in Hamburg?«

»Ich bin Om«, sagte der Mann leise. Es war zu verstehen, doch Melanie bellte los.

»Was haben Sie gesagt? Sie müssen lauter sprechen.«

»Ich bin Om«, sagte er in unveränderter Lautstärke.

»Okay«, nahm Sabine einen neuen Anlauf. »Waren Sie dieser besagte Joachim Wohlleben?«

»In einer früheren Inkarnation«, sagte er und sah Melanie an. Sanft, nicht provozierend.

»Dann möchte ich Sie darauf hinweisen, dass Sie für alle Inkarnationen, die Sie so mit sich herumtragen, verantwortlich gemacht werden«, fuhr Melanie ihn an. »Und wenn Sie mal Hitler waren, werden wir uns damit auch noch befassen.«

Der Beamte, der hinter Wohlleben in der Ecke stand, grinste.

»Herr Wohlleben«, fragte nun Sabine wieder, »Sie wissen, warum Sie hier sind?« Sie spürte, dass Melanie diese behutsame Fragetechnik überhaupt nicht behagte.

»Na klar«, unterbrach sie, obwohl Wohlleben gerade antworten wollte. »Klar weiß er das. Halten wir uns also nicht lange mit Nebensächlichkeiten auf. Wohlleben, was geschah am Abend des 28. Juni auf dem von Ihnen bewohnten Hof? Sparen Sie nicht mit Details.«

»Ashram«, sagte Wohlleben.

»Hä?«

»Es ist kein Hof, es ist ein Ashram. Früher war es mal ein Hof.« Er sprach mit rauer Stimme, leise, unaufgeregt. Weil er so leise redete, konzentrierte man sich mehr auf das, was er sagte.

»Noch ne Inkaration«, lachte Melanie und schlug mit der flachen Hand auf den Tisch. »Das wird ja immer verrückter.«

Sabine musterte sie irritiert. Was war los mit Melanie? Roch sie da Alkohol? War die Kollegin blau? Sie war den Problemen der Melanie Gierke ja zwischenzeitlich näher gekommen, als professionell zu verantworten war, aber das war eine neue Facette. Versuchte sie, ihre Depressionen nun mit Alkohol zu übertünchen? Und hatte sie gerade erst mit dieser zweifelhaften Therapie begonnen? Bisher hatte Sabine diesen unverwechselbaren Geruch, der eigentlich Metzgers Markenzeichen war, nicht an Melanie bemerkt, und sie erinnerte sich auch nicht an Flaschen auf dem Hotelzimmer. Doch jetzt mussten sie Wohlleben vernehmen, wie auch immer das ablaufen würde.

»Okay, Herr Wohlleben, dann ein Ashram«, sagte Sabine sanft. Sie wurde von Melanie ja förmlich in dieses Good-Cop-Bad-Cop-Ding gedrängt. »Was geschah in der Nacht? Was ist mit Ihrer Familie passiert?«

»Ich weiß es nicht«, sagte Wohlleben und sah Sabine an. Ratlos? Verzweifelt? Irgendetwas hatte sich jedenfalls in dem bisher emotionslosen Gesicht verändert. »Ich weiß es wirklich nicht, glauben Sie mir.«

»Waren Sie an dem Abend auf dem Hof, Entschuldigung, in Ihrem Ashram?« Sabine wollte dranbleiben, die wichtigen Fragen klären, solange dieser Kerl nicht dichtmachte. Dabei musste sie immer mit Störfeuer von Melanie rechnen.

»Ich bin erst gekommen, als es zu spät war. Zweimal.«

»Wie meinen Sie das?«

»Als ich eintraf, war Rainer Kurze tot. Er lag auf dem Hof. Udgam hatte ihn erschossen.«

»Okay, verstehe. Das war das erste Mal, dass Sie zu spät waren. Und das zweite Mal?«

»Ich habe Kurzes Leiche weggebracht.«

»Zum See«, sagte Melanie, die den Verdächtigen ununterbrochen aus glasigen Augen anstarrte. Wohlleben nickte.

»Und dann?«, fragte Sabine.

»Dann bin ich zurück zum Hof gefahren und wollte mit den anderen besprechen, wie es weitergeht. Wir mussten den Ashram aufgeben. Deshalb war Kurze ja bei uns aufgetaucht.«

»Nun ja, vielleicht mussten Sie das nicht mehr«, sagte Melanie, die erstaunlich geistesgegenwärtig war. »Kurze war ja tot, der brauchte das Grundstück nicht zurück.«

»Was haben Sie vorgefunden, als Sie zum zweiten Mal zu spät dran waren?«, fragte Sabine.

»Nichts. Ich bin ja gar nicht bis zum Hof gekommen. Da war alles voller Polizei. Ich habe umgedreht und bin weggefahren. Erst am nächsten Tag im Radio habe ich gehört, was geschehen war.« Er senkte den Blick, schien bewegt, traurig.

»Das haben Sie sich fein zurechtgelegt, Wohlleben«, lachte Melanie wieder, »einfach alle beschuldigen, die sich nicht wehren können. Sie sind ja ein feiner Guru. Kommt man damit ins Himmelreich?«

»Es gibt kein Himmelreich.«

»Oder ins Nirwana oder sonst was?«

»Es ist noch ein weiter Weg vom Samsara ins Nirwana, auch für mich.« Er sah sie mitleidig an. »Für Sie ist er vielleicht noch weiter.«

»Ja, lassen wir das«, sagte Sabine und fuhr mit ihren Fragen fort. »Es wurde mit zwei Pistolen geschossen. Woher hatten sie die?«

»Vor vielen Jahren hat sie ein Sannyasin mitgebracht und bei uns gelassen. Zu unserer Verteidigung: Ich hatte sie versteckt und die ganze Zeit über nie angefasst.«

»Diese hier hat man Ihnen gestern Abend abgenommen.« Sabine legte die goldene Pistole auf den Tisch. Dann platzierte sie die dunkelgraue Pistole daneben. Die Waffen waren tatsächlich identisch. Die eine war nur dilettantisch mit goldener Farbe besprüht worden. »Und diese Waffe haben wir in der Hand des toten Udgam gefunden. Wer hat wen mit welcher Waffe erschossen?«

»Das weiß ich nicht«, sagte Wohlleben.

»Wie sind Sie denn an diese Waffe gekommen, wenn sie doch versteckt war?« Sabine tippte auf die goldene Makarow. »Mit der wurde Kurze getötet.«

»Ich habe sie Udgam abgenommen. Er hatte sie, als ich kam.«

»Und wo war die graue Waffe zu diesem Zeitpunkt?«

»Ich nehme an, noch in ihrem Versteck, wo die goldene ja eigentlich auch war.«

»Wer wusste von dem Versteck?«

»Ich dachte, niemand außer mir. Aber das scheint ja nicht so gewesen zu sein.«

»Mit dieser Waffe wurden alle anderen Opfer getötet. Hat Udgam sie erschossen?«

Wohlleben zuckte mit den Schultern.

»Oder kann es Kamini gewesen sein?«

Wohlleben schüttelte langsam den Kopf. »Kamini ist der reinste Mensch, den es gibt, sie ist pures Licht. Kamini ist das Gute in Menschengestalt ...«

»Ja, ja, schon gut, Sie Spinner«, meldete sich nun wieder Melanie zu Wort. »Tragen Sie mal nicht so dick auf. Als Sie das pure Licht zum ersten Mal gevögelt haben, war sie gerade 17.«

Wohlleben betrachtete Melanie interessiert. Jeder andere Mann, den Sabine kannte, ihr Vater eingeschlossen, hätte sich längst gegen die Angriffe der Kommissarin gewehrt. Mit Beschimpfungen oder noch aggressiver. Nicht Wohlleben. Der ruhte völlig in sich, es perlte einfach alles an ihm ab.

»Wenn Sie aufhören zu denken und beginnen zu fühlen, werden Sie frei«, sagte er ruhig.

Melanie schluckte kurz, und bevor sie etwas Sarkastisches erwidern konnte, fragte Sabine weiter. »Was ist Ihnen noch aufgefallen, als Sie zum ersten Mal an diesem Abend zurück zum Hof fuhren?«

»Auf dem Weg kam mir ein Auto entgegen. Später habe ich zufällig herausgefunden, dass es Ikram gehörte.«

»Lothar Hansen, den Sie dann erpresst haben.«

Wohlleben schwieg.

»Und was noch? Waren Sie im Haus?«

»Nein. Ich bin mit Kurzes sterblicher Hülle gleich wieder gefahren.«

»Mit wem haben Sie auf dem Hof gesprochen?«

»Mit Udgam. Und mit Kamini. Die anderen waren im Schutzraum.«

»Und wo war Sahas?«

»Ich dachte, er sei ebenfalls im Schutzraum. Darum habe ich mich auch gewundert, dass er im Radio nicht erwähnt wurde.«

»Was hatten Sie vor mit Sahas?«, fragte Sabine.

»Ich wollte meinen Sohn …«

»Ist er überhaupt Ihr Sohn, Wohlleben?«, fragte Melanie fast gelangweilt. Sie hatte inzwischen die Ellbogen auf den Tisch und den Kopf in die Hände gestützt.

»Das ist nicht wichtig«, sagte Wohlleben. »Wir sind alle Geschöpfe der Liebe. Sahas ist Licht, so wie Kamini es war. Ich musste ihn retten.«

»Retten wovor?«, fragte Melanie.

»Vor Ihrer Welt.« Nun blickte er Melanie zum ersten Mal mit einer Spur von Zorn an. »Vor Gier und Hass, vor Zynismus und Gewalt. Er soll nicht mitmachen bei der

Zerstörung der Schöpfung. Sahas soll sein Licht spenden und Liebe verbreiten.«

Melanie verdrehte die Augen.

»Wo wollten Sie denn mit ihm hin?«, fragte Sabine.

»Nach Indien, an Orte der spirituellen Einkehr.«

»Und dafür brauchten Sie das Geld aus dem Haus?«

Wohlleben nickte.

»Kurze wollte Ihnen doch Geld geben. Wo ist das denn abgeblieben?«

»Das weiß ich nicht. Ich habe keins gesehen. Kamini und Udgam haben auch kein Geld erhalten. Ich dachte, Ikram hätte es, und habe versucht, es von ihm zu bekommen. Aber er hat es angeblich nicht.«

»Glauben Sie ihm?«

»Ikram ist in die Politik gegangen. Weiter kann man sich von Wahrheit und Reinheit nicht entfernen. Ich glaube ihm gar nichts.«

»Haha, Wohlleben. Kann ja nicht jeder so rein sein wie ihr in eurem kranken Ashram«, sagte Melanie und erntete von Wohlleben wieder nur einen mitleidigen Blick. Wann rastet dieser Mann endlich aus, dachte Sabine und fürchtete sich gleichzeitig vor dieser Eskalation.

»Entschuldige mich«, sagte Melanie plötzlich zu Sabine und stürzte aus dem Raum auf die Toilette der Wache. Der Lärm auf der Straße war so gnädig, kompromittierende Geräusche aus dem WC zu überdecken. Attila und Metzger grinsten sich an und schüttelten die Köpfe.

Mit diesem Auftritt, dachte Sabine, hat Melanie sich und allen anderen weiblichen Beamten von der Lüneburger Kripo keinen Gefallen getan. Diese Geschichte würde man sich im Landkreis Lüchow-Dannenberg noch bis zu Attilas Pensionierung erzählen.

Melanie schaute nur noch kurz rein, um ihre Tasche zu holen, und verschwand. Dann musste Sabine eben alleine weitermachen. Das war sogar einfacher.

»Wussten Sie, dass Kamini die ganzen Jahre Tagebuch führte?«

Wohlleben schwieg.

»Sie hatte die Tagebücher ja gut versteckt«, fuhr Sabine fort. »Die sollten Sie nicht finden. Hat sie Ihnen nicht vertraut?«

Der Mann lehnte sich zurück und bedachte Sabine mit einem ausdruckslosen Blick.

»Ich verstehe, dass Sie das verletzt. – Vielleicht können Sie mir sagen, wie das Tagebuch ausgerechnet in den Rucksack mit Ihrem Notgroschen gekommen ist.«

Wohlleben wurde zusehends unruhiger. Die Existenz der Tagebücher schien ihn tatsächlich zu belasten. Vielleicht weniger, weil Kamini Dinge aufgeschrieben hatte, die ihn in Schwierigkeiten bringen konnten, sondern mehr, weil er seine so gehorsame und fügsame Kamini nicht vollständig unter Kontrolle gehabt hatte.

»Ich weiß nicht, wie das Tagebuch in den Rucksack gelangt ist. Kamini kannte das Geldversteck. Vermutlich hat sie das Tagebuch hineingetan, damit es nicht verloren geht.«

»Oder weil sie Ihnen eine Botschaft schicken wollte. In dem Tagebuch steht, dass Sie schon vor einem Jahr gesagt haben, dass Sie den Ashram zur Not nur mit Kamini und Sahas verlassen würden, wenn die anderen nicht mitwollen. Wie meinten Sie das?«

Wohlleben verspannte sich, ballte die Hände zu Fäusten.

»Ich lese da raus, dass Kamini jeden Befehl von Ihnen ausgeführt hätte. Jeden.« Sabine machte eine Pause, beugte sich über den Tisch und sah dem Mann in die Augen. »Haben Sie, Herr Wohlleben, Kamini angestiftet, die Frauen im Keller zu töten?«

Wohlleben drehte den Kopf zur Seite.

»Und dann ist Udgam, der ja wohl sowieso ein eher labiler Charakter war, ausgerastet und hat Kamini und sich selbst erschossen. War es so?«

Schweigen.

»Wir werden es Ihnen sowieso nie nachweisen können«, sagte Sabine eher zu sich selbst.

Wohlleben würde bei seiner Version der Tatnacht bleiben. In dieser Geschichte war er kein Mörder. Um seine Darstellung anzuzweifeln, bräuchten sie neue Erkenntnisse, und die würden sich nicht in Kaminis Tagebüchern finden.

»Eine Frage habe ich noch, Herr Wohlleben. Wo ist eigentlich der alte Renault, mit dem Sie unterwegs waren?«

»Den habe ich im Wald versteckt. Zwei Kilometer oder so vom Hof entfernt, vielleicht auch mehr. Genauer kann ich Ihnen das nicht sagen.«

Sabine übergab den Verdächtigen, der nun ins Untersuchungsgefängnis nach Lüneburg gebracht werden würde, an einen Kollegen und fuhr in die Turnhalle.

In der Einsatzzentrale hatte man bereits mit dem Abbau begonnen. Schulleiter Klaus-Dieter Mannstein verfolgte das Geschehen kritisch. Er schritt durch die Halle und suchte offenbar nach Beschädigungen des Bodens, die er der Kripo in Rechnung stellen konnte. Als er Sabine bemerkte, ging er auf sie zu.

»Jetzt müsst ihr euch nicht mehr beeilen, Sabine«, lachte er, »die Ferien enden erst in vier Wochen.«

»Wir sind auch noch nicht fertig, Klaus. Wir wissen

nicht, was dieser Wohlleben nun wirklich auf dem Hof angerichtet hat. Es wird ein gutes Stück Arbeit, das herauszufinden.«

Sabine setzte sich an einen der Schreibtische und ging noch mal die forensischen Gutachten durch. Sie wusste selbst nicht genau, wonach sie suchte.

Der Todeszeitpunkt für alle fünf Opfer im Haus war mit »zwischen 21 und 23 Uhr« angegeben. Für Kurze war ebenfalls diese Zeitspanne eingetragen. War das alles so schnell gegangen? Udgam hatte also Kurze erschossen, unmittelbar bevor Wohlleben eintraf. Der war ja noch dem flüchtenden Hansen begegnet, was beide ausgesagt hatten. Wohlleben hat sich nicht lange auf dem Hof aufgehalten und ist mit der Leiche weggefahren. Und wie ging es weiter? Ist Udgam durchgedreht und hat alle erschossen? In welcher Reihenfolge? Erst die drei Schlafenden im Schutzraum, dann Kamini, danach sich selbst? Aber hätte die reine Kamini zugelassen, dass ihr Sohn im Keller ein Massaker anrichtet? Wäre sie ihm nicht gefolgt? In diesem Fall hätten die Leichen von Kamini und Udgam allerdings nicht oben im Flur gelegen, sondern ebenfalls im Keller. Also hat Udgam erst Kamini erschossen, ist dann in den Keller gegangen, um sich anschließend neben Kamini selbst zu richten? Das hätte er genauso gut im Keller tun können. Es konnte ihm doch egal sein, wo man seine Leiche fand.

Konnte es auch sein, dass die Frauen im Keller schon früher, vielleicht sogar bereits vor Kurzes eintreffen, getötet worden waren?

Sie rief in der Rechtsmedizin in Hannover den Kollegen an, der den Bericht erstellt hatte, und fragte ihn, wie genau man den Todeszeitpunkt bestimmen könne. Zwei Stunden seien ja eine weite Spanne.

»Das stimmt, Kollegin«, sagte der freundliche Mann, »aber den Zeitpunkt genauer bestimmen zu wollen, wäre unseriös. Wir errechnen ihn anhand der Körpertemperatur. Wir wissen, um wie viel Grad sich eine Leiche pro Stunde abkühlt. Dabei spielen Faktoren wie Körpermasse, Umgebungstemperatur, Luftfeuchtigkeit und so weiter eine Rolle. Wenn Sie nun wissen wollen, ob zum Beispiel die Frauen im Keller eine halbe Stunde oder Stunde früher oder später getötet wurden, dann müssen wir passen. Die Schwankungsbreiten sind zu groß, um das belastbar zu bestimmen.«

Sabine bedankte sich bei dem Forensiker und beendete das Gespräch.

Den Nachmittag verbrachte sie im Totenhof, wie nun auch Melanie und ihre Leute den Wendland-Hof nannten. Sie hatte einen Kollegen gebeten, sie zu begleiten. Lieber wäre sie alleine auf der Suche nach Erkenntnissen durch die Räume gestreift. Aber wenn sie etwas Relevantes fände, wäre es gut, einen Zeugen zu haben.

Als sie ging, nahm sie aus der Küche ein Glas Marmelade für Sahas mit. Die hatte sicher Kamini gekocht.

Bevor sie nach Hause fuhr, schaute sie kurz in der Wache rein und rief von dort Olaf Hohmann an. Sie kam nicht umhin, sich bei dem verhinderten Wilderer dafür zu bedanken, dass er und sein Kumpel Kiste Sahas aufgegriffen und zu ihr gebracht hatten. Informationen zum Fall erhoffte sie sich nicht von ihm.

»Ist doch klar, dass wir so einen kleinen Kerl nicht nachts im Wald rumlaufen lassen. Der gehört zu Mama und Papa.«

»Ja, das wäre schön, wenn er die hätte, Herr Hohmann.«

»Ich habe recht gehabt, dass ich in jener Nacht im Wald ein Kind gesehen habe, oder?«

»Ja, haben Sie.«

»Und was wollte der Bursche jetzt schon wieder nachts im Wald?«

»Er wollte seinen Wolf retten.«

»Wollen Sie mich verscheißern?«

»Nein. Und es ist ihm sogar gelungen. – Darf ich Ihnen eine persönliche Frage stellen, Herr Hohmann?«

»Ja, nur zu.«

»Warum heißt Kiste Kiste?«

Hohmann lachte. »Ist das ermittlungsrelevant? Der ist einer von den Typen, die ständig irgendeinen Quatsch behaupten, und wenn einer das anzweifelt, will er gleich wetten. Um eine Kiste Bier. ›Kiste, Kiste‹, ruft er dann.«

Sabine lachte, da wäre sie nie draufgekommen. »Wegen des Kindes im Wald hätten Sie mal besser mit ihm gewettet. Die Kiste wäre Ihnen sicher.«

»Beim nächsten Mal mache ich das.«

Als Sabine nach Hause kam, schlief Sahas schon. Sein Fußgelenk war bandagiert. Der Zusammenstoß mit Kistes Auto hatte zum Glück nur eine leichte Verstauchung verursacht. Papa saß neben seinem Bett, ein Pippi-Langstrumpf-Buch auf dem Schoß, und war eingenickt. Das war alles etwas zu viel für den kleinen Jungen und den alten Mann.

KAPITEL 51

Am nächsten Morgen wollte Sabine zunächst den Papierkram erledigen, den die Verhaftung und Vernehmung von Achim Wohlleben nach sich zogen, bevor sie sich nach Melanies Befinden erkundigte. Sie wollte der Kollegin nach ihrem peinlichen Auftritt vom Vortag nicht hinterherlaufen. Melanie sollte die Gelegenheit haben, sich eine Erklärung und eine Entschuldigung zurechtzulegen.

Das Handy brummte. Ihr Vater rief an.

»Deine Kollegin Gierke hat gerade Sahas abgeholt«, sagte er und klang entspannt. »Sie sagte, das sei mit dir so abgesprochen.«

»Was? Nein. Davon weiß ich nichts.«

»Sie hatte noch einen Mann dabei, einen Psychologen, wie sie sagte.«

»Und du hast ihr Sahas mitgegeben? Papa, wie kannst du nur …«

»Entschuldige mal, Mädchen, jetzt komm mal wieder runter. Wenn die leitende Ermittlerin in einem Fall einen wichtigen Zeugen vernehmen will, dann werde ich mich sicher nicht in den Weg stellen.«

»Ja, Papa«, sagte Sabine und bemühte sich, dem Vater keine Vorwürfe zu machen. »Du bist ein korrekter Beamter. Aber Melanie Gierke ist es nicht. Jedenfalls nicht immer.«

»Ich verstehe nicht …«

»Papa, ist jetzt egal. Hat sie gesagt, wo sie mit dem Jungen hinwollte?«

»Nein, hat sie nicht.«

Sabine legte grußlos auf, was ihr im selben Moment schon leidtat, und stürmte aus der Wache.

»Alles klar, Mädchen?«, brüllte Metzger ihr hinterher. Sie hasste es, wenn er sie so nannte. Das durfte nur ihr Vater.

Mit dem Streifenwagen raste sie zur Turnhalle. Dort waren lediglich zwei Beamte, alle anderen waren, wie einer von ihnen sagte, im Wochenende oder auf einem Tatorttermin auf dem Wendland-Hof. Tatorttermin, dachte Sabine. Was hat Melanie vor?

Zehn Minuten später raste sie viel zu schnell durch die enge Zufahrt zum Hof. Äste peitschten heftig gegen das Blech des Passats.

Vor dem Wohnhaus waren Melanies Wagen und zwei weitere Fahrzeuge geparkt. Es war niemand zu sehen. Sabine lief über den Hof, nahm die drei Stufen am Haupteingang mit einem Sprung und trat durch die offene Haustür. Sie musste sich erst an die Dunkelheit im Flur gewöhnen, bevor sie die merkwürdige Szenerie erkennen konnte, die sich ihr bot.

An der Wand, nah bei ihr, stand Melanie, neben ihr zwei Beamte. In der Mitte des Flures saß Sahas auf einem Stuhl. Ihm direkt gegenüber befand sich ein Mann auf einem anderen Stuhl. Sabine hatte ihn noch nie zuvor gesehen. Der Mann war Mitte 30, dünn, blass. Die blonden Haare waren zu einem kleinen Dutt am Hinterkopf gebunden. Er hatte ein kariertes Flanellhemd und eine hellblaue Jeans an, die um seine dünnen Beine Falten bildete. An den Füßen trug er altmodische Sandalen ohne Socken. Er war mit seinem Gesicht sehr nah vor dem von Sahas und redete leise auf ihn ein.

Melanie nickte Sabine freundlich zu. Sie sah gut aus. Gestylt, stark, unnahbar. Der Vortag hatte keine Spuren hinterlassen.

»Was ist denn hier los?«, zischte Sabine Melanie zu.

Die legte den Zeigefinger auf die Lippen.

»Nein, Melanie, ich werde gleich ganz laut, was läuft da?«

Melanie zog sie am Arm ins Freie. »Ganz cool bleiben, Mädchen. Wir fügen die letzten Puzzleteile zusammen. Unser Kronzeuge sagt aus.«

»Nenn mich nicht Mädchen, Melanie. – Warum informierst du mich nicht? Und wer ist dieser Kerl?«

»Das sind zu viele Fragen, Sabine, dafür ist keine Zeit. Nur so viel: Der Kollege ist Dr. Anders Larsson, ein Psychologe, der gelegentlich für das LKA arbeitet. Er wird Sahas helfen, sich zu erinnern.«

»Und wie? Mit Drogen?«

»Sabine, bitte. Du hörst dich an wie eine hysterische Mutter. Dr. Larsson wendet eine einfache Hypnosetechnik an. Dem Jungen geschieht nichts.«

»Hypnose? Bist du völlig verrückt? Was macht das mit dem Jungen?«

Melanie ging einfach zurück ins Haus, ohne weiter auf Sabines Wut einzugehen. Sabine war kurz versucht, die Veranstaltung zu sprengen, doch sie traute sich nicht. Zum einen, weil sie nicht dazu befugt war, aber auch, weil sie nicht einschätzen konnte, was eine Störung der Hypnose bei Sahas auslösen würde. Also stellte sie sich neben Melanie, zischte: »Wir sprechen uns noch«, und verfolgte Dr. Larsson bei der Anwendung seiner zweifelhaften Kunst. Sie hatte nie zuvor mit Hypnose zu tun gehabt, war sich jedoch ziemlich sicher, dass es sich dabei nicht um eine anerkannte Polizeimethode handelte.

Larsson nickte Melanie zu.

Sie ging langsam auf den Jungen zu, bis der Doktor ihr ein Zeichen gab, dass sie stehen bleiben solle. Dann begann die Kommissarin, leise mit dem Jungen zu sprechen. »Sahas, wo bist du hier?«

»In meinem Haus«, sagte Sahas. Er hatte die Augen geschlossen und saß gerade, aber keineswegs angespannt auf dem Stuhl. Die Hände hatte er unter die Oberschenkel geschoben.

»An diesem Ort ist etwas Schlimmes passiert. Erinnerst du dich?«

Der Junge nickte.

Sabine bemerkte, dass Melanie häufiger Larsson ansah als den Jungen. Es schien, als würde sie Anweisungen des Psychologen befolgen. Sie mussten die Aktion gut vorbereitet haben. Merkwürdig, dass dennoch keine Zeit gewesen war, Sabine einzubeziehen.

»Wo bist du jetzt?«

»In meinem Versteck.« Ohne die Augen zu öffnen, deutete der Junge auf die Holzvertäfelung in der Dielenwand. Einer der Beamten ging auf ein Zeichen Melanies zu dieser Stelle und drückte vorsichtig an einer der Kassetten der Holzwand herum. Mit einem Klacken löste sich eine Holzplatte von einem mal eineinhalb Meter Größe. Sie ließ sich zur Seite schieben und gab einen höchstens 30 Zentimeter tiefen Hohlraum in der Wand frei. Ein Geheimfach. Vermutlich existierte es dort, seit der Hof im 19. Jahrhundert gebaut worden war. Ein verdammt enges Versteck, dachte Sabine. In einem Jahr würde Sahas nicht mehr hineinpassen.

»Kennt jemand außer dir dein Versteck?«, fragte Melanie, und Sabine bemerkte, dass sie ihre Fragen im Präsens stellte. Befand er sich momentan in dieser Situation? Durchlebte er alles noch mal? Schlimme Vorstellung.

»Nein.«

»Wie bist du da unbemerkt reingekommen?«

»Alle laufen durcheinander, keiner achtet auf mich.«

»Du kannst in dem Versteck nur hören. Oder kannst du auch sehen?«

»Da ist ein Loch«, sagte Sahas.

Der Beamte schob die Holzplatte wieder zu und tatsächlich war dort in einer oberen Ecke ein Zweicentstück großes Loch im Holz. Hierhin hatte sich der Junge also verkrochen, als alle in den Schutzraum mussten. Das hatte er sicher nicht zum ersten Mal getan, aber diesmal hatte er etwas wirklich Furchtbares zu sehen bekommen.

»Erzähle uns nun, was du aus deinem Versteck heraus wahrnimmst, Sahas. Ganz genau. Lass nichts aus. Wer ist dort?«

»Kamini und Udgam. Und draußen ist ein Mann, den ich nicht sehen kann. Jetzt geht Udgam hinaus und spricht mit dem Mann. Er schreit ihn an.«

»Was schreit er?«, fragte Melanie.

»Das verstehe ich nicht. Udgam kommt ins Haus. Er weint. Er sagt, dass der Mann uns das Haus wegnehmen und uns fortjagen will. Jetzt geht Kamini raus und spricht. Udgam rennt die Treppe rauf.«

»Verstehst du, was Kamini sagt?«

»Nein.«

»Jetzt kommt Udgam die Treppe runter und läuft hinaus. Er hat etwas in der Hand. Etwas Goldenes.«

»Erkennst du, was es ist?«

»Nein.« Sahas machte eine Pause, atmete tief durch.

Was geht in diesem kleinen Kopf jetzt vor, dachte Sabine. Welcher Film lief da ab und vor allem, würde er die Bilder wieder loswerden, wenn diese Horrorshow hier vorbei war?

»Und was passiert nun?«

Sabine konnte fühlen, wie Melanie vor Ungeduld bebte. Aber die Kommissarin behielt sich unter Kontrolle. Anders als vor 24 Stunden, als sie Wohlleben nach jedem Satz angepöbelt hatte. Sabine vermutete, dass die Kunst bei diesem Gespräch darin bestand, dem hypnotisierten Jungen nichts in den Mund zu legen, keine Suggestivfragen zu stellen, um seine Erinnerung nicht zu beeinflussen. Sie war angeekelt von Melanies Skrupellosigkeit, aber gleichzeitig fasziniert von diesem, nun ja, Verhör.

»Nun sind Udgam und Kamini draußen. Es gibt einen ganz lauten Knall.« Sahas riss die Arme hoch und hielt sich die Ohren zu. Sabine hätte gerne abgebrochen, aber es war sowieso zu spät. Wenn diese Hypnose den Jungen nicht nachhaltig traumatisieren sollte, war es sicher das Beste, bis zum Ende der Geschichte weiterzumachen.

»Udgam läuft wieder ins Haus. Er weint. Kamini kommt jetzt auch rein.«

»Was sagt sie?«

»Sie sagt: ›Warum hast du das getan, Udgam? Das war falsch.‹ Sie sitzen auf der Treppe und weinen.«

»Willst du nicht zu ihnen, Sahas?«, fragte Melanie, und Sabine fand es bemerkenswert, dass sie jetzt auch nach Gedanken des Jungen fragte und nicht nur nach Ereignissen. Der Psychologe sah Melanie kurz an und schüttelte kaum merklich den Kopf.

»Sitzen sie lange dort?«, fragte Melanie, ohne die Antwort auf ihre erste Frage abzuwarten.

»Nein. Plötzlich ist Om da. Er ist sehr böse. Er schreit Udgam an. Alle laufen aus dem Haus. Sie streiten. Ich höre Oms Auto. Es ist sehr laut. Dann wird es leiser. Er fährt weg.«

»Und was machen Kamini und Udgam?«

»Sie kommen wieder ins Haus. Udgam weint immer noch.«

Jetzt konnte Sabine deutlich sehen, wie der Junge sich anspannte, die Erinnerungen, die nun hochkamen, nahmen ihn stärker mit.

»Was macht Kamini?«

»Sie sagt Udgam, er soll warten. Sie geht weg. Ich höre die Klappe vom Keller.« Er stockte. Würde er sich gegen diese Blockade durchsetzen können? Er sprach weiter. »Jetzt höre ich wieder einen Knall, nicht ganz so laut. Dann noch einen. Noch einen.« Bei jeder Erwähnung eines Schusses zuckte er leicht zusammen. Man kann nur froh sein, dachte Sabine, dass er zwar gehört hat, wie seine Mutter und die anderen Frauen von Kamini im Schlaf regelrecht exekutiert wurden, es aber nicht ansehen musste.

»Kamini kommt wieder. Udgam schreit sie an: ›Was hast du getan?‹ Und Kamini sagt: ›Es musste sein, weil wir schnell wegmüssen. Alles wird gut.‹ Und dann fragte sie: ›Wo ist Sahas?‹«

»Und du willst immer noch nicht zu ihr?«

»Nein, ich habe Angst. Kamini ist so komisch und Udgam auch. Kamini hat etwas Schwarzes in der Hand.«

»Was ist es?«

»Ich weiß es nicht. Udgam versucht, ihr das Ding abzunehmen. Sie kämpfen. Ich sehe sie nicht mehr, höre sie nur noch.« Er stockte erneut. Melanie trommelte nervös mit den Fingerspitzen auf ihren Oberschenkel. Nach einer unendlich langen Minute der absoluten Stille im Flur des Totenhauses sprach Sahas weiter.

»Dann ein sehr, sehr lauter Knall. Kamini fällt auf den Boden. Sie blutet.«

»Und Udgam?«

»Udgam sehe ich nicht. Ich höre ihn nur weinen. Noch ein Knall. Jetzt fällt auch Udgam auf den Boden.« Er machte eine lange Pause, als würde er die letzten Krümel seiner Erinnerung zusammenkratzen. »Jetzt ist alles still.«

»Kommst du aus deinem Versteck?«

»Nein. Ich warte ab.« Der Junge verharrte fünf Minuten stumm und regungslos auf dem Stuhl. Er atmete flach, mit geschlossenen Augen. Es war sicher genau die Zeit, die er in Todesangst in seinem engen Versteck verbrachte, bis er den Mut fasste, zu fliehen.

»Ich krieche aus meinem Versteck und mache es wieder zu.«

»Warum?«

»Damit es keiner entdeckt.«

»Was siehst du?«

»Ich sehe die offene Haustür. Es ist fast ganz dunkel draußen. Ich laufe in den Wald.«

»Was siehst du im Haus?«

»Nichts. Es ist dunkel im Haus.«

Vielleicht war es das Beste, was er hatte tun können, dachte Sabine, sich nicht nach den Toten umzudrehen. Er hat deshalb fast nur die Geräusche des Todes im Kopf, wenige Bilder.

Melanie entspannte sich und atmete hörbar aus.

»Ich wecke ihn jetzt auf«, sagte Dr. Larsson und Melanie nickte. Der Psychologe schnippte dicht vor Sahas Gesicht mit den Fingern und sagte: »Wach auf, Sahas.«

Der Junge öffnete die Augen und blickte sich verwirrt um. Fünf Erwachsene, die ihn im Flur des Hauses anstarrten, in dem er zuvor nie Fremde gesehen hatte.

Als Sahas Sabine entdeckte, sprang er auf und rannte zu ihr. Er umarmte sie still. Zum allerersten Mal.

»Haben die Männer meinen Wolf erschossen?«, fragte er ängstlich.

»Nein, Sahas, haben sie nicht. Dein Wolf konnte weglaufen. Er ist jetzt ganz tief im Wald, wo ihn niemand findet.« Sie hockte sich zu dem Jungen hinunter. »Wo hast du ihn denn getroffen, den Wolf, Sahas?«

»Im Wald.«

Melanie und der Psychologe kamen näher.

»Und was hat der Wolf gemacht?«

»Er hat mich beschützt. Und er hat mich versteckt und mir Wasser gegeben.«

Melanie verdrehte die Augen.

»Und dann hat der Wolf Om gebissen.«

»Was?« Melanie schüttelte ungläubig den Kopf. »Die Verletzungen stammen von einem Wolf?«

»Ja«, sagte Sahas und sah Melanie an. »Der Wolf hat mich beschützt.«

Sabine reichte es mit Fragen. Sahas brauchte Ruhe. Sie schob den Jungen in den Streifenwagen und wollte gerade selbst einsteigen, als Melanie sie ansprach. Hinter ihr stand Dr. Larsson.

»Sabine, das Jugendamt will Sahas morgen in eine kinderpsychologische Einrichtung bringen. Da soll er betreut werden, bis eine Lösung für ihn gefunden ist.«

»Ah, und bevor die den Jungen unter Kontrolle haben, wolltest du noch mal schnell ein paar Tricks an ihm ausprobieren. Echt clever.«

»Sabine, du musst verstehen …«

»Ich verstehe sehr gut. Vergiss es, Melanie. Sind unter Hypnose gewonnene Aussagen eigentlich gerichtsverwertbar? Ich glaube nicht.«

»Nein, sind sie nicht«, mischte sich der Psychologe ein. »Aber sie helfen natürlich, den Fall klarer zu sehen.«

»Genau«, setzte Melanie den Gedanken fort. »Nun haben wir eine Version der Geschichte, die nicht von Wohllebens abweicht und unter Umständen die letzten Lücken schließt.«

»Und wie?«, fragte Sabine, die ihre Wut auf Melanie auf keinen Fall schnell verrauchen lassen wollte.

»Ich lasse Kaminis Leiche gründlich auf Schmauchspuren an den Händen untersuchen. Das ist wohl noch nicht geschehen, weil ja nur der Mann eine Waffe in der Hand hatte. Und dann findet sich an den Leichen im Keller vielleicht DNA von ihr. Wenn sie die Frauen mit aufgesetzten Schüssen getötet hat, hat sie sie vermutlich berührt.«

Melanie ging zu ihrem Wagen, um die nächsten Schritte zu veranlassen. Der Psychologe blieb unsicher stehen und sah Sabine an.

»Ist noch was?«, frage Sabine, die sich bemühen musste, ihren Ärger über Melanie nicht auf Dr. Larsson zu übertragen.

»Sagen Sie«, druckste der Mann, »das mit dem Wolf … Hat der Junge das schon öfter erzählt?«

»Nicht so umfangreich. Er hat ein paarmal von *seinem* Wolf gesprochen und er ist ja in den Wald gelaufen, um ihn vor dem Abschuss zu retten. Aber dass der Wolf ihn beschützt und versteckt und sogar den Verdächtigen angegriffen hat, das höre ich zum ersten Mal.«

»Und was glauben Sie, stimmt das?«, fragte Larsson.

»Ich weiß es nicht. Wegen des Angriffs auf Wohlleben können wir den Mann einfach fragen. Für alles andere gibt es keinen Zeugen. Ich weiß nicht, ob Wölfe so etwas tun. Sie sollen ja intelligente und soziale Tiere sein. Vielleicht retten sie auch kleine Kinder. Wie im Dschungelbuch.«

»Oder wie in der römischen Mythologie: Romulus und Remus«, sagte der Psychologe und lächelte.

Eigentlich war er ganz sympathisch, dachte Sabine. »Warum fragen Sie, Herr Larsson, glauben Sie, dass Sahas sich das alles einbildet?«

Melanie rief ihr vom Auto aus einen Gruß zu und fuhr vom Hof. Der Psychologe, der offensichtlich mit Melanie in den Wald gekommen war, blickte ihr irritiert hinterher.

»Ich kann Sie gleich mitnehmen«, sagte Sabine und wiederholte ihre Frage. »Glauben Sie, dass der Wolf Einbildung ist?«

Sie stiegen in den Streifenwagen und fuhren los. Sahas sah entspannt aus dem Fenster. Sollte ihn die Hypnose, das erneute Durchleben der schrecklichen Nacht, so wenig belastet haben?

»Möglicherweise ist der Wolf beides, Realität und Einbildung«, sagte Larsson. »Er hat ihn gesehen, vielleicht nur kurz, denn hier ist ja tatsächlich ein Wolf unterwegs, wie ich höre. Und dann hat er sich diesen Wolf, oder die Idee davon, zum Freund und Beschützer ernannt. So war er nicht allein. Der Wolf muss daran gar nicht beteiligt gewesen sein.«

»Mein Wolf ist da«, sagte Sahas plötzlich. »Er ist immer da. Aber ich sage euch nicht wo, damit ihr ihn nicht tötet.«

Larsson drehte sich um und lächelte den Jungen an.

»Das ist auch gut so, Sahas«, sagte er, und Sabine hätte ihn dafür küssen können.

Als Sabine Sahas bei ihrem Vater abgegeben hatte, fuhr sie Dr. Larsson zur Turnhalle.

»Was halten Sie von Sahas?«, fragte sie. »Was haben Sie für einen Eindruck?«

»Ich habe ihn ja nur kurz gesprochen, und das außerdem hauptsächlich unter Hypnose, da kann ich nicht viel sagen. Auf jeden Fall ist er überdurchschnittlich intelligent und hat einen für sein Alter umfangreichen Wortschatz. Das kann damit zusammenhängen, dass er unter Erwachsenen aufgewachsen ist. Seine Bezugspersonen waren sicher gebildet und intelligent.« Lächelnd fügte er hinzu: »Auch wenn man das bei dem Leben, das sie geführt haben, kaum glauben mag.«

Als sie an der Turnhalle ausstiegen, hatte Sabine noch eine Frage. »Wie wahrscheinlich ist es, dass die Aussage, die Sahas unter Hypnose gemacht hat, exakt der Wahrheit entspricht?«

»Ihre Skepsis ist berechtigt. Ich verstehe auch, dass diese Methode nicht als Beweis anerkannt ist. Es ist seine Wahrheit, der Ausschnitt von der Wirklichkeit, den der Junge mitbekommen und mehr oder weniger verstanden hat. Ich bin ziemlich sicher, dass er die Geschehnisse aus der verdrängten Erinnerung holt und nicht erfindet. Möglich wäre zudem, dass er Einzelheiten verdrängt hat, wie etwa den Anblick der Toten.«

»Die Ereignisse im Haus sind also Erinnerung und die Erlebnisse mit dem Wolf Einbildung?«

»Erinnerungen und Projektionen sind durchaus sehr unterschiedliche Phänomene. Um in unserem Fall das eine vom anderen zu trennen, braucht es noch intensivere Analysen. Ob der Wolf wirklich als Retter in Erscheinung getreten ist, werden wir wohl nie zweifelsfrei klären.«

Als Sabine in die Turnhalle kam, war Melanie nicht da. Vermutlich war sie ins Hotel gefahren, um sich von dem aufwühlenden Einsatz zu erholen und eine Pille einzuwerfen oder ein Schnäpschen zu trinken. Oder beides. Sabine würde ihre Wut auf Temperatur halten müssen.

KAPITEL 52

Bürgermeisterin Lucille von Grote saß nur kurz auf dem unbequemen Krankenhausstuhl, dann stand sie wieder auf. Der riesige Babybauch ließ keine andere Haltung zu. Lothar war dankbar, dass sie sich auf den Weg an sein Krankenbett gemacht hatte, um seinen Rücktritt persönlich entgegenzunehmen. Er wollte keine Zeit verlieren. Die Einzelheiten rund um Kurzes Hof und seinen Tod hatte von Grote von der Polizei erfahren. Und sehr bald würde die Geschichte um Hansens Verwicklung die Runde machen. Bevor jemand seinen Rücktritt forderte, wollte er selbst diesen Schritt gehen.

Er hatte ein kurzes Schreiben auf dem Laptop verfasst und im Büro des Krankenhauses ausdrucken lassen. Schweigend übergab er Lucille den Umschlag.

»Scheiße, Lothar, echt, warum nur?«, sagte sie und sah ihn mit einer Mischung aus Verärgerung und Enttäuschung an.

Die Frau war kaum mehr als halb so alt wie er, und doch fühlte er sich wie ein Junge, der zur Schulleitung gerufen wurde. Er mochte sie. Und obwohl von Grote einem anderen politischen Lager angehörte, so hatten sie sich auch politisch ganz gut verstanden.

»Hast du so etwas nötig, Lothar? Ging's ums Geld?«

»Lucille, das ist ein geiles Projekt und voll öko, glaub mir. Es hätte uns einen echten Kick gegeben, touristisch gesehen.«

»Warum hast du das nicht normal vorgestellt und auf den Weg gebracht, wenn es so geil ist, wie du sagst?«

»Ach, Lucille, du kennst das doch. Dann gibt es Klagen und Proteste, irgendjemand findet eine seltene Kröte …«

»Lothar, das sind deine Leute mit den Kröten.«

»Ja. Ich weiß. Da können halt viele ein Atommüllendlager nicht von einem attraktiven Freizeitobjekt unterscheiden. Der Nachwuchs bei uns, das sind oft Leute, die zurück in die Steinzeit wollen. Aber schau dir die Pläne an, die gibt es ja irgendwo. Die werden dir gefallen.«

»Die muss ich mir nicht anschauen, Lothar«, sagte sie genervt. »Was auch immer es ist, wir werden es nicht umsetzen können, nach allem, was passiert ist. – Was hast du dir eigentlich gedacht, wie das laufen soll?«

»Ich hätte mehr Zeit gebraucht, um dich und ein paar Leute in den Nachbargemeinden zu begeistern, dann hätten wir das hinbekommen, ganz sicher. Und dein Mann wäre …«

»Lass bloß meinen Mann da raus, Lothar, der hat damit gar nichts zu tun.«

»Na ja, die angrenzenden Grundstücke, die für eine Erweiterung benötigt würden, gehören ihm.«

»Vergiss das Projekt, vergiss deine Ämter und nimm demütig hin, was dich da jetzt erwartet. Wessen wirst du überhaupt angeklagt?«

»Weiß ich noch nicht. Korruption liegt nicht vor. Ich habe kein Geld erhalten und auch nichts bewirkt.« Darüber musste er schmunzeln. »Vielleicht Strafvereitelung, weil ich den Mord an Kurze nicht sofort angezeigt habe. Das würde in meinem Fall mit einer Geldstrafe enden, sagt mein Anwalt.«

»Unterlassene Hilfeleistung?«

»Wieso? Wem hätte ich helfen können? Kurze war tot. Und von dem Drama, das sich später im Haus abgespielt hat, konnte ich nichts wissen.«

Lucille von Grote nickte und sagte: »Mach's gut, Lothar.«

Mit diesen Worten verließ sie das Krankenzimmer. Sie würde nie wieder mit ihm sprechen und viele andere, die das gesellschaftliche und politische Leben im Wendland bestimmten, ebenso wenig. Scheiße, dachte Lothar, verdammte Scheiße.

KAPITEL 53

Sahas wurde am nächsten Tag nicht vom Jugendamt abgeholt, um in einer kinderpsychologischen Einrichtung untergebracht zu werden. Das Jugendamt hatte sich überzeugen lassen, dass dem Jungen ein weiterer Ortswechsel schaden würde und er dort, wo er die letzten zehn Tage verbracht hatte, bis auf Weiteres gut betreut war. Ein Beamter vom Jugendamt sprach kurz mit Sabine und Johannes Langkafel, sah sich die Umgebung an, in der Sahas nun lebte und kündigte an, dass täglich eine vom Amt bestellte Psychologin mit Sahas sprechen werde, um sich ein Bild von seinem geistigen Zustand zu machen. Dann würde man entscheiden, wie es weiterging.

Es war klar, wer hinter diesem Sinneswandel der Behörde steckte: Melanie. Von Sabines Wut, die sie der anmaßenden Kollegin so gerne entgegengeschleudert hätte, war jetzt nicht mehr viel übrig.

Melanie tauchte am Mittag in der Turnhalle auf und hatte beste Laune. Sie war in Lüneburg gewesen und hatte Achim Wohlleben noch mal verhört. Das nahm Sabine ihr nun gar nicht mehr übel. Sie war nicht scharf darauf, dem schrägen Vogel erneut zu begegnen. Sabine ging davon aus, dass sich Melanie bei ihrer zweiten Begegnung mit dem Guru professioneller verhalten hatte und nüchtern gewesen war.

»Wenn man bei Wohlleben 40 Jahre körperlichen und geistigen Verfall abzieht«, flüsterte Melanie Sabine zu, »dann kann ich mir durchaus vorstellen, dass er früher mal spirituell und sexuell sehr überzeugend war.«

»Interessant. Er entspricht also deinem Beuteschema«, sagte Sabine und grinste. »Und was hast du sonst noch rausgefunden?«

»Er hat bestätigt, dass er von einem Hund angegriffen wurde, als er versucht hat, Sahas zu holen. Dass das ein Wolf gewesen sein soll, hält er nicht für möglich. Der Kleine habe immer schon eine märchenhafte Fantasie gehabt.«

»Und wo soll der Hund hergekommen sein? Wir haben keine Hinweise darauf gefunden, dass auf dem Hof ein Hund lebte.«

»Das konnte er sich selbst nicht erklären. Aber ihnen wären vorletztes Jahr zwei Hunde weggelaufen, vielleicht ist ja einer von denen zurückgekehrt.«

»Hat er auf den Wolf oder den Hund geschossen? Der Beamte, der in der Nacht so tat, als würde er aufpassen, hatte ja von einem Schuss gesprochen«, erinnerte sich Sabine.

»Ja. Hat er. Das Tier ist weggelaufen. Er hat nicht getroffen.«

»Also wird auch diese Wolfsbegegnung ein Mysterium bleiben«, sagte Sabine und war fast ein wenig enttäuscht.

»Ja. Dafür wurde ein anderes Mysterium gelöst.« Melanie legte eine Geldscheinbanderole auf den Tisch. Sie war von der Hamburger Sparkasse und bestimmt für 20 Scheine à 50 Euro. »Was ist das?«, fragte Sabine, die keine Lust auf ein Quiz hatte.

»Das ist eine von 50 Banderolen, die mit dem entsprechenden Inhalt in einer kleinen Tasche in einem Schließfach im Lüneburger Bahnhof gefunden wurden. Das Schließfach wurde von der Bahnpolizei geöffnet, weil die Mietdauer abgelaufen war. Sie brauchten einige Zeit, bis sie anhand der Nummern auf den Banderolen ermittelt hatten, wer die 50.000 Euro abgehoben hatte: Rainer Kurze. Und so kamen sie schließlich nach ich weiß nicht wie vielen Tagen auf unseren Fall«, berichtete Melanie.

»Also hat weder Wohlleben noch Hansen das Geld je gesehen? Aber Kurze hätte es doch in der Nacht dabeihaben müssen?«, wunderte sich Sabine.

»Er wollte vielleicht erst mal abchecken, ob alles nach Plan läuft, bevor er mit so viel Geld bei den Freaks auftaucht.«

»Und es ist dann nicht nach Plan gelaufen, wie wir wissen.«

»Apropos, Plan«, ergänzte Melanie. »In dem Schließfach wurde auch ein Ordner mit Plänen für Kurzes Wellnessresort gefunden. Wäre ziemlich cool geworden. Kannst du dir gerne ansehen, wenn du wissen möchtest, was euch Dörflern da Tolles entgeht.«

»Danke, Melanie. Lass mal.«

Sie gingen langsam durch die Turnhalle zu den wenigen Kollegen, die hier alles einpackten.

»Wolltest du mich nicht eigentlich anschreien, weil ich deinen kleinen Schützling ohne deine Erlaubnis vorgeladen habe?«, fragte Melanie.

»Ja, schon. Aber jetzt will ich nur noch wissen, wieso du bei deinen Problemen nun auch noch das Saufen angefangen hast. Das war sehr schockierend für mich.«

Melanie blieb stehen und sah Sabine einen Moment an. »Ich habe das Saufen nicht angefangen«, sagte sie ernst und senkte den Blick. »Ich habe es vor ein paar Jahren aufgehört. Das war ein kleiner Rückfall. Nichts Ernstes. Du musst dir keine Sorgen machen, du bist nicht meine Mutter.«

»Ja, Gott sei Dank.«

»Sabine, das alles bleibt unter uns. Du vergisst meine Probleme, und ich vergesse, dass du mir den Jungen und die Tagebücher verschwiegen hast.«

Sabine nickte.

Das Team konnte von einer Mitteilung aus der Rechtsmedizin berichten, die niemanden mehr überraschte. Kamini hatte Schmauchspuren an der rechten Hand und an einer der weiblichen Leichen war ihre DNA festgestellt worden.

»Die reine Kamini, pures Licht«, sagte Sabine. »Ich würde gerne Wohllebens Gesicht sehen, wenn er davon erfährt.«

»Es wird ihn nicht überraschen. Ich gehe davon aus, dass sie es auf seine Anweisung hin getan hat«, sagte Melanie.

»Warum? Weil sie mit den Frauen im Keller nicht so schnell fliehen konnten?«

»Möglich«, sagte Melanie. »Darüber werden wir nur spekulieren können.«

»Im Tagebuch steht, dass Om vorhatte, nötigenfalls mit Sahas und Kamini alleine zu gehen«, sagte Sabine. »Das war wohl eine Art Plan B. Und Plan A, der einen geregelten Auszug vorsah, war nach der Ermordung Kurzes undurchführbar geworden. Sie mussten sich beeilen.«

»Und Udgam, der ja offenbar nicht ganz so viel Erleuchtung von Shiva bekommen hatte, wollte Plan B nicht akzeptieren und ist durchgedreht.«

Sabine nickte. »Für eine Flucht hätten sie sicher genug Zeit gehabt. Es hätte ja Wochen dauern können, bis mal wieder jemand auf den Hof kam.«

»Aber ihr hättet doch den toten Kurze aus dem See gezogen. Der hätte euch ja zum Hof geführt.«

Sabine lachte. »Melanie, du weißt doch, wie wir Dorfpolizisten sind. Für eine solche Recherche brauchen wir Wochen. Gut, dass dann Olaf und Kiste zufällig vorbeikamen. – Und was bedeutet das jetzt für den Guru ohne Sekte?«, fragte Sabine. »Einen Mord hat er nicht begangen. Weswegen wird er angeklagt?«

»Da bleibt vermutlich nicht viel übrig. Strafvereitelung. Freiheitsberaubung. Unterlassene Hilfeleistung im Fall der beiden Toten im Garten, wenn das nicht verjährt ist. Drogenhandel, was schwer nachzuweisen sein wird. Da muss dein Freund aus der Hamburger Hafenstraße schon über seinen autonomen Schatten springen und gegen ihn aussagen. Anstiftung zum dreifachen Mord würde ich ihm ja gerne anhängen, aber davon hat ja nicht mal der kleine Sahas etwas mitbekommen. Inzest natürlich. – Das wird kein leichter Prozess.«

»Ich könnte kotzen«, sagte Sabine, »wenn ich daran denke, dass dieser Kerl bald wieder als ehrbarer Bürger herumläuft und dann vielleicht noch das Sorgerecht für Sahas beansprucht.«

»47.000«, sagte plötzlich jemand hinter ihnen. Ein Beamter kam strahlend auf Melanie und Sabine zu. »Ich habe gewonnen.«

»Hä?«, kläfften Sabine und Melanie dem Mann gleichzeitig entgegen.

»Na, unsere Wette auf dem Hof. Der Rucksack. Wir haben das Geld gezählt und die D-Mark in Euro umgerechnet. Es waren genau 47.320,33 Euro im Rucksack. Ich hatte 38.000 geschätzt und bin am nächsten dran.«

»Dann gratuliere ich herzlich«, sagte Melanie und drückte dem Mann 60 Euro in die Hand.

KAPITEL 54

Zwei Tage später war die Turnhalle geräumt. Zwei Beamte saßen noch in einem Zimmer des Seehotels mit ihren Laptops, vertieft in letzte Rechercheergebnisse vom Tatort und von der Umgebung. Neues erwartete man nicht mehr. Melanie war ohne Verabschiedung verschwunden. Sabine war nicht sicher, ob sie die Kommissarin je wiedersehen würde. Wurde sie in diesem Fall noch gebraucht? Die Staatsanwaltschaft hatte doch bestimmt Fragen. Und später würde sie ja vielleicht als Zeugin im Prozess benötigt. Oder würde das alles Melanie übernehmen?

Sabine überlegte, ob sie für den Fall wohl gar nicht so wichtig gewesen war. Aber ihr Vater zerstreute ihre Selbstzweifel. Er betonte, wie clever und kreativ sie gearbeitet hatte und dass die depressive und drogenabhängige Kollegin, wie er Melanie in maßloser Übertreibung beschrieb, ohne Sabine grandios gescheitert wäre.

Schulterklopfen auch von Gartows Polizeichef Jakob Metzger, der wünschte, dass es nun bitte bis zu seiner Pensionierung genug sei mit Kapitalverbrechen in der Samtgemeinde Gartow.

Sahas bekam jeden Tag Besuch von Katharina Ebermann, einer gut 60-jährigen Expertin für traumatisierte Kinder. Sabine und Johannes waren nicht dabei, wenn die Frau mit ihm sprach, doch was aus dem Gästezimmer an Geräuschen zu vernehmen war, hörte sich gut an. Sahas sprach mehr als die Psychologin, es wurde gelacht, aber auch geweint. Sabine wusste auch ohne Psychologiestudium, dass es ohne Weinen und Trauer für Sahas keine Heilung geben konnte.

Sabine hatte sich zwei Tage freigenommen und bemühte sich, nichts zu tun, was mit Polizeiarbeit zu tun hatte. Mit Sahas lesen, Papa im Garten helfen, kochen. Sie räumte gerade das Geschirr des Mittagessens vom Gartentisch, als ihr Handy brummte. Melanie.

»Die Kollegin aus der Großstadt«, sagte sie fröhlich. »Ich dachte schon, du hast mich vergessen.«

»Nee, hab ich nicht, sorry«, sie klang aufgeregt, »keine Zeit jetzt. Wir haben das Auto gefunden, den Renault von Wohlleben.«

»Ja, super. Wo denn?«

»Mensch, Sabine, ist doch egal, irgendwo da bei euch im Dschungel. Aber dieser Wagen ist ein Zeuge, verstehst du? Der erzählt uns noch was.«

»Glaubst du?«, Sabine konnte Melanies Euphorie nicht ganz nachvollziehen. »TÜV abgelaufen, nicht zugelassen, nicht versichert und außerdem vielleicht Fahren ohne Führerschein? Das klingt nicht nach lebenslänglich für Wohlleben.«

Melanie ließ sich in ihrem Eifer nicht bremsen. »Wenn du meinst, Sabine. Wir haben den Wagen jedenfalls in einer halben Stunde hier auf der Hebebühne und werden ihn uns sehr genau ansehen. Wenn du dabei sein möchtest, musst du dich jetzt auf den Weg machen.«

Eigentlich war das genau das Zeichen der Anerkennung, das Sabine vermisst hatte. Melanie brauchte sie nicht für die Untersuchung des Wagens. Das erledigten die Kriminaltechniker. Sie wollte ihr die Gelegenheit geben, ihren letzten Zeugen, der nur aus Blech und Rost bestand, zu befragen. Dieses Angebot musste Sabine annehmen.

Zehn Minuten später war sie an der Wache und zwei weitere Minuten später raste sie mit dem Streifenwagen über die Landstraße durch Gorleben mit dem Ziel Lüneburg.

Als sie an der Polizeidirektion eintraf, war der Renault schon kein Auto mehr, sondern lediglich ein Haufen Einzelteile mit aufgeklebten Nummern, die gerade von einem Beamten fotografiert wurden. Melanie lief ihr strahlend entgegen.

»Blut im Kofferraum«, rief sie triumphierend.

»Ja«, sagte Sabine und lächelte, »das dürfte von Kurze sein. Niemand bestreitet, dass er in dem Wagen transportiert wurde. Nicht mal Wohlleben.«

»Ja, aber es ist nicht nur auf dem Boden des Kofferraums, sondern außerdem innen am Deckel.«

Melanie führte Sabine zu dem Skelett des Autos. Neben dem Wagen hockte eine Frau in einem weißen Overall und pinselte an der Innenseite des Kofferraumdeckels herum.

»Und?«, fragte Melanie die Technikerin, »ist es da auch?«

»Ja«, sagte die Kollegin, ohne ihre Arbeit zu unterbrechen. »Da ist Blut, ziemlich großflächig verteilt, eher verschmiert. Ob es von derselben Person ist wie das auf dem Boden, muss im Labor geklärt werden.« Nun erhob sich die Frau und stand Melanie und Sabine gegenüber. »Interessant ist, dass es Finger- und Handabdrücke in dem Blut gibt, die den Schluss nahelegen, dass jemand von innen mit der Handfläche gegen das Blech gedrückt hat.«

»Das Opfer?«, fragte Sabine ungläubig.

»Wer denn sonst?«, rief Melanie aus. »Was ich vermutet hatte. Der Wagen hat uns etwas zu erzählen. Er erzählt, dass eine blutende Person im Kofferraum lag und versucht hat, den Deckel aufzudrücken, und in einer Stunde werden wir wissen, wer das war.«

»Kurze«, sagte Sabine.

»Bestimmt. Und zwar ziemlich lebendig. Nicht scheintot, nicht komatös, sondern so lebendig, dass sich Wohlleben nicht rausreden kann: Als er Kurze in den See geworfen hat, war er am Leben. Vermutlich musste er ihn sogar ertränken. Das wird gerade in Hannover in der Rechtsmedizin überprüft.«

»Und damit ist Wohlleben ein Mörder«, sagte Sabine und spürte jetzt auch so etwas wie Triumph.

»Zweifelsfrei und gerichtsfest, jawohl«, ergänzte Melanie.

Gleichzeitig nickten sie der Kriminaltechnikerin anerkennend zu.

Während sie über den Hof der Polizeidirektion gingen, sagte Sabine: »Damit muss auch die Schuld von Lothar Hansen neu bewertet werden. Wenn er mitbekommen hat, dass Kurze nicht tot war, ist es wenigstens unterlassene Hilfeleistung.«

»Der Gedanke ist mir ebenfalls gekommen«, sagte Melanie. »Es ist nicht auszuschließen, dass Kurze unmittelbar nach dem Schuss bewusstlos am Boden lag und erst im Auto wieder wach wurde. Da werden nicht einmal die Forensiker noch etwas Belastendes finden, was Hansen angeht. Kurze hat außerdem lange im Wasser gelegen.«

Rund um den Haufen Schrott, der mal ein Auto gewesen war, konnten Melanie und Sabine nicht mehr viel tun. Schweigend überquerten sie den Parkplatz der Polizeidirektion. Es war später Nachmittag und die Hitze des Tages war von Gebäuden und Asphalt gespeichert worden, um nun bis zum späten Abend abgegeben zu werden.

»Magst du Sushi?«, fragte Melanie plötzlich.

Sabine blieb stehen. »Ja, wieso?«

»Lass uns essen gehen. Ich lade dich ein.«

»Das ist sehr nett von dir, Melanie, aber in Uniform in ein Restaurant, das mache ich nicht so gerne, weil …«

»Gut, kein Problem. Dann kommst du mit zu mir und wir lassen uns das Sushi bringen.«

Keine Stunde später saßen die beiden Frauen auf dem Fußboden in Melanies Wohnzimmer, um sich herum die Pappschachteln mit Sushi, aßen mit Stäbchen und schlürften Misosuppe aus Pappbechern. Das japanische Essen passte in die Umgebung. Melanies Dreizimmer-Altbauwohnung war geschmackvoll eingerichtet, mit Konzentration auf das Wesentliche. Keine Schnörkel, kein Nippes. Es war dort so sauber und ordentlich wie in einem Möbelhaus. Als Sabine noch alleine gelebt hatte, hatte bei ihr immer irgendetwas Ungespültes herumgestanden und das Obst in der Schale war öfter mal nicht frisch gewesen.

»Lebst du schon immer alleine?«, fragte Sabine, als sie die ersten Sushi-Happen verspeist hatten.

»Ah«, sagte Melanie und nippte am Weißwein. »Kommt jetzt das Verhör?«

»Eher nicht, nur Small Talk. Du kannst die Aussage verweigern.«

»Vor zehn Jahren habe ich die Wohnung zusammen mit Jürgen gekauft. Nach zwei Jahren hat er sich anderweitig orientiert. Mir blieben die Wohnung, ein zu hoher Kredit und die feste Überzeugung, dass das Leben ohne die Jürgens dieser Welt einfacher ist. Ende der Geschichte.«

Sabine verkniff sich die Bemerkung, dass sie Melanies Leben nicht als einfach wahrgenommen hatte, und nahm einen Schluck Weißweinschorle. Mehr als ein Glas würde sie nicht trinken, und schon das war gegen ihre Prinzipien. Da machte es keinen Unterschied, dass ein Streifenwagen nicht in eine Alkoholkontrolle kommen würde.

»Und du, Sabine«, fragte Melanie, »lebst du am Ende der Welt mit deinem alten Vater deinen Traum?«

»Auf jeden Fall ist es kein Albtraum, und alles Weitere

wird sich finden. Ich mache keine Pläne, jedenfalls keine langfristigen.«

Als in dem Berg von Verpackungen kein Sushi mehr zu finden war, bot Melanie Espresso an. Sabine ging auf die Toilette. Dabei warf sie einen Blick in Melanies Schlafzimmer. Ein großes Bett mit ordentlicher Tagesdecke, sah aus wie Seide. Ein großer Kleiderschrank mit Spiegeltüren. Auch dieser Raum wirkte, als hätte die Putzfrau gerade die Wohnung verlassen.

In der Küche hantierte Melanie an einer schicken Espressomaschine.

»Nimmst du dir erst mal frei?«, fragte Sabine zaghaft. »Willst du dich, wie soll ich sagen, richtig behandeln lassen?«

Melanie unterbrach ihre Arbeit am Espresso und bedachte Sabine mit einem Blick, der nichts Freundliches erwarten ließ. Doch bevor sie etwas sagen konnte, klingelte es an der Wohnungstür.

Ein junger Beamter in Uniform stand vor der Tür. Er war außer Atem, er hatte die drei Stockwerke offenbar im Laufschritt genommen. In der Hand hielt der Mann einen kleinen Schlüssel. »Den haben wir in dem Wagen gefunden. Er war ziemlich geschickt in die Innenverkleidung der Fahrertür geklemmt.«

Melanie bat den Mann nicht hinein, sah ihn nur fragend an.

»Die Kollegen haben gesagt, dass ich den Schlüssel gleich zu Ihnen bringen soll, der würde Sie bestimmt interessieren.«

»Was ist das denn für ein Schlüssel?«, fragte Melanie ruhig, und Sabine spürte, dass sie den Anwärter vorführen wollte. »Wozu gehört der?«

Sie hielt den kleinen Schlüssel zwischen Daumen und Zeigefinger und betrachtete ihn von allen Seiten. Er hatte einen runden Kopf und einen kurzen, doppelten Bart mit vielen Zacken. Er könnte zu einem Bankschließfach gehören. Auf dem Kopf war die Nummer 48 eingeprägt.

»Ach so, das haben die Kollegen recherchiert. Hat etwas gedauert, weil ja außer der Nummer nichts draufsteht. Aber einer der Frauen aus der KTU kam er bekannt vor. Die hatte letztes Jahr mal so ein …«

Melanie unterbrach den jungen Mann. »Also, wozu gehört der Schlüssel? Die Vorgeschichte interessiert mich nicht.«

»Ja, Entschuldigung, er gehört aller Wahrscheinlichkeit nach zu einem Lagerraum bei Ilmenau Self Storage. Das ist da hinten im Industriegebiet …«

Melanie ignorierte die Wegbeschreibung des Polizisten, gab Sabine ein Zeichen und griff ihre Tasche. »Los, Kollege, Sie fahren vor, wir folgen.«

Ilmenau Self Storage war eine Art Hotel für Dinge. Es gab eine Rezeption, 24 Stunden besetzt, und lange Gänge, von denen Türen abgingen. Man konnte wählen zwischen kleinen Boxen und großen Lagerräumen und mit Hubwagen oder Gabelstaplern seine Sachen zum Lagerort transportieren.

Zeitgleich mit Melanie, Sabine und dem Anwärter traf ein vierköpfiges Team mit einem Polizeisprinter ein. Sicher würden sie ein paar Sachen abtransportieren.

Der dicke Rentner, der an der Rezeption gerade die Nachtschicht begonnen hatte, wurde nervös. Er vergaß, nach einer richterlichen Anordnung zu fragen, die, wie die Kollegen trotzdem versicherten, auf dem Weg war.

Der Lagerraum mit der Nummer 48 befand sich am Ende eines Ganges und hatte nur eine normal breite Tür.

Melanie zog Latexhandschuhe über, öffnete die Tür und schaltete das Licht ein. Der Raum war etwa halb so groß wie eine gewöhnliche Garage, aber deutlich höher. An der hinteren Wand war ein Stahlregal montiert.

Auf dem Boden der Box standen vier große, recht neue Umzugskartons. In dem Regal lag eine mittelgroße, abschließbare Stahlkassette. Melanie öffnete einen der Kartons. Er enthielt recht ordentlich zusammengelegte Kleidung. Hemden, Pullover, Hosen. Melanie hob vorsichtig die obersten Lagen an. Ganz unten war Bettwäsche.

»Das sind die guten Sachen«, sagte Melanie und sah Sabine an. »Die hat er aus dem Haus geschafft.«

Sabine öffnete einen weiteren Karton. Er war voll mit Büchern und Aktenordnern. In dem dritten Karton fanden sie schließlich eine digitale Spiegelreflexkamera und einen Laptop. Es war ein MacBook, mehrere Jahre alt. Maus und Netzkabel lagen auch dabei. Sabine hielt den Computer hoch. »Was wird uns dieser Zeuge noch mitteilen, was wir nicht sowieso bereits wissen?«, fragte sie.

»Was schon?«, meinte Melanie. »Mehr schmutzige Details aus dem kaputten Leben dieser WG. Vielleicht hat Wohlleben ja ebenfalls Tagebuch geführt.«

Sabine gab das Laptop einem der Beamten, die angefangen hatten, die Kisten aus der Lagerbox zu schaffen. Der Rezeptionist stand zitternd im Flur und verfolgte das Geschehen, während er sein Handy am Ohr hielt. Sein Chef war offenbar nicht zu erreichen.

Nun griff Melanie nach der Kassette, hielt sie einem Beamten hin und befahl: »Aufmachen.«

Der Angesprochene nahm aus einer Werkzeugkiste, die sie mitgebracht hatten, einen Akkubohrer und brauchte keine zwei Minuten, um das Schloss zu zerstören. Er reichte Melanie wortlos die zugeklappte Kassette.

»Und? Was ist wohl drin?«, fragte Melanie an Sabine gerichtet.

Die zuckte mit den Schultern. »Keine Ahnung. Noch mehr Geld? Diesmal vielleicht Ostmark?«

Melanie klappte den Deckel langsam hoch, wobei nur sie in die Kassette hineinsehen konnte. Dann verzog sie anerkennend das Gesicht.

»Komm schon, mach's nicht so spannend«, schimpfte Sabine und nahm ihr die Box aus der Hand.

Es war nicht viel, aber was die Kiste enthielt, hatte es in sich: sechs rote Reisepässe der Bundesrepublik Deutschland, nagelneu, außerdem ein Kinderausweis.

Sabine nahm die Dokumente in die Hand und schlug eines nach dem anderen auf. Sie las laut vor: »Werner Krämer, geboren 1958, Anna Krämer, geboren 1964, Kathrin Schulz, geboren 1960, Cornelia Buch, geboren 1968, Martin Krämer, geboren 1981, Regine Schulz, geboren 1984 und«, sie hielt Melanie den Kinderausweis mit Sahas' Foto hin, »Lukas Krämer, geboren 2011. – Was sind das für Namen?«

»Allerweltsnamen. Unauffällig. Das ist schon clever«, sagte Melanie und betrachtete das Foto in dem Kinderausweis.

»Das ist höchstens ein Jahr alt, und es ist perfekt biometrisch fotografiert«, sagte Melanie. »Wo bekommt ein Vogel wie dieser Wohlleben so gut gefälschte Dokumente her?«

»Dazu könnte sicher mein Kontakt in der Hamburger Hafenstraße etwas sagen, aber der spricht ja nicht mit uns«, sagte Sabine.

Sie verließen den Lagerraum und gingen zu Sabines Streifenwagen. Die Sichtung der gefundenen Dokumente, die Auswertung von Kamera und Laptop würden sicher ein paar Tage in Anspruch nehmen.

»Wann auch immer Wohlleben diese Dokumente hat machen lassen«, sagte Melanie, »zu diesem Zeitpunkt hatte er vor, nicht nur mit seinen Lieblingen, sondern mit dem ganzen Wanderzirkus auf Tour zu gehen.«

»Nach Indien«, sagte Sabine. »Und jetzt ist niemand mehr außer ihm und Sahas übrig. Da ist einiges aus dem Ruder gelaufen.«

Sabine brachte Melanie mit dem Streifenwagen nach Hause. »Ich hatte dich vorhin in deiner Küche gefragt, ob du nun deine Probleme mit Priorität angehen möchtest …«

»Ja.«

»Wie, ja?«

»Ja, das hattest du gefragt, aber ich werde darauf nicht antworten. Das geht dich nichts an. Wir sind keine Freundinnen, und es ist besonders für dich besser, wenn wir es nicht werden.«

KAPITEL 55

Drei Monate später

Die forensischen Indizien sprachen eine deutliche Sprache: Udgams Schuss hatte Kurze zwar im Kopf getroffen, das Projektil war aber in einem peripheren Bereich des Gehirns stecken geblieben. Tiefere Hirnbereiche waren nicht beeinträchtigt worden. Deshalb kann Kurze nach anfänglicher Bewusstlosigkeit durchaus aufgewacht sein und mehr oder weniger koordinierte Bewegungen ausgeführt haben. Es war bei Verletzungen dieser Art nicht ungewöhnlich, dass Opfer nach einer Notoperation überlebten. Kurze hatte sich gegen Wohlleben sicher kaum wehren können, sodass Wohlleben ihn relativ problemlos im Uferbereich des Sees ertränken konnte. Schließlich gestand Joachim Wohlleben, genannt Om, den Mord. Er hatte nicht geplant, Kurze zu töten, beteuerte er in den Vernehmungen. Die Sache sei außer Kontrolle geraten, weil Kurze zu früh auf dem Hof erschienen war. Wenn Om selbst vor Ort gewesen wäre, hätte der geistig etwas schlichte Udgam, Sohn Wohllebens, nicht überreagieren können. Woher Udgam das Versteck der Pistole kannte, wusste Wohlleben nicht. Wohlleben behauptete, Kamini damit beauftragt zu haben, die anderen Frauen für die Flucht vorzubereiten. Er bestritt, ihr den Befehl zur Tötung der drei gegeben zu haben. Die Tagebücher Kaminis vermittelten zwar den Eindruck, dass sie eine solche Entscheidung nie selbst getroffen hätte, aber die Anstiftung war Wohlleben letztendlich nicht nachzuweisen.

Laptop und Kamera brachten keine neuen Erkenntnisse. Das MacBook enthielt Videofilme für Kinder und einen Internetbrowser mit unverdächtigem Verlauf. Ein installiertes E-Mail-Programm war nicht konfiguriert worden. Mit Kurze hatte Wohlleben ausschließlich per Handy kommuniziert. Die Spiegelreflexkamera enthielt die Porträts der Bewohner, wie sie für die Pässe benötigt wurden. In einem der Kartons fand sich eine Anleitung zur Herstellung biometrischer Passbilder. Hinweise auf den Lieferanten der gefälschten Dokumente fanden sich nicht. Die Pässe gingen ans BKA, wo man sie mit anderen gefälschten Dokumenten vergleichen würde und so unter Umständen eine Täterhandschrift erkennen konnte.

Lothar Hansen wurde zwei Monate nach den Ereignissen wegen Strafvereitelung zu einer Bewährungsstrafe verurteilt.

Der Wendland-Hof ging an das Land Niedersachsen, weil Kurze keine Erben hatte. Zwischenzeitlich lag ein Kaufangebot des Vereins »Naturbelassen e. V.« vor. Unter bestimmten Umweltschutzbedingungen war die Samtgemeinde Gartow bereit, dem Verkauf zuzustimmen. Eine Anfrage beim Innenministerium über die Seriosität des Vereins ergab keine Auffälligkeiten. Auch beim Verfassungsschutz war »Naturbelassen e. V.« kein Vorgang.

Die Leiche von Marieke Tersteegen, genannt Kamini, wurde von ihrem Bruder in die Schweiz überführt und dort bestattet.

Marion Leibnitz, genannt Kala, die nach dem Tod ihrer Eltern auf den Hof gezogen war, wurde in einem Friedwald bei Gorleben beigesetzt. Dort fanden auch Aarti, deren Identität nicht zu ermitteln war, sowie Garima und Udgam ihre letzte Ruhe. Die genetische Analyse hatte ergeben, dass die Halbgeschwister Udgam und Garima die Eltern von Sahas waren.

Die sterblichen Überreste der Bewohnerin Sarasvati, die auf dem Grundstück gefunden worden waren und die laut Tagebuch 1990 bei der Geburt ihres Sohnes Brahma gestorben war, wurden zusammen mit den Überresten des Jungen ebenfalls in den Friedwald gebracht.

An einem verregneten Septembersonntag wurde in der Kirche in Gartow für die Verstorbenen ein Trauergottesdienst abgehalten, zu dem nur wenige Dorfbewohner erschienen. Auch der kleine Sahas kam nicht.

Der Problemwolf wurde nicht mehr gesichtet. Es gab aber weniger Schäden. Nur noch selten fand man getötete Schafe auf den Weiden. Die Forstverwaltung stellte die Jagd bis auf Weiteres ein.

KAPITEL 56

Sahas lag in seinem Bett in der SpongeBob-Bettwäsche und sah an die Decke. Die erste Woche in der Schule war anstrengend gewesen. Er konnte schon ganz gut rechnen und lesen sowieso. Das hatte er mit Opa Hannes regelmäßig geübt. Und das Schreiben klappte immer besser.

Anstrengend waren die anderen Kinder. Sie waren nicht gemein, wie Om behauptet hatte, aber sie redeten viel. Und meistens über Sachen, die Sahas nicht verstand. Die Jungen waren wild und laut und die Mädchen starrten ihn manchmal so komisch an und flüsterten dann miteinander. Wenn es ihm zu viel wurde, versteckte er sich auf dem Klo, um sich auszuruhen. Er würde sich daran gewöhnen, hatte Silke gesagt, die jetzt so was wie seine Mama war. Einen Papa hatte er auch, der hieß Hartmut, eine Schwester, die Pia hieß und zehn Jahre alt war, und einen Bruder, Frederik, der war fünf Jahre alt. Und dann war da noch der alte Mann, der noch viel älter war als Opa Hannes und der nicht sehen und nicht laufen konnte.

Sahas wohnte jetzt schon zwei Monate in dem schönen Haus mit dem großen Garten und dem Pony. Er mochte seine neue Familie, aber vieles war ihm noch fremd.

Sabine kam ihn oft besuchen, und jeden Samstag ging er zu Opa Hannes im Garten arbeiten oder Jenga spielen. Er wäre auch gerne ganz bei Sabine und Opa Hannes geblieben, doch das ging nicht, hatte Sabine gesagt, und dass Silke und ihre Familie besser für ihn wären.

Einmal in der Woche brachte Silke Sahas in eine andere Stadt zu Frau Ebermann. Sie sprach mit ihm über alles Mögliche. Sie wollte auch über Kamini und Om reden, aber Sahas erinnerte sich immer weniger an das Leben auf dem Hof. Frau Ebermann war ihm deswegen nicht böse.

Manchmal, nachts, wenn er so alleine dalag, fürchtete er sich noch vor der Welt und den vielen Fremden. Dann öffnete er das Fenster, lauschte in die Stille und hörte in der Ferne den Wolf heulen. Seinen Wolf. So wusste er, dass er da war und ihn beschützte.

Weitere Titel finden Sie auf den folgenden Seiten und im Internet:

WWW.GMEINER-VERLAG.DE